Anna Valenti

Die Liebe der Sternentochter

Über die Autorin:

Anna Valenti ist das Pseudonym einer erfolgreichen Autorin. Nach ihrem Studium der Politikwissenschaft und Germanistik arbeitete sie in Forschung und Lehre. Heute lebt sie als Autorin und Produzentin mit ihrem Mann in Berlin.

Anna Valenti veröffentlichte bei dotbooks bereits „Sternentochter“, „Die Liebe der Sternentochter“, „Das Schicksal der Sternentochter“, „Das Glück der Sternentochter“, „Das Erbe der Sternentochter“ und „Der Mut der Sternentochter“.

Anna Valenti

Die Liebe der Sternentochter

Roman

dotbooks.

Neuausgabe 2018

Redaktion: Anja Rüdiger
Umschlaggestaltung: Wildes Blut – Atelier für
Gestaltung Stephanie Weischer unter Verwendung
mehrerer Bildmotive von © shutterstock/Taras
Atamaniv/Sayan Puangkham/dimities_k/elenamiv/
Daniel Prudek/Tobias Arhelger
Printed in the EU

ISBN 978-3-96148-527-7

Für meine Mutter

Kapitel 1

Als die Tür geöffnet wurde, schwand Carolines Hoffnung auf einen freundlichen Empfang dahin wie die Sonne hinter einer schnell heranziehenden dunklen Gewitterwolke. Ihre Mutter stand vor ihr und war offenbar nicht überrascht. Sie hatte die Tür nur halb geöffnet. Hatte Vater sie also bewusst nicht abgeholt? Das konnte nicht sein! Aber das abweisende Gesicht der Mutter sprach eine andere Sprache. Sie schwieg und sah die Tochter eisig an. Caroline hatte die Tasche abgestellt und wollte auf Friederike zugehen und sie umarmen. Diese aber zog sich von ihr zurück und fragte kalt: »Was willst du hier?«

»Aber, Mutter, ich bin wieder da, wieder zu Hause!« Und sie versuchte erneut, ihre Arme um die Mutter zu legen. Die vorgeschobene Hand gebot ihr Einhalt. »Dies ist nicht dein Zuhause«, hörte sie Friederike sagen.

Das konnte nicht wahr sein! Sie hatte sich verhört. »Habt ihr denn meinen Brief nicht bekommen, Mutter? Ich will euch alles erzählen! Bei Tante Thea, das war schrecklich, sie ist eine Hure und ...«

»Schweig!«, herrschte Friederike sie an. »Sei still! Du hast es nötig, vom Huren zu sprechen! Geh, und komm nie mehr zurück!«

»Wie bitte?« Das war ein schlechter Traum, aus dem sie erwachen würde – und dann würde sich diese Tür für sie öffnen und sie würde mit den Eltern sprechen und sie würden verstehen, wer Thea wirklich war und ihre Tochter um Verzeihung bitten, dass sie sie in solch ein Haus gegeben hatten. »Mutter, bitte, lass mich doch erklären! Wo ist denn Vater?«

»Vater ist nicht da.«

»Bitte lass mich doch herein. Ich bin so durstig und hungrig und so müde!« Und als sie sah, dass das Gesicht der Mutter sich nicht veränderte, bat sie: »Nur einen Augenblick, dass ich mich stärken kann.«

»Das hast du verwirkt, Caroline. Jeder bettet sich und liegt dann so, wie er sich bettet.«

»Aber ihr habt mich doch zu Thea geschickt! Und sie ist es, die deinen Zorn verdient! Du musst wissen, was in diesem Haus vorgefallen ist. Lass es mich doch erklären. Bitte!«

Friederike schüttelte den Kopf. »Nein. Theas Brief ist eindeutig. Dein Vater hat sehr gelitten, als er lesen musste, was aus seiner Tochter geworden ist. Sein Herz ist schlechter denn je. Und wenn er dich jetzt sieht, dann wird er wieder krank, und das kann er sich nicht leisten. Wenn er seinen Dienst nicht mehr versehen kann, bist du schuld.«

»Vater? Oh nein, das ist nicht wahr! Ich muss ihn sprechen. Er ist so lieb und gut, er wird mich verstehen. Und dann wird er nicht krank, sondern gesund und wird nur bereuen, dass er mich zu seiner Cousine geschickt hat.«

»Wenn du versuchst, Vater zu belästigen, werde ich es zu verhindern wissen. Er verträgt keine Aufregung mehr. Er braucht seine Kraft für seine Arbeit, denn wenn er nicht mehr kann, bin ich verloren. Ich habe ja nicht mal eine Witwenrente.«

Mutter dachte an sich und nicht an Vater. Und sie gab ihr keine Chance, alles aufzuklären. Wie dumm war sie gewesen! Welche Illusionen hatte sie sich gemacht!

Friederike machte Anstalten, die Tür zu schließen. »Und wo soll ich hin?«, schrie Caroline. »Was soll ich jetzt tun?« Und als sie sah, dass ihre Mutter sich nicht rührte, schloss sie verbittert: »Ach ja, und was ist mit eurem August?«

»Du impertinente Person! Ich will dich hier nicht wieder sehen. Bringst uns alle ins Unglück und bist auch noch höhnisch. Möge Gott dir das vergelten, mit Zins und Zinseszins!«

Damit schlug sie die Tür zu.

Caroline stand einen Moment lang starr. Unschlüssig, was sie tun sollte, wandte sie sich um und schaute auf das Dorf und den Bärenwald, der in diesen Tagen bunt gefärbt war. Wo war Vater? Sollte sie hier warten, bis er kam – oder bis sich die Mutter doch noch erbarmte? Erst einmal weg, nur ein Stück, um sich zu sammeln und auszuruhen. Sie ging um das Haus herum auf den kleinen Weg zu, der in den Hirschwald führte, den Weg zu ihrem Treffpunkt mit Georg, mied den Blick auf Griegers Haus und ging in den Wald hinein. Nach fünf Minuten verließ sie die Kraft. Das Verhalten der Mutter war so abweisend und schroff gewesen. In ihren schlimmsten Träumen hatte sie sich ihre Heimkehr so nicht vorgestellt. Sie suchte nach einem Platz zum Ausruhen und setzte sich schließlich auf einen längs zum Weg liegenden Baumstamm. Da hockte sie und fühlte sich gänzlich leer. Sie vermisste Georg so sehr, dass ihr ganzer Körper sich nach Sehnsucht anfühlte, nach verzweifelter Sehnsucht, aber sie hatte keine Kraft mehr, sich vorzustellen, was vorgefallen sein könnte oder gar dass er sie im Stich gelassen hatte. Diese Möglichkeit schied einfach aus. Immer hatte er einen Weg zu ihr gefunden. Als er sie auf dem Frühlingsfest ansprach, als sie Hausarrest hatte, als sie bei Thea war.

Noch in diesen Gedanken gefangen, merkte sie nicht, wie etwas auf sie zuschoss, sie ansprang und ihr Gesicht und Hände leckte. Flic hatte ihre Witterung aufgenommen und umsprang sie nun wedelnd und jaulend. Sie schrie leise auf und drückte das treue Tier an sich, das sich vor Wiedersehensfreude gar nicht zu lassen wusste. Sie weinte und lachte und stand schließlich auf und ließ ihrer Freude freien Lauf. »Mein lieber, lieber Flic! Wie hab ich dich vermisst!« Inzwischen war auch sein Herr näher gekommen und blieb, als er seine Tochter sah, wie angewurzelt stehen. Er starrte auf die Szene, die sich ihm bot, und legte die rechte Hand auf sein Herz. Er schien zu schwanken und suchte nach einem Halt. Caroline lief auf ihn zu und stützte ihn.

»Komm, Vater, setz dich hier hin!« Sie führte ihn zum Baumstamm, und er setzte sich. Sie versuchte, seinen schweren Körper zu halten. Dann hockte sie sich vor ihn auf den Boden und sah ihn besorgt an. »Soll ich einen Arzt holen?« Er schüttelte den Kopf, sprechen konnte er offenbar nicht. Minuten vergingen. Dann fragte er: »Warum bist du zurückgekommen?«

»Aber, Vater, ich habe euch doch geschrieben! Ich habe doch geschrieben, dass ich bei Tante Thea nicht mehr bleiben konnte und dass ich mit dem Zug komme. Alles so, wie es mit euch abgemacht war. Aber es war niemand da, um mich abzuholen.«

Er atmete schwer, Jacke und Hemdkragen hatte er aufgeknöpft, die Hand lag noch immer auf dem Herzen. Flic hatte sich beruhigt und schnüffelte auf dem Waldboden herum. Für ihn hat sich nichts verändert, dachte sie, auch ich nicht. Und so ist es ja auch. Warum glauben die Eltern mir nicht?

»Thea hat geschrieben«, sagte Eduard tonlos. »Sie hat geschrieben, dass sie dich in einer Nacht überrascht hat – mit einem jungen Mann in deinem Zimmer. Und die Rechnung für ein Ballkleid soll ich bezahlen. Was soll das alles, Caroline?«

Carolines Schreck stand ihr ins Gesicht geschrieben. Je mehr sie erfuhr, desto blasser war sie geworden. Thea war noch viel schlimmer, als sie gedacht hatte.

»Vater, bitte beruhige dich. Du kennst doch dein Mädchen, deine Caroline! Glaubst du wirklich, dass ich fremde junge Männer nachts in mein Zimmer lasse?«

Caspari schwieg. Er wusste nicht, was er glauben sollte. Erst der Brief von Thea, ein vernichtender Brief nach vielen positiven Berichten über seine Tochter. Und dann war Caroline aus dem Odenbruckschen Haus geflohen und behauptete, Thea sei eine Hure. Es war zu viel für sein Herz. Es klopfte zum Zerspringen, unrhythmisch und schmerzhaft.

»Ich glaube, du musst mich nach Hause bringen«, sagte er mit schwacher Stimme. »Es war alles zu viel.«

Sie half ihm auf und führte ihn, langsam, Schritt für Schritt. Er stützte sich schwer auf sie und ging gebeugt. Als er den Schlüssel aus der Tasche zog, nahm sie ihn und schloss die Haustür auf. Mit schwacher Handbewegung dirigierte er sie zum Kontor und legte sich dort auf das kleine Sofa, das ihm in letzter Zeit so gute Dienste geleistet hatte. Oft konnte er nicht mehr am Schreibtisch sitzen und bearbeitete die Akten dort, halb im Liegen, auf Kissen gebettet. Niemand durfte merken, dass er angeschlagen war. Aber das Sich-Zusammennehmen kostete zusätzlich Kraft.

Seine Tochter schenkte ihm ein Glas Wasser aus der Karaffe ein. Als sie selbst auch endlich trinken konnte, fühlte sie sich belebt. Sie war so unglücklich, so leer, so schwach – aber ihr Vater war noch viel elender dran und brauchte ihre Hilfe. Es tat ihm gut, sich ganz seiner Schwäche hingeben zu können, sich einmal nicht verstellen zu müssen. Caroline saß ihm gegenüber auf dem Schreibtischstuhl und hielt ihr Glas umklammert. Wenn jetzt nur die Mutter nicht hereinkam. Wenn sie ihre Gewohnheiten nicht verändert hatte, hatte sie sich hingelegt und stand erst zum Kaffee wieder auf.

»Vater«, sagte sie leise, »Vater, ich bin keine Hure.«

Er machte eine schwache Bewegung mit der Hand, als wolle er sagen: »Ich weiß es nicht.«

»Bleib liegen und ruh dich aus. Aber ich muss dir erzählen, wie es wirklich war. Und dann wird es dir besser gehen, bestimmt, Vater. Bitte, erlaube, dass ich spreche.«

Caspari nickte und sah vor sich hin. Ab und zu trank er einen Schluck Wasser. Caroline fing an zu erzählen. Wie sie zu Thea gekommen und in der Dienstbotenkammer gewohnt hatte, dann im Gästezimmer, von ihrem Aufstieg vom Dienstmädchen über Theas Zofe bis zum gnädigen Fräulein, von Theas Lebenswandel, von Baron von Waitzhagen und Gut Windbachrodt, vom Ofterdingenschen Ball, von Theas Ansinnen, sie mit Ofterdingen zu verloben, von der geplanten Reise nach Wien und schließlich von der Nacht, in der der Bankierssohn mit Theas Erlaubnis in ihr Zimmer gekommen war, um sie zu verführen und mit dem Versprechen, sie zu heiraten. Sie zwang sich zu reden, ohne ihre Gefühle zu zeigen, um ihren Vater nicht aufzuregen. Er sollte nur die Wahrheit wissen. Wenn er sie liebte, würde er fühlen, wie sie all das empfunden hatte.

Caspari hatte stumm zugehört. Er zeigte keine Regung. Minutenlang war es ganz still im Zimmer, nur das Ticken der Uhr war zu hören.

»Mein Gott«, sagte er schließlich und noch einmal: »Mein Gott.« Dann schwieg er wieder. Thea hatte immer behauptet, ihren Mann zu lieben, auch noch nach seinem Tod. Ihr Beispiel seiner Tochter zu präsentieren, war ihm wie ein Wink des Himmels vorgekommen, als Friederike es vorgeschlagen hatte. Und nun sollte diese Frau, die ihre Liebe zu einem wohlhabenden Mann entdeckt und durch ihn zu Reichtum und Ansehen gekommen war, eine Lügnerin sein? Es war schwer, das zu glauben. Aber noch schwerer war es gewesen zu glauben, was Thea in ihrem Brief geschrieben hatte. Dass sie eine Schlange an ihrem Busen genährt hatte und dazu eine, die sich, über Wochen hin, vorzüglich verstellt habe. Sie habe ja nicht geahnt, wen sie da bei sich aufgenommen hatte. Und wie habe sie das auch ahnen können, einem lieben Verwandten vertrauend, der seine Tochter doch wohl kenne. Aber was sie dann in jener Nacht habe sehen müssen, sei zu schrecklich gewesen! Die Heirat mit dem ehrenwerten jungen Mann könne man nun wohl vergessen. Wer wolle schon eine Frau, die nicht mehr unberührt sei. Das war eindeutig. Als er dies gelesen hatte, war er zusammengebrochen und hatte einen ganzen Tag gebraucht, um einigermaßen wieder auf die Beine zu kommen. Der herbeigerufene Doktor Rieber hatte ein sorgenvolles Gesicht gemacht und gesagt: »Ich weiß nicht, was Sie so aufgeregt hat, lieber Freund. Aber eines weiß ich sicher: dass Sie sich derlei nicht mehr zumuten dürfen. Ruhe in ihr Leben zu bringen, ist ihre vorderste Pflicht.« Dabei hatte er Friederike angesehen, die es sich seit diesem Tag zur Aufgabe gemacht hatte, alles von ihm fern zu halten, was ihm eine neue Attacke hätte bescheren können. Er war ihr dankbar dafür und viel zu schwach gewesen, um sich gegen ihren Plan, die Tochter nicht nur nicht abzuholen, sondern sie auch nicht mehr aufzunehmen, zu stellen. Hatte er Thea geglaubt? Wenn er ehrlich war, nicht. Aber konnte man so etwas erfinden? Er war zu keinem Ende gekommen und hatte sich in die Pflege seiner Frau geschickt.

Nun war er tief betroffen. Caroline saß vor ihm und erzählte ihm ihre Version der Geschichte. So lange sie nicht da gewesen war, war alles einfach und klar erschienen und hatte sich verdrängen lassen. Schließlich hatte sie eine Affäre mit einem Postillion gehabt, ohne sein Wissen und ohne seine Zustimmung. Dabei hatte sie alle glauben gemacht, die Verlobung mit August wäre ausgemacht. Wie weit sie mit dem Postillion gegangen war, daran mochte er jetzt nicht denken. Gott sei Dank, hatte er das Ganze beendet, bevor es zu spät gewesen war. Wenn es aber nicht stimmte, was Thea schrieb, warum konnte nicht alles so weitergehen, wie geplant? Seine Tochter war aus Cassel zurückgekehrt, wie vorgesehen Ende Oktober. Niemand wusste von Theas Brief. Eigentlich konnte alles seinen Gang gehen. Bei diesen Gedanken ging es ihm besser. Friederike hatte Thea geglaubt und als Carolines Brief eintraf, diesen für eine Schutzbehauptung gehalten.

»Warum schreibt Thea so etwas? Kannst du mir das erklären?«, fragte er seine Tochter.

»Ihr habt Tante Thea die Verantwortung für mich übertragen. Als sie begriffen hat, dass Felix Ofterdingen sich für mich interessierte, hat sie die Verbindung mit August sofort in den Wind geschlagen. Sie hielt Ofterdingen für die weit bessere Partie. Als ich zögerte, brachte sie mich mit ihm zusammen. Ich habe mich so furchtbar erschreckt, Vater, als er plötzlich, nachts um elf, in meinem Zimmer stand. Ich hatte schon mein Kleid ausgezogen ... Als ich drohte, meine Tante zu rufen, wenn er nicht sofort gehe, sagte er: ›Glaubst du wirklich, dass ich ohne ihr Einverständnis hier bin?‹ Dies oder so ähnlich. Er meinte, Tante Thea habe ihm eine willige Caroline versprochen. Dann bin ich geflohen, am nächsten Morgen schon. Ich habe Tante Thea einen Brief hinterlassen, in dem ich ihr schrieb, ich könne unter solchen Umständen nicht in ihrem Haus bleiben. Daraufhin hat sie wohl alles umgedreht und die Schuld auf mich geschoben, damit ihr sie nicht zur Verantwortung zieht.«

Caspari war erleichtert, obwohl seine Betroffenheit im Laufe ihres Monologes zugenommen hatte. Warum sollte seine Tochter ihn belügen? Sie war temperamentvoll und handelte oft unüberlegt, aber eine Lügnerin war sie nicht. Sie hatte das Verhältnis mit dem Postillion zugegeben, als er sie danach gefragt hatte, und nicht darum herum geredet oder gelogen. Vielleicht hatte sich Friederike in Thea getäuscht, und auch er war ihrer Geschichte von der über den Tod hinaus treuen Ehefrau aufgesessen. Thea kannte er nicht so genau wie seine Tochter.

»Komm her«, sagte er, »was hast du durchgemacht, mein Kind?« Er breitete seine Arme aus. Sie sprang von ihrem Stuhl auf und schmiegte sich hinein. »Vater! Ich hab dich doch so lieb! Ich danke dir, dass du mir glaubst. Ich danke dir so sehr.«

Als Friederike eintrat, um nach ihrem Mann zu sehen und ihm den Kaffee zu bringen, sah sie die beiden in dieser Pose. »Nein«, brach es aus ihr heraus, »wie hast du ...« Das geschafft, hatte sie sagen wollen, aber sie sagte es nicht. Eduard lag auf dem Sofa, blass und schwach, so viel sah sie. Das war genug, um ihn zu schonen. Das Wichtigste war seine Gesundheit. Alles, was ihn angriff, musste vermieden werden. Also führte sie ihn in die Wohnstube und legte ein Gedeck für die Tochter auf. Caroline war dankbar für den Kuchen, den heißen Kaffee, die Ofenwärme. Langsam ging es auch ihr besser. Caspari wollte ansetzen, aber seine Frau winkte sanft ab. »Nein, mein Lieber, es regt dich zu sehr auf. Und Caroline wird auch müde sein. Du solltest früh zu Bett gehen. Wenn du mir morgen Abend nach der Arbeit alles erzählst, ist mir das genug. Und ich kann ja auch Caroline fragen.« Dazu nickte sie ihm freundlich zu, und er war auch ganz ruhig, trank eine halbe Tasse Kaffee und sagte dankbar: »Ich werde mich ins Bett legen, und du bringst mir später das Abendbrot. Du hast recht, es war alles zu viel für mich und morgen muss ich wieder ganz gesund sein.« Damit stand er auf und ging langsam hinaus. Er lächelte sogar ein wenig, was Caroline sehr froh machte und sie erleichterte. Vater hatte ihr zugehört und ihr geglaubt. Nun würde alles leichter werden. Die Sorge um Georgs Ausbleiben war für ein paar Stunden in den Hintergrund getreten.

»Darf ich meine Tasche holen, Mutter? Sie steht noch auf dem Waldweg.«

»Hast du Vater dort abgepasst? Ich hätte wissen müssen, dass du versuchst, ihn herumzukriegen. Wie hast du das geschafft?«

»Wir sind uns zufällig begegnet, Mutter. Ich wusste nicht wohin und bin den Hirschwaldweg hinaufgegangen. Flic hatte meine Witterung aufgenommen und stürmte auf mich zu. Dann musste ich Vater nach Hause begleiten. Es ging ihm schlecht.«

Friederike stand auf und begann, das Geschirr zusammen zu räumen. »Tja, dann hole deine Tasche. Und anschließend möchte ich dich sprechen.«

Caroline schwante nichts Gutes. Aber sie war ins Haus gekommen, durch eine Fügung des Schicksals. Sie hatte getrunken und gegessen, war für die Nacht aufgenommen und konnte Kräfte sammeln. Vater konnte sie überzeugen, es ging ihm besser. Das musste Mutter doch auch bemerkt haben. Jetzt musste sie geschickt vorgehen, um auch Friederike auf ihre Seite zu ziehen. Und dann, sagte sie sich, dann kümmere ich mich um Georg. Er fährt morgen wieder seine Tour, ich werde ihn sehen, und es wird sich alles klären. Und falls die Eltern partout nicht wollen, dann muss es so gehen, ohne sie.

Nachdem sie ihre Tasche ausgepackt und sich ein wenig hergerichtet hatte, fühlte sie sich in ihrem Zimmer wieder ganz heimelig. Sie heizte den kleinen Ofen auf und ging hinunter, um der Mutter bei der Zubereitung des Abendbrotes zu helfen. Es war beinahe wie in früheren Tagen. Als aber die Mutter ihrem Mann das Abendbrot ins Schlafzimmer gebracht und ihn mit allem versorgt hatte, setzte sie sich zu ihrer Tochter an den Tisch und aß stumm, ohne sie anzusehen. Nach dem Abräumen saßen sie sich in der Stube gegenüber. Caroline versuchte ein Lächeln, Friederike aber sah die Tochter ernst an und fragte: »Seit wann bist du schwanger?«

Das Lächeln verschwand so schnell, wie es gekommen war. Gut, dass sie saß, jetzt hätte sie sich setzen müssen, Halt suchen. Sah man es ihr denn schon an? Hartwich hatte nichts gesagt, Vater offenbar nichts bemerkt, nur Frau Jeschke ...

»Mutter, ich ... Ja, du hast recht. Ich hätte es Vater gesagt, aber er war so schwach und so müde und da wollte ich ... bis morgen warten, bis es ihm besser geht.«

»Spar dir das. Thea hatte also recht. Ich habe nicht daran gezweifelt. Wer ist der Vater? Oder hast du gleich mehrere Männer beglückt, so dass du es nicht weißt?«

»Mutter, wie kannst du so etwas denken!«

»Ich sehe, was ich sehe, und das ist eindeutig. Vierter Monat würde ich sagen. Also gleich nach deiner Ankunft bei Thea – oder gar davor?« Und dann, nach einer Pause, brach es heftig aus ihr heraus: »Wie konntest du uns das antun! Und dann wickelst du Vater ein, passt ihn auf dem Spaziergang ab und erzählst ihm Lügen und sagst nichts von dem Bankert! Ich möchte dich rausschmeißen, auf der Stelle, aber Vater noch einmal aufzuregen, heute, nachdem du ihn beruhigt hattest, das wäre sein Tod gewesen. Also geh nach oben, aber morgen früh bist du weg, auf Nimmerwiedersehen. Was du uns angetan hast, nach allem, was wir dir gegeben haben – das ist zu schlimm, das können wir nicht ertragen.«

Friederike atmete hörbar, sie schluchzte verzweifelt auf, war aber bemüht, ihre Stimme zu dämpfen. »Du undankbare Person! August hättest du haben können! Und die Erziehung, die wir dir haben angedeihen lassen! Fräulein Kesselring! Und hier hast du's so gut gehabt! Und Tante Thea hat dir alle Türen geöffnet! Du hast gesehen, was eine gute Heirat bedeutet! Vater ist zusammengebrochen. Ich kann nicht mehr, das ist zu viel, zu viel, zu viel!«

Caroline war auf sie zugeeilt und wollte sie beruhigen. Friederike aber rief: »Geh weg! Ich muss mich mäßigen, damit Vater mich nicht hört. Aber du musst gehen. Morgen früh will ich dich hier nicht mehr sehen!« Damit ging sie in die Küche, um beim Aufräumen und Abwaschen des Geschirrs auch ihre Echauffiertheit von sich abzuwaschen, anschließend zu ihrem Mann in die Stille des dunklen Zimmers zu gehen und sich endlich auszuruhen.

Caroline blieb allein zurück. Mutter hatte gemerkt, dass sie schwanger war. Immer wieder hatte sie sich in Cassel gesagt, dass es so kommen werde. Aber dann hatte niemand, außer natürlich Frau Jeschke, etwas geahnt und sie war leichtsinnig geworden, hatte geglaubt, in einer günstigen Stunde beichten zu können. Und das mit Georg! Nicht ohne seine Unterstützung. Und jetzt saß sie hier ganz allein und sollte gehen und wusste nicht wohin. Sie vergrub das Gesicht in den Händen und saß so eine Weile, stumm und ohne sich zu bewegen.

Erst einmal musste sie schlafen. Am Morgen war sie noch in Cassel aufgewacht, voller Sorge um Georg, dann der lange Fußweg, die schroffe Abweisung durch die Mutter, das anstrengende Gespräch mit Vater. Sie musste vernünftig sein, nach oben gehen und sich ausschlafen. Und dann wende ich mich an Großmutter, sagte sie sich, so wie Georg es vorgeschlagen hat, wenn die Eltern uns die Tür weisen würden. Morgen Mittag bin ich am Postamt und werde ihn sehen. Ich werde erfahren, was ihn daran gehindert hat, mich zu treffen. Und dann wird alles gut.

Sie war am Abend sofort eingeschlafen. Doch das Erlebte arbeitete weiter in ihrem Unterbewusstsein, und so war sie am anderen Morgen früh wach und wusste gleich, warum: Sie musste Vater schreiben, wenn sie ihn schon nicht mehr sprechen konnte. In dem Punkt hatte Mutter recht, er vertrug offenbar keine Aufregungen mehr, und jede neue Hiobsbotschaft konnte eine Krise auslösen. Sie musste ihm begreiflich machen, dass alles, was sie ihm erzählt hatte, der Wahrheit entsprach, obwohl sie schwanger geworden war. Wie soll ich das machen?, überlegte sie. Er wird glauben, ich wäre die Hure, als die Thea mich geschildert hat. Sie wusch sich, zog sich an, band ihr schwarzes Haar in einen lockeren Knoten und setzte sich an ihren kleinen Schreibsekretär. Papier und Tinte lagen noch am gleichen Ort. Sie hatte Angst, Sorge um ihren Vater, aber er musste es wissen. Sie konnte nicht gehen, ohne ihm alles so mitgeteilt zu haben, wie es wirklich war, schon um Mutters Version nicht zur einzigen werden zu lassen.

Sie schrieb: Mein lieber Vater! Als ich dir gestern erzählt habe, was sich zugetragen hat, habe ich nicht gelogen. Jedes Wort ist wahr. Aber ich habe dir, aus Rücksicht auf deine angegriffene Gesundheit, verschwiegen, dass ich ein Kind erwarte. Es ist Georgs Kind. Er war und ist der Einzige, und er ist der, den ich liebe.

Wir werden kommen und dich um deinen Segen für unsere Heirat bitten. Ich möchte mein Leben in keines anderen Mannes Hände legen als in seine, so wie ich es früher in deine legen konnte. Du bist und bleibst mein geliebter Vater, wie auch immer du dich entscheiden wirst, für oder gegen uns. Das sollst du wissen, und so kann ich beruhigt gehen.

Ich werde Großmutter bitten, mich aufzunehmen, bis Georg das Aufgebot bestellt hat und wir heiraten können. Ich wünsche mir, dass du dein Enkelkind so lieben wirst, wie du mich liebst. Glaube mir, Georg und ich gehören zusammen. Mein Leben ist nicht lebenswert ohne ihn, mit ihm aber bin ich zufrieden mit allem, was es für mich bereithält.

Deine dich immer liebende Tochter Caroline.

P.S.: Das Ballkleid musst du nicht bezahlen. Herr Ofterdingen hielt es für angebracht, mir einen teuren Pelzmantel zu schenken. Ich habe ihn bei Tante Thea gelassen. Er ist sicher mehr wert als die Balltoilette.

Als sie sich alles vom Herzen geschrieben hatte, war ihr leichter. Sie steckte den Brief in ein Kuvert, verschloss es und schrieb Vater darauf und als Absender Caroline. Mutter durfte den Brief nicht finden. Also ins Kontor, sagte sie sich, nahm Tasche und Mantel und schlich leise die Treppe hinunter. Im Flur hob Flic den Kopf von seiner Matte, aber sie bedeutete ihm, ruhig zu bleiben. Sie legte den Brief auf Vaters Schreibtisch, auf den Stoß Akten, der dort bereitlag, schloss leise die Tür und streichelte Flics Kopf. »Schlaf weiter!«, raunte sie leise, ging hinaus und zog die schwere Haustür sacht hinter sich zu. Niemand hatte sie gehört. Es war sechs Uhr morgens, als sie in den Hirschwald hineinging, es war kühl. Sie zog den Mantel, der nun schon in der Taille spannte, fester um sich und nahm den Weg in Richtung Schmiede. Wie oft war sie hierher gekommen, in der Erwartung, Georg zu treffen. Es schien ihr, als könnte sie ihn auf ihrer kleinen Lichtung am Holzstoß stehen sehen, so unmittelbar war die Vorstellung. Aber als sie den schmalen Weg bis zur Lichtung gegangen war, war das Holz weg, jemand hatte es abtransportiert, die Lichtung lag für jeden einsichtig da, und sie war leer. Nichts zeugte mehr von ihren Sonntagnachmittagen, an denen sie vollständig zufrieden gewesen war, angekommen bei ihm und so fasziniert von seinem Körper. Sie blieb für einen Moment stehen und schloss die Augen. Die schwere Tasche fiel zu Boden. Sie lehnte sich an einen Baumstamm und dachte an ihn. Damals, an diesem Sonntag im Juni, als er auf dem Holzstoß saß und auf sie wartete ... Sie hatte ihn unbedingt treffen wollen, bevor August Grieger um sie warb. Flics Jaulen und sein Freudentanz, als er Georg entdeckte ... Und dann sah sie sich selbst, wie sie auf ihn zulief und sich an ihn schmiegte, anders als sonst. Sie spürte wieder das Verlangen von damals; das Verlangen, sich mit ihm zu vereinigen, seine Frau zu werden, bevor sie August abweisen konnte. Und Georg verstand sie und kam zu ihr, wurde eins mit ihr und stillte ihre Sehnsucht nach ihm – nur um sie erneut anzufachen, wieder und wieder. Die unwiderstehliche Anziehungskraft, die er auf sie ausübte und der sie sich weder entziehen konnte noch wollte. Georgs Augen, seine Hände auf ihrem Körper, wie er in sie drang, sein Samen in sie strömte und die Zufriedenheit, die darauf folgte. Das Gefühl, angekommen zu sein, nichts zu entbehren. Und das Bewusstsein, etwas von ihm mitzunehmen und daraus die Kraft zu schöpfen. »Du bist meine Frau. Denk immer daran.« Damals hatten sie den Pakt geschlossen, und er würde ihn halten, genau wie sie …

Als sie die Augen öffnete, kam der Schmerz des Alleinseins jäh und heftig zurück. Sie senkte den Kopf und wischte sich die Augen, so als müsse sie erst in die Realität finden, in der er nicht bei ihr war und in der sie keine Nachricht von ihm hatte. Rasch nahm sie die Tasche auf und lief weiter, zurück auf den breiter werdenden Hirschwaldweg, der sich rechts zu den Wiesen und links zum Schmiedehof hin öffnete. Aus der Schmiede hörte sie Geräusche, Onkel Heinrich fing früh an, heizte das Feuer auf, sah den Plan für den Tag durch und hatte auch die Haustür schon aufgeschlossen. Sie schlüpfte hinein, ging in die Küche der Großmutter und fachte das Feuer an. Schnell kochte das Teewasser in dem alten Kessel; sie holte zwei Tassen aus dem Schrank und goss Tee auf. So saß sie und trank den starken heißen Tee und spürte, wie das Leben in sie zurückkehrte. In Cassel hatte sie oft so gesessen, genau so, bis auf die Zeit, in der sie das gnädige Fräulein gespielt hatte und erst durch Felix Ofterdingen in die Wirklichkeit zurückgeholt worden war. Und dieser Wirklichkeit musste sie sich nun stellen. Wie Vater auf ihren Brief reagieren würde, wusste sie nicht, wohl aber, dass Mutter ihn unter allen Umständen schonen würde, und das hieß, ihre Tochter verstoßen, totschweigen. Keine Aufregung für ihren Mann, also keine Tochter, denn die regte ihn auf. Es war einfach, sie durfte sich keine Illusionen mehr machen. Georg hatte von Anfang an recht gehabt, und sie war so dumm gewesen, so naiv, so unerfahren. Georg! Sie musste ihn heute sehen, sie würde zum Postamt gehen. Niemand würde unter dem Mantel ihre Schwangerschaft bemerken … Aber war das nicht auch egal? Georg lebte in Cassel, dort würde sie mit ihm wohnen und vielleicht, wenn sie genug gespart hatten, weg gehen mit ihm, weit weg in die Neue Welt. Oder er würde ein Postamt übernehmen, irgendwo, nur nicht hier im Dorf. Er würde fest eingestellt werden, in einem der großen Hauptpostämter arbeiten, in irgendeiner Großstadt. Die Welt steht uns offen!, dachte sie. Was auch immer wir tun.

Um halb acht kam die Großmutter herein, schon fertig angezogen und gewaschen. Als sie das Mädchen sah, fuhr ihre Hand an den Mund. Sie lachte und rief: »Ja, Linchen! Das is eine Überraschung! Seit wann bist du denn wieder da?«

Caroline lief ihr entgegen und zog sie an sich. Ein Gefühl der Wärme und Nähe durchflutete sie, und sie merkte erst jetzt, wie sehr sie die Zuneigung und die Güte der alten Frau vermisst hatte. »Großmutter! Meine liebe Großmutter!«, schluchzte sie und wollte sich gar nicht aus ihrer Umarmung lösen.

Dann tischte sie Brot, Butter und die selbst gemachte Marmelade auf und erzählte, was sie in Cassel erlebt und warum sie eine Woche in Georgs Wohnung gewohnt hatte. Dass ihre Eltern sie, weil Thea Lügen über sie geschrieben hatte, nicht abgeholt und nicht aufgenommen hatten. Es zeigte sich, dass Sophie nichts von ihrer Tochter erfahren hatte als das, was sie Georg mitteilen konnte. Friederike hatte sie nicht ein einziges Mal besucht, nur manchmal Minna mit Kuchen oder einem Stück Braten geschickt. Dass Georg für acht Wochen nicht die Postroute fahre, hatte ihr ihre Tochter Renate berichtet, genauso wie von der Militärübung, und dass man für diese Zeit einen Vertreter eingestellt habe. Der sei übrigens nicht so begabt wie Georg und blase das Posthorn mal eben so.

»Er hat dich also gefunden!«, freute sich Sophie. »Dann habt ihr euch ja noch gesehen, bevor er weg musste.«

»Ja, Großmutter, und auch das verdanken wir dir. Du hast immer zu uns gehalten. Und deshalb möchte ich dir auch ganz ehrlich etwas sagen. Georg und ich, wir erwarten ein Kind. Erschrick nicht, bitte. Wir haben, schon bevor er ins Manöver ging, beschlossen zu heiraten. Da wusste er noch gar nichts von dem Kind. Ich freue mich so darauf, und ich bin sicher, er auch.«

Sophie hatte Caroline nachdenklich angeschaut und sagte langsam: »Ja, so ist das, wenn man sich lieb hat. Man muss zueinander, und es treibt einen voran, und dann ist es gut, wenn man zusammen ist.«

Das Mädchen nickte heftig. Genau so war es.

»Aber weiß er's denn jetzt?«

»Ich hab ihm geschrieben, bevor ich aus Cassel abgefahren bin. Aber ich habe keine Antwort bekommen. Am Bahnhof haben wir uns nicht getroffen und hier auch nicht. Ich versteh's nicht, Großmutter! Er hat mich immer gefunden, immer!«

In ihrer Angst war sie lauter und heftiger geworden. Sophie stand auf und legte der Enkeltochter ihre Hand auf die Schulter. »Es is ja, wie du sagst. Er hat dich immer gefunden. Also gibt's auch eine Erklärung für das alles.«

Caroline legte dankbar den Kopf zur Seite, so dass er den Arm der Großmutter berührte. »Ich bin so froh, dass ich zu dir kommen kann, Großmutter. Wenn ich dich nicht gehabt hätte, ich wäre verzweifelt. Und in Cassel, da war es schlimm, und wenn Frau Jeschke nicht gewesen wäre, dann hätt ich's wohl gar nicht ausgehalten.«

»Jetzt ruhst du dich erst mal aus. Hier, leg dich auf's Sofa und deck dich zu. Wann ist es denn so weit mit dem Kind?«

»Ich weiß nicht so genau. Ich hab ja keine Ahnung davon. Aber ich hatte seit Mitte Juni kein Blut mehr. Nur im September so ganz wenig und schwarzes.«

»Das war wohl altes Blut. Juli ... Dann im April, denke ich.«

Caroline schaute sie groß an. Im April wird mein Kind geboren, dachte sie, unser Kind! Dann haben wir noch gut Zeit zu heiraten. »Und du musst meine Trauzeugin sein, Großmutter!«, spann sie ihre Gedanken laut fort. »Und Frau Jeschke. Und vielleicht Herr Hartwich. Das ist nämlich Georgs Hauswirt. Oder Georgs Schwester und seine Mutter kommen ... Oh, Großmutter, ich freue mich so!«

Die alte Frau lachte und drückte der Enkelin einen Kuss auf das dunkle Haar. »Und heute Mittag, da gehst du zur Post, und dann klärt sich alles auf«, sagte sie tröstend.

»Großmutter, ich würde so gern bei dir bleiben, bis wir verheiratet sind. Ich denke, nächsten Monat schon, dann bist du mich wieder los.«

»Das wird auch Zeit!«, entgegnete Sophie lachend.

Kapitel 2

Caroline schlief nicht ein, aber sie dämmerte doch im Halbschlaf dahin. Die Großmutter strickte. Als es auf elf Uhr zuging, wurde Caroline nervöser und schaute jede Minute auf die Küchenuhr, die so gleichmäßig wie unerbittlich langsam tickte. Bis es Zeit war, die Suppe vom Sonntag zu wärmen. Sie aß wenig und war in Gedanken schon im Aufbruch.

»Nimm das Tuch noch um die Schultern«, riet ihr Sophie. »Es ist kalt und ...«

»Und es muss nicht jeder gleich sehen, wie es um mich steht«, ergänzte Caroline. »Du hast recht.«

In ihren Mantel und das große gestrickte Schultertuch gehüllt, machte sie sich auf den Weg von der Schmiede zum Postamt. Unterwegs grüßten ein paar Leute und fragten freundlich: »Wieder da aus Cassel? War's denn schön?« oder ähnlich. Sie antwortete jedes Mal ebenso freundlich. Vor dem Postamt stand kein Fahrgast. Gott sei Dank, dachte sie. Ich bin so unruhig, so schrecklich nervös, ich wüsste nicht, worüber ich reden sollte. Ich stehe hier und warte auf ihn, auf meinen Georg, auf dieses Wunder, das mir begegnet ist!

Gegen halb eins war von der Postkutsche immer noch nichts zu hören. Vielleicht bläst er jetzt nur hier das Horn, dachte sie, und nicht mehr schon vor dem Dorf. Aber dann müsste ich ihn ja bald sehen! Und sie lief ein paar Schritte die Hauptstraße hinauf, um ruhiger zu werden. Dann kehrte sie wieder um. Wo blieb Georg? Er war für seine Pünktlichkeit bekannt. Als sie Pferde im Trab herankommen hörte, drehte sie sich um. Ihr Herz blieb stehen. Zwei Monate – und davon einer auch ohne Briefe. Und jetzt war er da! Die Braunen kamen näher. So war er herangekommen, als sie nichts ahnend auf dem Weg zur Großmutter gewesen war, das Posthorn hörte, virtuos gespielt, und mit den anderen Schaulustigen das rasante Manöver verfolgte, mit dem er in die Einfahrt eingebogen war. Georg Lindström, der neue Postillion, groß, stark und schön, und ihr Leben hatte sich in diesen Sekunden verändert, ohne dass sie auch nur eine Chance gehabt hätte, es zu verhindern.

Die Postkutsche kam jetzt langsamer heran. Die Pferde gingen im Schritt. Ein Postillion in Uniform saß auf dem Kutschbock – aber es war nicht Georg Lindström. Caroline starrte ihn an. Das konnte nicht sein! Das war Georgs Tour, wieso fuhr sie ein anderer? Heute war Montag, der 28. Oktober, sein erster Arbeitstag nach der Militärübung. So hatte er es gesagt – und er war nicht da. Sie brauchte Minuten, um es zu begreifen. Bin ich in der richtigen Welt?, fragte sie sich, und kurz darauf: Bin ich verrückt geworden? Sie war vollkommen verwirrt, in ihrem Kopf drehte sich alles.

Der Postillion, ein kleiner kräftiger Bursche mit Oberlippenbart und Stoppelhaar, setzte das Posthorn ab, dem er ein paar Töne abgetrotzt hatte, die der vorgeschriebenen Tonfolge zumindest ähnlich waren. Caroline hörte es nicht. Onkel Walter kam aus dem Haus und nahm den Postsack entgegen. Sie sah es nicht. Alles drang zu ihr wie durch eine gläserne Wand, so als wäre sie in einer anderen Wirklichkeit und schaute hinüber in die der anderen. Der Postillion stieg auf den Kutschbock. »Wolln Se mit, Fräulein?«, fragte er. Sie starrte ihn noch immer an. Was hatte er gesagt?

»Geht's Ihnen nich gut?« Er zuckte mit den Schultern und hob die Peitsche. Nein, er durfte nicht fahren, er konnte doch nicht einfach wegfahren!

»Georg! Wo ist Georg?«, rief sie. Die Angst in ihrer Stimme ließ ihn innehalten. »Georg?«, fragte er. Mein Gott, es war, wie sie gedacht hatte! Sie war in einer anderen Wirklichkeit, in der es Georg nicht gab.

»Caroline!«, hörte sie eine Stimme neben sich rufen. Es war nicht Georgs Stimme. »Renate, komm doch mal!«

»Will se nu mit oder nich?«, fragte der Postillion.

»Nein. Fahren Sie!«, sagte Onkel Walters Stimme.

Das Posthorn ertönte wieder: die Abschiedsmelodie.

»Nein!«, schrie Caroline. »Wo ist Georg?«

»Komm mit rein, Caroline, komm! Renate!«, rief Onkel Walter. Er hakte seine Nichte unter und versuchte, sie ins Haus zu bringen.

»Nein! Nicht fahren!«, schrie sie. »Warum ist das nicht Georg?«

Der Postillion sah sie an, dann den Postverwalter und machte ein Zeichen, das wohl bedeuten sollte: Die ist komplett verrückt!, und knallte mit der Peitsche. Die Braunen zogen an, Caroline riss sich von Walters Arm los und warf sich in die Zügel. Die Tiere scheuten, erkannten sie dann und streckten die Köpfe vor, um sich den Zucker zu holen, den sie immer für sie mitgebracht hatte, wenn sie sich mit Georg traf.

»Kind, was ist denn los?« Tante Renates ruhige Stimme erreichte sie. »Halten Sie die Pferde zurück, Herr Füllbohle.«

»Was will die denn von mir?«, fragte der Postillion.

»Einen Moment. Was möchtest du denn von dem Postillion wissen, Caroline?« Renate bemühte sich, ruhig zu bleiben. Nur kein Aufsehen hier vor der Post. Sie war froh, dass keine Fahrgäste da waren.

»Tante Renate«, flüsterte Caroline. Ihre Stimme versagte. »Georg – wo ist er?«

»Georg Lindström?«, fragte Renate. Caroline lehnte bleich und kraftlos an einem der Pferde.

»Georgs Pferde«, flüsterte sie. »Ich bin hier. Es ist alles wahr.«

»Bring sie ins Haus«, schlug der Postverwalter vor.

»Also ich muss weiter«, drängte der Postillion und machte Anstalten, loszufahren.

»Fahren Sie«, sagte Renate. »Ich erkläre ihr alles.«

Sie führte Caroline, die bei den Worten »Ich erkläre ihr alles« jeden Widerstand aufgegeben hatte, auf das Postamt zu. Ihr Mann gab dem Postillion ein Zeichen, der knallte mit der Peitsche und ließ die Pferde galoppieren, um die verlorene Zeit wieder aufzuholen.

Renate setzte ihre Nichte in den Ohrensessel in der sogenannten Poststube, die direkt hinter dem Schalterraum lag. Die Poststube war eine praktische Angelegenheit, denn hier konnte sie alle anfallenden Arbeiten wie das Plätten, das Falten der Wäsche, sogar Kochvorbereitungen erledigen, das Strickzeug lag hier, und immer wenn ein Kunde nebenan in den Schalterraum kam, hörte sie das und war schnell zur Stelle. Sie gab ihrer Nichte ein Glas Wasser und sagte freundlich: »Georg Lindström ist im Manöver. Was willst du denn von ihm?«

Caroline trank, ihre Hände zitterten. Heftig schüttelte sie den Kopf. Renate sah sie besorgt an. Sie wusste von ihrer Mutter, dass man das Mädchen nach Cassel geschickt hatte, um bei einer Cousine Eduards den letzten Schliff in den Benimmregeln der gehobenen Gesellschaft zu bekommen. Und nun war sie plötzlich wieder da, benahm sich so merkwürdig und fragte nach dem Postillion.

»Er sollte heute wieder da sein!«, sagte Caroline.

»Heute?«, überlegte Renate laut. »Ja, richtig, am 28. Na ja, wer weiß, was dazwischengekommen ist. Vielleicht ist er krank geworden. Ist das denn für dich so wichtig?«

Da legte Caroline den Kopf in die Sesselecke, Renate fing das Glas auf, das ihren Händen zu entgleiten drohte. Sie atmete schwer, totenbleich saß sie da. Die Hände hingen einfach herunter, als könnte sie sie zu nichts mehr gebrauchen. Sie schloss die Augen. Als sie wieder sprechen konnte, sagte sie: »Er ist mein Leben.«

»Mein Gott!«, entfuhr es der Postverwalterin. Ihr Mann steckte den Kopf zur Tür herein und verabschiedete sich. »Ich geh jetzt los. Sind nicht viele Briefe heute. Dauert nicht lange. Wie geht's ihr denn?«

Seine Frau nickte, sagte aber nichts. Georg Lindström und Caroline – aber die sollte doch diesen August heiraten. Deshalb war ihr die Abreise nach Cassel auch komisch vorgekommen. Sie fuhr weg zu einer Tante, obwohl sie sich verloben wollte. Renate sagte nichts. Das Mädchen war am Ende seiner Kraft, so viel sah sie. War sie am Ende weggeschickt worden, um von Lindström loszukommen? Aber das würde bedeuten, dass sie mit ihm … ein Verhältnis gehabt haben musste. »Er ist mein Leben.« Dieser einfache Satz sagte alles.

Caroline öffnete die Augen. Der Schmerz darin war unbeschreiblich. Spontan nahm Renate ihre Hand.

»Ich werde mich erkundigen«, versprach sie. »Walter kann in Cassel nachfragen, wann Herr Lindström wieder die Tour fährt. Und vielleicht auch, warum er heute nicht da war. Bleib noch eine Weile hier sitzen, bis es dir besser geht. Ich muss rüber, da ist jemand gekommen.«

Sie hörte Renate mit einem Kunden sprechen. Wieder nahm sie alles wahr wie durch eine gläserne Wand. Sie war aus ihrer Welt gerissen und in eine andere geworfen worden, in die sie nicht hineinpasste. Ich kann nicht aufstehen, dachte sie. Ich bleibe hier sitzen, bis er kommt, irgendwann.

Eine halbe Stunde später führte Renate sie zum Privatausgang des Posthauses. »Ich sage dir morgen Bescheid.«

»Bei der Großmutter«. entgegnete das Mädchen, »ich bin bei der Großmutter.«

»Bei Mutter? Warum denn?« Es kam keine Antwort. Das war eine ernste Sache, das fühlte Renate deutlich. Aber wie hing alles zusammen? Sie hatte mit ihren drei Kindern, die nun allesamt verheiratet waren, nichts dergleichen erlebt. In diesem Moment war sie zum ersten Mal wirklich froh darüber.

»Georg und ich«, hörte sie das Mädchen sagen, »wir haben uns so lieb.« Sie war jetzt ruhig, beinahe ergeben. »Die Mutter will es nicht. Ich habe nur noch die Großmutter.«

Renate versuchte nicht, ihr Mitgefühl zu verbergen. Es war Friederikes Wunsch gewesen, ihre Tochter mit August Grieger zu verheiraten. Und weil Caroline sich in Georg Lindström verliebt hatte und diese Liebe offenbar auch erwidert wurde, hatte sie das Mädchen einfach weggeschickt.

Sah sie nicht, wie ihre Tochter litt? Oder war ihr der Aufstieg wichtiger als das eigene Kind?

»Kannst du gehen?«, fragte die Postverwalterin. Als keine Antwort kam, schob sie Caroline sanft durch das Gartentor und drückte ihre Hand. »Ich komme morgen zur Mutter. Dann klärt sich alles auf. Bestimmt ist er morgen schon wieder auf dem Kutschbock. Der Kerl ist doch nie krank und immer guter Laune!«, versuchte sie zu scherzen. Sie sah ihrer Nichte nach, die mechanisch vorwärtsging. Es schien, als nehme sie nichts um sich herum wahr. Zwei Kunden kamen auf das Postamt zu. Renate winkte Caroline nach und ging durch die Poststube in den Schalterraum. Nur nichts anmerken lassen. Wenn zu allem Unglück auch noch das Gerede der Leute kam, war das nicht hilfreich.

Als ihr Mann mit der leeren Posttasche nach Hause zurückkehrte, fing sie ihn ab und bat, er möge in der Oberpostdirektion nach Georg Lindström fragen. »Was für eine Geschichte!«, sagte er dazu. »Ich weiß nicht, wie es dir ging, aber ich habe nichts gemerkt. Und ich weiß wirklich nicht, was deine Schwester gegen den Lindström hat. So einen Kerl findet man nicht alle Tage. Sie sollte sich freuen.«

Sophie sah Caroline kommen. Mühsam, als wäre sie dreißig Jahre älter, bewegte sie sich auf die Haustür zu. Sie ging ihr entgegen und sagte nur: »Er war nich da.« Das Mädchen zog Tuch und Mantel aus und setzte sich.

»Großmutter, wo ist er? Was ist da passiert?« Die Angst in der Stimme war so heftig geworden, dass Sophie sich ernsthaft Sorgen machte. Es kann nicht sein, dass er sie im Stich gelassen hat, dachte sie. Ich müsste mich so sehr in einem

Menschen täuschen, wie ich es vorher nie getan habe. Also muss etwas passiert sein. Aber was?

»Willst du morgen wieder hingehen, Linchen?«

»Tante Renate hilft mir. Onkel Walter fragt in Cassel nach.«

Sophie zuckte zusammen. »Wissen sie denn Bescheid?« Sie selbst hatte nichts gesagt.

»Als der fremde Postillion auf dem Kutschbock saß, da konnte ich nicht mehr, Großmutter. Ich hab Tante Renate gesagt, dass wir uns lieb haben.«

»Und dann?«

»Dann hat sie mir geholfen. Sie war sehr nett. Alles ist so unwirklich. Ich glaube, ich bin verrückt geworden.« Sie starrte in die Küche, als sähe sie sie zum ersten Mal.

Walter fragt nach, sagte sich Sophie, also müssen wir die Zeit bis morgen überbrücken. Das Mädchen darf nicht schlapp machen. Es wird sich alles klären.

»Ach was, Line, was du nur denkst! Du bist unruhig, weil er sich nich meldet. Na, das wär ich auch. Aber wir stehn das durch, wir zwei. Der Georg lässt dich nich im Stich. Der hat dich so lieb wie mein Heinrich mich hatte.«

Caroline schaute sie an, halb erschrocken, halb erleichtert. »Nein, im Stich nicht, das doch nicht. Aber ich hab Angst, dass ihm was passiert ist.«

»Morgen wirst du das alles wissen, und dann kannst du tun, was getan werden muss. Das is immer so, Schritt für Schritt, Linchen. Und der nächste Schritt is, dass wir zu Heinrich gehn und sagen, dass er uns das Bett von seinem Vater aufstellt. Das passt noch in meine Schlafstube rein. Komm!«

»Soll ich denn Onkel Heinrich ... alles sagen?«

»Das müssen wir wohl jetzt. Wenn du bei mir bleiben willst, dann muss der Heinrich das wissen.«

Ihr war wohler, jetzt, da sie eine praktische Lösung für den verbleibenden Tag gefunden hatte. Das Mädchen durfte nicht die ganze Zeit darüber grübeln. Caroline fasste sie unter und führte sie durch den großen Flur hinüber in die Wohnung des Schmieds. Seine Frau Magdalene war allein in der Küche und machte sich sogleich daran, Kaffee zu kochen. Dabei fragte sie ihre Nichte nach den Casseler Tagen. Sophie aber unterbrach sie: »Magdalene, wo is denn der Heinrich?«

»Na, in der Schmiede. Der wird vor sechs nicht kommen.«

»Und der Ferdinand?«

Heinrichs Sohn Ferdinand war Geselle und arbeitete mit seinem Vater zusammen. Er war das einzige der Schmidtschen Kinder, das noch zu Hause lebte. Von den sechs Geschwistern waren zwei schon im Kindesalter gestorben, die drei Töchter alle verheiratet. Nur Ferdinand, der mit seinen 24 Jahren Jüngste, war noch unverheiratet. Er hatte das Handwerk von seinem Vater gelernt und stellte sich gut an. Das Einzige, was seiner Mutter Sorge bereitete, war seine Trägheit in Bezug auf eine Verlobung oder gar Verheiratung.

»Der Junge wird auch so lange brauchen mit den Legerschen Pferden«, antwortete Magdalene. »Aber um sechs gibt's Abendbrot. Da wird er schon kommen.«

Emma!, dachte Caroline. Ihre Pferde werden hier beschlagen, ob sie ...?

»Ist Emma auch hier?«

»Die junge Frau? Nein, das machen die Knechte. Die ist doch auch schon wieder in Hoffnung. Mein Gott, manche Leute sind aber auch ...« Magdalene fielen die richtigen Worte für ihre Empörung nicht ein. Sie beließ es dabei und fragte stattdessen: »Was willst du denn von den beiden, Mutter?«

Der Kaffee war fertig und belebte Großmutter und Enkelin zusehends. Es war gar nicht so falsch, dass sie hier mit der Schwiegertochter allein waren, dachte Sophie. Sie würde alles erzählen und die herzensgute Magdalene würde ihren Männern schon beibringen, dass sie das Bett am selben Abend noch aufstellen sollten. Und richtig, Magdalene hörte zu, stellte die eine oder andere Frage und gab sich Mühe, sich ihre Überraschung nicht allzu deutlich anmerken zu lassen. Caroline und der neue Postillion – darauf wäre sie nicht gekommen. Gut verheimlicht, dachte sie, und meine Schwiegermutter hat keinen Ton gesagt. Einmal hab ich ihn gesehen, den großen blonden Kerl, wie er zu ihr kam. Aber ich dachte, der bringt ein Telegramm oder so was ...

Caroline war dankbar für das Verständnis, das Magdalene ihr entgegenbrachte. Noch wusste sie nichts von der Schwangerschaft, aber sie merkte wohl, dass die Frau, die selbst sechs Kinder bekommen hatte, sie prüfend von der Seite ansah, immer dann, wenn sie sich unbeobachtet glaubte.

»Geh nur schon rüber, Linchen«, sagte Sophie, »und sieh nach dem Feuer. Ich komme gleich.«

Als das Mädchen gegangen war, schaute Magdalene die Schwiegermutter an. »Da ist was unterwegs, Mutter, stimmt's? Deshalb hat Friederike sie rausgeschmissen.«

Die Alte nickte. »Ja, so is das. Ich kann sie doch jetzt nich im Stich lassen, Magdalene.«

»Nein, das kannst du nicht. Aber wird er sie denn heiraten? Es kann doch auch sein, dass er sich abgesetzt hat, oder weiß er's nicht?«

»Doch, sie hat's ihm geschrieben, noch in die Kaserne, in der letzten Woche.«

Magdalene schüttelte besorgt den Kopf. »Wenn das mal nicht Ärger gibt, Mutter. Die Postillions ...«

»Ich weiß, Mädchen. Aber der is nich so. Ich kenn ihn ganz gut. Ich glaube nich, dass er sie im Stich lässt. Aber ich mach mir Sorgen, dass da was passiert is, dass er krank is – irgend so was ...«

»Na, Renate wird ja morgen mehr wissen. Jetzt wart mal ab. Ich schick dir die Männer nachher.«

Sophie drückte der Schwiegertochter die Hände. Sie hatte sich nicht in ihr getäuscht. Gegen acht erschienen Heinrich und Ferdinand, um das Bett, das sie vom Dachboden geholt hatten, in Sophies Schlafstube aufzustellen. Caroline bezog es mit frischer Wäsche und bedankte sich artig bei Cousin und Onkel, die die Großmutter noch auf einen Korn geladen hatte. Magdalene hatte alles so erzählt, wie sie's von ihrer Schwiegermutter gehört hatte, und Heinrich stellte keine Fragen. Er nickte dem Mädchen zu und sagte: »Bei meiner Lotte, da war's auch so. Und als der Willi sie geheiratet hatte, da war's auch egal, ob se nun neun oder sieben Monate danach was Kleines kriegte.«

Caroline nickte dankbar. »Ihr seid alle so nett zu mir, Onkel Heinrich! Das tut so gut, nach allem, was ich bei meiner

Mutter erlebt habe. Ich weiß, ich habe sie sehr enttäuscht, weil ich August nicht will. Aber Georg liebe ich doch und …«

»Lass mal, Mädchen, ich weiß ja, wie das is. Hauptsache, er kommt auch und nimmt dich.«

Das war einfach so dahingesagt. Heinrich hatte sich nichts dabei gedacht. Und auch Ferdinand merkte nichts. Er trank seinen Korn aus, lächelte seiner Großmutter zu und stand auf. »Danke, Großmutter, bis morgen!«

»Ich danke dir, mein Junge! Schlaf gut!«

Caroline war angesichts der Worte ihres Onkels blasser geworden, aber sie nahm sich zusammen und antwortete: »Onkel Heinrich, er würde mich nie im Stich lassen.«

Sie schlief überraschend gut. Müdigkeit und Erschöpfung entließen sie bis sieben Uhr aus ihrer Unruhe. Tante Renate hielt Wort und kam schon gegen neun, aber nur um die Nachricht zu bringen, dass ihr Mann in Cassel nichts erfahren hatte. Man habe zurücktelegrafiert, ob Herr Kissling ein Verwandter sei, und als er das verneinen musste, mitgeteilt, man könne ihm in diesem Fall keine Auskunft geben. Als die Postverwalterin die Verzweiflung in die Augen des Mädchens sah, nahm sie sie in die Arme und versprach, Onkel Walter werde mittags mit dem Postillion Füllbohle sprechen, der, das sei die einzige Auskunft gewesen, die man ihm habe geben können, noch weiter die Strecke fahren werde.

»Aber das ist nicht möglich, Tante Renate! Er hat's mir doch versprochen. Und was der Georg verspricht, das hält er!«, rief sie und klammerte sich an die gute Frau, die sich angesichts dieser Angst vornahm, am frühen Nachmittag noch einmal vorbeizuschauen. Sie machte sich inzwischen ernsthafte Sorgen um Lindström. Die Nachricht, man könne keine Auskunft geben, war mehr als beunruhigend. »Irgendwas stimmt da nicht, Renate«, hatte ihr Mann das letzte Telegramm kommentiert. »Was verheimlichen die uns?«

Sophie bemühte sich, ihre Enkelin mit Hausarbeiten zu beschäftigen und ihr auch ein wenig Wolle und Strickzeug zu geben. Als sie aber sah, dass das Mädchen kaum die Nadeln halten konnte, nahm sie ihr alles weg, setzte sich neben sie auf das kleine Sofa und hielt ihre Hand. So saßen sie noch, als Renate zum zweiten Mal an diesem Tag kam und ohne Umschweife sagte: »Füllbohle weiß auch nur, dass er für weitere vier Wochen Lindströms Tour übernehmen soll. Das hat man ihm in der letzten Woche gesagt. Als er fragte, was danach sei, war die Auskunft, es könne wohl auch noch länger sein. Er werde das noch erfahren.«

Caroline tat ihr leid, wie sie da zusammengekauert auf dem Sofa saß. Immer kleiner war sie geworden. Sie verbarg das Gesicht in den Händen und bot ein Bild der Verzweiflung.

»Kind«, sagte Renate, »was machen wir nun?«

Ich werde wirklich verrückt, dachte Caroline, ich spüre es genau: Jetzt in diesem Augenblick werde ich verrückt ... Sie starrte Renate an. Sophie wollte etwas sagen. Das Mädchen durfte nicht aufgeben, nicht schwach werden. »Linchen ...«

»Nein«, hörte Caroline ihre eigene Stimme wie die einer Fremden, »ich will das nicht! Ich werde nicht verrückt. Dieser Mann ist mir begegnet. Das war ein Wunder. Und ich werde es festhalten. Ich gebe nicht auf. Er ist mein Leben.«

Wie kann das sein?, dachte sie, dass ich eben noch so hilflos war und mir jetzt, im nächsten Moment, einfällt, was ich tun muss!

»Ich schreibe an Herrn Hartwich. Da wohnt er.«

»Ja!«, rief Sophie. »Das tu.« Und sie erklärte Renate, wer Hartwich war und dass der Hauswirt ja wohl Nachricht haben müsse, schon wegen der Wohnungsmiete.

»Dann schreib gleich heute. Ich bring den Antwortbrief sofort, wenn er kommt«, versprach die Postverwalterin.

Noch am selben Nachmittag schrieb Caroline an Hartwich. Sie habe Georg am Bahnhof nicht getroffen und auch bis jetzt nichts von ihm gehört. Sie mache sich große Sorgen und bitte ihn, ihr Nachricht zu geben, wenn er irgendetwas wisse oder erfahre. Tage vergingen, ohne dass eine Antwort eingetroffen wäre. Walter Kissling, der den Postillion Füllbohle jeden Tag befragte, erfuhr in der Folgewoche, dass dieser Georgs Route zunächst noch weitere vier Wochen fahren sollte. Nein, über seinen Vorgänger wisse er nichts. Der Postillion, der erst seit kurzer Zeit bei der Post arbeitete, freute sich über die Verlängerung. Er wünschte sich nichts mehr als eine feste Route oder gar eine spätere Festanstellung.

So wartete Caroline Tag um Tag. Es war jetzt anders als zuvor. Eine merkwürdige Veränderung war mit ihr vorgegangen. Ihr vernünftiges Denken hatte genau an dem Punkt wieder eingesetzt, wo ihre Gefühle sie gänzlich niederzureißen drohten. Ihre Sorge war nicht geringer geworden, aber sie ging anders damit um. Sie tat, was zu tun war, nahm der alten Frau Arbeit ab, ging auch zu Magdalene hinüber, um ihr zu helfen. Es erschien ihr selbst wie ein Geschenk, stärker zu sein und zu kämpfen, statt zu leiden. Am Dienstagnachmittag machte sie sich sogar auf den Weg zu Emma, von der sie so lange nichts gehört hatte. Sie musste die Briefe aus Cassel doch bekommen haben. Vielleicht war die letzte Antwort der Freundin an die Adresse der Eltern gegangen, und sie wusste nichts davon.

Einige der Leute, denen sie auf dem Weg begegnete, sahen sie etwas merkwürdig, in einer Mischung aus Neugier und Verlegenheit, an. Andere scherten sich weniger darum, dass Caroline Caspari nicht mehr bei ihren Eltern, sondern bei der Großmutter wohnte. Sie selbst gab sich auch jetzt alle Mühe, ihre Schwangerschaft zu verbergen. Ein weiter Mantel von Magdalene, den diese selbst in diesem Zustand getragen hatte, und das große Schultertuch verbargen, was das Dorf noch früh genug erfahren würde. Oder auch nicht, vielleicht war sie ja schon bald hier weg und mit Georg verheiratet.

Sophie hatte Friederike gebeten, die Winterkleidung ihrer Tochter herauszugeben, und diese, der der Besuch der Mutter mehr als peinlich war, hatte versprochen, Fritz mit den Sachen zu schicken. Eines Abends, es war schon dunkel, stand er tatsächlich vor der Tür und lieferte alles ab. Ein Brief lag bei, in dem Frau Straßenmeister Caspari ihre Mutter beschwor, ihre Enkeltochter spätestens nach der Geburt des »Bankert« für immer wegzuschicken, denn anderenfalls werde sie, und besonders ihr herzkranker Mann, der Lächerlichkeit preisgegeben, wenn nicht Schlimmeres passiere. Eduard sei leidend, was gänzlich die Schuld seiner Tochter sei, und weitere Aufregungen und Demütigungen vertrage er nicht. Sophie schüttelte den Kopf darüber. Das Prinzesschen blieb doch immer dieselbe.

Währenddessen war Eduard, mit der Nachricht von der Schwangerschaft seiner einzigen Tochter konfrontiert, tatsächlich so sehr leidend geworden, dass seine Frau sich ernsthafte Sorgen machte. Den Brief hatte er ihr nicht gezeigt, aber schon während er ihn las, erfasste ihn ein merkwürdiges Gefühl der Verbundenheit mit Caroline, das er sich letztlich nicht erklären konnte. Es war doch alles klar. Seine Tochter hatte ihren Eltern das Schlimmste angetan, was ein Mädchen seinen Eltern antun konnte: eine uneheliche Schwangerschaft, ein Kind von einem Mann weit unterhalb ihres Standes, einem hergelaufenen Postillion, der jeden Tag hier vorbeikam, zufällig, weil man ihn für diese Tour eingeteilt hatte. Oder von einem anderen, ihm unbekannten Mann, und in jedem Fall nicht von August Grieger. Seine Frau hatte konsequent und richtig gehandelt. Und er musste jetzt bevorzugt an Gustav denken, seinen Sohn und einzig verbliebenes Kind. Mitte November würde er mit dem bestandenen Ingenieurexamen nach Hause kommen, sich vielleicht mit Helene Kunert verloben und sich in der Nähe oder gar im Dorf niederlassen. Gustav konnte es nur schaffen, wenn der Schandfleck ausgelöscht war. Alles war klar und die Lösung sauber. Und trotzdem litt er wie – ja, wie Flic, der Caroline suchte und jedes Mal, wenn er auf dem Spaziergang ihre Witterung aufnahm, zur Schmiede sauste, um dort vor der Tür zu sitzen und anhaltend zu jaulen, bis er Einlass bekam. Als Friederike davon erfuhr, plädierte sie dafür, den Hund abzuschaffen. Und nur weil sie sah, welchen Eindruck dieser Vorschlag auf Eduard machte, nahm sie davon Abstand. Caroline musste aus ihres Vaters Sinn, und sie musste aus dem Ort weg, um Gras über die Sache wachsen zu lassen und Gustav die Möglichkeit zu geben, sich ohne Gesichtsverlust zu etablieren. Eines Tages sollte er den Sitz seines Vaters am Honoratiorentisch einnehmen, und die Beziehung zur Oberförsterfamilie aufrechtzuerhalten erschien ihr unter diesen Umständen noch weit wichtiger als vorher. Nächtelang schlief sie ebenso wenig wie ihr Mann. Wenn sie ihn neben sich schwer atmen hörte, wünschte sie sich beinahe, dass Caroline diesen Postillion heiratete, damit sie aus dem Dorf heraus war.

Eduard erinnerte sich der Ankündigung seiner Tochter, um seinen Segen zu bitten. Und dass sie ihn lieb habe, immer, und ihn nicht belüge, dieses Bekenntnis stand ihm beständig vor Augen. Und doch war das Handeln seiner Frau richtig. Was sollte aus ihnen werden, wenn sie das Mädchen wieder aufnahmen oder gar die Heirat mit dem Postillion billigten? Gustavs Zukunft wäre ruiniert, seine eigene und die seiner Frau dazu. Der Platz am Honoratiorentisch, die bevorzugte Stellung im Dorf, sein gutes Ansehen bei Landrat von Bromme, das auch für Gustav Gold wert war, und Gustavs Freundschaft zu August Grieger – alles wäre weg, perdu. Jedes Mal, wenn er den Brief seiner Tochter hervorholte, las und wieder versteckte, gingen seine Gedanken so, und weil sie so gingen, ertrug er sein Leid eines Tages nicht länger. Er verschloss den Brief in seiner Schreibtischschublade und war entschlossen, alles Weitere seiner Frau zu überlassen.

Friederikes größte Sorge waren Griegers. Eduard fiel als Beistand aus, und so entschloss sie sich dazu, sich bei der Familie anzukündigen und den schwersten Part allein zu übernehmen. Das war in der ersten Novemberwoche. Grieger, als er von der Heimkehr Carolines gehört hatte, war verwundert darüber gewesen, warum aus dem Hause Caspari keinerlei Anstalten zu einer Kontaktaufnahme erfolgten. Dann erfuhr er, dass das Mädchen bei der Großmutter lebe und konnte sich nicht recht einen Reim darauf machen. Seine Versuche, August zu einer Nachfrage dort zu bewegen, waren unter dem Einfluss der Oberförsterin gescheitert. Ihr Sohn habe es nicht nötig, um dieses Mädchen zu werben. Er sei einmal in impertinenter Weise abgelehnt worden, und nun liege die Initiative eindeutig bei den Casparis, deren Tochter froh sein könne, wenn August sie nun nicht seinerseits ablehne. Allerdings war hier keine Konkurrenz in Sicht, was vor allem daran lag, dass August sich gänzlich seiner Assessorenstelle im Fuchshagener Amtsgericht, also seiner Karriere, widmete. Die Mutter allerdings sah, dass eine schöne und gut erzogene Frau an der Seite ihres Sohnes ebendiese erheblich befördern könne, und wurde zuletzt ungeduldig. So war sie denn auch bereit, Friederike Caspari, die ihren Mann wegen seines leidenden Zustands vorab entschuldigt hatte, zu empfangen.

In der Nacht vor ihrem Besuch schlief Friederike noch weniger als in den Nächten davor. Eduard war informiert und herzlich froh, durch seine Krankheit entschuldigt zu sein. Wenn alles vorüber war, würde er wieder seine alte Rolle einnehmen, und dass seine Frau ihm über diese Zeit hinweghalf, rechnete er ihr hoch an. »Ich tue es für dich und für Gustav«, hatte sie gesagt. Sorgfältig gepflegt und gekleidet, ging sie den kurzen Weg den Hügel hinauf und atmete tief durch. Im Salon war eingedeckt, es duftete nach Kaffee und Kuchen. August war gerade, aus dem Gericht kommend, zu Hause eingetroffen. Eigentlich lag ihm nichts daran, hier dabei zu sein, aber Mama war der Meinung gewesen, es müsse nun durchaus Klarheit in dieser Sache geschaffen werden. Die junge Dame wohne bei ihrer Großmutter, sie frage sich, warum die Eltern sie nach ihrer Rückkehr nicht wieder aufgenommen hätten, und das Ganze könne nichts Gutes bedeuten, was beiläufig ihr Urteil bestätigen würde. Der Oberförster äußerte sich nicht dazu. Aber auch ihm war klar, dass eine Verlobung in weite Ferne gerückt war, wenn die eigenen Eltern Abstand von ihrer Tochter nahmen.

Frau Caspari bemühte sich, Haltung zu bewahren, den Kaffee zu loben und überhaupt allerlei Komplimente zu machen, bevor sie auf »unsere unglückselige Tochter« zu sprechen kam, die ihre eigenen Eltern nicht nur auf das Schwerste enttäuscht, sondern gar ihren Vater in eine schlimme Krankheit getrieben habe. »Bitte, glauben Sie mir, verehrte Frau Oberförsterin«, fuhr sie fort, »wir haben sie im besten Glauben zur Cousine meines Mannes nach Cassel geschickt, damit sie zur Vernunft komme. Wir waren fest davon überzeugt, dass es gelingen würde, denn Frau Kommerzienrat Odenbruck ist eine vorzügliche Dame von feinem Charakter und mit strenger Hand. Leider ist auch sie in einer Weise von unserer Tochter enttäuscht worden, dass ich keine Worte finde, um Ihnen meine Verbitterung darüber zu schildern. Meine Tochter hat aber nicht nur ihre Tante und uns selbst so belogen und betrogen, sondern auch Ihren Herrn Sohn. Diese Verbindung war unser Herzenswunsch. Ihr Sohn hat den besten Charakter und ist von einer geradezu beispielhaften Großzügigkeit. Sich bereit zu erklären, bis Ende Oktober mit der Verlobung zu warten, war sehr generös von ihm, und meine Tochter hätte allen Grund, ihm auf Knien dafür zu danken. Stattdessen hat sie, ich wage es kaum auszusprechen in meinem Schmerz, der mich in diesem Augenblick schon wieder überwältigt …« Sie zog ihr weißes spitzengerandetes Taschentuch hervor und tupfte sich eine Träne, die tatsächlich aus ihrem Auge quoll, mit theatralischer Handbewegung ab. Dabei schluchzte sie und schwieg für einen Moment. Oberförster Grieger begann die Sache peinlich zu werden. Er schaute August und seine Mutter an, die ungerührt geblieben waren. »Aber liebe Frau Caspari«, sagte er schließlich, »bitte fassen Sie sich. Wenn Sie nicht …«

»Nein, Herr Oberförster«, unterbrach ihn Friederike, noch immer schluchzend, »nein, ich bin gekommen, um Ihnen die Wahrheit zu sagen, auch wenn sie mir Schande macht. Aber ich will mich nicht feig davor drücken. Das ist nie meine Art gewesen. Die, die einmal unsere Tochter war, ist in Erwartung von einem Mann, der es nicht einmal wert ist, erwähnt zu werden. Sie hat uns alle und insbesondere Ihren Sohn schändlich hintergangen. Mein Mann und ich haben sofort die einzig richtige Konsequenz gezogen und Caroline verstoßen, für immer. Insofern haben wir ein reines Gewissen, auch unserem geliebten Sohn Gustav gegenüber, der in der nächsten Woche mit seinem bestandenen Examen zu uns zurückkehren wird.«

Nun war es heraus. Es entstand ein Schweigen, in dessen unheimlicher Stille man ihr Herz schlagen hören müsse, so erschien es Frau Caspari. Grieger schaute sie betroffen an. August wirkte einen Moment lang erschrocken, das hatte er, obwohl er nicht mehr mit einer Verlobung gerechnet hatte, sicher nicht erwartet. Frau Grieger aber blickte triumphierend in die Runde. Ihre Einschätzung war richtig gewesen. Im Grunde konnte man froh sein, dass diese Person sich auf diese Weise offenbart hatte und so endgültig aus dem Rennen war. Sie traute ihrem Mann nach wie vor nicht. Am Ende hätte er die unselige Verlobung auch nach diesen drei Monaten noch unterstützt. Dass sie selbst von dem Aufenthalt bei Frau Kommerzienrat Odenbruck so überaus beeindruckt gewesen war, verschwieg sie in diesem Augenblick.

»Ja, Frau Caspari«, sagte sie spöttisch, »das ist nun wirklich ein Elend für Sie. Sie werden es mir nicht verdenken, dass ich unter diesen Umständen sagen möchte, wie froh ich bin, dass die Verbindung im Sommer noch nicht zu Stande gekommen ist, zumal mein Sohn in dreister Weise von ihrer Tochter abgewiesen wurde. Im Nachhinein scheint es mir doch zu bestätigen, welches Naturell sie wirklich hat.« Sie drückte Augusts Arm. »Gott sei Dank, mein lieber Junge, dass uns das erspart geblieben ist.«

Grieger hatte sich von seiner Überraschung erholt. »Das sind nun freilich schlimme Neuigkeiten, die Sie uns da bringen, Frau Straßenmeisterin. Ich möchte aber sagen, dass ich ihre Konsequenz bewundere, mit der sie die Sache aus der Welt geschafft haben.«

Friederike ersparte sich auch die letzte Demütigung nicht und erwiderte: »Ihre Frau hat recht, Herr Oberförster. Sicher haben wir die einzig richtige Konsequenz gezogen, aber das, was Ihrem Sohn angetan wurde, übertrifft doch alles andere. Ein liebend Herz so zu enttäuschen. Ich hoffe, dass Sie, lieber August, eine Frau finden, die einen Charakter hat, der dem Ihren ebenbürtig ist. Wir stehen tief in Ihrer Schuld, denn wir haben unserer Tochter vertraut. Aber sie hat auch uns getäuscht. Und so kann ich Sie nur im Namen meines Mannes und in meinem eigenen um Entschuldigung bitten. Ich wünschte, ich könnte alles ungeschehen machen, aber das steht nicht in meiner Macht. So bleibt mir nur die Hoffnung, dass Sie als absoluter Ehrenmann nicht nur unsere Entschuldigung annehmen, sondern auch das Glück finden werden, das Sie verdienen.«

Bei diesen Worten hatte sie wieder angefangen, lautlos zu weinen, was August eine Verlegenheit bereitete. Er wusste nicht, was nun zu erwidern war. Das Ganze war ihm peinlich und im Grunde auch gleichgültig. Ein interessanter juristischer Fall ging ihm im Kopf herum, und wenn er im nächsten Gespräch mit Amtsrichter Hasselkamp gute Vorschläge zur Lösung ebendieses Falles machte, würde ihm das eine Grundlage geben, seine Position im Hause zu verbessern ...

Seine Mutter, die wohl sah, wie es um ihn stand, erwiderte kühl: »Nun, wir werden sehen, Frau Caspari. Ich kann Sie nur bedauern. Wie August mit der Sache fertig wird, müssen wir der Zeit überlassen.« Damit erhob sie sich als Zeichen, dass die Audienz nun beendet sei. Grieger begleitete Friederike hinaus und küsste ihr die Hand, was diese als gutes Omen wertete. »Grüßen Sie Ihren armen Mann«, sagte er, »ich wünsche ihm, dass er bald wieder gesund wird.«

»Ach, Herr Oberförster, Sie sind zu gütig«, erwiderte Friederike bewegt, »dass Sie in diesem Moment an die Gesundheit meines Mannes denken. Ich sorge mich aber auch um meinen Sohn. Er darf nicht unter der Schande, die seine Schwester uns allen gemacht hat, leiden.«

»August wird sich schon fangen«, tröstete sie Grieger. Fangen?, dachte er. War August je indisponiert deswegen? Nein, gestand er sich ein, nicht eine Sekunde.

»Warum sollte Gustav nicht sein Freund bleiben? Er hat ja nichts verbrochen und kann nichts für die Schande seiner Schwester.«

Frau Caspari sah ihn bewegt und dankbar an. »Danke, lieber Herr Oberförster. Ich danke Ihnen von Herzen.«

Kapitel 3

Caroline war unterwegs zu Emma. Die Freundin zu sehen erschien ihr wie ein Licht in der Mitte eines Tunnels, durch den sie seit der Flucht aus Theas Haus gehen musste. Würde sie je das Ende dieses Tunnels erreichen? Wenn ich bis zum Ende der Woche keine Antwort aus Cassel habe, werde ich hinfahren, sagte sie sich. Herr Hartwich wird mich nicht abweisen, und wenn Georg wirklich krank ist, braucht er mich mehr denn je.

Die Bäume in der Einfahrt des großen Gutes wurden schon kahl. Die Weite des Areals und das Gutshaus mit seinen Säulen erinnerten Caroline ein wenig an die Parklandschaft um das Ofterdingensche Palais, wenngleich jenes weitaus prächtiger gewesen war … Der Abend des Balles, die vielen Lichter, der Zauber der Musik … An diesem Tag hatte sie Felix Ofterdingen kennengelernt … Sie schritt rascher aus, um sich von den Erinnerungen frei zu machen. Sie belasteten sie nicht mehr in der Weise, dass sie sich Vorwürfe machte. Sie hatte sich ihrer Dummheit und Eitelkeit gestellt und war damit fertig. Aber der Gedanke an Felix hatte nach wie vor etwas Unangenehmes. Er war in ihren innersten Kreis eingebrochen, ohne dass sie es gewünscht hatte.

Als sie an die schwere doppelflügelige Tür pochte, freute sie sich einen Moment lang ganz auf Emma. Wie hatte ihr die Freundin geholfen, als sie ihr den Schlüssel zur Hütte am Kitzhain beschaffte! Glücklichste Tage hatte sie ihr damit beschert, trotz des Hausarrests und der Strenge der Eltern gegen sie.

Sie wurde hereingebeten und in den Salon geführt. Emma saß mit einer Häkelarbeit auf dem Sofa, die alte Frau Leger strickte.

»Line!« Emma sprang, so schnell es ihr Zustand erlaubte, auf und eilte, die Freundin zu umarmen. »Ich hab dich ja so vermisst!«

Sie lagen sich in den Armen und eine fand bei der anderen Trost.

»Hast du meine Briefe bekommen, meine liebe süße Emma?«, fragte Caroline.

Emma umklammerte sie und antwortete nicht. In der Zwischenzeit hatte sich ihre Schwiegermutter von dem Schreck, der sie beim Anblick Carolines befallen hatte, erholt. Sie trat heran und sagte barsch: »Ja, die hat sie wohl bekommen. Schon der erste zeugte von einer Sittenlosigkeit, die ihresgleichen sucht. Und nun gar der zweite! Einen Bankert tragen Sie mit sich herum – und wagen es, hier zu erscheinen, als wäre nichts gewesen.«

Caroline ließ Emma los. Die hielt die Hand vor den Mund und starrte mit weit geöffneten Augen auf ihre Schwiegermutter.

»Wie bitte? Sie haben die Briefe gelesen?«

»Selbstverständlich. Mein Sohn nimmt seine Verantwortung seiner Frau und seiner Familie gegenüber sehr genau. Er hielt es für richtig, mich in die Angelegenheit einzuweihen, was, wie ich jetzt erkenne, die einzig richtige Entscheidung war.« Dabei schaute sie Emma tadelnd an. »Meine Schwiegertochter weiß offenbar nicht, was sich gehört.«

Emma liefen Tränen die Wangen herunter. Sie sah schrecklich aus. War sie schon nach Jakobs Geburt heruntergekommen, so schien sie jetzt, in dieser dritten Schwangerschaft, ein Schatten ihrer selbst. Dicke dunkle Ringe lagen unter ihren Augen, die früher so geleuchtet und immer heiter umhergeblickt hatten. Sie war von einer jämmerlichen Blässe, ihr Haar sah trocken und strohig aus, ihre Wangen waren hohl, was einen merkwürdigen Gegensatz zu dem dicken Leib bildete.

Caroline fasste Emmas Hände. »Deshalb hast du nicht geantwortet.«

Emma nickte. »Ich durfte nicht.« Sie konnte kaum sprechen und legte eine Hand auf ihr Herz. Wie Vater, dachte Caroline und eine Welle von Mitleid durchflutete sie. Emmas Mann öffnete ihre Briefe, vergriff sich Nacht für Nacht an ihrem Körper, mutete ihr eine Schwangerschaft nach der anderen zu und bestimmte ihr ganzes Leben. Sie wusste nicht, was sie sagen sollte.

»Emma, meine liebe, liebe Emma!« Sie umarmte die Freundin erneut. Ihr Mann hatte gelesen, wie sehr sie Georg liebte, und aus dem zweiten Brief hatte er von ihrer Schwangerschaft erfahren. Diese Dinge waren nicht für ihn bestimmt gewesen, was maßte er sich an! Wut packte sie. Sie ließ Emma los, drehte sich um und sah in das abweisende Gesicht Jakob Legers, den seine Mutter aus dem Kontor geholt hatte, um der unwürdigen Szene ein Ende zu machen.

»Verlassen Sie mein Haus, Fräulein Caspari, und betreten Sie es nie wieder. Weder meine Frau noch ich selbst sind an einer solchen Bekanntschaft interessiert.«

Sie sah in das selbstgefällige brutale Gesicht, das auf sie herabblickte. »Sie lesen die Briefe, die an Ihre Frau gerichtet sind?« Es war ungewohnt, ihn zu siezen, aber er hatte sie so angesprochen und ihr war es unter diesen Umständen mehr als recht.

Leger lachte abfällig. »Ihre Briefe sind meine Briefe. Ich bin für sie verantwortlich. Und diese Verantwortung nehme ich wahr.«

»Sie machen Emma ein Kind nach dem anderen, Sie mischen sich in ihre privatesten Angelegenheiten ein – und nennen das Verantwortung? Schauen Sie Ihre Frau doch an, wie schlecht sie aussieht. Drei Kinder in drei Jahren ...« Weiter kam sie nicht. »Raus!«, schrie Leger und packte sie brutal am Arm. »Sie haben es nötig, so zu reden! Hurt herum, lässt sich einen Bankert andrehen und spuckt hier große Töne. Raus aus meinem Haus!«

Caroline nahm all ihre Kraft zusammen und sagte, so ruhig es ihr möglich war: »Ich liebe Georg. Wir werden heiraten. Unser Kind ist kein Bankert. Aber Sie werden Ihre Frau umbringen, wenn Sie so weitermachen.«

Das war zu viel. Legers Mutter schrie auf, ihr Sohn zerrte Caroline am Arm aus dem Haus und warf die Tür ins Schloss. Da stand sie nun und wusste nicht, wie ihr geschehen war. Sie hatte sich einen Feind gemacht, so viel war sicher. Leger hatte die Briefe gelesen und sie aus dem Leben seiner Frau gestrichen, aber jetzt würde er in seiner Wut und Demütigung im Dorf Stimmung machen. Primitiv genug war er; merkwürdig dass sie sich das nie eingestanden hatte. Vielleicht um Emmas willen oder auch, weil Jakob Leger ihr gleichgültig gewesen war.

Der rechte Arm schmerzte von seinem brutalem Zugriff. Sie fror, zog das Schultertuch enger um sich und ging ein paar Schritte die Einfahrt hinauf auf das schmiedeeiserne

Tor zu. Ich hatte die Kraft, dachte sie, ich zittere, nicht nur vor Kälte, aber ich hatte die Kraft zu sagen, was ich zu sagen hatte. Ihr Schritt wurde fester, sie ging langsam und blickte sich, schon vor dem Tor stehend, noch einmal um. Am Fenster des großen Gutshauses, oben im ersten Stock, stand Emma, den kleinen Jakob auf dem Arm, und sah der Freundin nach. Sie hatte die Handfläche an die Scheibe gedrückt. Caroline hob ihre Hand und spreizte die Finger, so als wollte sie aus dieser Entfernung ihre Handfläche an die der Freundin legen. Sie lächelte, und auch Emma versuchte ein Lächeln und sah ihr nach, bis sie um die Biegung verschwunden war.

Die Großmutter saß in der Küche, als ihre Enkelin zurückkam, und hatte damit begonnen, Carolines Winterkleidung zu ändern, so weit es möglich war. Bald würde sie nicht mehr hineinpassen. Friederike hatte sich geweigert, auch nur einen kleinen Geldbetrag für ihre Tochter herauszugeben. Sie würden wohl auf Magdalene angewiesen sein, was die Kleidung betraf – und das Geld ...? Ich weiß es nicht, dachte Sophie. Sie wird heiraten, dann brauchen wir uns keine Sorgen mehr darum zu machen. Er wird für sie sorgen.

Caroline fror noch immer. Sie fachte das Feuer an und kochte Tee. Als sie erzählte, was sich im Legerschen Hause ereignet hatte, strich Sophie sorgenvoll über ihre Stirn und sagte nachdenklich: »Das wird schwer jetzt, Kind. Wir können nur hoffen, dass wir Georg bald finden und du dorthin gehst, wohin du gehörst.«

Das, was allenfalls als Gerücht die Runde gemacht hatte, verbreitete sich nun blitzschnell im Dorf. Die stolze Caspari bekam einen Bankert vom Postillion, und der hatte sich davongemacht. Oder warum saß plötzlich ein anderer auf dem Kutschbock? »Ja, Hochmut kommt vor dem Fall«, sagten die, die neidisch auf den Aufstieg der Familie gewesen waren, und das waren viele. Friederike vermied es, ins Dorf zu gehen, und schickte Minna oder Fritz. Caroline musste weg, und irgendwann würde Gras über alles gewachsen sein. Sie ließ keinen Zweifel daran, dass sie ihre Tochter umgehend verstoßen habe, und befahl Minna, dies bei jeder Gelegenheit zu betonen. So lastete alles auf der alten Sophie und auf Heinrich und seiner Familie. Noch hatte keiner dem Schmied die Arbeit genommen, die nächste Schmiede war zwei Dörfer weiter und Heinrich beherrschte sein Fach. Auf die schandhafte Angelegenheit angesprochen, pflegte er zu sagen, er könne seiner alten Mutter nicht vorschreiben, wen sie bei sich aufnehme. Schließlich stünden ihr die beiden Zimmer auf Lebenszeit zu. Im Übrigen habe er mit seiner Nichte nichts zu schaffen, und er sei auch nicht für ihre Erziehung zuständig gewesen. Das tat seine Wirkung, und Argwohn und Spott ließen, was Heinrich und Magdalene Schmidt betraf, allmählich nach.

Die alte Sophie ging noch weniger aus dem Haus, als es vorher bereits der Fall gewesen war. Als der Samstag herangekommen und noch immer keine Nachricht von Hartwich eingetroffen war, sagte Caroline: »Ich fahre morgen nach Cassel, Großmutter. Ich halte es nun nicht mehr aus. Wenn Georg krank ist, braucht er mich. Und wenn er ... nicht mehr zu mir steht ... dann muss ich das auch wissen.«

»Line, nein, das glaub nich! Er is nich so einer. Aber du hast recht. Du musst hin.«

»Ich weiß ja, Großmutter. Ich glaub's ja auch nicht. Aber es tut so weh, es quält so, dass er sich so gar nicht meldet.«

Als dieses Gespräch stattfand, war es Vormittag gewesen. Am Mittag kam Onkel Walter und brachte eine Überraschung: Der lang ersehnte Brief von Herrn Hartwich wurde Caroline ausgehändigt. Sie sah den Onkel freudig überrascht an, stieß einen leisen Schrei aus, riss das Kuvert auf und las. Walter war noch geblieben und unterhielt sich mit Sophie. Nachdem das Mädchen ein paar Zeilen gelesen hatte, entglitt ihr das Papier. Sie versuchte, sich am Küchentisch festzuhalten, aber es gelang ihr nicht. Dann sank sie in sich zusammen und schlug hart auf dem Küchenboden auf.

Sophie fuhr herum. Walter warf die Posttasche ab, hob Caroline auf und legte sie auf das kleine Sofa. »Den Kopf tief, die Füße nach oben, auf die Lehne«, sagte Sophie und holte einen nassen Lappen, um ihn auf die Stirn der Ohnmächtigen zu legen.

»Gott, was war denn los?«

»Ich weiß nich. Da muss irgendwas Schlimmes gestanden haben …« Sollte Georg ausgezogen sein, ihre Line im Stich gelassen haben? Das konnte, das durfte nicht sein!

»Wenn es nicht besser geht, müssen wir den Arzt holen«, sagte Walter besorgt.

»Ich kühle sie weiter, Walter. Ich passe auf. Aber wir müssen wissen, was da Schreckliches drin steht. Ich weiß«, wehrte sie Walters Einspruch ab, »ich mach das sonst auch nich, aber dies hier is anders.«

Ihre Entschiedenheit ließ den Postverwalter von seinen Grundsätzen abrücken. Er hob den Brief auf und las laut vor, was Hartwich geschrieben hatte: »Mein verehrtes Fräulein Caroline, es fällt mir so schwer, Ihnen zu schreiben. Sie haben doch eine Woche hier gewohnt, und Herr Lindström hat immer in den wärmsten Tönen von Ihnen gesprochen. Aber es hilft ja nichts. Sie haben ein Recht, die Wahrheit zu wissen. Herr Lindström ist tot. Er ist in den letzten Tagen seines Manövers verunglückt. Ich weiß es von seiner Mutter, die es mir geschrieben und die Wohnung gekündigt hat. Und am Mittwoch war sie mit Herrn Lindströms Schwester in Cassel und hat die Möbel abholen lassen. Es tut mir so leid. Herr Lindström war ein ehrenhafter Mann, und sie hätten so gut zu ihm gepasst. Ich bedaure, dass ich Ihnen keine andere Auskunft geben kann und verbleibe mit vorzüglicher Hochachtung Hans Hartwich.«

Es entstand eine minutenlange Stille. Walter ließ den Brief sinken, er stand wie erstarrt. Sophies Hand lag auf Carolines Stirn, als wäre sie in einem einzigen Moment versteinert. Was sollte sie sagen? Dass das, was jetzt auf das Mädchen zukommen würde, alles bisher erfahrene Leid weit in den Schatten stellen würde.

Ihr Schwiegersohn hob den Postsack auf. »Kann ich etwas für euch tun?«, fragte er. In diesem Augenblick schlug das Mädchen die Augen auf.

»Ein Glas Wasser, Walter«, bat Sophie. Sie gab der Kranken zu trinken. »Wir müssen sie ins Bett bringen. Sie wird nicht gehen können.«

Kissling hob Caroline auf und trug sie hinüber ins Schlafzimmer. Sie sagte nichts und wehrte sich auch nicht. Sophie deckte sie zu.

»Ich denke, Renate wird morgen kommen«, versprach der Postverwalter, »mein Gott, wie traurig wird sie sein. Sie hat

Lindström gern gehabt.« Dabei schaute er auf das totenbleiche Geschöpf, das wie leblos in den Kissen lag. »Und sie – wie soll es für sie nun weitergehen?«

Aber die Großmutter schüttelte nur den Kopf und setzte sich still ans Bett des Mädchens.

Am Abend ging es der Kranken nicht besser. Magdalene schaute herein, wie sie es in letzter Zeit öfter tat, um mit Großmutter und Enkelin ein wenig zu plaudern. So allein mit Heinrich und Ferdinand mit ihrem Kartenspiel und ihren Schmiedegesprächen, das war doch nicht für jeden Abend genug. Sie brachte Handarbeiten mit und ihre schon vor so langer Zeit abgelegten Schwangerschaftskleider. Wenn Friederike so hartherzig war, nun, sie war es nicht. Aber auch sie hatte nicht das Geld, um neue Sachen nähen zu lassen. Caroline hatte ihr leid getan in ihrem Kummer und in ihrer Not, und sie wollte ihr helfen, die Zeit bis zur Heirat zu überbrücken. Aber das, was sie jetzt in Sophies kleiner Wohnung antraf, war nicht mehr das Mädchen, das sie gekannt hatte.

»Wir müssen den Arzt holen, Mutter«, sagte sie, als sie Caroline gesehen und sich mit Sophie in die Küche begeben hatte. »Sie ist grün und blau und vielleicht hat der Kopf etwas abbekommen. Sie spricht auch nicht. Sie starrt nur, dass es einem Angst werden kann.«

»Ich weiß nich, Lene. Und ich hab auch kein Geld für'n Doktor. Sie wird sich doch wohl erholen, ich meine, was so'n junger Körper is, der fängt sich vielleicht wieder ... Aber sie hängt so an ihm, am Ende isses auch mit ihr zu Ende.« Und dabei schämte sie sich ihrer Tränen, die sie nun endlich weinen konnte, nicht. »Gott, Lene, was für ein Unglück! Dass ich alte Frau das noch erleben muss. Mein Heinrich und ich, wir hatten doch wenigstens unsere Jahre zusammen, über vierzig, Lene, und du und dein Heinrich auch – und nu so was. Das arme Mädchen! Mein armes Linchen!«

Es tat ihr gut, alles aus sich herauszulassen. Magdalene nickte nur dazu und sagte: »Was soll nun werden, Mutter? Sie muss sich erholen, das als Erstes. Ein junges Leben sinnlos vertan ist furchtbar – und nun nicht auch noch das zweite! Aber das Kind! Wenn sie nicht schon in Erwartung wäre. Aber so ...«

Sophie weinte noch immer. Heute würde sie keine Entscheidung mehr treffen können.

»Ich geh wieder zu ihr und leg mich auch hin. Ich bin so müde, Magdalene, und sie hat doch niemand mehr, nur mich.«

»Du hast recht, Mutter. Schlaft, schlaft gut alle beide.«

Am nächsten Morgen ging Sophies erster Blick hinüber zu ihrer Enkeltochter, die, so stellte sie nach einem besorgten Horchen auf ihren Atem fest, wohl ruhig schlief. Sie machte Feuer und brachte Bohnenkaffee und ein belegtes Brot ans Bett, half dem Mädchen auf das Nachtgeschirr und ermunterte sie, zu essen und zu trinken. Aber Caroline nahm nur einen Schluck vom Kaffee, den die Großmutter besonders stark zubereitet hatte und der sie auch ein wenig zu beleben schien. Sie sprach nicht und krampfte ihre kleine Hand um die der alten Frau, die Mühe hatte, in diese blauen Augen zu sehen und den leeren Blick auszuhalten, in dem jegliche

Hoffnung erloschen war. Als es klopfte, löste Sophie die Hand des Mädchens und öffnete Dr. Rieber die Tür.

»Herr Doktor, ich ... freue mich, dass Sie vorbeikommen. Aber ich hab Sie doch gar nich gerufen ...«

»Guten Morgen, Frau Schmidt. Der Ferdinand war da. Ihre Schwiegertochter meinte, ich solle doch mal nach ihrer Enkeltochter sehen.«

»Das is so nett von Ihnen – aber ich kann Sie doch gar nich ...« Sie stockte verlegen und senkte den Blick. Es war so peinlich. Ihre Enkelin war krank, und sie hatte kein Geld für den Arzt.

»Machen Sie sich keine Sorgen darum, Frau Schmidt. Ihr Sohn wird meinen Max einmal umsonst beschlagen.« Und er wies mit der Hand in Richtung seines Einspänners. Max, der Warmblüter, der ihn zog, kaute an seiner Gebissstange.

Heinrich, dachte Sophie, mein Junge hat sein Herz auf dem rechten Fleck. Und die eigene Mutter lässt ihr Kind im Stich. Sie hatte gar nicht gemerkt, dass ihr bei diesem Gedanken die Tränen gekommen waren.

»Kommen Sie, liebe Frau Schmidt«, ermunterte sie der Arzt, der ihre Rührung gänzlich anders gedeutet hatte, »wo ist denn unsere Kranke?«

Als er das Mädchen gesehen und untersucht hatte, machte er ein besorgtes Gesicht. »Tja, Frau Schmidt«, sagte er, als sie das Krankenzimmer verlassen hatten, »ihr Körper hat ein paar blaue Flecken. Die heilen wieder. Ihr Kopf hat nichts abbekommen. Das war die Sorge Ihrer Schwiegertochter. Aber das, was im Kopf drin ist ... Sie hat keinen Lebenswillen mehr. Und dann das Kind. Damit scheint mir so weit alles in Ordnung, aber ich schicke Ihnen die Hebamme herüber. Keine Angst«, beschwichtigte er, »die ist im Preis mit drin!« Aber der Scherz kam ihm schwer von den Lippen. Er hatte wohl gemerkt, wie es um Caroline stand, und er hatte es gehört. Sie war nur ein einziges Mal aus ihrer Lethargie herausgekommen, dann nämlich, als er, mehr verzweifelt als tröstend, gesagt hatte: »Herr Lindström war ein wunderbarer Mann. Wir alle hatten ihn sehr gern.« Er hatte wissen wollen, ob sie noch zu irgendeiner Reaktion fähig war. Und nur dieses eine Mal hatte sie geantwortet, ihn angeschaut und leise geflüstert: »Er war mein Leben. Er war doch mein Leben.«

Daraufhin hatte er, dem dergleichen nie vorher bei einer so jungen Frau begegnet war, sich zurückgezogen. »Verlieren Sie die Hoffnung nicht, Frau Schmidt. Und hier habe ich noch ein Stärkungsmittel, ein bisschen Eisen und Vitamine«, sagte er zum Abschied und kam sich sehr klein vor. Was vermochte er letztlich schon? Da war ein junger gesunder Körper, der ein Kind austrug, und doch war die Kraft zu Ende, das Leben gelebt. Wie fröhlich hatte sie getanzt auf dem Frühlingsfest! Auch an die Polka mit dem Postillion erinnerte er sich noch. Ein schönes Paar, aber eben so unpassend. Und doch … Gut, dass meine Kinder verheiratet sind, kam er zum Abschluss seiner Gedanken, und dass meine Enkel gesund und in der Ordnung geboren sind. Wie dankbar muss ich sein. Er gab Max das Zeichen und fuhr langsam den Wiesenweg zur Hauptstraße hinunter.

Am selben Tag noch kam Renate und sah nach der Kranken. Sie hatte Äpfel mitgebracht und Streuselkuchen, aber Caroline nahm nichts. Sie lag nur da und sprach kein Wort. Nur wenn die Großmutter an ihr Bett trat, tastete sie nach der Hand der alten Frau. Das war ihr einziges Band zu dem Leben um sie herum. »Sie muss essen«, sagte Renate, »das Kind muss wachsen. Was können wir bloß tun?«

Aber Sophie hatte keine Antwort für ihre Tochter und beließ es dabei, Caroline immer wieder etwas anzubieten. Sie nahm einen Schluck Wasser, wohl auch etwas Tee oder Kaffee, aß aber nichts. Den dritten Tag danach kam die Hebamme und befand, was die Schwangerschaft betraf, alles in seiner Ordnung. »Aber sie muss essen und trinken und sich bewegen«, mahnte sie, »sonst haben wir eine Totgeburt oder das Kind nimmt doch zumindest Schaden.«

»Wenn ich nur etwas tun könnte, Klara!«, klagte Sophie, die die Hebamme noch aus der Zeit kannte, als sie Magdalenes Kindern auf die Welt geholfen hatte.

»Kommt schon, kommt schon«, tröstete die robuste Frau, die seit vierzig Jahren im Beruf war. Aber sie versteckte ihre Sorge hinter diesem Trost, denn so einen Fall wie diesen hatte selbst sie in all den Jahren noch nicht erlebt. Uneheliche Kinder waren einige darunter gewesen, auch verlassene Mädchen, aber dass ein junger Mann mit 22 Jahren im Manöver starb, noch bevor er sein Mädchen, das ihn so sehr liebte, hatte heiraten können, das war doch das Schlimmste, was so einem jungen Ding passieren konnte. Die Schande ertragen und den Kummer über den Tod des geliebten Mannes.

Renate oder Walter auf ihrer Postrunde, Magdalene manchmal am Abend, das waren alle, die vorbeikamen, um nach Sophie und ihrer Enkelin zu sehen. Renate wurde rot, wenn die Mutter sie nach dem Dorftratsch über das arme

Mädchen fragte, und sagte: »Ach, Mutter, lass, das regt dich nur auf.« Die alte Frau war bei all dem froh, dass Heinrich keine Kunden verloren hatte. Der schickte Ferdinand ab und zu, denn er hatte ein schlechtes Gewissen, weil er sich, zumindest seinen Kunden gegenüber, von seiner Mutter abgrenzen musste. Der junge Mann holte dann Holz herein, Kohlen aus dem Keller oder reparierte das eine oder andere. Magdalene brachte mal ein Stück Braten mit, mal ein Brot oder ein Stück Butter. »Das hat die Line doch früher immer gemacht«, sagte sie dazu. Ihr tat das Mädchen leid. Auch sie selbst war vor ihrer Hochzeit mit Heinrich Schmidt schwanger geworden. Dass es niemand gemerkt hatte, lag daran, dass sie gerade neun Monate verheiratet gewesen waren, als ihr Ältester geboren wurde. Und dann war er gestorben, und sie hatte lange, sehr lange gebraucht, um darüber hinwegzukommen. »Die, die sich jetzt über die Line das Maul zerreißen, sind doch nur neidisch auf die Casparis«, sagte sie zu Sophie. »Und wer ist daran schuld? Doch nur die stolze Friederike, die wie eine Prinzessin da oben auf ihrem Hügel sitzt und sich einen Dreck um ihr eigen Fleisch und Blut schert.«

Tat sie das wirklich? Sophie hatte von Renate hören wollen, wie Friederike über ihre Tochter dachte, und die Einwände bezüglich ihrer Gesundheit beiseitegeschoben. »Ich rege mich nicht auf«, versprach sie. Vielleicht gab es doch noch Hoffnung und sie konnte wenigstens ein bisschen Geld für die nächste Zeit von Friederike bekommen, wenn die sich schon nicht selbst um Caroline kümmerte. Aber es stellte sich heraus, dass Minna auf dem Postamt über die Sache gesprochen und berichtet hatte, Frau Caspari und der Herr Straßenmeister hätten unverzüglich und konsequent – diese Ausdrücke waren ihr mit Sicherheit von Friederike eingetrichtert worden, denn sie gehörten nicht zu Minnas Wortschatz – ihre Tochter verstoßen. Diese habe sich ihre Schande selbst zuzuschreiben und müsse nun damit leben. Die Eltern hätten ein reines Gewissen. Der junge Herr Caspari habe eine große Zukunft vor sich, denn er habe nun sein Examen bestanden und werde demnächst in einer Fuchshagener Baufirma als Ingenieur arbeiten. Er stehe, was seine Schwester betreffe, unbedingt auf dem gleichen Standpunkt wie seine Eltern.

Als Renate gegangen war, stand die alte Frau noch lange am Fenster und sah in den Garten hinaus. Sie stützte sich auf die Fensterbank und betrachtete die leeren Beete. Nichts regte sich, es dunkelte schon, und vom Hirschwald her rauschte der Wind durch die mächtigen Kronen der Bäume.

Die Kranke sprach noch immer nicht und dämmerte vor sich hin. Seit der schlimmen Nachricht war nun beinahe eine Woche vergangen. Die alte Sophie bemühte sich um sie, so gut sie es eben vermochte. Aber es wollte nicht gehen. Nur wenn die Großmutter am Bett sitzen blieb und die kleine Hand in ihre nahm, fühlte sie einen festen, starren Griff, und sie musste sich jedes Mal loseisen, um wenigstens die notwendigsten Verrichtungen, die ihr kleiner Haushalt erforderte, tun zu können. Ich weiß es nicht, dachte sie in solchen Momenten, ich weiß nicht mehr, was noch helfen soll. Wenn sie stirbt, dann will ich auch sterben. Und sie betete und sprach mit ihrem toten Mann, dass sie nun auch bald zu ihm kommen werde. Sie hatten vierzig Jahre gehabt, von Frau Jeschke in Cassel hatte Caroline erzählt, dass es drei gewesen waren – und die Kleine war allein mit ihrem Kind und hatte gerade einmal einen Sommer gehabt.

Sie fragte sich auch, wie das Unglück geschehen war. Wie war das alles passiert? Renate und Walter erfuhren nichts. Sollte sie Magdalene bitten, Lindströms Verwandten einen Brief zu schreiben? Ihre Gedanken drehten sich im Kreis.

»Lass doch, Mutter«, sagte Magdalene dazu. »Es nützt doch nichts. Er ist tot, und wir müssen sehen, dass sie lebt, und wenn sie lebt, dann muss eine Lösung her. Hier kann sie doch nicht bleiben.«

Die Schwiegertochter hatte recht. Das Schlimmste war, dass sie selbst Zweifel hatte, ob sie dem armen Mädchen das Leben wünschen sollte. Denn was für ein Leben wäre das? Sie, Sophie, konnte das Kind nehmen – wenn ihre Kraft dann noch reichte. Aber ernähren konnte sie es nicht. Line würde arbeiten müssen und ihr Geld geben. Und wie lange würde sie noch leben? Und wenn sie starb, was wurde dann aus dem Wurm, das nun als Bankert geboren werden würde?

»Das Gehechel im Dorf ist unerträglich«, hatte Renate gesagt. »Wie können Menschen nur so gehässig sein! Und dieser Leger heizt alles an.«

Ein paar Leuten nur tat das Mädchen leid. Die Hebamme sorgte dafür, dass immer, wenn sie nach einer Schwangeren schaute oder bei einer Geburt half, die wahre Geschichte in Umlauf kam. Dr. Rieber, ein vernünftiger, sachlicher Herr, der das Ganze von der medizinischen Seite sah, verwies auf die unglückliche Wendung, die diese Liebesgeschichte genommen hatte, aber die meisten im Dorf waren neidisch auf die stolzen Casparis gewesen, so dass nun Häme und Hohn triumphierten. Wenn es eine so romantische Liebesge-

Kapitel 4

Sophie in ihrem Kummer traute ihren Augen nicht, als sie Flic an der Tür kratzen und jaulen hörte – es erschien ihr wie ein Zeichen der Hoffnung. Sie ließ ihn in das Krankenzimmer, und das Tier sprang mit den Vorderpfoten auf die Bettdecke und leckte dem Mädchen Gesicht und Hände. »Flic!«, sagte sie. Es war das erste Wort, das sie, abgesehen von den beiden Sätzen, die sie Dr. Rieber zugeflüstert hatte, seit der Nachricht von Georgs Tod sprach. Das treue Tier legte sich auf dem Bettvorleger nieder, und Sophie ließ den Hund dort. Caroline griff ab und zu, immer wenn sie während der Nacht wach lag, in sein weiches Fell, er leckte ihre Hand, und sie ließ sie ihm und schlief wieder ein. Am Morgen öffnete Sophie ihm die Tür, aber er ging nur kurz auf die gegenüberliegenden Wiesen, kam wieder herein und machte keine Anstalten, nach Hause zu laufen.

Caroline war auf, als Sophie in die Küche zurückkam. Die Großmutter, erstaunt darüber, was das zu bedeuten habe, setzte das Mädchen auf einen Stuhl, legte ihm das gestrickte Schultertuch um und trug Brot und Marmelade auf. Flic stellte sich auf die Hinterbeine und stupste Caroline mit der Schnauze ins Gesicht. Sie nahm tatsächlich ein Stück Brot und aß. Die alte Sophie hätte jubeln mögen, so glücklich war sie. Dies kleine Stück Brot war ein Anfang. Sie redeten nicht. Das Mädchen war noch schwach und legte sich wieder ins Bett, aber am Mittag war sie wieder auf und streichelte den Hund. Sie wusch und kämmte sich und aß das Stück Pfann-

drei gewesen waren – und die Kleine war allein mit ihrem Kind und hatte gerade einmal einen Sommer gehabt.

Sie fragte sich auch, wie das Unglück geschehen war. Wie war das alles passiert? Renate und Walter erfuhren nichts. Sollte sie Magdalene bitten, Lindströms Verwandten einen Brief zu schreiben? Ihre Gedanken drehten sich im Kreis.

»Lass doch, Mutter«, sagte Magdalene dazu. »Es nützt doch nichts. Er ist tot, und wir müssen sehen, dass sie lebt, und wenn sie lebt, dann muss eine Lösung her. Hier kann sie doch nicht bleiben.«

Die Schwiegertochter hatte recht. Das Schlimmste war, dass sie selbst Zweifel hatte, ob sie dem armen Mädchen das Leben wünschen sollte. Denn was für ein Leben wäre das? Sie, Sophie, konnte das Kind nehmen – wenn ihre Kraft dann noch reichte. Aber ernähren konnte sie es nicht. Line würde arbeiten müssen und ihr Geld geben. Und wie lange würde sie noch leben? Und wenn sie starb, was wurde dann aus dem Wurm, das nun als Bankert geboren werden würde?

»Das Gehechel im Dorf ist unerträglich«, hatte Renate gesagt. »Wie können Menschen nur so gehässig sein! Und dieser Leger heizt alles an.«

Ein paar Leuten nur tat das Mädchen leid. Die Hebamme sorgte dafür, dass immer, wenn sie nach einer Schwangeren schaute oder bei einer Geburt half, die wahre Geschichte in Umlauf kam. Dr. Rieber, ein vernünftiger, sachlicher Herr, der das Ganze von der medizinischen Seite sah, verwies auf die unglückliche Wendung, die diese Liebesgeschichte genommen hatte, aber die meisten im Dorf waren neidisch auf die stolzen Casparis gewesen, so dass nun Häme und Hohn triumphierten. Wenn es eine so romantische Liebesgeschichte gewesen sei, hatte Jakob Leger anlässlich eines Besuchs des Arztes bei seiner Frau geäußert, dann hätte man ja warten können mit der Zeugung eines Kindes, bis nach der Hochzeit. Aber die Umkehr dieser Reihenfolge zeige doch deutlich, dass der Postillion sein Vergnügen gesucht und bei der flatterhaften Caspari auch gefunden habe. Die Behauptung, dass man habe heiraten wollen, sei wohl dem mittlerweile eingetretenen Umstand geschuldet, dass der Mann nun tot sei und sich nicht mehr wehren könne. Einzig die Eltern täten ihm leid in ihrem Kummer. Sie hätten die richtige Entscheidung getroffen, und er hoffe, dass auch die alte Großmutter sich auf ihre Rechtschaffenheit besinnen und die Hure endlich ihres Hauses verweisen werde.

Dr. Rieber sagte nichts dazu und tauschte einen Blick mit der jungen Frau, die ihm, unglücklich und in ihrer körperlichen Schwäche, leid tat. Sie drückte seinen Arm, als sie ihn hinausbegleitete, ging sogar mit bis zum Wagen und flüsterte ihm zu: »Bitte, Herr Doktor, grüßen Sie mir die Caroline, wenn Sie sie sehen!« Der nickte und dachte sich sein Teil. Er mischte sich nicht ein. Leger oder einen anderen der wohlhabenden Patienten zu verlieren, konnte er nicht riskieren. Auch in Fuchshagen und in einem der Nachbardörfer gab es einen Arzt. Aber das Leid des Mädchens rührte ihn, und so sah er noch einmal nach ihr.

Wenn es etwas gäbe, was sie aufheitern, ihr das Leben in ihren Körper zurückbringen könnte, dachte er. Aber was?

»Ich gebe ihr die Tropfen«, hatte die Großmutter angesichts seines Schreckes über das schlechte Aussehen der Kranken beteuert. »Aber ich bin nich der liebe Gott, der ihr den Lebenswillen wiedergeben kann.«

Am Tag darauf besuchte er seinen Freund Caspari und fand ihn bei leidlicher Gesundheit vor. Über seine Tochter wolle er nicht sprechen, sagte dieser. All das rege ihn zu sehr auf. Seine Frau habe die richtige Entscheidung getroffen. Der Sohn, als Ingenieur von der Technischen Hochschule zurück nach Hause gekommen, erzählte ihm, er werde zum nächsten Ersten eine Stellung in der Fuchshagener Baufirma Westphal antreten. Auf seine Schwester angesprochen, wurde er kühl. Nein, an eine Wiederaufnahme oder auch nur an finanzielle Unterstützung sei nicht zu denken. Das Leiden seines Vaters habe diese Person – er nannte sie so – ganz allein zu verantworten, und auch der Kummer der Mutter kenne keine Grenzen. Die Eltern hätten alles verloren, was sie je mit seiner Schwester verbunden hätten, besonders eine gute Partie, die ganze daraufhin ausgerichtete Erziehung sei umsonst gewesen. Er habe Glück, dass sein Freund August nicht die gesamte Familie für den unmoralischen Lebenswandel seiner Schwester verantwortlich mache. Dennoch werde er, entgegen seiner ursprünglichen Pläne, nun zunächst Quartier in Fuchshagen nehmen, bis seine Schwester das Dorf verlassen habe und Gras über die Sache gewachsen sei.

Im Hausflur lag Flic und kaute an einem Knochen. Der Hund!, fiel Rieber ein. So ein Tier vermag vielleicht, was unsereins nicht vermag und hilft ihr wieder auf die Beine. Möglich, dass es so ist ... Und einer Eingebung folgend, ließ er die Haustüre offen, als er ging.

Kapitel 4

Sophie in ihrem Kummer traute ihren Augen nicht, als sie Flic an der Tür kratzen und jaulen hörte – es erschien ihr wie ein Zeichen der Hoffnung. Sie ließ ihn in das Krankenzimmer, und das Tier sprang mit den Vorderpfoten auf die Bettdecke und leckte dem Mädchen Gesicht und Hände. »Flic!«, sagte sie. Es war das erste Wort, das sie, abgesehen von den beiden Sätzen, die sie Dr. Rieber zugeflüstert hatte, seit der Nachricht von Georgs Tod sprach. Das treue Tier legte sich auf dem Bettvorleger nieder, und Sophie ließ den Hund dort. Caroline griff ab und zu, immer wenn sie während der Nacht wach lag, in sein weiches Fell, er leckte ihre Hand, und sie ließ sie ihm und schlief wieder ein. Am Morgen öffnete Sophie ihm die Tür, aber er ging nur kurz auf die gegenüberliegenden Wiesen, kam wieder herein und machte keine Anstalten, nach Hause zu laufen.

Caroline war auf, als Sophie in die Küche zurückkam. Die Großmutter, erstaunt darüber, was das zu bedeuten habe, setzte das Mädchen auf einen Stuhl, legte ihm das gestrickte Schultertuch um und trug Brot und Marmelade auf. Flic stellte sich auf die Hinterbeine und stupste Caroline mit der Schnauze ins Gesicht. Sie nahm tatsächlich ein Stück Brot und aß. Die alte Sophie hätte jubeln mögen, so glücklich war sie. Dies kleine Stück Brot war ein Anfang. Sie redeten nicht. Das Mädchen war noch schwach und legte sich wieder ins Bett, aber am Mittag war sie wieder auf und streichelte den Hund. Sie wusch und kämmte sich und aß das Stück Pfannkuchen, das Sophie ihr gab, und nahm die Tropfen von Dr. Rieber. Noch immer war kein Wort gesprochen worden. Flic blieb. Als Magdalene am Abend kam und Sophie ihr alles erzählte, sagte diese: »Ja, so ein Tier. Das weiß mehr als wir. Nun wollen wir hoffen, dass sie auch stabil bleibt.«

Und so kam es. Dr. Rieber sah noch einmal nach ihr und richtete ihr Emmas Grüße aus. Sie lächelte so wie jemand, der sich an einen Menschen erinnert, an den er lange nicht gedacht hat. Der Doktor versprach Sophie, sich bei den Eltern dafür zu verwenden, dass Flic bleiben dürfe. Er wandte sich an Eduard und bat darum. Der Vater stimmte zu, als er in das ernste Gesicht seines Freundes sah, fragte aber nicht nach seiner Tochter. Als der Dezember kam, machte Caroline, in den dicken Mantel von Magdalene gehüllt, kurze Spaziergänge mit dem Hund den Hirschwaldweg entlang, aber immer nur, wenn es schon dämmerte oder gar dunkel war. Flic umsprang sie, schnappte den gefallenen Schnee mit dem Maul und wälzte sich darin. Dann lächelte sie und sah ihm zu. Aber sie lachte nicht mehr und sprach kaum. Ein Lächeln war viel, auch wenn es immer wieder schnell verschwand. Sophie war dankbar für jedes Lebenszeichen, und ein noch so kurzes Aufleuchten der traurigen Augen ließ ihr altes Herz schneller schlagen.

An einem dieser kurzen Tage, noch vor Weihnachten, hämmerte jemand laut und heftig an die Haustür, die Heinrich schon verschlossen hatte. Es war Hans, einer der Legerschen Knechte.

»Ich soll Fräulein Caspari holen!«, rief er. »Die junge Frau liegt schwer, und der Herr ist so verzweifelt und das Fräulein soll kommen!«

Caroline und die Großmutter saßen am Küchentisch und tranken Tee aus Pfefferminzblättern, der aus den großen groben Tassen heraus dampfte. Die Petroleumlampe brannte, der Wasserkessel auf dem Feuer surrte leise, und auf dem Tisch stand eine einfache weiße Kerze. Es war später Nachmittag, der heiße Tee tat Caroline nach dem Spaziergang mit dem Hund wohl. Sie spürte, wie die Wärme durch ihren Körper floss, ihre Hände tauten langsam auf. All das fühlte sie, ohne dass sie es hätte benennen oder aussprechen können. Sophie betrachtete sie, und eine Welle von Dankbarkeit und Erleichterung durchflutete sie. Offensichtlich fühlte das Mädchen den eigenen Körper wieder, auch wenn sie noch immer wie im Schlaf durch die Tage ging, ganz still war, keine Pläne machte und auch nicht von Georg und von dem, was ihr passiert war, sprach.

Jetzt schrak die Großmutter zusammen. »Was ist denn mit Emma?«

»Das Kind«, keuchte der Knecht, »schon seit zwei Tagen liegt sie, und die Hebamme kann nicht mehr helfen, und der Doktor sagt, sie stirbt vielleicht, und die Frau hat nach Fräulein Caspari verlangt.«

»Und der Herr?«, fragte Sophie. Sie konnte ihre Enkeltochter in ihrem Zustand nicht noch einer Attacke dieses erbarmungslosen Menschen aussetzen, der das Dorf aufhetzte und sie schon einmal brutal aus seinem Haus geworfen hatte.

»Der schickt mich ja!«, rief Hans. Der Herr hatte ihm eingeschärft, das Fräulein mitzubringen, wenn seine Frau so sehr nach ihr verlange. Vielleicht helfe es ja, und er tue alles, um seine Frau zu retten.

»Bitte, Fräulein Caspari!«, wandte sich der Knecht eindringlich an Caroline. »Der Herr macht mich verantwortlich, wenn Sie nicht kommen!«

Emma war krank, lag schwer in den Wehen und würde vielleicht sterben. Das verstand sie. Irgendwie kam es bei ihr an und drang durch. Sie zog ihren Mantel über und ging mit.

»Line, soll ich mitkommen?«, fragte die Großmutter.

Caroline nickte, Hans fuhr die beiden Frauen in der Legerschen Kutsche zum Gutshof. Dort blieb Sophie in der Stube sitzen, während Caroline von der Magd hinauf ins Schlafzimmer geführt wurde. Die alte Frau Leger kühlte der Schwiegertochter die heiße Stirn, trat aber, als sie Caroline sah, zur Seite. »Sie hat fürchterlich geschrien«, sagte sie tonlos. »Fürchterlich. Und jetzt ist sie wie tot.«

Caroline setzte sich auf die Bettkante, nahm die Hand der Freundin in die ihre und sagte: »Emma, ich bin da.«

Emma öffnete die Augen und schloss sie wieder. Sie atmete tief durch, die Erleichterung war ihr anzumerken, obwohl ihr Schmerz so schlimm sein musste, dass sie nichts tun konnte, als sich ihm zu ergeben.

Caroline wusch der Freundin mit kaltem Wasser Stirn, Hals, Hände und Arme. Sie sah in dieses Gesicht voller Schmerz. »Wir richten sie auf, Frau Bernhard«, sagte sie, ohne nachzudenken. Die Hebamme stand in der hinteren Ecke des Zimmers und bereitete die Geburtszange vor, Tücher lagen stapelweise auf der Kommode. Sie machte sich daran zu schaffen, weil sie nicht mehr weiter wusste. Unten saß Dr. Rieber und trank einen Kaffee.

»Sie kann sich nicht mehr aufrichten«, erwiderte die Hebamme.

Caroline betrachtete den ehemals blühenden Körper. Irgendwo im Haus schrie Jakob, oder war es Marie? Sie legte sich neben Emma und hörte ihren schwachen Atem. Jakob Legers Bett!, dachte sie. Dann schlief sie ein und erwachte erst am frühen Abend. Man hatte sie neben der Freundin gelassen. Beide waren allein im Zimmer. Emma regte sich nicht, aber sie atmete. Caroline ging hinunter in die Küche, erfuhr, dass man die Großmutter nach Hause gefahren hatte und bekam von der Magd Brot und heiße Milch. Dr. Rieber sah nach Emma. »Es wird lange dauern«, sagte er besorgt. »Sehr lange. Aber sie kann es schaffen.« Und dann setzte er hinzu: »Es war ein Wunder. Ein Wunder.« Man sah ihm die schlaflose Nacht deutlich an. Die Hebamme traf ein und kümmerte sich um den neugeborenen Jungen. Frau Leger sah nach ihrer Schwiegertochter. Caroline küsste Emma auf die Stirn und sagte: »Ich komme wieder«, aber die Freundin umklammerte ihre Hand, und so blieb sie die Nacht über bei ihr. Jakob Leger sah sie nicht.

Dr. Riebers zweites Sorgenkind im Dorf war Eduard Caspari. Sein Herzleiden war stetig schlimmer geworden. Die Attacken mit Luftnot und Rhythmusstörungen kamen immer häufiger, obwohl er doch allen Grund hatte, sich an seinem Sohn Gustav zu freuen, der sich in der Firma Westphal so gut eingelebt hatte und sowohl bei dem Firmengründer als auch bei seinem Sohn, der nur drei Jahre älter war als Gustav, schon nach kurzer Zeit wohl gelitten war. Diese gute Nachricht hatte sich schnell herumgesprochen und war auch bis ins Griegersche Haus gedrungen, wo man sich nach einer Partie für August umzusehen begann. Genauer gesagt, die Eltern, insbesondere die Mutter, während der Sohn sich seiner Verpflichtung und auch der Vorteile, die eine Verheiratung und Partie bot, zwar bewusst war, aber nicht recht wusste, wie er die Sache angehen sollte. Zuletzt drängte ihn die Oberförsterin mit Vehemenz und zunehmender Schärfe, so dass es ihm geraten schien, sich mit seinem Freund Gustav zu treffen. Ihm war da eine Idee gekommen, die ihm, je länger er darüber nachdachte, immer besser gefiel.

»Gustav«, leitete er das Gespräch ein, das in der Casparischen Wohnstube stattfand. »Mein lieber Freund ...« Gustav horchte auf. So hatte ihn August seit seiner Rückkehr nach Mahlsheim nicht mehr genannt und auch nicht, als sie sich einmal in Fuchshagen bei Gustavs Wirtin, in deren Haus dieser ein Zimmer angemietet hatte, trafen.

»Mein lieber Freund, du weißt, dass diese unselige Geschichte unsere Familien beinahe entzweit hätte. Nun, ich denke, ich bin darüber hinweggekommen, und ich kann dir nicht den unmoralischen Lebenswandel deiner Schwester anlasten. Mama und deine Frau Mutter sind sich einig, dass sie aus dem Dorf heraus muss, um die ganze Angelegenheit in Vergessenheit geraten zu lassen. Das wird dann wohl im Frühjahr der Fall sein, und die Sache ist damit für uns alle erledigt.«

Gustav nickte. Worauf wollte August hinaus?

»Ich sehe, wir sind einer Meinung«, fuhr dieser fort. »An uns beiden ist es nun wohl, dass eine passende Verlobung und Verheiratung ins Haus steht. Seit diese Sache ...« Er hüstelte. »... mit deiner Schwester ... mich so sehr belastet hat, habe ich nie ernsthaft eine andere Partie ins Auge gefasst. Nun aber ist es an der Zeit. Du hast in der Firma

Westphal gerade erst angefangen, ich aber bin bereits seit geraumer Zeit Assessor. Du wohnst in Fuchshagen, wo sich doch Bekanntschaften werden machen lassen. Ich aber wohne hier in Mahlsheim, meinen alten Eltern zu Liebe, und die möchten auch, dass ich mich mit meiner jungen Frau hier niederlasse. Kurz, mein lieber Gustav, es wäre sehr nett von dir, wenn du mich mit Fräulein Kunert bekannt machen würdest.«

Gustav schluckte. Das kam unerwartet. Lenchen Kunert war so gut wie verlobt mit ihm. Zum Silvesterabend war er bei der Lehrersfamilie eingeladen und hatte sich vorgenommen, Helene um ihre Hand zu bitten, bevor er mit ihren Eltern, über deren Einverständnis es keinen Zweifel gab, gleich im Anschluss sprechen wollte. Er starrte August an, der ihn unbeweglich wie eine Schlange aus seinen grauen Augen ansah.

»Aber«, begann er, »August, du bist ein ebenso erfolgreicher wie attraktiver junger Mann. Ich bin sicher, dass viele Mädchen es sich zur Ehre anrechnen würden ...«

»Du verkennst die Situation«, unterbrach August ihn. »Ich arbeite den ganzen Tag in Fuchshagen. Meine Tätigkeit dort nimmt mein gesamtes Denken und Handeln, meine gesamte Zeit in Anspruch. Es bleibt keine Minute übrig, um lange zu suchen und zu werben. Zumal ich ...« Hier senkte er bedeutsam den Blick, hob den Kopf dann wieder sehr hoch und schaute Gustav von oben herab an, »... bereits eine schwere Enttäuschung hinnehmen musste, noch dazu von deiner Familie.«

Gustav senkte nun seinerseits den Kopf und hörte sich das, was nun folgen musste, in einer Art Ergebenheit an.

»Und du, mein Freund, kannst es wiedergutmachen. Fräulein Helene ist wie für mich geschaffen. Wir passen sowohl äußerlich, als auch in unserer Art zusammen. Sie ist die Tochter eines Lehrers, war ein Jahr in Fuchshagen bei der alten Frau Lehrer Lodenberg, die ihre Großtante ist, von der sie gelernt hat, wie man sich benimmt und von der sie wohl auch eine Erbschaft machen wird. Sie ist sittsam, bescheiden und zurückhaltend, Eigenschaften, die ich um so mehr schätze, seit ich erfahren musste, dass nicht alle jungen Mädchen dieses eine Frau so sehr kleidende Benehmen haben.«

Diese letzte Wendung war mit zunehmender Schärfe gesprochen worden. Etwas, das Gustav veranlasste, sich aufzurichten, dem Freund ins Gesicht zu sehen und zu sagen: »Meine Gefühle für Helene …«

»Solltest du zurückstellen – schon um der Vergangenheit willen.« Augusts Ton hatte nichts an Schärfe verloren.

Gustav Caspari versuchte, ruhig zu bleiben. Ihm gegenüber saß sein Freund August, an dessen Freundschaft ihm so viel lag oder, besser gesagt, an dessen Unterstützung seiner Karriere und für seine Stellung im Dorf. Sein Ansehen in Fuchshagen und damit auch sein Fortkommen bei Westphal, sein Platz am Honoratiorentisch – all das hing auch von August Grieger und seinen Eltern ab. Er ist zu feige oder zu bequem, um sich ein Mädchen zu suchen, noch dazu das in den Augen seiner Mutter richtige, und da kommt er auf die Idee, mir kurzerhand mein Mädchen zu nehmen, dachte er. Das ist ungeheuerlich, und er tut so, als wäre es sozusagen meine Pflicht, weil Caroline sich ihm verweigert hat. Er hatte wohl unwillkürlich den Kopf geschüttelt, denn August sagte jetzt in dem gleichen Ton, denn er wollte durchaus die Angelegenheit noch an diesem Tag erledigen: »Du schüttelst den Kopf. Ich ersehe daraus, dass du mir diesen Freundschaftsdienst nicht erweisen willst. Das ist allerdings impertinent, nach allem, was ich durch deine Familie schon erleiden musste …« Er schaute zur Seite und schloss seinen Mund zu einem noch dünneren Strich, als er es ohnehin war.

In Gustavs Kopf arbeitete es fieberhaft. Wenn er jetzt nicht nachgab, war die Beziehung zwischen den Familien und damit seine Zukunft hier ein für alle Mal erledigt. Daran bestand kein Zweifel. Gab er nach, würde August ihm verpflichtet und für ihn von großem Nutzen sein …

»Aber mein lieber Freund«, hörte Gustav sich sagen, »du deutest das völlig falsch. Ich schüttelte den Kopf, weil ich, wenn von der Vergangenheit die Rede ist, doch immer an meine Schwester denke. Meine Gefühle für Helene, das wollte ich vorhin sagen, sind nicht so brennend, dass ich nicht auch eine andere Partie machen könnte. Aber ich habe ja nicht gewusst, dass dein Herz für sie schlägt.«

August hatte sich dem Freund wieder zugewandt und lächelte. »Wusste ich doch, dass du mich verstehen würdest. Ja, es ist so. Ich möchte Fräulein Kunert einen Antrag machen. So bald wie möglich. Aber wie fange ich es an, wo und wann wird sich die Gelegenheit ergeben?«

Der geht hart ran, dachte Gustav. Seine Mutter hat ihm wohl zugesetzt. Aber so ist es besser, sagte er sich. Lieber ein Ende mit Tränen, schnell und wenig kompliziert, als Tränen ohne Ende.

»Die Gelegenheit wird sich ergeben, lieber Freund. Sei

unbesorgt. Ich werde mit Helene sprechen, und dann ist der Weg frei.«

»Gut«, sagte August zufrieden, »sehr gut. Ich verlasse mich auf dich.«

Nach diesem Gespräch fühlte Gustav sich schlecht, so schlecht, dass er, anstatt zu Kunerts Silvesterfeier zu gehen, Arbeit vorschützend nach Fuchshagen in sein einsames Zimmer zurückfuhr und einige unglückliche Tage hatte. Wie sollte er aus der Angelegenheit herauskommen? August hatte er angeraten, bis zum neuen Jahr zu warten, aber nur um Zeit zu gewinnen, denn er wusste nicht, was er Helene sagen sollte. Am darauffolgenden Sonntag ging er dann ins Griegersche Haus und stellte seinen Plan vor: August solle zu Helenes Eltern gehen und zunächst diese um die Hand ihrer Tochter bitten. Kunerts stellten Griegers höher als Casparis, so dass die Chancen für eine Zustimmung günstig standen, zumal er, Gustav, bisher nichts Derartiges hatte verlauten lassen. Und er war zuvor lange weg gewesen und nur selten von Darmstadt nach Hause gekommen. Er hoffte inständig, dass es gelingen würde. Eine Ablehnung durch Lenchens Eltern hätte zur Folge, dass er selbst einschreiten und Helene beibringen musste, dass er sie nicht heiraten wollte. Und das wollte er sich gern ersparen. Stimmten die Eltern aber zu, standen auch sie in seiner Schuld, denn immerhin hatte er sich, wann immer er in Mahlsheim gewesen war, um ihre Tochter bemüht.

Am Weihnachtsabend waren Heinrich und Familie in der Kirche gewesen. Sophie, die sonst immer mitgegangen war, blieb bei ihrer Enkelin zu Hause. Caroline hatte Emma noch zwei Mal besuchen dürfen, aber als keine Gefahr mehr für Leib und Leben bestand, wurde sie über Hans informiert, dass ihr Kommen nun nicht mehr nötig sei. Man bedanke sich bei ihr und wünsche ihr alles Gute. Ein in Weihnachtspapier gewickeltes Paket Bohnenkaffee wurde überbracht, dazu eine Dose mit Keksen.

»So ein unverschämter Kerl!«, schimpfte Sophie. »Lässt sich nich sehen, und dann lädt er dich aus – wo du doch seiner Frau das Leben gerettet hast!«

Caroline sagte nichts dazu. Sophie sah sie jetzt öfter über ihren Leib streichen. Oder sie stand einfach da, ernst und still, und legte die Hände darauf.

»Sie sieht aus wie die Jungfrau Maria«, sagte Magdalene einmal dazu, als sie das Mädchen so stehen sah, in sich versunken und weltabgewandt, »irgendwie ist sie unschuldig, wie die Jungfrau mit dem Kind.« Es entstand eine Pause, in der Sophie, halb erschrocken über die Blasphemie, halb angetan, weil es so treffend war, ihrer Verlegenheit Herr zu werden suchte.

»Aber wir müssen eine Lösung finden, Mutter. Wenn du wirklich für das Kind sorgen willst, muss es Friederike wissen. Sie möchte es ins Waisenhaus oder in ein Rettungshaus geben und ihre Tochter wegschicken. Es wird Caroline wohl nicht erspart bleiben, für ihr Kind zu arbeiten, aber das mit dem Waisenhaus kannst du verhindern.«

»Ja«, stimmte Sophie ihr zu, »ich weiß. Der Brief liegt noch in meinem Nachttisch. Ich habe es nicht über's Herz gebracht, ihn der Line zu zeigen. Ich will, dass sie hier ihr Kind bekommt, Magdalene, und dann, wenn sie wieder bei Kräften ist, kann sie doch auch hier im Dorf arbeiten.«

»Du weißt, dass das nicht geht, Mutter. Du weißt es so gut, wie ich es weiß. Das Kind kann nichts dazu, dass es auf der Welt ist, werden die Leute sagen, wenn auch längst nicht alle. Aber für die Mutter gibt es hier kein Pardon. Die uneheliche Geburt ist eine Schande, und sie kann nur vergessen werden, wenn die Mutter sich hier nicht mehr sehen lässt.«

Die alte Frau schaute ihre Schwiegertochter unglücklich an. »Ich wünschte, es wäre anders, Mutter. Aber du weißt, dass ich recht habe.«

So war es. Das, was Caroline getan hatte, war unentschuldbar. Erst kam die Heirat und dann das Kind. Umgekehrt ging es nicht. Daran änderte auch Georgs Tod nichts.

»Ja«, sagte Sophie, »du hast recht, Lene. Ich schreibe an Friederike. Ich werde den lieben Gott bitten, dass er mir noch dieses eine Mal genügend Kraft gibt, dass ich das Kleine aufziehen kann. Vielleicht findet die Line noch einen Mann und nimmt es dann zu sich.«

Magdalene sagte nichts. Sie legte nur die frisch gewaschene Wäsche auf den Küchentisch und ging hinaus.

Etwa um die gleiche Zeit sah Dr. Rieber nach Eduard Caspari und fand ihn über einem Stoß Akten sitzend im Kontor. Er sah blass und abgespannt aus.

»Sie sollten nicht so viel arbeiten, lieber Freund«, begrüßte ihn der Doktor. »Nehmen Sie denn die Arznei regelmäßig?«

»Oh, dafür sorgt schon meine Frau«, erwiderte Caspari, »sie ist sehr besorgt um mich.«

»Ehrlich gesagt, Sie sollten nicht mehr arbeiten, Eduard«, riet der Arzt, als er seinen Patienten untersucht hatte. »Sehen Sie, Ihr Herz braucht Ruhe und Frieden und Sie selbst auch.«

»Ach.« Eduard lachte bitter. »Was Sie nicht sagen! Da haben Sie natürlich recht. Und wenn Sie mir jetzt auch noch sagen, wovon wir dann leben sollen, mach ich das auf der Stelle so.«

Dr. Rieber hatte ihn besorgt angesehen und war angesichts der Bitterkeit und der ungewohnten Schroffheit seines Herrenabend- und Skatfreundes einen Schritt zurückgewichen.

»Verzeihen Sie, Doktor. Es tut mir leid. Bitte schieben Sie das eben auf meinen Zustand.«

Der Doktor nickte. »Haben Sie denn nichts gespart? Verstehen Sie mich nicht falsch, Eduard. Ich will nicht in ihr Privatestes eindringen, bestimmt nicht. Aber ich mache mir Sorgen um Sie, als Arzt und als Freund. Gustav verdient doch jetzt selbst und hat die besten Zukunftsaussichten. Und Sie und Ihre Frau haben das Haus ...«

»Und wovon sollen wir jeden Monat leben?«, fragte Eduard, auch dieses Mal heftiger, als er es gewollt hatte.

»Ihr Onkel Karl ...«

»... hat mir Geld und Land vermacht, ja. Das Geld ist weg, damit wurde das Haus bezahlt. Das Land ist verpachtet; und Sie wissen ja, wie wenig das einbringt. Und es sind gerade einmal fünf Acker, also so gut wie nichts.«

»Dann verkaufen Sie es.«

»Das werde ich wohl tun. Der Leger spickt schon drauf. Hat schon ein paar Mal angefragt. Na, jetzt werd ich's wohl machen. Aber viel kommt auch nicht dabei raus. Meiner Hände Arbeit werden wir trotzdem brauchen.«

Der Arzt legte ihm die Hand auf die Schulter. »Auf bald.«

Eduard setzte sich wieder auf seinen Stuhl und wandte sich den Akten zu. Dann aber hob er noch einmal den Kopf und fragte scheu und leise: »Haben Sie etwas von ... meiner Tochter gehört?«

»Sie hat ihrer Freundin Emma bei der Geburt geholfen. Es geht ihr gut – soweit man das von jemandem sagen kann, der alles verloren hat«, sagte Rieber traurig.

Caspari war rot geworden. Schnell senkte er den Kopf über seine Formulare und sagte: »Danke, dass Sie gekommen sind.«

Sophie hatte, gleich nachdem Caroline gegangen war, den fälligen Brief an Friederike geschrieben. Am nächsten Tag brachte Fritz, wieder abends und im Dunkeln, die Antwort. Es sei, so schrieb Friederike, nun einmal nicht zu ändern, wenn sie als Carolines Großmutter die Nächstenliebe sehr weit treibe – ob zu weit, dieses zu beurteilen wolle sie sich nicht auferlegen. Es sei aber wohl klar, dass Caroline weg müsse, sobald sie sich von der Geburt erholt habe, je weiter weg, desto besser, und es verstehe sich von selbst, dass ein Kontakt zu dem Kind, schon gar ein persönlicher, sich von selbst verbiete. Wenn ihr, Sophie, an einem Vergessen der Schande gelegen sei, müsse das Kind getrennt von der Mutter heranwachsen. Es könne ja nichts dazu, dass es auf der Welt sei, bleibe aber eben doch ein Bankert. Wäre die Mutter, die an allem schuld war, dazu noch in der Nähe, so werde es für das Kind und für »uns alle« noch viel schwerer. Deshalb werde sie sich um eine Anstellung für Caroline bemühen, wo sie ihren Lebensunterhalt und den für ihr Kind

blies das Horn. Am Holzstoß wartete er auf sie und trug sie in die Hütte am Kitzhain. Nackt lagen sie nebeneinander, er streichelte ihren Körper, die weiche, glatte Haut; er berührte ihre Brüste und küsste sie, sanft fuhr seine Hand über die Rundung ihrer Hüften. Und dann zog sie den Mann in sich hinein und verschlang ihn, um ihn nie wieder loszulassen, und er ließ es geschehen und hatte doch Macht über sie. Sie sah auch das kleine Dienstbotenzimmer in Cassel, wo er ihr die Kette mit dem Posthorn geschenkt hatte. Die Nächte mit ihm, in denen sie sich so vollkommen hingegeben hatte und der Trennungsschmerz jedes Mal auf's Neue unerträglich war, nur gemildert durch das Wissen, ihn bald wieder in sich zu spüren. Immer wieder drängte es sie zu ihm hin, sie war gierig nach dem Mann, und sie riss ihn mit sich in die wilde Lust ihrer Sehnsucht nach ihm. Und dann, beim zweiten Mal, öffnete sie sich und überließ ihm ihren Körper. Sie spürte, wie er das genoss und ausdehnte, bis sie fast verrückt wurde vor Lust und vor Verlangen. Und dann drang er wieder in sie ein und gab ihr, wonach es sie so heftig verlangte. Caroline und Georg, die letzte gemeinsame Nacht, in der sie zum Doppelwesen wurden. Die Trennung von ihm, die Hoffnung auf das Wiedersehen im Oktober. Er legte ihr die Kette um und küsste sie, dann ging er davon und winkte, noch immer lachend, und verschwand im Nirgendwo. Sie lief ihm nach und suchte ihn, sie folgte ihm in die Wolken, wo er verschwunden war, und fand ihn nicht. Sie lief weiter und suchte ihn – und wachte schweißgebadet auf. Ihr Mund war trocken und der Hals rau. Sie stand auf und ging in die Küche, zündete die weiße Kerze an, nahm sich ein Glas Wasser und setzte sich auf das kleine Sofa. Es war kalt ge-

Der Arzt legte ihm die Hand auf die Schulter. »Auf bald.«

Eduard setzte sich wieder auf seinen Stuhl und wandte sich den Akten zu. Dann aber hob er noch einmal den Kopf und fragte scheu und leise: »Haben Sie etwas von ... meiner Tochter gehört?«

»Sie hat ihrer Freundin Emma bei der Geburt geholfen. Es geht ihr gut – soweit man das von jemandem sagen kann, der alles verloren hat«, sagte Rieber traurig.

Caspari war rot geworden. Schnell senkte er den Kopf über seine Formulare und sagte: »Danke, dass Sie gekommen sind.«

Sophie hatte, gleich nachdem Caroline gegangen war, den fälligen Brief an Friederike geschrieben. Am nächsten Tag brachte Fritz, wieder abends und im Dunkeln, die Antwort. Es sei, so schrieb Friederike, nun einmal nicht zu ändern, wenn sie als Carolines Großmutter die Nächstenliebe sehr weit treibe – ob zu weit, dieses zu beurteilen wolle sie sich nicht auferlegen. Es sei aber wohl klar, dass Caroline weg müsse, sobald sie sich von der Geburt erholt habe, je weiter weg, desto besser, und es verstehe sich von selbst, dass ein Kontakt zu dem Kind, schon gar ein persönlicher, sich von selbst verbiete. Wenn ihr, Sophie, an einem Vergessen der Schande gelegen sei, müsse das Kind getrennt von der Mutter heranwachsen. Es könne ja nichts dazu, dass es auf der Welt sei, bleibe aber eben doch ein Bankert. Wäre die Mutter, die an allem schuld war, dazu noch in der Nähe, so werde es für das Kind und für »uns alle« noch viel schwerer. Deshalb werde sie sich um eine Anstellung für Caroline bemühen, wo sie ihren Lebensunterhalt und den für ihr Kind gleich mit verdienen könne. Zum Schluss müsse sie, schon aus ihrer Verantwortung als Tochter ihrer Mutter gegenüber, noch einmal daran erinnern, dass ihr fortgeschrittenes Alter eigentlich ein Aufziehen des Kindes von allein verbiete. Sollte sie also ihre Meinung ändern, werde sie gern ein Waisenhaus oder ein Rettungshaus ausfindig machen. Wenn aber nicht, so müsse klar sein, dass es ganz allein ihre Verantwortung sei, die sie sich auferlege. Sie werde Eduard als künftigen Vormund des Kindes seiner minderjährigen Tochter entsprechend in Kenntnis setzen.

Sophie knüllte den Brief zusammen und warf ihn in die Ecke. Konnte ein Mensch so hartherzig sein und noch dazu ihre eigene Tochter? So fand Magdalene sie vor und schüttelte, als sie den Brief ebenfalls gelesen hatte, den Kopf. Caroline, die, nachdem sie den Abwasch erledigt und den alten Eisenherd blank gerieben hatte, mit Flic ihren Gang machte, kam in ebendiesem Moment zurück, und noch ehe Sophie es verhindern konnte, hatte sie der ihren Kopf schüttelnden Schwiegertochter den Briefbogen aus der Hand genommen, erkannte die Schrift ihrer Mutter und las. Aber was Sophie befürchtet hatte, blieb aus. Sie weinte nicht, und sie wurde auch nicht blass. Sie legte den Brief zur Seite, nickte und sagte: »Ja, das ist die Wahl, die ich habe.«

Magdalene strich dem Mädchen über's Haar und ging hinaus. An diesem Abend wurde nicht mehr viel gesprochen. Sophie, die sich keinen Reim auf Carolines Reaktion auf den Brief machen konnte, sagte: »Linchen, du weißt doch, dass du dich auf mich verlassen kannst?«

Und sie antwortete: »Ja, ich weiß, Großmutter. Dir verdanke ich alles. Und ich werde es nie vergessen.«

Irgendetwas an ihrer Stimme, an ihrem Tonfall gefiel Sophie nicht. Es klang alles ehrlich, aber fremd. Das war nicht ihre Line, wie sie sie kannte. Aber wie auch, dachte sie, wie auch – nach allem, was vorgefallen ist. Mit diesem Gedanken schlief sie ein.

Caroline lag wach. Ja, das ist die Wahl, dachte sie, entweder ich gehe in den Fuchshagener See oder fange an, Großmutters Schlafpulver zu sammeln. Oder es kommt alles so, wie Mutter es geschrieben hat. Georg ist tot – tot. Ich weiß nicht, wie ich je leben soll ohne ihn. Dieser eine kurze Sommer, der mein ganzes Leben verändert hat. Ich habe mich für ihn entschieden mit Haut und Haar. Ich habe alles abgelehnt, August, Ofterdingen, ein Leben wie das der Eltern oder eines wie Theas. Mit ihm wäre es gegangen – aber ohne ihn ... Ich bin doch schon gar nicht mehr lebendig, schon gar nicht mehr da. Ich war elend und krank und dann kam Flic, und das Gefühl zog mich wieder hoch, aber es war kein Nachdenken dabei, kein Gedanke an das, was mir passiert ist. Und es wird immer so bleiben. Georg wird nie wiederkommen, nie. Ich wusste, dass mein Leben vorbei sein würde, wenn seines vorbei wäre, aber dass er mit 22 Jahren im Manöver stirbt –und ich weiß nicht einmal, wie – das konnte niemand wissen, niemand vorausahnen. Und wenn ich es gewusst hätte, hätte ich dann von ihm lassen können? Hätte ich mich ihm genauso bedenkenlos hingegeben, wie ich es getan habe? Ihr Herz schmerzte vor Sehnsucht nach ihm, als sie sich das fragte. Sie lag da und wusste die Antwort. Schließlich schlief sie ein, vor Erschöpfung und vor Kummer.

Aber dann, im Traum, kam alles zurück. Er stand vor ihr, groß, stark, lebendig, lachend, auf dem Kutschbock und blies das Horn. Am Holzstoß wartete er auf sie und trug sie in die Hütte am Kitzhain. Nackt lagen sie nebeneinander, er streichelte ihren Körper, die weiche, glatte Haut; er berührte ihre Brüste und küsste sie, sanft fuhr seine Hand über die Rundung ihrer Hüften. Und dann zog sie den Mann in sich hinein und verschlang ihn, um ihn nie wieder loszulassen, und er ließ es geschehen und hatte doch Macht über sie. Sie sah auch das kleine Dienstbotenzimmer in Cassel, wo er ihr die Kette mit dem Posthorn geschenkt hatte. Die Nächte mit ihm, in denen sie sich so vollkommen hingegeben hatte und der Trennungsschmerz jedes Mal auf's Neue unerträglich war, nur gemildert durch das Wissen, ihn bald wieder in sich zu spüren. Immer wieder drängte es sie zu ihm hin, sie war gierig nach dem Mann, und sie riss ihn mit sich in die wilde Lust ihrer Sehnsucht nach ihm. Und dann, beim zweiten Mal, öffnete sie sich und überließ ihm ihren Körper. Sie spürte, wie er das genoss und ausdehnte, bis sie fast verrückt wurde vor Lust und vor Verlangen. Und dann drang er wieder in sie ein und gab ihr, wonach es sie so heftig verlangte. Caroline und Georg, die letzte gemeinsame Nacht, in der sie zum Doppelwesen wurden. Die Trennung von ihm, die Hoffnung auf das Wiedersehen im Oktober. Er legte ihr die Kette um und küsste sie, dann ging er davon und winkte, noch immer lachend, und verschwand im Nirgendwo. Sie lief ihm nach und suchte ihn, sie folgte ihm in die Wolken, wo er verschwunden war, und fand ihn nicht. Sie lief weiter und suchte ihn – und wachte schweißgebadet auf. Ihr Mund war trocken und der Hals rau. Sie stand auf und ging in die Küche, zündete die weiße Kerze an, nahm sich ein Glas Wasser und setzte sich auf das kleine Sofa. Es war kalt geworden, das Feuer heruntergebrannt. Sie zog die gestrickte Decke zu sich heran und wickelte sich darin ein. Mit geschlossenen Augen saß sie da, trank ab und zu einen Schluck Wasser.

Georg, nach so langer Zeit habe ich es gewagt, an dich zu denken, von dir zu träumen, deinen Namen auszusprechen, alles wieder zu sehen, zu spüren. Deine Liebe, mein Kopf auf deiner Brust. Einssein mit dir war das Glück und ich war zufrieden und alles war gut. Das ist lebendiger in mir als diese Welt da draußen um mich herum. Ohne dich ist alles nichts. Du warst mein Leben und wenn du nicht mehr bist, dann will ich auch nicht mehr länger hier bleiben.

Flic, der von seinem Lager vor Carolines Bett aufgestanden und ihr in die Küche gefolgt war, hatte die ganze Zeit über vor ihr gesessen und sie aufmerksam beobachtet, so als wollte er ergründen, was sie umtrieb. Als sie die Augen wieder öffnete, begegneten sich ihre Blicke. Sofort stand der Hund auf, streckte den Kopf vor und berührte ihre Hand, die das leere Glas hielt. Sie stellte es neben sich auf dem Sofa ab und strich über Flics Kopf. Sein Fell war an dieser Stelle samtweich. Unwillkürlich schossen ihr die Tränen in die Augen. Flic stupste sie mit dem Kopf an, dort, wo ihr nun schon recht gewölbter Leib sich spannte, und versuchte, die andere Hand zu lecken. Sie schaute nach unten und merkte, dass sie die Hand unwillkürlich auf ihren Bauch gelegt hatte. Und wie so oft in letzter Zeit hatte sich das Kind dorthin gedreht und angeschmiegt, und dann bewegte es sich und stieß mit seinen Füßchen oder Ärmchen dahin, wo ihre Hand lag. Georgs Kind, unser Kind! Das Kind, von dem ich ihm geschrieben habe. Das er so lieb gehabt hätte wie mich, wenn er es noch erlebt hätte!

Sie sah Flic an, der noch immer vor ihr stand. Dann vergrub sie den Kopf in den Händen und weinte, bis sie keine Tränen mehr hatte.

Kapitel 5

Eduard hatte sich gleich, nachdem er von einer Besichtigungsfahrt mit Landrat von Bromme zurückgekehrt war, in sein Kontor begeben. Schon am Morgen war es ihm nicht gut gewesen, fröstelig und dann wieder heftig schwitzend hatte er Fritz gebeten, den Platz auf dem Kutschbock zu nehmen. Aber auch die Fahrt selbst und die Unterhaltung mit dem Landrat, die er sonst so sehr schätzte, strengten ihn über die Maßen an. Und als Bromme ihn aufforderte, noch mit ins Landratsamt zu kommen und dort die Pläne für den Ausbau der Straße noch einmal durchzugehen, war ihn das hart angekommen. Nur mit Mühe hatte er sich interessiert gezeigt, die Fragen des Landrats beantwortet, und als dieser ihn besorgt angesehen und gefragt hatte: »Sind Sie denn auch wieder ganz auf der Höhe, Caspari?«, da hatte er schnell und heftig genickt, wie jemand, den man bei etwas Verbotenem ertappt hat, und gelogen: »Aber natürlich, Herr Landrat, alles bestens. Nur eine kleine Erkältung, nichts weiter.« Bromme hatte ihm daraufhin einen Cognac angeboten, den er dankbar annahm, und es wurde ihm auch etwas wärmer danach. Aber dann kam ein heftiger Schweiß, das Atmen wurde ihm schwerer, und er hatte sich, die aufkommende Ohnmacht unterdrückend, rasch von seinem Vorgesetzten verabschiedet. Der wünschte ihm gute Besserung und empfahl schwitzen und einen Tag Bettruhe. »Den können Sie sich schon genehmigen, Caspari. Und dann sind Sie wieder ganz fit, und übermorgen kommen Sie wieder, und wir besprechen alles Weitere.« Eduard floh regelrecht in seinen Einspänner und dort, kaum hatte er sich in den Sitz, auf dem er jetzt allein bequem Platz fand, niedergelassen, überkam ihn doch noch die Ohnmacht. Fritz fuhr an, und erst auf halber Strecke nach Mahlsheim wurde Caspari wieder wach und lag, frierend und zugleich fieberschwitzend, im Polster. Er zog die mitgebrachte Decke über Beine und Oberkörper, schaffte es sogar auszusteigen und ins Haus zu gehen, wo er, kaum dass er sein Kontor erreicht hatte, auch schon auf das kleine Sofa fiel und in einem Zustand zwischen Wachen und Schlafen lag. Das Zimmer war warm geheizt, was ihm wohltat, ihn aber auch beengte. Er lockerte Krawatte und Hemdkragen und setzte sich auf. So also stand es um ihn. Eigentlich habe ich es gewusst, dachte er, aber so ist der Mensch. Immer Lüge und Selbstbetrug, und warum das alles? Nur weil ich das Geld nicht habe, um ohne meiner Hände Arbeit leben zu können. Weil ich ein armer Schlucker geblieben bin, Erbe und Aufstieg hin oder her. Und jetzt sitze ich hier und bin am Ende. Und mein Kind habe ich weggeschickt, auch so ein Selbstbetrug, weil alles stimmen muss, das Ansehen und der Platz, den ich mir und meiner Frau hier erarbeitet habe. Gustav, ja, an den musste ich denken und muss es noch, aber das ist doch auch das einzig Echte daran.

Er rief nach Minna und verlangte nach dem Doktor. Der ließ ausrichten, er komme am späten Nachmittag, wenn er aus seiner Sprechstunde heraus sei. »Auch gut«, sagte Caspari wie zu sich selbst, »dann habe ich Zeit zu tun, was jetzt zu tun ist.«

Minna meinte, er spreche von seiner Arbeit, aber Eduard setzte sich, kaum dass sie das Kontor verlassen hatte, an seinen Schreibtisch, zog eine kleine Flasche Korn hervor und nahm einen kräftigen Schluck. Dann biss er ein Stück von dem Streuselkuchen ab, den die Magd gebracht hatte, und schlürfte den heißen Tee. Schließlich nahm er Tinte und Feder, ein leeres Stück Papier und schrieb: »Testament.«

Als der Doktor abends nach seinem Patienten sah, wollte er das Geschriebene nicht lesen, sein Freund Caspari aber sah ihn eindringlich an und sagte: »Sie wissen es so gut wie ich, lieber Freund, dass meine Zeit bald abgelaufen ist. Sie sind der Mann meines Vertrauens in dieser Stunde, nicht nur weil sie Arzt sind. Auch das wissen Sie. Lesen Sie also getrost das Testament durch, und sagen Sie mir, ob ich es recht gemacht habe.«

Der so Angesprochene merkte wohl, dass es ihm ernst war, und nahm das Schriftstück zur Hand. Caspari lag im Bett, hatte sich das Abendbrot von Minna bringen lassen und war mit seinem Freund allein. Seine Frau war es nun schon gewohnt, dass ihr Mann öfter einmal früh zu Bett ging, um am nächsten Tag wieder für die Arbeit ausgeruht zu sein, und hatte keinerlei Argwohn gehabt.

»Sie sind der Einzige, dem ich es zeigen will«, fuhr Caspari fort, als Rieber die Zeilen gelesen hatte. »Ich möchte in Frieden gehen, auch in Frieden mit meiner Tochter.«

Der Arzt nickte und fragte: »Aber Ihre Frau – wird sie denn Ihren letzten Wunsch erfüllen?«

»Ich hoffe, dass ich mich nicht in ihr täusche«, antwortete Caspari. »So Gott will, wird meine Schwiegermutter noch eine Weile haben, und vielleicht werde auch ich später abberufen, als ich es erwarte. Und wenn ich tot bin, soll Gustav an meine Stelle treten, auch als Vormund des Kindes. Es ist das Beste so, und es ist alles, was ich für Caroline noch tun kann ... und will«, setzte er hinzu. »Sie weiß vielleicht gar nicht, wie sehr ich gelitten habe.« Bei diesen Worten trat eine Träne in sein Auge. Er wischte sie weg und sah traurig vor sich hin. Rieber hatte sich betroffen abgewandt und las noch einmal.

»Ja«, sagte er, »es ist ein Unglück, lieber Freund, das Sie getroffen hat. Sie, einen so rechtschaffenen und fleißigen Mann, der sich aus eigener Kraft all das hier geschaffen hat. Ihre Tochter war wahrhaft undankbar und unbotmäßig. Ich kann Ihnen das nachfühlen, auch ich habe Kinder und Enkelkinder. Aber wirklich schlecht ist sie nicht, und immer, wenn ich sie besuche, dann kommt sie mir so ... unschuldig vor. Merkwürdig. Und sie war sehr stark, als sie ihrer Freundin Emma bei der schweren Geburt zur Seite stand.«

Dann legte er, so als habe er schon zu viel gesagt, Eduard die Hand auf den Arm. Der war bei seinen Worten blasser geworden und hatte die Hand auf sein Herz gelegt. Der Doktor sah wohl, wie sehr ihn das Thema Caroline angriff, und lenkte rasch auf sichereres Terrain zurück: »Und nun sagen Sie mir, wie ich mit dem Testament verfahren soll. Ich denke, bei Notar Mangold in Fuchshagen ist es am besten aufgehoben.«

Eduard nickte. »Ja, darum wollte ich Sie bitten, Paul. Hinterlegen Sie es dort, wenn Sie wieder einmal in der Kreisstadt sind. Wollen Sie mir diesen Dienst erweisen?«

»Aber, Eduard, das ist doch selbstverständlich«, antwortete der gutmütige Mann.

»Dann ist mir leichter. Ich unterschreibe es jetzt in Ihrer Gegenwart und Sie besorgen es für mich.«

Und so geschah es. Schon zwei Tage später besuchte Rieber seine Tochter in Fuchshagen. Zuvor fuhr er beim Notar vor und erledigte alles so, wie es sein Freund gewünscht hatte. Als seine Enkel vertrauensvoll auf seinen Schoß kletterten, als seine Tochter, die wieder in Hoffnung war, ihn anlächelte und der Schwiegersohn, ein angesehener Apotheker und Erbe der väterlichen Apotheke am Markt, ihn freundlich begrüßte, da wurde ihm warm ums Herz, und wieder einmal dankte er Gott, dass ihm Casparis Schicksal erspart geblieben war.

Immer wenn Caroline die Großmutter ansah, die blass war, viel älter und sorgenvoller, als sie sie je zuvor gesehen hatte, hatte sie sich gesagt, sie dürfe nicht so sehr an sich denken, sondern müsse auch Rücksicht auf die alte Frau nehmen, die sie bei sich aufgenommen hatte und deren Liebe sie jeden Tag auf's Neue spürte. Sie wusste wohl, dass sie ohne die Großmutter ihr Schicksal nicht überstanden hätte, und spürte noch immer die schwielige feste Hand, die sich während der ersten schweren Zeit um ihre geschlossen und sie unentwegt gestreichelt hatte.

Tatsächlich waren die vergangenen Monate für Sophie schwerer gewesen als das, was sie hatte tragen können. Die Nachricht von Georgs Tod hatte sie selbst schwer getroffen, und doch hatte sie ihre Enkelin aufgefangen, gepflegt, ihre Lethargie hingenommen, das mechanische Wesen, das sie nach ihrer scheinbaren Erholung geworden war, ertragen. Freilich hatte sie keine Ahnung von der nächtlichen Szene in der Küche, ihr Erschöpfungsschlaf war tief und fest gewesen, aber sie merkte jede Veränderung im Wesen ihrer Enkelin, weil sich nach wie vor ihre gesamte Aufmerksamkeit auf sie richtete. Es schien ihr, dass Caroline sich ihrem Kind nun stärker zuwendete und daraus Kraft bezog. Hinzu kam, dass ein am Vortag aus Cassel eingetroffener Brief sie sichtlich bewegte und auch freute. Ihre Freundin Frau Jeschke hatte sich, als sie über lange Wochen hinweg nichts von Caroline hörte und diese ihr Versprechen, ihr unter ihrem neuen Namen zu schreiben, nicht wahr machte, auf den Weg nach Nord-Holland gemacht, um der Sache auf den Grund zu gehen. Das Türschild an Lindströms Wohnung trug einen fremden Namen, also hatte die resolute Frau bei Herrn Hartwich angeklopft, die schreckliche Nachricht erfahren und von dem freundlichen Mann die Adresse der Großmutter bekommen. Nachdem sie sich ausgeweint und volle zwei Tage gebraucht hatte, um das, was sie gehört hatte, zu verarbeiten, konnte sie dem Mädchen einen tröstenden Brief schreiben, immer in der Hoffnung, dass Caroline noch dort wohnte, wo Hartwichs Brief mit der Todesnachricht sie erreicht hatte.

»Sieh nur, Großmutter«, hatte diese gesagt, »ein langer Brief von Frau Jeschke. Ihr Kind ist tot geboren, und ihren Mann hat sie so geliebt, dass sie nie wieder geheiratet hat, nachdem er gestorben war. Sie schreibt, dass ich mich nicht unterkriegen lassen soll und dass es immer irgendwie weitergeht. Und manchmal gerade dann, wenn man gar nicht mehr dran glaubt.« Dabei nickte sie und umarmte die alte Frau, und am nächsten Tag schon bedankte sie sich bei ihrer mütterlichen Freundin und gab Ferdinand den Brief, damit er ihn besorge.

Wenn nur die Geburt gut ging – es wirkte doch alles in dem Mädchen nach, und der Tod des geliebten Mannes würde wieder in ihr Bewusstsein rücken, wenn alles vorbei war. Und dann kam es erst, dann musste sie ihr Kind verlassen und weggehen ... Sophie spann den Gedanken nicht weiter. Es ging ja immer nur so: Schritt für Schritt. Friederikes Brief hatte deutlich gemacht, dass sie allein waren, ganz auf sich gestellt. So betete sie jeden Tag zu Gott, dass er ihr die Kraft geben möge, weiterzumachen und Lines Kind, das auch Georgs Kind war, aufzuziehen. »Wenigstens eine Zeit lang, Herr«, betete sie, »und dann lass die Line ihr Glück finden, nur einmal noch, und dann is alles gut.«

Sie merkte wohl, dass die letzten Monate nicht spurlos an ihr vorübergegangen waren, dass ihre Kraft nachließ. Hinzu kam die Sorge um das tägliche Auskommen. Irgendwie musste das Mädchen, wenn es nach der Geburt wieder bei Kräften war, für ihr Kind arbeiten. Ich kann nicht mal zu meinem Heinrich, dachte sie, um mir von ihm die Kraft zu holen, die ich brauche. Als sie das Magdalene einmal sagte, wohl in der Hoffnung, diese werde mit ihr auf den Kirchhof gehen, antwortete die Schwiegertochter: »Ach, Mutter, das ist doch viel zu beschwerlich für dich, und auch gefährlich bei all dem Schnee und dem glatten Eis. Und was willst du an Heinrichs Grab? Du hast ihn doch in deinem Herzen und kannst mit ihm sprechen, wann immer du es willst.«

Da hatte sie die Schwiegertochter in den Arm genommen, und die hatte sie verstanden und gesagt: »Das war alles zu viel für dich, Mutter. Hast du denn Nachricht von Friederike, wohin die Line gehen kann?«

Sophie schüttelte traurig den Kopf. »Nein. Sie hat nichts mehr von sich hören lassen.«

Friederike hatte tatsächlich noch keine Lösung für ihr größtes Problem gefunden. Alle Verwandten und Freunde war sie in Gedanken durchgegangen, aber zu keinem Ergebnis gekommen. Entweder war es ihr nicht recht, dass Cousins und Cousinen oder ehemalige Schulfreundinnen von der Schande erfuhren, die ihre Tochter ihr gemacht hatte, oder es passte in anderer Weise nicht. Denn Caroline sollte möglichst weit weg, und es musste eine Arbeit für sie gefunden werden. Nicht alle, an die sie dachte, konnten sich eine Magd leisten und schieden so aus der Auswahl aus. Schließlich gestand sie sich ein, nicht mehr weiter zu wissen, und entschloss sich, ihren Mann, den sie sonst mit allem verschonte, in der Angelegenheit um Rat zu fragen. Eduard blieb auch ganz ruhig und versprach, mit seinem Freund Rieber darüber zu sprechen. Dieser habe doch einen großen Patientenkreis und vielleicht auch Verwandte, die eine Magd gebrauchen könnten. Er werde das klären, und sie, Friederike, könne dann die nötigen Schritte einleiten. Diese war erfreut, dass Caspari so ruhig blieb. Überhaupt fand sie ihn, seit er mit einer Erkältung vom Landrat zurückgekommen war und am Abend noch den Doktor hatte kommen lassen, positiver eingestellt, wenn auch körperlich nicht wirklich genesen. Er hatte eine neue, bessere Arznei bekommen, die nun ihre Wirkung tat und seine Stimmung aufhellte. Sie freute sich aufrichtig darüber, und wenn sie abends in der guten Stube saßen, sie beim Kaffee, er bei Cognac und Zigarren, schien es ihr fast wie früher zu sein. Wenn aber Gustav dabei war und von seiner Arbeit im Ingenieurbüro Westphal erzählte und von dem Fräulein Fehrhofen, das er bei einem dienstlichen Besuch in der Villa ihres Vaters, Dr. der Medizin Julius

Fehrhofen, kennen- und lieben gelernt habe – dann war sie voller Freude und Erregung, und die Hoffnung, dass alles doch noch gut werden könne, erfüllte ihr Herz. Fräulein Fehrhofen war besser als Helene Kunert, die sich wider Erwarten und ohne dass es Gustav sichtlich berührt hätte, mit August Grieger verlobt hatte. Gustav war zur Verlobung eingeladen worden und hatte sich gut amüsiert. Er und August waren offensichtlich wieder die besten Freunde. Und jetzt, da er Fräulein Fehrhofens Zustimmung hatte, demnächst bei ihrem Vater um ihre Hand anzuhalten, war ihr klar, warum er Helene so ohne Weiteres hatte ziehen lassen.

Das war Anfang März. Eine Woche darauf brachte Dr. Rieber die Nachricht, dass sein Cousin Werdersdorf, der eigentlich nur ein Cousin zweiten Grades sei, für seinen Haushalt in Zehlendorf bei Berlin ab dem Sommer eine Magd brauchen könne. Das war weit genug weg! Friederikes Herz jubelte.

»Hat Dr. Rieber die … Umstände erwähnt … Ich meine, warum Caroline dort hingeschickt wird?«

»Nein«, antwortete ihr Mann. »Er will es uns überlassen. Und ich denke, wir werden nichts sagen von all dem. Sie geht als Magd dorthin und fertig. Der Lohn wird wohl reichen, dass sie deiner Mutter die Hälfte schicken kann, denn sie soll im Haus wohnen und essen, und was braucht sie sonst noch? Nicht viel.«

Dies war das erste Mal seit langer Zeit, dass er wieder nervös und kurzatmig wurde. Sie brach denn auch das Thema schnell ab. »Ich kümmere mich um alles, mein Lieber«, versicherte sie. »Du wirst nicht mehr damit behelligt werden.«

In Wahrheit stand es schlecht um Caspari. Er war mit seinem Freund Rieber übereingekommen, Friederike nichts zu sagen. Das, was auf sie zukomme, werde noch schwer genug werden. Dass das Zigarrenrauchen und der Genuss des Cognacs für den Kranken schädlich und nur der Tatsache geschuldet sein könne, dass er schon gar nicht mehr mit einer Genesung rechnete, darauf kam sie nicht. So geschickt hatte er die häufigen Attacken vor ihr, und natürlich erst recht vor allen anderen, verborgen. Rieber aber wusste Bescheid und besuchte den Freund, so oft es ging. Dieses Herz ist schwach, jede Aufregung bringt ihn einen Schritt näher ans Grab, dachte er, und er schenkt sich nichts. Wenn er ehrlich war, musste man täglich mit einem Infarkt rechnen.

Friederike schrieb an ihre Mutter, dass Caroline im Sommer nach Zehlendorf bei Berlin gehen, im Haus der Familie Dr. Werdersdorf Unterkunft und Essen bekommen und einen gut Teil ihres Lohnes für ihr Kind abgeben könne. Sie hoffe, dass damit allen gedient und die Angelegenheit erledigt sei.

»Allen gedient, die Angelegenheit erledigt!«, zitierte Sophie vor sich hin, als sie den Brief gelesen hatte. »Ja, so is sie, die Friederike. Es ist nich zu fassen, denn sie is Heinrichs und mein eigen Fleisch und Blut!«

Caroline merkte wohl, dass der auch dieses Mal wieder von Fritz am Abend überbrachte Brief der Großmutter Kummer bereitete. Sie fragte aber nicht, sondern nutzte eine Gelegenheit, um ihn in ihrer Abwesenheit heimlich zu lesen. Friederikes Handschrift hatte sie wohl erkannt und deshalb gewusst, dass es um sie und um ihr Kind ging. Weit weg sollte sie, dorthin, wo niemand sie kannte und niemand von ihrer Vorgeschichte wusste. Totgeschwiegen soll ich werden, wenn ich schon nicht tot bin. Sie warf den Brief auf den Küchentisch und trat ans Fenster, wo sie, wie in letzter Zeit noch häufiger als sonst, die Hände auf ihren prallen Leib legte und hinausblickte. Draußen war Winter, so wie in ihrem Herzen. Als sie merkte, was sie tat, sagte sie leise: »Du da unten, habe ich dich gewollt? Nein, ich habe Georg gewollt. Mir war es egal, wann ich sein Kind empfange. Wir wollten dich zusammen aufziehen, er und ich. Aber jetzt bin ich allein und darf nicht sterben wegen dir! Und dann, wenn du geboren bist, darf ich es auch nicht! Denn ich bin verantwortlich für dich, ich ganz allein – und das ist es, was ich nicht wollte!«

Kapitel 6

Magdalene kam nach wie vor ab und zu am Abend vorbei und brachte zunehmend das Gespräch auf die bevorstehende Geburt. Caroline müsse sich vorbereiten, das mache alles leichter, und so kam es, dass diese von den schweren Gedanken, die sie umtrieben, doch hin und wieder abgelenkt wurde. Magdalene machte ihr vor, wie man atmen und den gesamten Leib entspannen müsse. Sophie saß dabei und hörte zu, sagte aber nichts. Sie mochte an die Geburten ihrer eigenen fünf Kinder denken, aber sie war auch zunehmend schwermütiger geworden. In diesem Jahr stand ihr 73. Geburtstag bevor, und sie hatte sich vorgenommen, noch einmal Mutter für ein vaterloses Kind zu sein. Wenn sie daran dachte, kam ihr die Angst hoch und blieb und umklammerte ihr Herz und ließ sich nicht abschütteln. Ihren eigenen kleinen Haushalt konnte sie noch ganz gut in Ordnung halten, aber schon das Waschen der Wäsche überließ sie Magdalene, auch das Plätten und die Gartenarbeit. Und nun wollte sie ein Kind versorgen ... Aber dann schaute sie auf das Mädchen, das ihr jeden Sonntag und auch oft einmal zwischendurch Essen und Leckereien gebracht, ihr bei der Arbeit geholfen und zugehört hatte. Und von ihr gingen ihre Gedanken zu Georg, den sie nur so kurz kennengelernt und doch schon lieb gewonnen hatte. Und nun war er tot und das Mädchen allein. Kaum dass sie einmal ausging, nur in den Garten oder die Runden mit dem Hund in der Dämmerung, aber nie im Dorf, immer im Wald und auf den

Wiesen. Wie eine Ausgestoßene, und das war sie ja auch. Schritt für Schritt, das habe ich der Line immer gesagt, und jetzt muss ich es für mich selbst beherzigen, mehr denn je. Und was kommt, das kommt.

»Pastor Kessler hat mich am Sonntag nach dem Gottesdienst abgefangen«, hörte sie Magdalene jetzt sagen. »Er lässt dir Grüße von Emma ausrichten. Sie möchte dich unbedingt sehen. Ja, ich weiß ...«, deutete sie Carolines unglückliches Gesicht ganz richtig, »... ihr Mann verbietet es. Aber Emma geht es besser, und er denkt, dass sie sich nächste Woche ins Pfarrhaus fahren lassen kann. Sie hat dann fast drei Monate gelegen oder war doch krank. Aber jetzt geht es langsam aufwärts. Er sagt dir Bescheid, und dann könnt ihr euch treffen!«

Ein Lächeln streifte Carolines Gesicht, und sie freute sich einen Moment lang ganz aufrichtig, die Freundin wiederzusehen. Und was Magdalene versprochen hatte, das trat auch ein. Es war im März, zwei Tage nach Carolines 19. Geburtstag, als der Legersche Wagen vor der Schmiede hielt. Emma war allein, auch ihre Kinder begleiteten sie nicht. Caroline ging ihr entgegen und drückte sie, so weit das noch möglich war, an sich. »Meine liebe süße Line!«, rief die Freundin. »Du hast mir das Leben gerettet, und ich habe dich so lange nicht gesehen!« Sie küsste Carolines Wange und schämte sich ihrer Tränen nicht. Caroline ließ Emma, die sich so lange nicht hatte aussprechen können, erzählen. Und je länger sie zuhörte, desto mehr erschien es ihr so, als sei die Freundin genau im richtigen Augenblick gekommen.

Emma hatte, nachdem sie ihren Vater nun auf ihrer Seite wusste, diesem einen Plan unterbreitet. Der Pastor habe sich zum ersten Mal voll hinter sie gestellt, erzählte sie, und, nachdem er in ihr Grab geschaut hatte, nichts mehr von ehelicher Pflicht gesagt. Er habe aber zu bedenken gegeben, dass seine Tochter im Falle einer Scheidung schuldig aus dieser Ehe herausgehen würde und, was für sie das Schlimmste wäre, dass man ihre Kinder Jakob zusprechen würde. Sie habe überlegt, was zu tun sei, und schließlich, in Absprache mit ihrem Vater, Jakob auf den Kopf zu gesagt, sie werde sich scheiden lassen. Dieser habe nach der Geburt des behinderten Johann noch ein Mal versucht, sie mit Gewalt zu nehmen, aber danach habe immer eine Magd bei ihr geschlafen. Außerdem habe sie Arzt und Hebamme informiert, und beide hätten übereinstimmend gesagt, sie sei viel zu schwach und zu krank, um ihre eheliche Pflicht zu erfüllen, woraufhin Leger sich zurückgezogen habe. Und jetzt komme es erst! Sie habe also Jakob mit der Scheidung konfrontiert, und als sie das angedroht hatte, habe er sich auf's Bitten und Betteln verlegt, denn es gebe nichts Schlimmeres für ihn als einen solchen Skandal. Genau darauf aber habe sie gehofft und ihm eine Lösung angeboten, mit der sie beide leben könnten, jedenfalls glaube sie das. Sie bleibe nun weiterhin Frau Gutsbesitzerin Leger und spiele nach außen hin ihre Rolle. Ihre Schlafräume aber, wie auch ihr privates Leben, halte sie getrennt. So blieben ihr die Kinder, ihm die Fassade. Auch für ihren Vater sei es besser so. Ein Skandal werde vermieden, er könne im Dorf bleiben, was ihr wichtig sei, denn jetzt sei er eine Stütze für sie.

Caroline sah sie nach diesem langen, voll aus dem Herzen gesprochenen Monolog sprachlos an. Schon bei Emmas Ankunft war ihr aufgefallen, dass die Freundin besser aussah, viel besser als in der Zeit der beiden letzten Schwangerschaften und beinahe so wie in Mädchentagen, wenn auch die gemachten Erfahrungen sich in ihrem hübschen Gesicht spiegelten. Das Naive, das Kindliche war weg.

»Was sagst du, Line? Ich bin doch so froh!«

Für Caroline kam das alles sehr überraschend. »Aber wie macht ihr das jetzt mit dem, was du eheliche Pflicht nennst? Wird Jakob die nicht einfordern?«

»Wenn er das tut, weiß er, dass ich mich sofort scheiden lasse.«

»Aber was macht er? Du sagst doch, dass er das immer jede Nacht wollte.«

Emma wurde nun doch etwas verlegen. Sie spielte an den Spitzen ihrer Bluse. »Ich habe ihm, nun sagen wir, eine Magd eingestellt.«

»Was?«, entfuhr es Caroline.

»Natürlich nicht nur dafür«, entschuldigte sich Emma, »aber eben auch. Ich habe gesagt, dass ich leidend sei und kränklich und dass der Herr darauf Rücksicht nehme. Und da hat sie gesagt, daran soll es nicht liegen ... Ach, Line, versteh mich doch! Ich will meine Kinder behalten, und sie sollen ihr Erbe bekommen. Es geht mir nur darum. Sonst wäre es mir egal, und ich würde mich sofort von diesem Kerl scheiden lassen.«

»Das Mädchen, das du da eingestellt hast – hast du mal an die gedacht? Soll die jetzt durchmachen, was du nicht wolltest?«

»Sie kann jederzeit kündigen und gehen.«

»Na, dann ist ja alles in der Ordnung.«

»Line, sie ist einverstanden! Ich zahle ihr den doppelten

Lohn, den doppelten! Und ich habe mit Frau Bernhard gesprochen.«

»Worüber?«

»Ich habe sie gefragt, wie man das machen kann, dass keine Kinder kommen. Sie hat gesagt, dass man es mit einer kleinen glatten runden Holzscheibe macht. Man schiebt sie ... na, du weißt schon, und dann ist es ziemlich sicher. Daher kommt es, dass einige von den armen Leuten mit den kleinen Höfen nicht so viele Kinder haben.«

Caroline schwieg.

»Und ich habe Jakob gesagt, dass er nun doch die Kautschuksäckchen bestellen muss. Die Veronika ist ja nicht seine Frau, und ein illegitimes Kind, das will er nicht.«

»Mein Gott, Emma, wie raffiniert du bist, ganz Pfarrerstochter.«

Als sie aber sah, dass es in den Augen der Freundin feucht schimmerte und diese von einem Moment auf den anderen ganz unglücklich aussah, sagte sie versöhnlich: »Ich weiß, Liebes, was du durchgemacht hast. Und wie sehr du deine Kinder liebst. Solange diese Veronika will, wie er will, ist es wohl so das Beste. Aber beobachte sie, und hilf ihr, wenn sie deine Hilfe braucht.«

»Natürlich, Line, was du nur denkst! Ich weiß es doch am besten, wie das ist.«

Caroline nickte.

»Und nun du. Wie geht es dir?«

»Aber, Emma«, lenkte Caroline auf das Thema zurück, »warum bist du dann hier und ich darf dich nicht besuchen? Und Jakob liest deine Briefe und bestimmt alles. Hast du das vergessen?«

»Keineswegs« , entgegnete Emma lachend. »Er wird meine Briefe nicht mehr lesen. Ich erfülle die Pflichten mit ihm nach außen hin, Kirchgänge, Feste, das Offizielle eben. Alles andere bestimme ich selbst. Ach, Line, im Sommer werde ich endlich einmal wieder reiten!«

»Bist du dir da so sicher?«

»Ja. So sicher man sich bei Jakob Leger sein kann. Und wenn es nicht geht und er in die Scheidung einwilligt, dann werde ich um meine Kinder kämpfen. Schließlich hat er mich betrogen. Und was dich betrifft: Ich bin hier vorgefahren, mit dem Legerschen Kutscher, ganz offiziell. Du musstest nicht einmal zu mir kommen!«

»Ach, Emma, es ist beinahe wie früher. Da kamst du auch immer im richtigen Moment und hast mich zum Lachen gebracht ... Aber bald ist es vorbei damit.« Und sie erzählte von Friederikes Brief, von Zehlendorf und von Sophies Versprechen, für das Kind zu sorgen. Und dann weinte sie, und Emma tröstete die Freundin, wie die sie während ihrer eigenen Schwangerschaften getröstet hatte. »Line, ich lasse dich nicht im Stich«, versprach sie. »Ich bin nun vorerst einmal aus allem heraus und kann durchatmen. Ich verspreche dir, dass ich ein Auge auf dich und die kleine Sophie haben werde.«

»Die kleine Sophie?«

»Ja, dein und des Postillions Kind. Ich denke immer so an sie, als die kleine Sophie.«

Da konnte Caroline nicht anders, als in all ihrem Leid und ihrer Hoffnungslosigkeit die Freundin in den Arm zu nehmen. »Du denkst an uns, an sie ... Dann soll es so sein«, und sie strich über ihren Bauch. »Die kleine Sophie.«

Nach Emmas Besuch ging es Caroline besser. Zwar hatte sich nichts an ihrer verzweifelten Situation geändert, aber die Anteilnahme tat ihr wohl, und sie glaubte der Freundin, die versprochen hatte, »ein Auge« auf sie und ihr Kind zu haben. Die alte Sophie hatte Emma nicht angetroffen. Nach dem Mittagessen legte sie sich jetzt öfter nieder und tat dies, um nicht gestört zu werden, in der an die Küche angrenzenden Schlafstube. Und immer öfter schlief sie so fest ein, dass sie eine Stunde oder gar zwei brauchte, um aus Müdigkeit und Anspannung einigermaßen wieder heraus zu sein. Caroline sah das mit Sorge und war durch Emmas Besuch und ihr Versprechen umso mehr erleichtert. Ihre ganze Aufmerksamkeit galt jetzt der »kleinen Sophie«, wie Emma sie genannt hatte. Die Freundin hatte bei ihrem Besuch auch von dem behinderten Johann gesprochen, dem der lange schwere Geburtsvorgang geschadet habe wegen des fehlenden Sauerstoffs. So jedenfalls hatten es Arzt und Hebamme ihr gesagt. Zu wenig Sauerstoff bei der Geburt, dachte Caroline, und das Kind ist behindert. Das darf nicht passieren mit meiner Sophie! Und so war Emma auch bezüglich der bevorstehenden Niederkunft im rechten Augenblick gekommen. Caroline schob ihre Verzweiflung, ihre Hoffnungslosigkeit und ihre Angst beiseite, so gut sie es vermochte, und konzentrierte sich ganz darauf, das Kind nicht zu gefährden. »Sie soll Sophie heißen, Großmutter«, erzählte sie der alten Frau. »Sophie Caroline Caspari.«

So kam der April heran. Das Dorf rüstete sich für das Frühlingsfest, die Tage wurden länger, die Blumen reckten sich aus der Erde, und die Bäume trieben ihre Blätter aus. Caroline merkte von den Vorbereitungen wenig, und das war ihr Glück, denn sie hätte sich an das letzte Jahr erinnert und alles wäre wieder vor ihre Augen getreten. So aber war nur eine leise spürbare Wehmut da, und der Gedanke an Sophies Geburt überlagerte alles. Sie wollte Großmutter und Magdalene keine Sorgen bereiten und, wie die Hebamme bei jedem ihrer jetzt häufigeren Besuche versicherte, bestand dazu auch kein Anlass. Mutter und Kind seien gesund und stark. Wie lange die für sie erstaunliche Haltung der jungen Frau anhalten werde, darüber wollte sie sich keine Gedanken machen. Ihre Aufgabe war es, beide die Geburt heil und gesund überstehen zu lassen. Alles, was danach kam, war ihre Sache nicht. Das sagte sie sich nach jedem Besuch, und sie machte Caroline Mut. Aber innerlich war sie voller Mitleid mit der jungen Frau und ahnte schon das Leid voraus, das die Trennung von Mutter und Kind bringen würde.

Als sich die ersten Gäste aufmachten, um im Kaiserhof das Frühlingsfest zu feiern, setzten bei Caroline die Wehen ein. Die Großmutter blieb an ihrer Seite, aber auch Magdalene sagte zu Heinrich: »Geh du nur allein mit Ferdinand. Ein Frühlingsfest erlebe ich noch jedes Jahr. Aber so eine Geburt wohl nicht mehr.« In Wahrheit aber machte sie sich Sorgen um ihre Nichte und um ihre Schwiegermutter und hätte sowieso keine Minute Ruhe und schon gar keine Feierlaune gehabt. Das Mädchen hielt sich gut und ertrug die zunehmenden Schmerzen tapfer. Zu tapfer, sagte sich Magdalene, aber so ein Geburtsschmerz ist vielleicht gering gegen das, was sie durchmachen musste. So vergingen die Stunden. Heinrich und Ferdinand kamen vom Fest zurück. Magdalene schickte ihren Sohn zur Hebamme und bat, diese möge in den frühen Morgenstunden kommen. Sie selbst blieb auf und bestimmte, dass die alte Sophie sich niederlegen solle. Die sträubte sich erst, tat es dann aber doch und schlief auch ein. Wie erschöpft sie ist, dachte Magdalene, und fühlte eine Welle des Mitleids und der Zuneigung für die alte Frau, die ihre Enkelin nicht im Stich gelassen hatte. Wenn doch nur der Postillion noch lebte!, begehrte sie innerlich auf. Warum musste das passieren, warum er, warum?

Als Caroline aufstöhnte vor Schmerz, wusste Magdalene, dass nun die schmerzhafteste Phase eingesetzt hatte, denn jetzt durfte man noch nicht pressen, sondern musste aushalten und richtig atmen. »Atme, Caroline!«, befahl sie. »Das Kind braucht Sauerstoff!« Caroline versuchte tapfer, dem guten Rat zu folgen, und es gelang, bis der Punkt erreicht war, den Magdalene selbst so genau kannte, wenn man sich dem Schmerz überlassen musste und nichts mehr tun konnte als hoffen, dass es bald vorüberging. Sie nahm die Hand des Mädchens in ihre und drückte sie. Ihr Stöhnen weckte nun doch Sophie, die sofort aufstand und an Magdalenes Stelle rückte, während diese das Feuer anfachte, Wasser aufsetzte und der eben in diesem Augenblick eintreffenden Hebamme die Tür öffnete. Und dann ging alles ganz schnell. »Pressen!«, sagte Klara. »Pressen, Caroline! Ich seh schon das Köpfchen!« Dabei steckte sie zwei weitere Kissen hinter den schweissnassen Rücken. Caroline saß jetzt fast aufrecht, tat, wie ihr geheißen, und empfand es als wohltuend, dass sie mit all ihrer Kraft dem Kind half, auf die Welt zu kommen. Dann fühlte sie den kleinen Körper auf ihrem Bauch und jetzt, nachdem alles vorüber war, löste sich ihre Anspannung. Sie weinte und lachte und sagte leise: »Georg! Georg, dein Kind! Ich hab dich so lieb!«

»Sie kommt nich drüber«, sagte die alte Frau, die in die Küche gegangen war. Magdalene kochte Kaffee und blieb, bis die Hebamme sich verabschiedete. »Sie kann's nich. Und wie auch?«

»Ich komme heute Abend noch mal«, versprach Klara ihrer Freundin. »Ich kümmere mich um die beiden. Sie schlafen jetzt. Ruh dich aus.«

»Sie hat sie Sophie genannt«, sagte die alte Frau, »Sophie, nach mir.«

Kapitel 7

Eduard Caspari hatte, als seine Frau ihn am Samstagmittag auf das Frühlingsfest ansprach, abgewinkt. Bis jetzt hatte er eine Teilnahme nicht ausgeschlossen, mehr aus Strategie als aus Überzeugung. Einfach um die mit Sicherheit bevorstehende Tirade seiner Frau hinauszuzögern und nicht unnötig zu verlängern.

»Aber, Eduard«, sagte sie nun, ebenso vorsichtig wie bestimmt, »in diesem Jahr wird Gustav mit Fräulein Fehrhofen anwesend sein. Bedenke doch, was das bedeutet! Griegers werden da sein, August mit seiner Braut, Kunerts, der Bürgermeister und alle, die am Honoratiorentisch ihren angestammten Platz haben.«

Er nickte müde. »Lass, Friederike. Ich bin froh, dass ich meine Arbeit noch erledigen kann. Ich bin müde. Wir sollten zufrieden sein, dass es mir besser geht und allem anderen seinen Lauf lassen.«

»Seinen Lauf lassen? Aber das ist es ja gerade, Eduard. Das ist jetzt die Gelegenheit für uns, alles wieder ins Lot zu bringen, den Lauf der Dinge in unserem Sinne zu beeinflussen.«

»Ich bin noch nicht wieder so weit, Frau!«, sagte er heftig. »Ich kann das noch nicht durchstehn. Du gehst mit Gustav und Fräulein Fehrhofen hin. Dabei bleibt es.«

Friederike, durch seinen Ton nicht nur unsicher, sondern auch ängstlich geworden, nickte.

»Du wirst es schon richten«, fuhr er fort. »Da bin ich mir sicher.«

Hatte sie da wirklich einen Unterton herausgehört? Bis jetzt hatte ihr Mann, zumindest solange er leidend war, ihre zupackende Art immer gelobt und geschätzt. Nun sah sie in seinem Gesicht eine Spur von Spott, vor allem aber Müdigkeit und Sorge.

»Sorge dich doch nicht, mein Lieber! Nicht mehr! Sieh, Gustav macht eine bessere Partie, als wir es uns je vorgestellt haben. August ist ihm mehr ein Freund als zuvor. Und heute werde ich Griegers wiedergewinnen, Eduard, heute Abend.«

Er sagte nichts und machte Anstalten, in sein Kontor zu gehen.

»Arbeite nicht so viel, Eduard, bitte! Du bist doch so gut angesehen bei dem Herrn Landrat, da wird er doch verstehen, dass du auch einmal ...«

Aber er ging einfach weg und ließ sie stehen. Sollte sie sich, was seinen Gesundheitszustand anging, getäuscht haben? Ging es ihm schlechter, als er es zugab? Aber er hatte noch am letzten Sonntag Fräulein Fehrhofen in der ihm eigenen herzlichen Art begrüßt und sehr warmherzig aufgenommen, so sehr, dass das Fräulein erstaunt gesagt hatte: »Ihr Mann, mein zukünftiger Papa, wenn ich das so sagen darf, liebe Frau Caspari, ist ein Juwel. Er sieht mich schon ganz als Tochter an, und ich fühle mich willkommen in Ihrem Haus.« Diesen Eindruck hatte Friederike natürlich gern bestätigt, nicht ohne ihre eigene Person ausdrücklich einzubeziehen. Sie begrüße die Wahl ihres Sohnes genau so wie ihr Mann und freue sich, bald eine Tochter im Haus zu haben. Für den Mai war die Verlobung in der Fehrhofenschen Villa angesetzt und für Ende April ein Besuch des alten Herrn Dr. Fehrhofen in Mahlsheim vorgesehen. Auch deshalb lag Friederike so viel daran, am Abend des Frühlingsfestes Griegers wieder auf ihre Seite zu ziehen, denn sie wollte sie unbedingt zur im Spätsommer bevorstehenden Hochzeit bei sich sehen. Vorher würde freilich noch Augusts Vermählung mit Helene Kunert anstehen, und sie wollte durchaus, dass nicht nur Gustav, sondern auch Eduard und sie selbst zu den geladenen Gästen zählten.

In Sorge um ihren Mann folgte sie ihm ins Kontor. Er aber sagte: »Es ist gut Friederike. Lass mich jetzt arbeiten, und dann lege ich mich nieder. Minna kann mich versorgen, und dann gebe ich ihr für das Fest frei, auch morgen. Grüße mir alle herzlich und entschuldige mich mit einer Erkältung.« Er beugte sich über eine Akte und machte keine Anstalten, noch irgendeine Gegenrede zuzulassen, schien sich aber auch nicht in einem schlechten Zustand zu befinden. Sollte es wegen Caroline sein?, fiel Friederike plötzlich ein. Er ist ja manchmal regelrecht sentimental und hat, was das betrifft, am Ende noch nicht wirklich abgeschlossen. Nun, wenn er auf diese Weise damit fertigwerden muss, so soll es mir recht sein. Wenn Gustav sich erst verlobt und schließlich heiratet, hat er wieder eine Tochter und wird sehen, wie sich alles zum Guten wendet.

»Gut, mein Lieber«, sagte sie sanft und strich ihm über das spärlicher werdende dunkle Haar, in das sich in den vergangenen Monaten viel Grau gemischt hatte. »Schone dich. Es wird alles gut, ich verspreche es dir. Es wird alles wie früher.«

Damit verließ sie das Zimmer. Er aber legte, kaum dass die Tür geschlossen worden war, seinen Kopf in die Hände, und die Tränen rannen ihm die Wangen herab und durch-

nässten das aufgeschlagene Aktenstück. Er zog es beiseite, zu spät, die Tinte war zerlaufen und einige Zeilen nicht mehr lesbar. Und wenn schon, dachte er, und lachte bitter. Und wenn schon.

Als Friederike mit Sohn und künftiger Schwiegertochter, die direkt aus Fuchshagen zum Fest gekommen waren, den Saal betrat, schaute sie sich stolz in alle Richtungen um. Zum ersten Mal konnte sie wieder hoch erhobenen Hauptes und in ganz gewohnter Weise auftreten. Nur als sie ihren Mann bei den um den Tisch sitzenden Honoratioren entschuldigte, nahm ihr Gesicht einen leidenden Ausdruck an, und sie gefiel sich in einem besorgten, zugleich aber durchaus verbindlichen Ton, der keinen Zweifel daran ließ, dass Eduard Caspari wirklich nur an einer, wenn auch heftigen, Erkältung litt und es selbst unendlich bedaure, in diesem Jahr nicht dabei sein zu können.

Im Mittelpunkt aber stand das junge vornehme Fräulein, das sein Sohn Gustav als seine künftige Braut präsentierte. Elisabeth Fehrhofen, eine Blondine mit hellblauen Augen und einem hellen, aber keineswegs kränklichen Teint, war 22 Jahre alt. Ganz in eine hellblaue Toilette gekleidet, war sie sich ihrer eleganten Erscheinung wohl bewusst. Den Honoratioren gegenüber war sie von einer vollendeten Höflichkeit, die aber keinen Zweifel daran ließ, dass sie sich ihrer Herkunft als Tochter eines der angesehensten Ärzte des Kreises wohl bewusst war. Sie kokettierte aber nicht damit, und das war es, was alle für sie einnahm, zuerst Oberförster Grieger, der sie zwei Mal zum Tanzen aufforderte und sichtlich beeindruckt von ihr war. Die Oberförsterin, die schon zu Beginn des Abends eine leichte Verärgerung über das sichere Auftreten und die in diesem Jahr besonders sorgfältige Toilette der Straßenmeisterin verspürt hatte, machte gute Miene zum für sie unangenehmen Spiel und forderte ihren Mann schließlich, ihm die Botschaft ins Ohr flüsternd, auf, doch auch einmal mit seiner Schwiegertochter zu tanzen. Ihr Mann tat, was sie von ihm erbat, und rettete so wenigstens halbwegs die Stimmung.

Dr. Rieber stand mit Elisabeth auf vertrauterem Fuße als die Übrigen, die sie erst an diesem Abend kennengelernt hatten. Durch Besuche bei seinem Kollegen Fehrhofen hatte Rieber dessen drei Töchter schon öfter begrüßen können. Die beiden älteren waren nun bereits verheiratet, und nur die Jüngste lebte noch bei ihrem Vater. »Wie geht es Ihrem verehrten Herrn Vater?«, fragte er Elisabeth beim Langsamen Walzer, den er sich noch zutraute, und schaute das Mädchen freundlich an. »Oh, gut, Herr Doktor«, antwortete sie. »Er ist wohl froh, dass er nun auch die letzte seiner Töchter unter die Haube bekommt und sein Witwerleben eine entschieden ruhigere Wendung nimmt.« Und dabei lachte sie und ließ eine Reihe gepflegter weißer Zähne sehen. Rieber konnte nicht anders, als sie in ihrer heiteren und sorglosen Art sympathisch zu finden. Er wusste, dass sie damit ganz in der Fehrhofenschen Natur stand, die er von ihrem Vater kannte, und antwortete in dem gleichen unverbindlichen, aber herzlichen Ton: »Nun, er hat doch Margarethe noch, die in der Villa wohnt, und wird auch bald wieder Unruhe bekommen durch das bevorstehende glückliche Ereignis. Wann ist es denn so weit?«

»Im Oktober«, antwortete Elisabeth. »Bis dahin ist es freilich noch eine Weile. Aber Sie haben recht – wenn er mich los ist, was wohl im September der Fall sein wird, dann steht einen Monat später ein Kind ins Haus! Aber er freut sich darauf. Und wird wohl auch nicht so sehr behelligt werden, oben in seiner Etage.«

»Na, und dann ist er doch auch noch in der Praxis«, gab Rieber zu bedenken.

»Ja, aber seltener. Er ist froh, dass Margarethes Mann nun sein Partner geworden ist und hat vor, nach und nach ganz auszusteigen.«

»Nein, wie schade!«, rief Rieber aus, schwenkte Elisabeth ein letztes Mal im Kreis herum und verbeugte sich. Während er sie zum Tisch zurückführte, fragte er: »Ist das wahr? Er ist doch nicht älter als 60.«

»59«, korrigierte Elisabeth. »Aber er will nicht mehr so lange arbeiten. Damit steht er ganz in der Fehrhofenschen Tradition.« Sie lachte wieder. »Nur noch meine Mitgift und dann kann er sich voll und ganz seiner Schmetterlingssammlung widmen – und öfter meine älteste Schwester in München besuchen, worauf er sich beiläufig außerordentlich freut, denn das bayerische Bier ist doch das beste!«

So ein heiteres Wesen, dachte Rieber und sah die schöne junge Frau von der Seite an. Ich gönne es meinem Freund Caspari, dass er so etwas Hübsches um sich herum haben wird. Gustav stand auf und küsste Elisabeth die Hand. Er war sich ihrer Wirkung wohl bewusst und genoss die bewundernden Blicke, die seine zukünftige Braut auf sich zog.

Friederike nutzte die Gelegenheit, ganz so wie sie es Eduard versprochen hatte, um alle Anwesenden wieder für die Familie Caspari einzunehmen. Dass ihr die junge Frau dabei unfreiwillig half, war überaus angenehm und erleichterte ihr die Sache. Sie hatte des Oberförsters Reaktion auf Elisabeth durchaus bemerkt, und als er auch sie mit den Worten »Darf ich bitten, verehrte Frau Caspari« auf die Tanzfläche geführt hatte, wusste sie, dass das Eis gebrochen war. So verabschiedete sie Sohn und Schwiegertochter, die mit Fehrhofens Equipage zurück nach Fuchshagen gefahren wurden, überaus herzlich und kam in einem Hochgefühl zu Hause an, das sie sogleich auf Eduard zu übertragen wünschte. Aber als sie in Stube und Kontor schaute, war er nicht da. Oben im Schlafzimmer war die Kerze heruntergebrannt, alles lag in tiefer Dunkelheit, das Fenster stand weit offen, und ihr Mann lag in seinem Bett und rührte sich nicht.

Auch den Tag darauf stand Caspari nicht auf, was seiner Frau, da sie von einer Besserung seines Zustandes ausgegangen war, große Sorge bereitete. Aber selbst die Schilderung der glücklichen Wendung, die die Ereignisse gestern beim Frühlingsfest genommen hatten, brachte ihn nicht aus seiner Lethargie heraus. Was Friederike auch tat, um ihn aufzumuntern, es half alles nichts. Es schien, als habe sich der Kranke mit dem Spielen seiner Rolle vor seiner Frau, dem Sohn, der künftigen Schwiegertochter und vor allem vor Landrat von Bromme und den Straßenwärtern übernommen. Und so war es auch. Matt lag er in seinen Kissen, und nur der Besuch des Doktors brachte ihn dazu, ein Lächeln zu versuchen, seinem Freund die Hand zu drücken und ein ums andere Mal zu versichern, wie froh er sei, sein Testament gemacht zu haben. Rieber schüttelte den Kopf dazu und sagte: »Lieber Freund, Sie sind noch keine 60. Es wird sich alles finden. Jetzt sind Sie müde und schwach, aber wenn ein paar Wochen der Erholung ins Land gegangen sind, dann werden Sie auch wieder über Land fahren und die Hochzeit Ihres Sohnes feiern.« Wenn der Arzt aber aus dem Krankenzimmer heraus war, wurde sein Herz schwer, denn er wusste nicht mehr, wie er den Kranken behandeln sollte. Dessen Herz war von Jugend an nicht das gesündeste gewesen und die kräftezehrenden Jahre des Aufstiegs hatten das ihrige dazu getan, die Situation zu verschlimmern. Was aber, darüber war Rieber sich völlig im Klaren, den Ausschlag zum Schlechten hin gegeben hatte, war das Schicksal der Tochter. Die Tatsache, dass seine Frau unerbittlich gegen die handelte, die die Familienschande verursacht hatte, bereitete dem rechtschaffenen Mann wohl den größten Kummer, aber er hatte nicht die Kraft oder den Mut, sich dagegenzustellen. Und wie auch? Friederike Caspari handelte durchaus richtig, um ihre Familie zu schützen. Und dennoch – Caspari liebte das Mädchen offenbar viel mehr, als er zugeben mochte, und litt, wie er nie zuvor gelitten hatte. Rieber sprach all das in Gegenwart des Freundes niemals an, um einen vollständigen Zusammenbruch, der ihm schon beinahe unausweichlich schien, vorerst zu verhindern. Auch vor Friederike verschwieg er, wie ernst es um ihren Mann stand.

Im Landratsamt hatte man sich mittlerweile beholfen, indem man einen der Anwärter auf Eduards Posten dessen Arbeit machen ließ. Als aber nach drei Wochen immer noch keine Besserung des Zustandes eintrat, hatte Bromme entschieden, dass nun unverzüglich zu handeln sei. Die Arbeiten an der Kreisstraße gingen voran und mussten überwacht und koordiniert werden. Er brauchte gesunde Leute, die keinen Tag versäumten. Es trat ein, was Eduard immer befürchtet und durch sein Durchhalten versucht hatte zu vermeiden. Er wurde von seinem Dienst suspendiert. Ein anderer sorgte nun dafür, dass die Straßen des Kreises in Ordnung gehalten wurden. Akten wurden abtransportiert, das Kontor leer geräumt, ohne dass Eduard etwas davon mitbekommen hätte. Wenigstens diese Schmach blieb ihm erspart. Die Neubesetzung wurde direkt im Landratsamt angesiedelt, um Wege zu sparen. Der neue Straßenmeister war ein noch junger Mann, gesund und überaus erfreut über den Aufstieg, so wie Eduard es vor 25 Jahren gewesen war. Das alles spielte sich innerhalb von zwei Wochen ab.

Friederikes Freude über die Wiederaufnahme in den Kreis der Honoratioren schrumpfte zusammen wie ein Ballon, aus dem man die Luft herausgelassen hatte. Arbeitsunfähig und ohne geregeltes Einkommen, das war eine Katastrophe, und ohne jeden Zweifel die größte ihres Lebens. Die Straßenmeisterin zu sein hatte ihr, neben dem ererbten Vermögen, alles bedeutet. Eduards Kontor war ein Heiligtum gewesen, der Ort des Triumphes – und nun lag der Raum leer und öde da und nur Schreibtisch und Schrank erinnerten noch an die vergangenen glanzvollen Jahre. Aber sie war viel zu sehr Friederike Caspari, als dass sie diese Tatsache zugegeben oder gar öffentlich gemacht hätte. Im Gegenteil, jetzt galt es, Gustavs Verlobung nicht platzen zu lassen. Beim Besuch des alten Dr. Fehrhofen hatte sie Eduard noch mit seiner Erkältungskrankheit entschuldigen können. Dieser, voller Verständnis für die Situation, ließ Grüße an den Kranken ausrichten, der oben in seinem Bett die meiste Zeit schlief oder doch ruhte. Bei der Verlobung werde man sich ja sehen, und solch eine Bronchitis, die müsse man auskurieren, sonst werde ganz schnell eine Lungenentzündung daraus und man liege dann wirklich schwer und erhole sich vielleicht gar nicht mehr. Das habe er in den langen Jahren, in denen er nun schon den Beruf des Arztes ausübe, immer wieder erlebt.

Als aber in der Woche darauf die Nachricht von Eduards Entlassung kam, als das Kontor ausgeräumt wurde und von Landrat von Bromme nur eine kurze Mitteilung an seinen langjährigen Straßenmeister, diesem die rasche Genesung wünschend, eintraf, da war sie zum ersten Mal wirklich verzweifelt. Hatte sie nicht immer eine Lösung parat gehabt, wenn Eduard schon nicht mehr weiter wusste? Und was sollte geschehen, wenn er gar starb? Sie sprach mit Dr. Rieber, aber der mochte sich nicht festlegen. Möglich, dass ihr Mann sich noch einmal erhole, wenn er Ruhe und Frieden habe, aber so wie er früher gewesen sei, so werde es nicht mehr kommen. Sie solle Gott danken, dass er lebe, und es werde doch wohl etwas Erspartes da sein, das helfe, die Zeit zu überbrücken, bis Gustav sich etabliert habe und die Eltern unterstützen könne.

Gustav! Sie musste mit Gustav besprechen, was zu tun sei. Ihr Sohn war von ihrem Schlag, und mit ihm gemeinsam würde sie eine Lösung finden. Minna hatte natürlich alles mitbekommen, nach der Räumung des Kontors war die neue Lage nicht mehr zu verheimlichen gewesen. Sie rief die Magd zu sich und sagte, so würdevoll es ihr möglich war: »Mein Mann, der Herr Straßenmeister, muss nun nicht mehr arbeiten, Minna. Seine Gesundheit ist angegriffen und verlangt, dass er seinen wohlverdienten Ruhestand genießt. Für Sie wird sich nichts ändern.« Minna, heilfroh über die Nachricht, dass sie ihre Arbeit behalten würde, machte einen Knicks und sagte: »Danke, Frau Straßenmeisterin.« Es war sicher, dass sich nun auch im Dorf diese Version der Geschichte verbreiten würde. Die Leute würden annehmen, dass Caspari es sich leisten konnte, so früh nicht mehr zu arbeiten. Zeit gewonnen, alles gewonnen, sagte sich Friederike und sandte noch am selben Tag ein Telegramm an Gustav, in dem sie diesen bat, am Sonntag zu kommen, allein.

»Du hast recht gehandelt, Mutter«, urteilte der denn auch, als sie bei Kaffee und Kuchen zusammensaßen. Gustav war zuvor zu Eduard hinaufgegangen und hatte diesen matt, aber weniger traurig als erwartet vorgefunden. Fast schien es, als sei durch die Entlassung aus den Diensten des Kreises eine Last von ihm genommen worden. Dass er die finanzielle Misere, die dadurch entstanden war, nicht einmal erwähnte, machte dem Sohn Sorgen, andererseits sagte er sich, dass sein Vater diese prekäre Seite der Angelegenheit wohl absichtlich von sich fern hielt, bis er wieder vollständig genesen sei. Und das war nicht das Dümmste, was er in seinem Zustand machen konnte.

»Vater hat mich immer unterstützt«, fuhr Gustav fort. »Jetzt ist er krank und kann es nicht mehr. Aber ich habe es ja schon seit Dezember nicht mehr gebraucht. Insofern, bitte versteh mich jetzt nicht falsch, ist es zu guter Zeit gekommen. Ich werde in meiner Firma durch die Heirat mit Elisabeth sicher noch einmal einen Sprung nach vorn machen. Zudem wird uns ihre Mitgift in die Lage versetzen, dieses Haus hier zu renovieren, und wenn wir dann einziehen, ersparen wir uns teure Mietzahlungen. Eine nicht unbeträchtliche Summe wird noch übrig sein, so dass ein respektabler Notgroschen da ist. Mach dir also keine Sorgen, Mutter.«

»Ja, Gustav, so weit es dich und Elisabeth betrifft, mache ich mir auch keine. Aber was ist mit uns? Wovon sollen Vater und ich leben?«

»Nun«, antwortete ihr Sohn, »diese Frage erstaunt mich, Mutter. Ihr habt schließlich die gesamte Mitgift für meine Schwester gespart. Ich bin sicher, Vater hat sie nicht angegriffen. Und nun kommt sie euch zugute.«

Friederike, die nicht zugeben wollte, dass sie ihrerseits bereits in diese Richtung gedacht hatte, sagte in nachdenklichem Ton: »Die Mitgift ... Nun, allzu viel ist es nicht, aber es würde eine Weile gehen ...«

»Würde? Mutter, erwägst du ernsthaft, meiner Schwester mit dem Bankert auch noch ...«

»Nein«, unterbrach ihn seine Mutter, »nein, wirklich nicht, du hast recht! Sie ist doch im Grunde an Vaters Zustand schuld und muss, im Gegenteil, so schnell wie möglich aus dem Dorf heraus. Eine Arbeitsstelle haben wir dank Dr. Rieber schon ausgemacht, und wenn sie erst weg ist, wird es Vater auch besser gehen. Das Geld müsste ja noch auf dem Konto liegen ...«, setzte sie sinnend hinzu.

»Das wird es sicher. Du kennst Vater. Ich bin sicher, dass es so ist. Und sieh, Mutter, wenn ich erst wirklich etabliert bin, dann sieht es noch besser aus. Euer Altenteil hier ist euch doch sicher, das weißt du. Und wer weiß ...« Er zögerte, seine Mutter bereits jetzt in Pläne einzuweihen, die noch nicht spruchreif waren, sich am Horizont eben einmal abzeichneten, überlegte es sich aber und fuhr fort: »Es kann sein, dass ich in ein paar Jahren Teilhaber in der Firma werden kann. Mein Schwiegervater in spe steht mit dem alten Westphal auf bestem Freundschaftsfuße, und der Sohn des Alten wird mir immer mehr zum Freund. Er ist Ingenieur wie ich, und wenn die Firma weiter wächst, dann könnte er einen Teilhaber gut gebrauchen.«

»Gustav! Ich wusste ja nicht …«

»Kein Wort darüber, Mutter, zu Vater zunächst nicht und zu niemandem im Dorf, das musst du mir versprechen. Ich habe es dir nur gesagt, weil ich euch alles zu verdanken habe und weil ich möchte, dass du dir keine Sorgen mehr machst. Also, versprochen?«

»Selbstverständlich, mein Junge.« Sie stand auf, ging zu ihm hinüber und nahm ihn, der sich ebenfalls erhoben hatte, in die Arme. »Du weißt nicht, welche Last du damit von meinen Schultern nimmst! Ich schweige wie ein Grab.« Sie lächelte ihn vertrauensvoll an. »Dann sollten wir jetzt noch über die Verlobung sprechen. Ich meine, was sagen wir, wenn Vater nicht mitkommen kann ins Haus Fehrhofen?«

»Da fällt uns schon was ein. So eine schlimme Bronchitis kann ja auch auf Herz und Kreislauf schlagen. Dass Vater in dieser Richtung Probleme hatte, habe ich Dr. Fehrhofen vorsorglich schon gesagt. Aber ich denke, er wird mitkommen, wenn es ihm auch nur einigermaßen möglich ist.«

»Du bist doch der Beste, mein lieber Junge. Und du bist von meinem Blut und meiner Art. Vater ist doch oft zu weich und zu zögerlich. So lieb ich ihn habe und so viel ich ihm zu verdanken habe, muss ich das doch um der Wahrheit willen sagen. Du weißt ja, dass es nicht böse gemeint ist. Aber ich bin froh, wenn du das Ruder hier in die Hand nimmst.«

Gustav küsste ihr die Hand. »Halte dich nur weiter so, Mutter. Es hängt jetzt alles davon ab, dass wir bei unserer Linie bleiben. Ich werde es auch Elisabeth gegenüber so sagen. Für sie ist das nicht schwer zu glauben. Ihr Vater ist Arzt in dritter Generation, ihr Urgroßvater hat die Villa bauen lassen, und jetzt ist der Mann ihrer Schwester in die Praxis eingetreten und wird Haus und Praxis auch erben. Für eine Fehrhofen ist es selbstverständlich, dass man Vermögen besitzt und nicht nur von seiner Hände Arbeit lebt.«

»Gut, Gustav, so wollen wir es machen. Ich werde mir für deine Verlobung eine neue Toilette nähen lassen. Das unterstreicht alles noch zusätzlich. Bleibt nur die Frage, wie ich Vater dazu bringe, Geld vom Konto der Mitgift zu nehmen.«

»Ich gehe noch einmal hinauf«, beschwichtigte ihr Sohn. »Du sollst sehen, er wird mir den Zugang zum Konto gewähren und ich werde dir Haushaltsgeld geben. So leidend er ist, wird er doch einsehen, dass ihr von irgendetwas leben müsst.«

Und so war es auch. Gustav hatte Eduard auf seine ihm ganz eigene freundliche und doch konsequente Art überzeugt, dass seine Mutter Geld brauche, um den Haushalt weiter zu führen, und dass die für die Aussteuer vorgesehene Summe die einzigen Mittel seien, auf die zurückgegriffen werden könne. Seine Schwester habe ihr Anrecht darauf verwirkt, außerdem werde sie arbeiten, um für ihr Kind – er vermied instinktiv in diesem Augenblick den Begriff »Bankert« – sorgen zu können. Mutter sei bereit, alles für ihn zu tun, und sie brauche doch Geld, um den Haushalt weiter zu führen. Beides gebiete, dass durchaus rasch gehandelt werden müsse. Eduard in seiner Schwäche nickte ergeben und unterschrieb die von Gustav vorbereitete Vollmacht, die seinem Sohn die Verfügung über das besagte Konto erlaubte.

Wenn Caroline ihre kleine Tochter auf dem Schoß hielt, um sie zu stillen, überkam sie jedes Mal ein so vollkommenes Gefühl der Ruhe und Stille, wie sie es nie zuvor gekannt hatte. Ihre Zufriedenheit, wenn sie mit Georg zusammen gewesen war, hatte sich ähnlich angefühlt, aber hier war sie die Verantwortliche. Mein Kind, dachte sie, Georgs Kind – sie ist Blut von seinem Blut, und sie ist das Einzige, was mir von ihm geblieben ist, das Kostbarste. Und dann stieg eine Scham in ihr auf, die sich heiß anfühlte, denn sie verstand ihre Zweifel nicht mehr und auch nicht, wie sie Sophie so lange hatte gar nicht wahrnehmen können. So saß sie oft und hielt das Kind und sah Georg in ihm.

»Ich kann nicht weggehen, Großmutter«, sagte sie, als sie abends zusammensaßen. Das Kind schlief, die gewaschenen Windeln hingen über dem Herd, Sophie trank ihre abendliche Tasse Pfefferminztee, und Caroline faltete Kinderwäsche. Emma hatte ihr viele Sachen von der kleinen Marie überlassen, und Magdalene war noch vor Sophies Geburt mit einem Korb voller Windeln und winziger Kleidungsstücke gekommen. »So lange hast du die aufbewahrt, Tante Magdalene!«, hatte Caroline erstaunt gerufen, und Magdalene hatte gelacht und geantwortet: »Ja, so bin ich. Und ich dachte doch auch, dass unser Ferdinand sie noch brauchen würde. Und jetzt kommen sie dir zugute.« Da war Caroline auf sie zu gegangen und hatte sie ganz fest an sich gedrückt. Es war ihr nicht viel geblieben, und das Wenige, von dem noch Verständnis und Wärme oder einfach nur Mitleid mit ihrem Schicksal ausging, das nahm sie umso mehr wahr und wusste es zu schätzen.

»Kind«, gab Sophie zu bedenken, »du bist ja noch nich großjährig. Dein Vater kann dich nach Zehlendorf schicken oder sonst wohin. Und er is auch der Vormund von der kleinen Sophie. Wir müssen dankbar sein, dass er überhaupt zugestimmt hat, dass die Kleine bei mir bleibt.« Und als sie sah, wie Caroline bleich wurde, fügte sie rasch hinzu: »Aber in zwei Jahren, da is das nich mehr so. Dann bist du großjährig, und so lange müssen wir noch durchhalten. Zwei Jahre, Line! Und du kommst doch immer und besuchst uns, und du weißt doch, wie lieb ich die Kleine habe!«

»Und wenn ich Vater schreibe, dass ich hier im Dorf arbeiten will, oder in Fuchshagen ...«

Sophie sah sie nachdenklich an und schüttelte den Kopf. »Du weißt doch, Linchen, dass sie das nie erlauben wird. Und wenn sie nich will, dann will er auch nich. Und jetzt is er auch noch krank und kann schon gar nix mehr sagen ...«

Die alte Frau hatte recht. Caroline spürte es genau. Aber die Aussicht, ihr Kind zurücklassen zu müssen, war ihr so schrecklich, dass sie sagte: »Ich habe Georg verloren. Er kommt nie mehr wieder, Großmutter, nie mehr! Und jetzt soll ich das Einzige, was mir von ihm geblieben ist, auch noch verlieren! Das ist zu grausam, Großmutter!«

Die Alte nickte und rührte Zucker in ihren Tee. Sie saß mit gesenktem Kopf und sagte nichts.

Als Caroline sich beruhigt hatte und das heftige Gefühl der Angst und der Verlorenheit langsam von ihr wich, fasste sie sich und sagte, zur Großmutter gewandt: »Ich wollte dir nicht wehtun, Großmutter, oh, nein, gewiss nicht! Wenn ich dich nicht hätte, würden sie die Kleine weggeben, in ein Waisenhaus gar ... Ach, Großmutter, ich bin dir so dankbar, das weißt du doch. Aber es ist doch mein Kind und ...« Sie wusste nicht weiter und sah Sophie mit einer Mischung aus Ratlosigkeit und Scham an.

»Nein, Line, das weiß ich doch«, beruhigte die Alte sie. »Ich weiß doch, wie das gemeint is. Ich werde schon für das Kind sorgen, und Magdalene is auch noch da. Und zwei Jahre sind schnell um. Dann können wir neu überlegen.« Und wenn du jetzt gehst, dachte sie, ohne es auszusprechen, ist es für das Kind besser, denn es kann nichts dafür, dass es da ist, deine Schuld aber wird in den Augen der Menschen hier bleiben.

»Georgs Mutter!«, rief Caroline plötzlich. »Großmutter, sie weiß doch noch gar nicht, dass sie ein Enkelkind von ihrem Georg hat! Vielleicht kann sie ein bisschen helfen. Ich meine, wenn die zwei Jahre um sind.«

»Is sie denn so gestellt, dass sie's kann?«

»Eigentlich nicht. Sie lebt bei ihrer Tochter in Kiel oder doch in der Nähe von Kiel im Schulhaus. Der Mann der Schwester ist Lehrer. Vielleicht kann ich in zwei Jahren mit Sophie dorthin gehen und hätte wenigstens ein Unterkommen. Arbeiten kann ich doch dort auch.« Die Aussicht auf diese Lösung ließ sie augenblicklich darüber nachdenken, wie es anzugehen sei. »Und ich muss wissen, wie Georg gestorben ist, Großmutter. Und wo er begraben liegt. Ich wollte das schon so lange wissen, es lässt mir keine Ruhe. Aber ich hab immer gezögert, auch nur daran zu denken ... Aber jetzt ist Sophie da und braucht mich. Und sie ist Blut von ihres Sohnes Blut, etwas, das geblieben ist von ihm. Großmutter, ich muss es versuchen!«

Sophie sah vor sich hin. Was sollte das werden? Was, wenn es wieder eine Enttäuschung gab? Warum hatte sich die Mutter nicht längst gemeldet? Sie hatte doch wohl von der bevorstehenden Heirat ihres Sohnes gewusst und war deshalb aus der Casseler Wohnung ausgezogen. Jedenfalls hatte Caroline es ihr so erzählt. Aber ihre Enkelin hatte schon Papier und Tinte herbeigeholt und begonnen, zügig und eifrig zu schreiben. »An Herrn Hartwich«, erklärte sie, »ich hab ja die Kieler Adresse nicht. Ich habe geschrieben, dass ich noch eine Reisetasche in der Wohnung hatte, die Frau Lindström wohl mitgenommen hat, weil sie sie für Georgs Eigentum hielt. Wegen einer dummen Reisetasche ... Aber ich wusste nicht, was ich sonst für einen Grund hätte nennen können.«

»Das is doch gut, ein Zufall, der dir zupass kommt. Von dem Kind hätt ich auch nix geschrieben ...«

»Eben«, antwortete Caroline, »Herr Hartwich muss das nicht wissen.«

Sie brachte den Brief erst zum Postamt, als es dunkel geworden war, und klopfte an den privaten Eingang der Kisslings. Tante Renate war so nett, wie sie immer gewesen war. Überhaupt beteiligten sich die Postleute nicht an dem Gehechel über Caroline im Dorf. Nach außen blieben sie neutral. Wenn aber ihre Nichte oder die alte Sophie ein Anliegen hatten, dann halfen sie. »Viel Glück!«, wünschte Renate. »Ich bringe dir hoffentlich die Antwort, die du erwartest.«

Und so kam es. Herr Hartwich hatte keine Bedenken, Frau Lindströms Adresse unter diesen Umständen weiterzugeben. Er drückte noch einmal sein Bedauern über Georgs frühen Tod aus und wünschte seiner ehemaligen Braut alles Gute für ihre Zukunft. Noch an dem Tag, an dem sie den Brief erhalten hatte, schrieb Caroline an Georgs Mutter. Zuerst wusste sie nicht, wie sie beginnen sollte, als aber dann Georg vor ihre Augen trat, so wie sie ihn zum ersten Mal gesehen und sich auf der Stelle an ihn verloren hatte, wie die Liebe, die so unvermittelt in ihr Leben getreten war, geblieben war und sie das Gefühl gehabt hatte, angekommen zu sein und nichts mehr zu entbehren – da floss es ihr aus der Feder. Sie schilderte alles so, wie es gewesen war, selbstverständlich unter Aussparung intimer Details, und zum Schluss kam sie auf das Kind zu sprechen, das ihrem Sohn ähnlich sehe und sein Fleisch und Blut sei. Zuletzt bat sie um Aufklärung über Georgs Todesumstände und seinen Bestattungsort, und als sie schrieb, wie sehr sie ihn noch immer liebe und sich nach ihm sehne, da flossen die Tränen auf den Briefbogen und verwischten diese letzten Zeilen. Sie brauchte lange, bis sie sich ausgeweint hatte. Dann wachte Sophie auf, und erst als die Kleine frisch gewindelt und gestillt und in ihre von Magdalenes Kindern geerbte Wiege zurückgelegt worden war, konnte sie die letzten Sätze neu schreiben und das Kuvert verschließen. Es ging auf Mitternacht, als sie das Postamt erreichte und den Brief, um Kisslings nicht mehr zu stören, in den am Haus befindlichen Briefkasten warf. Nun erst war ihr leichter. Sie schaute nach dem Kind und fand es in ruhigem Schlaf vor. Zärtlich strich sie über das flaumweiche Haar und zog die Decke fester um die Kleine.

Kapitel 8

Der dritte Maisonntag, Tag der Verlobung, rückte heran. In der Fehrhofenschen Villa waren dienstbare Geister dabei, alles vorzubereiten. »Das ist schließlich die letzte Verlobung, die ich als Vater erlebe«, sagte Dr. Fehrhofen genussvoll, »und meine jüngste Tochter. Wenn das kein Grund ist, sie besonders prächtig zu feiern, dann weiß ich es nicht.« Alle waren seiner Meinung und taten das ihrige, um ihn darin zu bestätigen. Margarethe begleitete ihre Schwester zur Schneiderin, um die Toilette auszusuchen, Cecilie, die älteste der drei Fehrhofen-Schwestern, hatte ihren Besuch ebenso angesagt wie Tante Agathe, die ältere kinderlose Schwester des Doktors. Der war mit der Wahl seiner jüngsten Tochter überaus zufrieden. Cecilie hatte Geld geheiratet, ihr Mann war ein allseits geschätzter Münchner Bierbrauer und sicher Millionär, Margarethes Verheiratung mit einem jungen Kollegen sicherte den Fortbestand der Fehrhofenschen Ärztetradition. Elisabeth aber hatte sich auf der Stelle in den jungen gut aussehenden Ingenieur, der den für die Villa zwecks Praxisvergrößerung geplanten Anbau gezeichnet und überwacht hatte, verliebt. Vielleicht wäre er angesichts weniger guter Partien seiner beiden älteren Töchter zurückhaltender gewesen, aber so hatte seine Jüngste sozusagen die Herzenswahl frei. An Gustavs Manieren und an seiner Tüchtigkeit bestand bei ihm von Anfang an kein Zweifel, und Ingenieur war genauso gut wie Bierbrauer oder Arzt. Ein ansehnliches Haus samt Nebengebäuden oberhalb des benachbarten

Dorfes und einige Acker Land, die vielleicht einmal Bauland werden würden, mussten aber als Vermögenseinlage genügen, und das taten sie, eben weil die beiden Älteren hier vorgesorgt hatten. Er war also zufrieden, ja, mehr als das, denn er sah, wie der junge Caspari seiner Tochter jeden Wunsch von den Augen ablas. Aus dem jungen Mann würde noch etwas werden, er war klug und zielstrebig und zudem, was genau so wichtig war, sein Schwiegersohn. Allein das würde genügen, um seinen Freund Westphal von Gustavs Fortkommen in der Firma zu überzeugen. Die Mutter des Jungen hatte ihm gefallen in ihrer praktischen Art, zumal sie offenbar wusste, wie man sich kleidete und benahm, und der Vater, immerhin ein Straßenmeister, war ihm als warmherzig und ruhig geschildert worden, also ein bisschen Pendant zu ihm, denn er war ebenfalls warmherzig, zugleich aber lebhaft und redselig. So hatte er gern zugestimmt, als Gustav ihn, gleich nach seinem Besuch in Mahlsheim und nachdem er Elisabeth nur wenig mehr als zwei Monate kannte, offiziell um ihre Hand gebeten hatte. Seine Tochter hatte ihn stürmisch geküsst und gerufen: »Danke, Vater! Ich bin ja so glücklich!«

Als Fritz mit dem Casparischen Einspänner vor der Villa vorfuhr, konnte er Gustavs Vater in personam begrüßen und fand alles so, wie es ihm geschildert worden war, nur dass er an dem wieder Genesenen eine Müdigkeit, ja, Abgespanntheit wahrnahm, die dieser zwar zu überspielen versuchte, aber ihn konnte er nicht wirklich täuschen. Als Arzt hatte er dergleichen öfter gesehen und nicht immer war es gut ausgegangen. Eduards ruhige Art stieß auf Sympathie, obgleich Dr. Fehrhofen auch hier mehr dahinter vermutete als nur

Disposition oder Charakterzug. Alles wirkte wie Wehmut, ja, Traurigkeit, und das an einem so glücklichen Tage. Indes ließ er sich nicht von dieser Stimmung anstecken, sondern bot, im Gegenteil, seinem Gast alle erdenklichen Bequemlichkeiten an, um dessen Befindlichkeit zu verbessern, was auch gelang. Nach zwei Stunden Konversation mit den meisten Mitgliedern der Fehrhofenschen Familie aber wurde Caspari noch blasser, als er ohnehin gewesen war, so dass sein Gastgeber ihn auf die Terrasse komplimentierte und den großen gepolsterten Korbsessel anbot. »Einen Cognac?«, fragte er freundlich. »Gewiss, gern«, erwiderte Caspari. »Sie müssen entschuldigen, Herr Doktor, aber ich bin noch immer nicht ganz genesen und habe ab und zu noch Schwächeanfälle. Aber ich wollte doch unbedingt bei der Verlobung meines Sohnes dabei sein.«

»Sie müssen sich nicht entschuldigen, Herr Caspari. Als Arzt kenne ich dergleichen sehr gut und weiß wohl, wie solch eine heftige Bronchitis nachwirken kann.« Dabei sah er sein Gegenüber an, als wolle er eigentlich sagen: »Aber war es wirklich nur eine Bronchitis ...«

Eduard bemerkte den prüfenden Blick und bemühte sich um Haltung. Er hatte in den letzten Wochen ausruhen können, viel geschlafen, sich aber angesichts seiner Herzattacken, die er zu verheimlichen verstand, nichts vorgemacht. Trotz der Entlastung von seiner Arbeit, obwohl seine Frau alles, was ihn aufregen könnte, von ihm fern hielt, erholte er sich immer nur für Tage, ja, für Stunden. Am schlimmsten waren die Kurzatmigkeit, das Gefühl zu ersticken und das Herzrasen. Wenn es nur jetzt nicht kam! Dies musste er noch durchstehen, Friederike hatte recht gehabt, und dann konnte er sich ausstrecken, ausruhen, schlafen, für immer schlafen ...

Bei diesem letzten Gedanken erschrak er und war froh, dass in dem Moment der Cognac kam. Die Väter stießen auf das junge Paar an. Eduard ließ Fehrhofen reden, so schonte er am besten seine Kräfte und musste nur zuhören oder doch zumindest so tun. Innerlich krampfte sich alles in ihm zusammen. Die Villa war herrlich – acht Zimmer, eingebaute Bäder, der Wintergarten mit Kamin –, zentral und dennoch ruhig gelegen. Der gepflegte Garten war riesig, eine Köchin, ein Hausmädchen und ein zugleich als Pferdeknecht fungierender Kutscher waren zu Diensten. All das freute ihn für seinen Sohn, mehr als er es hätte ausdrücken können. Aber er merkte auch, dass er ins Bett gehörte und nicht auf diese Feier, zu der er sich hatte überreden lassen. Wenn ich jetzt etwas sage, falle ich in Ohnmacht, dachte er, denn die Schwäche nahm immer mehr zu. So saß er still da und nickte freundlich, trank auch ab und zu einen Schluck Cognac, aber immer nur so viel, dass es ihm nicht zu schnell zu heiß werden konnte. Fehrhofen war ein vorzüglicher Erzähler und unterhielt Caspari mit allerlei Familiengeschichten und Anekdoten aus seiner Praxis.

Nach einer Stunde ging es dem Kranken etwas besser. Das Sitzen und das Nicht-Sprechen-Müssen hatten ihn so weit in Stand gebracht, dass er wieder etwas sagen konnte, ohne einen Schwächeanfall befürchten zu müssen. Er nutzte die Gelegenheit auf der Stelle, um sich zu bedanken und zu verabschieden. »Ich bin sehr froh, Herr Dr. Fehrhofen«, sagte er, »dass das Schicksal unsere Kinder zusammengeführt hat. Ihre Tochter ist die hübscheste junge Dame weit und breit und ein Glück für unsere Familie. Ich freue mich, sie nun auch bald als meine Tochter in die Arme schließen zu können.«

»Ja, bis September bleibt sie mir noch«, erwiderte Fehrhofen. »Und dann ist es vorbei damit. Aber ich meinerseits habe einen Sohn bekommen, sozusagen den dritten, und er steht den beiden anderen in nichts nach. Gustav passt vorzüglich in unsere Familie. Und was Sie betrifft, so passen Sie auf sich auf. Gut, dass Sie den Ruhestand der Arbeit vorgezogen haben. Und ich werde es bald ebenso machen. Meinem Schwiegersohn geht die Sache ausgezeichnet von der Hand.«

Der Abschied war herzlich. Caspari war froh, mitgekommen zu sein und Gustav dadurch geholfen und genutzt zu haben. Der alte Fehrhofen hatte ihn wohl wirklich gemocht, und umgekehrt war es nicht anders. Aber was uns unterscheidet, dachte er, das ist das Geld. Der Doktor kann es sich leisten, nicht mehr zu arbeiten, und ich kann es eigentlich nicht. Vor allem aber hatte er seine schöne Tochter in der Nähe, während er die seine verloren hatte. Als er daran dachte, hatte er Mühe, sich in der Kutsche neben seiner Frau gerade zu halten. Er ging nach der Ankunft zu Hause sofort ins Schlafzimmer hinauf und sank, mit seinen Kräften am Ende und so wie er war, auf sein Bett und fiel in eine halbe Ohnmacht. Obwohl er alles um sich herum wahrnahm, war es ihm dennoch unmöglich, sich zu bewegen, sich auch nur zu drehen oder gar aufzustehen.

»So eine prachtvolle Feier!«, rief seine Frau, die eben eingetreten war. »Das entschädigt doch für die erlittene Schmach! Ja, unser Gustav, er wird es machen.« Sie setzte sich an den Toilettentisch und nahm ihre Ohrringe ab. Dann sah sie sich nach ihrem Mann um, der nicht geantwortet hatte. »Eduard, findest du nicht auch? Elisabeth ist eine Schönheit. Und die vornehme Familie! Damit haben wir Griegers weit übertroffen. Oh, wie gut, dass August die Kunert heiratet und nicht Gustav!«

»Eduard?«, rief sie besorgt, als immer noch keine Reaktion kam. Sie stand auf und sah, dass er mit geschlossenen Augen dalag, reglos und blass. »Es hat ihn wohl zu sehr angestrengt«, sagte sie leise zu sich selbst. »Aber er ist mitgekommen. Und die beiden Väter haben sich gut verstanden. Ja, es ist alles, wie es sein soll.« Sie ging hinaus und schloss sacht die Tür. Wenn er schon vor Erschöpfung schlief, so wollte sie wenigstens allein noch einmal alles Revue passieren und den schönen Tag würdig ausklingen lassen.

Zu Beginn des Juni war ein Brief Friederikes an ihre Tochter eingetroffen, ganz offiziell mit Poststempel und eingeschrieben. Darin lagen ein eng beschriebener Bogen und einige Geldscheine. Das Geld ist für Deine Reise nach Berlin und Zehlendorf, schrieb die Mutter. Es wird für die Fahrt dorthin reichen. Dr. Rieber hat Deine Ankunft für den 30. Juni angekündigt. Sein entfernter Verwandter, Geheimrat Dr. Werdersdorf, in dessen Haus Du arbeiten wirst, wird Dich abholen lassen. Es folgte eine kurze Wegbeschreibung. Dann schloss der Brief ab: Im Hause Werdersdorf weiß niemand, warum Du dort bist. Mir scheint es am besten, über die Schande, mit der Du leben musst, zu schweigen und alles mit Dir selbst abzumachen. Das Geld, das Du verdienst, musst Du mindestens zur Hälfte an Deine Großmutter schicken. Es wird ihr erlauben, Dein Kind mit dem Nötigsten zu versorgen. Im Übrigen wünschen wir nicht, in dieser Angelegenheit behelligt zu werden. Dein Bruder hat sich im Mai mit einer vornehmen jungen Dame verlobt. Ich hoffe, Du respektierst wenigstens jetzt die Gefühle Deiner Eltern und Deines Bruders und wirst uns das durch Dein Fernbleiben zeigen. Dann ein P.S., offensichtlich später hinzugesetzt, denn die Tinte war deutlich dunkler als bei den zuvor geschriebenen Zeilen: Fritz wird dich abholen und zum Fuchshagener Bahnhof bringen. Sei pünktlich.

Als sie diese Worte gelesen hatte, setzte sich Caroline auf das kleine Küchensofa und hatte Mühe, ihre Bewegung zu verbergen. Eingeschrieben, ganz förmlich, mit Geld darin, und keine Zeile für die kleine Sophie. Ob Vater ebenso dachte? Ich kann das nicht glauben, dachte sie, es ist nicht möglich. Aber in dem Brief hatte auch keine Zeile von Vater gelegen. Ich habe Georg verloren, den einzigen Mann, den ich wirklich liebte und der mich liebte, und jetzt soll ich unser Kind verlassen, und wenn Großmutter nicht für Sophie sorgte, würde Mutter sie ins Waisenhaus geben – ihr eigenes Enkelkind. Die Tränen flossen nun doch unaufhaltsam, und gar an den Abreisetag zu denken war ihr unmöglich. So fand die Großmutter sie vor. Am Nachmittag kam Emma und versprach, nach der alten und der kleinen Sophie zu sehen, wann immer es ihr möglich sei. Dann sprach sie von Jakob und brachte Caroline für eine Stunde aus ihrem Kummer heraus. Es gehe mit Veronika, sie wisse schon, wie das gemeint sei, und als Caroline fragte, wie genau es denn gehe, antwortete Emma, Veronika sei raffiniert und mache ihn oft betrunken, und dann schlafe er ein und komme so »darüber« hinweg. Da konnte sie sogar ein wenig lachen, und Emma nahm sie fest in den Arm und sagte: »Und jetzt gehe ich zu Vater. Wir taufen deine kleine Sophie am Sonnabend in unserer Kirche, wenn keiner da ist, und ich werde Patin, und du sollst sehen, ich lasse sie nicht im Stich.«

»Emma, meine allerliebste Emma, das tut mir so gut! Ich hab solche Angst, Emma, schreckliche, fürchterliche Angst. Ich will nicht hier weg, und ich will meine Sophie nicht hier zurücklassen! Und wenn es sein muss, weil Großmutter ja das Geld braucht, dann hast du mir jetzt ein gut Teil der Angst genommen.« Und sie umarmte die Freundin, bis diese leise sagte: »Linchen, ich muss gehen. Erst zu Vater und dann nach Hause. Ein schläfriger, betrunkener Mann ist zwar besser als ein brutaler, aber je mehr er trinkt, desto mehr muss ich mich um das Gut kümmern.«

Caroline ließ sie los und fragte: »Und seine Mutter?«

»Ihr geht es nicht gut in letzter Zeit. Sie hat natürlich mitbekommen, was zu Hause los ist, und hat vor einer Scheidung noch mehr Angst als ihr Sohn. Die Fassade muss immer stimmen. Und jetzt bemüht sie sich darum, dass keiner was erfährt, und schärft der Veronika ein, ja nicht schwanger zu werden. Tja«, meinte Emma lachend, »so ändern sich die Zeiten. Die stolze Frau Leger ...« Aber dann schüttelte sie den Kopf und setzte hinzu: »Unser Johann, Line, das ist so schlimm. Es will und will nichts werden mit ihm, und der Doktor sagt, wir müssen uns damit abfinden, dass wir ein behindertes Kind haben. Ach, Line, der Johann wird ein Leben lang so bleiben, so – zurückgeblieben ... weil ich ...«

»Nein, Liebes, so ist das nicht. Mach dir doch keine Vorwürfe. Du hättest das Kind gar nicht haben dürfen, jedenfalls nicht so schnell nach dem zweiten, und das nicht so schnell nach dem ersten. Daran lag es, und er ist schuld.«

Emma nickte traurig. »Ja, so ist es wohl. Und das Kind muss es ausbaden.«

Caroline strich ihr über's Haar. »Mach dir keine Sorgen, Line, versprich es mir. Deine Großmutter sagt, dass alles anders werden kann, wenn du in zwei Jahren großjährig bist.«

»Ja, das sagt sie. Und ich will es glauben. Vater wird sich vielleicht doch erweichen lassen.«

»Das ist möglich«, erwiderte Emma und drückte ihr den Arm, »aber wichtiger ist, dass du dann für Sophie verantwortlich bist. Niemand kann dir dann dein Kind mehr wegnehmen.«

»Aber wovon sollen wir leben? Ich muss doch arbeiten, und wer sorgt dann für das Kind, und wo sollen wir denn hin ...«

»Nicht so viel auf einmal, Line! Jetzt erst mal die nächsten zwei Jahre. Und du besuchst Sophie ja auch. Und dann sehen wir weiter. Kommt Zeit, kommt Rat.«

Nach diesem Gespräch ging es ihr besser. Emma hielt Wort, am Sonnabend darauf taufte Pastor Kessler die kleine Sophie Caroline Caspari. Ihre Patentante hielt sie stolz im Arm und küsste sie auf die Stirn. Caroline stand mit der alten Sophie hinter dem Taufbecken und sah zu. Pastor Kessler segnete das Kind. Dann war die kurze Zeremonie zu Ende und die drei Frauen gingen zur Schmiede zurück. Die Leute, die ihnen unterwegs begegneten, sahen sie merkwürdig an, aber Emma hielt den Kopf hoch erhoben und grüßte gnädig von oben herab. Einige schüttelten den Kopf, andere wandten sich ab, ein paar junge Männer grinsten. Zu Hause wartete

Magdalene mit dem Kaffee, Heinrich nickte ihnen freundlich entgegen, und der geschickte Ferdinand hatte ein kleines Holzpferd für Sophie als Taufgeschenk geschnitzt. All das tat Caroline unendlich wohl, und sie sah nun dem Tag des Abschiednehmens mit mehr Vertrauen in die Zukunft entgegen. Emma hatte recht. Sie würde zwei Jahre weg sein und dann wiederkommen auf immer. Irgendwie würde es gehen. Und in den zwei Jahren würde sie ihr Kind besuchen, wann immer es ging.

»Ach, Großmutter«, sagte sie abends beim Zubettgehen, »wenn du wüsstest, wie dankbar ich dir bin! Wenn du meine Sophie auf zwei Jahre behältst – dann will ich sie dir wieder abnehmen. Ich werde einen Weg finden, das verspreche ich dir.«

»Mein liebes Kind«, antwortete Sophie, »ich hab die Kleine so lieb wie ich dich habe. Das sollst du wissen. Aber ich bin alt, und wenn du sagst, du kommst wieder, dann freu ich mich so. Denn ihr gehört doch zusammen und deine Eltern sollten sich schämen für das, was sie tun.«

Mein Gott, betete sie, als sie im Dunkeln lag, gib dem Mädchen die Kraft, das alles durchzustehen! Hat den geliebten Mann verloren und sein Kind gesund zur Welt gebracht und bedankt sich bei mir! Und vergib meiner Tochter nicht, was sie getan hat!

Als der Tag des Abschieds da war, nahm sich Caroline über ihre Kraft hinaus zusammen, um der Großmutter nicht mehr als nötig Kummer zu bereiten. Sie küsste ihr Kind und sagte ganz unwillkürlich: »Georg, wenn du das siehst, beschütz uns!« Dann winkte sie der alten Frau, die mit dem

Kind im Arm in der Haustür stand, ein letztes Mal zu und stieg zu Fritz auf den Wagen, und erst dort verschwamm die Welt um sie herum vor ihren Augen. Ihr Herz war schwer wie ein Stein, sie sagte nichts und saß ganz still. Der alte Knecht trug ihr das Gepäck zum Bahnsteig. Sie hatte noch immer kein Wort gesprochen. Er sah wohl, dass es nicht ging, machte einen Diener und sagte: »Is man die Mutter, Fräulein, und der Herr Straßenmeister is so krank. Der kann nu nich mehr.« Er wusste nicht, was er noch sagen sollte, und ging schon auf den Bahnhof zu, als Caroline rief: »Danke, Fritz, der Vater hat dich also geschickt.« Der Alte nickte.

»Dann grüß ihn, wenn er heute Abend nach Hause kommt«, sagte sie scheu.

»Der kommt nich mehr. Der is immer da.«Aus ihrer Lethargie gerissen, sah sie ihn nun doch fragend an, und er antwortete auch: »Er is nu im Ruhestand. Krank eben.«

»Aber ... er muss doch von irgendwas leben ...«, rief sie erschrocken.

Fritz zuckte mit den Schultern. »Hat ja wohl was zurückliegen. Hat jedenfalls gesagt: ›Fritz, das bleibt alles so. Ich kann dir aber nur noch wenig geben.‹ Und ich hab gesagt: ›Wenn ich ma nur hier wohnen kann, Herr Straßenmeister, und hab 'n bisschen was um die Hand.‹ Da hat er schon gelegen.«

»Gelegen?«

»Im Bett oben. Un is auch immer da, sagt die Minna.«

Der Zug fuhr heran und beendete das Gespräch, das Carolines Herz noch schwerer gemacht hatte. Vater krank und ohne Arbeit ... Das war immer Mutters größte Sorge gewesen. Wovon lebten die Eltern? Mussten sie gar das Haus verkaufen? Aber Mutter hatte geschrieben, dass Gustav eine Partie machen werde … Eine Partie!, dachte sie. Da werde ich bitterböse, wenn ich daran nur denke. Eine Partie – August Grieger, Felix Ofterdingen – was sind sie gegen Georg? Ein Nichts, weniger als ein Nichts! Und sie lachte bitter. Aber wenn es so steht, dann bin ich wirklich allein, dann kann mir Vater nicht mehr helfen, selbst wenn er es wollte. Ich muss es allein machen, es liegt nun ganz allein in meinen Händen. So gingen ihre Gedanken während der ganzen langen Fahrt, bis sie schließlich vor Erschöpfung einschlief und erst kurz vor Berlin wieder erwachte.

Kapitel 9

Caroline stieg an dem am Potsdamer Platz gelegenen Potsdamer Bahnhof aus und zog den Brief aus der Tasche, um die Wegbeschreibung zu lesen. Von hier mit der Stammbahn bis zum Bahnhof Zehlendorf, stand dort. Die Betriebsamkeit des großen Bahnhofs mit den vielen Menschen und den unzähligen Geräuschen, die sie sonst irritiert oder gar unsicher gemacht hätten, sah sie wie auf einer Theaterbühne. So sehr war ihre Aufmerksamkeit auf sich selbst, auf die Umstände, die sie hierher gebracht hatten, und auf die Gedanken an Sophie zu Hause gerichtet. Sie tat alles mechanisch und fragte einfach einen der Bahnbediensteten, stieg um und sah, als sie in der Stammbahn saß, zum ersten Mal wirklich, wohin ihr Weg sie führte. Aus der Stadt hinaus, an Schöneberg und Steglitz vorbei in den Grunewald hinein in Richtung der Seen und der Landgemeinde Zehlendorf. So jedenfalls hatte es die Mutter geschrieben. Der Anblick des Waldes, die Ruhe, die eingekehrt war nach der Hektik des Großstadtbahnhofs, taten ihr wohl. Als der Zug schließlich an dem kleinen Zehlendorfer Bahnhof hielt, war ein Teil der Unruhe von ihr abgefallen. Hier in dieser ländlichen Gegend erinnerte vieles an zu Hause. Nur wenige Leute waren mit ihr ausgestiegen. Sie stellte ihre Reisetaschen ab, einen Moment lang verschwamm die Umgebung vor ihren Augen. Unwillkürlich fuhr ihre Hand an ihr Herz und griff dann nach dem kleinen silbernen Posthorn an seiner Kette. Georgs Briefe!, fiel ihr ein. Hatte sie diesen neben der Kette kostbarsten Besitz eingesteckt? Sie öffnete die kleinere der beiden Taschen, dort, ganz obenauf, lag das zusammengeschnürte Bündel.

In diesem Augenblick trat ein junger Mann an sie heran und fragte freundlich: »Fräulein Caroline Caspari?« Sie nickte und streckte die Hand aus, er nahm sie auch und sagte: »Franz Gossler. Ich komme von Geheimrat Werdersdorf. Ich soll Sie abholen.«

Der junge Mann mochte Mitte 20 sein. Er war klein, recht kräftig gebaut, sein braunes Haar war kurz geschnitten. Er sah sie noch immer so freundlich aus seinen graugrünen Augen an wie zuvor und schien überhaupt ein heiterer Geselle zu sein.

»Das ist nett«, sagte sie, ebenso freundlich wie er.

Franz griff sich die große Reisetasche und ging voran. Die Dorfstraße war breit, in ihrer Mitte lagen grüne Rasenflächen, Bäume standen darauf. Es gab einen Dorfteich, auf dem Enten und Gänse schwammen. Die zu beiden Seiten der Straße sich hinziehende Häuserfront bestand vor allem aus Bauernhäusern und wurde nur durch einige größere Gutshöfe unterbrochen. Caroline sah sich um und fühlte sich heimelig. Teich und Dorfaue hatten sie allerdings zu Hause nicht. Schon von weitem sah sie die Kirche, einen Rundbau, und daneben das Gemeindehaus. Dort bogen sie ab in die Chaussee Richtung Potsdam und schließlich in eine der Nebenstraßen, in der sich nur wenige offenbar neu erbaute Villen befanden. Auch das Haus von Geheimrat Werdersdorf wirkte, als sei es eben erst bezogen worden. Die kleine Villa war in schlichtem, aber vornehmem Stil gehalten.

»Alles hier herum ist neu gebaut«, erklärte Franz Gossler. »Der Herr Geheimrat ist erst vor kurzem herausgezogen aus der Stadt.«

Caroline nickte und bedankte sich bei ihm für das Abholen und die Hilfe, die er ihr habe angedeihen lassen. »Aber doch nicht dafür!«, meinte er lachend. »Allerdings habe ich mich gewundert, dass Sie abgeholt werden sollten. Unsereinem wurde das nicht gewährt. Kennen Sie den Herrn Geheimrat?«

»Nein. Aber ein Verwandter von ihm, wenn auch ein entfernter, ist unser Hausarzt und ein Freund meines Vaters. Er hat mich empfohlen, und ich habe es ihm zu verdanken, dass ich hier eine Arbeit bekomme.«

»Verstehe«, antwortete Gossler. »Dann kommen Sie mal mit.«

An der linken Seite der kleinen Villa lag der Dienstboteneingang, den sie nun benutzten und eine schmale Treppe bis ins Dachgeschoss hinaufstiegen. Zwei Dachstuben waren hier für das Dienstpersonal hergerichtet worden, eine für die Köchin und eine für die beiden Mägde. Gossler stellte Carolines Reisetasche in diesem Zimmer ab und sagte: »In einer halben Stunde gibt's unten in der Küche Abendessen. Die Treppe wieder hinunter und im Erdgeschoss gleich die erste Tür rechts.« Damit ging er.

Caroline trat an das kleine Dachfenster heran und schaute auf das Dorf, ringsum, so weit das Auge reichte, Grün, Bäume und kleine Alleen. Dr. Rieber hatte erzählt, dass Dr. Werdersdorf in einem nahe dem Dorf gelegenen Sanatorium arbeite. Er sei ein renommierter Arzt und behandle dort nervenkranke Damen.

Das Zimmer war klein, beinahe eng, denn die beiden an den einander gegenüberliegenden Wänden aufgestellten Betten nahmen, nur durch einen winzigen Waschtisch vor dem Fenster getrennt, fast die ganze Fläche ein. Darüber hinaus gab es noch eine in der Ecke hinter der Tür plazierte Kommode, das war alles. Caroline setzte sich auf das Bett, das nicht bezogen war, und saß so eine ganze Weile. Heute Morgen war sie noch in Mahlsheim gewesen, und jetzt saß sie hier, mehr als 400 Kilometer weit weg, in einem Dienstbotenzimmer in Zehlendorf bei Berlin. Der Geist kommt noch nicht mit, sagte sie sich, und wie auch? Vor einem Jahr lebte Georg noch und wir planten unsere Zukunft, und es war nicht diese Zukunft, die jetzt Gegenwart ist und in der ich leben muss, obwohl ich es gar nicht will. Und wenn Sophie nicht wäre, meine liebe kleine Sophie, die Georgs Kind ist, dann wäre ich schon tot, denn nichts hätte mich mehr auf dieser Welt gehalten – gar nichts. Und bei diesem Gedanken schossen ihr wieder die Tränen in die Augen und die Sehnsucht nach ihrem Kind schnürte ihr das Herz zusammen. Ihr wurde heiß, sie krampfte die Hände ineinander, als wollte sie beten, und presste die Lippen aufeinander.

Sie saß noch so, als sich plötzlich die Tür öffnete und eine Mädchenstimme in den Raum hinein sagte: »Kommen Sie doch zum Essen. Hat Franz Ihnen denn nichts gesagt?« Erschreckt blickte sie auf und sah in ein hübsches junges Gesicht. Braune Augen schauten sie erst erstaunt, dann voller Mitleid an. »Oh, das ... Weinen Sie doch nicht!« Sie stockte. Offenbar hatte sie mit diesem Anblick nicht gerechnet. Caroline wollte etwas sagen, aber es ging nicht. Sie schaute das Mädchen an und schluckte.

»Ich bin Anna. Ich wollte Sie zum Abendessen holen. Ich ... wir wohnen hier zusammen. Ich freue mich.« Und mit diesen Worten streckte sie die Hand aus, und Caroline nahm sie auch. »Kommen Sie, wenn Sie möchten. Sonst kann ich Ihnen auch nachher was mitbringen.«

Aber Caroline hatte sich so weit gefasst, dass sie sprechen konnte und sagte: »Nein, ich komme. Entschuldigen Sie. Es ist ... alles noch so neu ... so ungewohnt.«

Anna fasste sie am Arm, und Caroline konnte auch wirklich aufstehen und ihr die Treppe hinunter in die Küche folgen. Dort saßen Franz, den sie schon kannte, und die Köchin, eine mollige Frau mittleren Alters mit Haarknoten und weißer Schürze, am Küchentisch und ließen sich Brot, Butter und Wurst schmecken. Vor Franz stand ein kleines Glas Bier. Caroline nickte ihm freundlich zu. Ihre Augen waren noch gerötet, ihr Gesicht erhitzt, aber der junge Mann störte sich nicht daran. »Mamsell Nostritz, unsere Köchin«, stellte Anna vor.

»Caroline Caspari. Ich freue mich, Frau Nostritz.«

Die Köchin nahm die ausgestreckte Hand, kaute, schluckte und sagte dann: »Na, det freut mir doch och, Mädchen. Wurde och Zeit, dat de kommst. Können schon noch jemanden brauchen hier.«

Als Caroline den ersten Bissen Brot genossen hatte, merkte sie erst, wie hungrig sie war. Anna schenkte ihr ein Glas Milch ein und blieb so freundlich, wie sie schon zuvor gewesen war. Sie saß Franz Gossler gegenüber und wechselte mit ihm ab und zu einen langen zärtlichen Blick. Das fiel Caroline trotz ihrer nun doch plötzlich und heftig aufkommenden Müdigkeit auf. Die Köchin aber, ganz Berlinerin und als solche geradeheraus, fragte: »Nu, Mädchen, wat kannste denn? Wir müssen uns det hier nämlich een bisschen aufteiln, weeste?«

»Ach, Mamsell, lassen Sie uns das doch morgen machen, gleich früh. Die Caroline ist ja doch müde, die schläft ja beinah schon im Sitzen ein«, sagte Anna. »Und außerdem will die gnädige Frau das sicher entscheiden.«

»Die? Na, meinetwegen. Wenn se denn bei Wege is. Aber am Ende bleibt's doch wieder an mir hängen. Aber lass ma, Mädchen«, sagte sie, an Caroline gewandt, »det kriegn wer schon hin. Schlaf man erst. Un morgen früh um sechse, da biste wach un's geht los.«

»Ja, Mamsell, das machen wir schon«, antwortete Anna. »Ich hab den Wecker oben ...«

»Klocker halb sieben«, sagte die Köchin. »Und nu ins Bett mit Euch.«

Caroline hatte sich vorgenommen, gleich am ersten Abend noch an die Großmutter zu schreiben, aber es wurde nichts. Nachdem sie mit Anna das Bett bezogen und ihre Sachen in die beiden noch freien Schubladen der Kommode verstaut hatte, fiel sie todmüde ins Bett und schlief bis zum frühen Morgen. Als um sechs der Wecker klingelte, war sie schon wach und sah, wie Anna aufstand, sich wusch, das schöne braune Haar kämmte, zum Knoten einsteckte und die Schürze umband. Sie war kleiner als Caroline, zart gebaut und feingliedrig. »Ich mache Feuer unten«, sagte sie. »Kommen Sie dann auch herunter.« Als Caroline in die Küche trat, war schon die Glut angefacht und Kaffeewasser aufgesetzt. Wie bei Großmutter, dachte sie, und wie bei Tante

Thea damals mit Frau Jeschke. Frau Jeschke – auch der guten Seele musste sie schreiben, ihr die neue Adresse mitteilen, unbedingt. Georg hatte ihr an die Adresse der mütterlichen Freundin geschrieben, und sie hatte ihr seine Briefe ungeöffnet übergeben. Und dann hatte sie von Georgs Tod erfahren und geschrieben, dass die Rettung oft erst komme, wenn es am schwersten sei ...

Bei diesem Gedanken fror sie, obwohl es doch ein Sommermorgen war, der 1. Juli, und sie zog ihr gestricktes Schultertuch enger um sich. Anna sah es wohl, sagte aber nichts dazu. Caroline, die ahnte, dass sie einen merkwürdigen Eindruck auf ihre Zimmergenossin machte, wandte sich ihr zu und sagte: »Sie waren so nett zu mir, Anna, von Beginn an, gestern Abend, als ich geweint habe. Und ich möchte mich für Ihre Freundlichkeit bedanken. Das hat mir so gut getan.«

Anna waren, den Neuankömmling betreffend, allerlei Gedanken durch den Kopf gegangen. Franz hatte nichts Auffälliges an dem Mädchen gefunden, aber allein dass ihr Vater der Freund eines entfernten Verwandten vom Herrn Geheimrat war und sie trotzdem hier arbeitete oder arbeiten musste, das kam ihr seltsam vor. Und dann diese Traurigkeit, oder war es nur Heimweh? Das Mädchen kam aus einem Dorf bei Cassel, und das war doch weit weg. Warum arbeitet sie dann nicht dort in der Nähe?, fragte sich Anna, wenn sie schon Heimweh hat? Es blieb alles rätselhaft. Jetzt nickte sie der neuen Magd zu und sagte tröstend: »Sie werden sich schon eingewöhnen. Es ist hier viel zu tun, aber wir werden nicht schlecht behandelt.«

Nach dem Frühstück mit Franz und der Köchin räumte Anna auf und Caroline wurde in die Plättkammer geschickt. Hier lagen Berge von Wäsche, die allesamt zu plätten waren. Als sie zum dritten Mal ging, um den Bolzen zu wechseln, holte sie sich ein Glas Wasser aus der Küche und sah, dass dort das Frühstück für die Herrschaft gerichtet wurde. Eine ihr unbekannte Frauensperson war mit der Köchin im Gespräch, wobei es offenbar um das Mittagessen ging. Sie wurde als die neue Magd vorgestellt und erfuhr ihrerseits, dass es sich bei dem sorgfältig gekleideten Fräulein um Miss Distinner, die Gesellschaftsdame der gnädigen Frau, handelte. Miss Distinner, so erfuhr sie, war Engländerin, Tochter eines englischen Hauslehrers und seiner deutschen Frau, und war von der gnädigen Frau mitgebracht worden, als diese noch gesund und zum Reisen fähig gewesen sei.

»Die gnädige Frau möchte Sie um elf Uhr sehen«, informierte Miss Distinner sie. »Ich hole Sie hier ab. Und richten Sie sich etwas her.«

Eine halbe Stunde vorher gab ihr die Köchin frei, so dass sie sich oben im kleinen Zimmer noch einmal das erhitzte Gesicht waschen und sich kämmen konnte. Caroline war aufgeregt. Die gnädige Frau, Geheimrätin Werdersdorf, gab ihr Rätsel auf. Offenbar war sie krank, so krank, dass sie nicht mehr reisen konnte. Und sie hatte eine englische Gesellschaftsdame, die akzentfrei Deutsch sprach. Die Villa war ein sehr gepflegtes, aber, gemessen an der Ofterdingenschen, ein kleines und vergleichsweise bescheidenes Gebäude. Aber man gönnte sich eine Köchin, besagte Gesellschaftsdame und nun auch eine zweite Magd, so als habe man an der ersten nicht genug gehabt. Zudem verrichtete

Franz, der im Sanatorium als Gärtner seinen Lebensunterhalt verdiente, auch die Gartenarbeit im Hause Werdersdorf und verschaffte sich so ein Zubrot.

Als Caroline die Treppe hinunterging, fiel ihr ein, dass sie den Geheimrat selbst noch nicht zu Gesicht bekommen habe, und sie beschloss, Anna nach ihm zu fragen.

Der Salon, in den sie gerufen wurde, lag zum Garten hin. Die Türen standen offen, und eine große schattige Terrasse ließ den Blick auf Rasen und Springbrunnen frei. Dahinter erhoben sich die mächtigen Bäume des nahen Waldes, durch deren Kronen leise der Wind ging. Vögel sangen, und auf einem der riesigen Terrassenblumentöpfe, die so hoch waren wie ein Tisch, saß ein Eichkater und schaute neugierig in den hellen Raum hinein.

Die gnädige Frau saß in einer Ottomane. Ihr Kopf lehnte an einem seidenen Kissen, die Beine waren hochgelegt. Neben ihr auf einem herangerückten Tischchen stand das Teezeug. Miss Distinner stand auf und sagte: »Caroline, die neue Magd.« Caroline trat heran und machte einen Knicks. Die Geheimrätin, eine noch junge Frau, mochte kaum älter als Anfang der 30 sein. Dennoch sah sie leidend aus. Ihr Gesicht war von einer angespannten Blässe überzogen, um die Mundwinkel zuckte es ab und zu leicht, ihr brünettes Haar war noch nicht aufgesteckt und fiel in kunstvoll gedrehten Locken über die schmalen Schultern. Sie war ganz in Weiß, Spitze und Seide, gekleidet, was ihrer Erscheinung etwas zusätzlich Morbides und zugleich Engelhaftes gab. Sie war sehr zart, beinahe kindlich, und streckte nun die mehrfach beringte Hand aus, damit Caroline ihr ihre Ehrerbietung erweise. Caroline beugte sich darüber, ohne sie zu berühren, teils aus Unsicherheit, teils aus Scheu. Sie war von der ganzen Szenerie merkwürdig befangen und stand etwas beklommen neben der Ottomane, als sich hinter ihr eine Tür öffnete und eine laute, kräftige Männerstimme sagte: »Nun, mein Engel, wie geht es dir heute Morgen?« Miss Distinner nahm Haltung an und verbeugte sich. Ohne sich um sie oder gar um Caroline zu kümmern, ging Geheimrat Werdersdorf auf seine junge Frau zu. Die Gesellschaftsdame rückte einen Stuhl heran, auf dem sich der Geheimrat niederließ und der von ihm Angesprochenen die kleine Hand küsste. Er hielt sie fest in seiner und sah besorgt in das blasse Gesicht. »Oh, es geht, mein Lieber«, erwiderte sie. Ihre Stimme war sehr leise, etwas leidend auch, aber sie wandte sich ihm mit einem Lächeln zu, bei dem sie ihre weißen, gepflegten Zähne zeigte.

»Hast du schon gefrühstückt?«, fragte er. »Wenn ja, würde ich es bedauern, denn ich komme erst jetzt dazu. Du ahnst schon, warum. Wieder einmal der Kommerzienrat mit seinen Kongestionen. Ja, so kommt es, wenn man zwei Häuser weiter wohnt. Schon wird man bei den kleinsten Anlässen gerufen ... Aber meine Liebe, was ist dir denn?«, rief er plötzlich besorgt, denn die Augen seiner Frau hatten sich mit Tränen gefüllt. Miss Distinner eilte herbei, wurde jedoch von der Geheimrätin mit einer matten Handbewegung aufgehalten. Ihr Mann, wohl um mindestens zehn Jahre älter als sie, drückte ihre Hand fester. Sein Blick war noch besorgter geworden, als er zu Beginn gewesen war. Es verging eine gute Weile, bis alle Tränen versiegt waren, und dann sagte sie, leidender als zuvor: »Ich wusste es doch, dass du mir Vorwürfe machst. Dass du lieber in der Stadt geblieben wärst. Aber was kann ich dafür, dass ich leidend bin, Gottfried ...«

Und wieder rollten die Tränen die blassen Wangen herab. Es schien sie nicht zu stören, dass sowohl Miss Distinner als auch Caroline alles mit anhörten. Der Geheimrat lächelte leicht. »Nun, meine allerliebste Amelie«, tröstete er sie, » du weißt, dass ich überall hingegangen wäre, um dein Leiden erträglich zu machen. Und du irrst dich auch in diesem Punkt: Ich wohne ebenso gern hier wie du, wo ich so nah an meinem Sanatorium bin, wo man noch frei atmen kann und alles ringsherum nur schön sein will und dabei du an erster Stelle. Nein, Liebes, es ist wunderbar hier.«

Sie lächelte zurück, lehnte sich in ihr Kissen und sah ihn träumerisch an. Er küsste wieder ihre Hand. »Gut, mein Schatz, dann werde ich jetzt mein Frühstück auf der Terrasse nehmen, und du bettest dich um, zu mir hinaus. Was meinst du?«

Sie nickte, stand auf und schwankte ein wenig dabei. Er hielt sie fest um die Taille gefasst. Der Geheimrat war von breiter Statur, nicht einmal besonders groß, aber sie reichte ihm nur bis zur Schulter. Dann fasste er sie unter ihren Hinterkopf, als wolle er ihn stützen. Sie hob ihr Gesicht und sah ihn mit dem gleichen träumerisch-versonnenen Blick an wie zuvor. Er küsste sie und sagte leise: »Es war wohl doch zu anstrengend gestern Nacht?« Sie lächelte.

»Meine liebste süße Amelie.« Er nahm sie auf seine Arme, trug sie hinaus und legte sie auf eine auf der rechten Seite der Terrasse plazierte breite Liege. Miss Distinner deckte die gnädige Frau zu und zog die Klingel, um das Frühstück für den Geheimrat zu ordern. Caroline stand noch immer im Salon. Keiner hatte sie nach dem Eintreten des Hausherrn beachtet, auch dieser selbst nicht.

»Entschuldigen Sie bitte, gnädige Frau«, sagte die Gesellschaftsdame, »haben Sie Anordnungen bezüglich des neuen Mädchens?«

Auf diese Frage hin blickte sich der Geheimrat zum ersten Mal nach Caroline um. Sie machte einen Knicks und blieb, wo sie war. Er nickte leicht und desinteressiert und wandte sich seinem üppigen Frühstück zu.

»Ein Glas Orangensaft, Miss Distinner«, befahl die Geheimrätin, und als ihr dieses vom Tisch ihres Mannes gereicht worden war, trank sie langsam ein paar Schlucke und erwiderte: »Sie wissen, dass ich leidend bin. Kümmern Sie sich darum.« Miss Distinner verbeugte sich. Geheimrat Werdersdorf setzte hinzu: »Sehen Sie zu, Miss Distinner, das alles in diesem Haushalt reibungslos klappt. Und vor allem: Achten Sie auf meine Frau wie auf Ihren Augapfel. Es darf ihr an nichts fehlen.«

Amelie lächelte wieder ihr Lächeln. Wie einstudiert!, ging es Caroline durch den Kopf. Er aber warf ihr eine Kusshand zu und genoss sichtlich sein Frühstück. Seine Frau legte sich in die Kissen zurück und schloss die Augen. Werdersdorf machte eine Handbewegung, die ausdrücken sollte: » Geht! Alles raus!«

Miss Distinner ging in die Küche voraus, Caroline folgte. »Mamsell Nostritz, auf eine Minute«, sagte die Gesellschaftsdame. »Die gnädige Frau überlässt es mir, wie das neue Mädchen eingesetzt werden soll. Was meinen Sie?«

»Det dacht ick mir«, erwiderte die Köchin. »Nu, die Anna hilft in die Küche, und se bedient och, die Betten bezieht se ... Also, det Waschen un det Plätten soll se machen un det Putzen mit die Anna, wenn's pressiert ...«

»Gut, gut. Sie haben es gehört, Caroline. Die Mamsell wird Ihnen Anweisung geben, und wenn etwas ist, fragen Sie mich. Sie haben ja gesehen, wie es um die Frau Geheimrätin steht.«

Caroline nickte. »Na, denn plätte ma weiter«, sagte Frau Nostritz. »Um zwölfe kannste komm' und ne Suppe essen.«

»Eines noch«, schloss Miss Distinner das Ganze ab, »das Geld bekommen Sie am Monatsende. Immer vollen Lohn, wenn Sie auch den ganzen Monat gearbeitet haben.«

Damit ging sie. Die Köchin wandte sich der Suppe für das Personal zu, probierte und legte zufrieden mit dem, was sie zustande gebracht hatte, den Löffel beiseite. Dann setzte sie ihre zuvor begonnene Arbeit fort und schnitt kleine Möhrchen in feinste Streifen, die Vorbereitung für den Lunch der Herrschaft. Caroline stand ganz versunken und sah ihr zu. So hatte sie auch gekocht, mit Fräulein Kesselring, zu Hause mit der Mutter, mit Frau Jeschke in Cassel ...

»Nu, Mädchen, wat kiekste!«, riss die Mamsell sie aus ihren Gedanken. »Die Wäsche plätt' sich nich von selber!«

Die folgenden Tage vergingen wie der erste, Waschen und Plätten wollten kein Ende nehmen. Caroline schien es, als hätte sie nie etwas anderes gesehen als die Waschküche mit dem großen gusseisernen Kessel, dem Ablauf in der Mitte des Kellerraumes und der großen Handwalze, mit deren Hilfe sie die saubere Wäsche von einem Großteil des überflüssigen Wassers befreien konnte. Dann hängte sie die Teile auf. Jetzt, im Sommer, gab es dafür im hintersten Teil des Gartens einen speziellen mit Wäschepfählen und Leinen bestückten Platz. Jeden Tag schleppte sie mindestens einen der schweren Weidenkörbe dorthin. Während der eine Teil der Wäsche trocknete, war der andere schon plättfertig. Die Körbe mit der trockenen Wäsche waren zwar leichter als die mit der vollen, aber wenn sie abends gegen zehn Uhr in ihr Dachzimmerchen kam, konnte sie vor Schmerzen, besonders in den Armen, kaum einschlafen. Sie war diese Arbeit nicht gewohnt, jedenfalls nicht in der Häufung. Ihre Herrschaft sah sie nicht ein einziges Mal, außer wenn sie den schmalen Gartenweg entlangging, der ganz am Rand für die notwendigen Wege der Dienstboten vorgesehen war. Dann konnte sie die weiße Seide und die Spitzen, in die Amelie Werdersdorf sich kleidete, durch die Büsche blitzen sehen. Aber die gnädige Frau ließ sie nie rufen, und von Werdersdorf selbst hatte sie nur dieses eine gleichgültige Kopfnicken bekommen. Offenbar hatte er notgedrungen seinem entfernten Cousin einen Gefallen getan und beließ es dabei. Sicher war es ihm gleichgültig, welche Magd seine Wäsche wusch und plättete.

Die einzigen Lichtblicke in dieser Zeit waren die Briefe von Emma und vor allem von ihrer Großmutter, die so liebevoll von Sophie schrieb und jedes noch so kleine Detail erwähnte, egal, ob es sich um Laute des Kindes handelte, um Lächeln, um Greifen oder Schlafen und Trinken. Allerdings kamen solche Nachrichten immer nur höchstens einmal in der Woche, meistens noch seltener. Die Großmutter hatte mit der Pflege und Betreuung des Kindes genug zu tun, eigentlich viel zu viel, so dass Caroline nicht nur dankbar für jede Zeile war, sondern auch zurückschrieb, die alte Frau solle sich nicht unnötig durch das viele Briefeschreiben strapazieren. Traf dann aber eine Nachricht ein, so freute sie sich so sehr, dass ihr alles leichter erschien und sie wieder wusste, warum sie hier stand und wusch und plättete und die Monate zählte, bis sie endlich großjährig sein und nach Hause zurückkehren würde.

Anna, wenn sie später ins Dachkämmerchen kam, fand Caroline schlafend oder betrachtete diese, wenn sie schon früher mit der Arbeit fertig war, zunehmend nachdenklicher und sorgenvoller. Dieses Mädchen, da war sie sich sicher, war die schwere Arbeit nicht gewohnt. Ihre Hände verrieten das ebenso sehr wie ihre allabendliche Erschöpfung. Als am letzten Julisonntag alle Dienstboten im Hause Werdersdorf ihren freien Tag hatten, ergriff Anna, eher besorgt als neugierig, die Gelegenheit und bot Caroline einen Spaziergang zum Schlachtensee an, der jetzt, im Hochsommer, von ganz besonderer Schönheit sei und den Weg lohne. Diese willigte ein und fand auch wirklich alles wunderschön; sie war geradezu begeistert, Tränen traten in ihre Augen, und gleich als sie des Sees ansichtig geworden war, rief sie unwillkürlich aus: »Dass ich so etwas Schönes noch einmal sehen würde!« Sie blieb stehen und konnte sich von dem Anblick des tiefgrünen Wassers, der in voller Pracht stehenden Bäume und der Enten und Schwäne, die auf dem See dahinglitten, gar nicht lösen. Sie fasste Annas Hand und sah sie dankbar an. Als sie merkte, was sie getan hatte, zuckte sie zurück und sagte: »Bitte entschuldigen Sie, Anna. Ich bin nur so dankbar für all das hier ...«

Anna war wegen der spontanen Geste ein wenig verlegen geworden. »Gehn wir noch ein Stück und kehren in der Alten Fischerhütte ein«, schlug sie vor.

»Caroline«, begann sie dann, nachdem beide ein paar Minuten schweigend nebeneinanderher gegangen waren, »bitte nehmen Sie es mir nicht übel, aber ich möchte Sie etwas fragen.«

Die Angesprochene, noch immer oder schon wieder in der Schönheit der Umgebung gefangen, nickte. »Als ich Sie kennengelernt habe«, fuhr Anna fort, »da waren Sie mir gleich sympathisch. Das ist auch so geblieben. Ich hoffe also, Sie nehmen es mir wirklich nicht übel, wenn ich Sie frage, warum Sie hier sind.« Caroline wandte sich ihr erschreckt zu. »Nein, bitte erschrecken Sie nicht. Sehen Sie, Caroline, Sie sind nicht nur sehr schön, sondern Sie machen auf mich nicht den Eindruck, als hätten Sie sich jemals als Magd verdingen müssen. Die Arbeit erschöpft sie über die Maßen. Und so wie Sie reden, wenn wir auch noch nicht viel Gelegenheit dazu hatten: Das ist auch nicht so. Sie wissen, was ich meine.«

Caroline war stehen geblieben. Anna reichte ihr die Wasserflasche. »Ich hab Sie gern, Caroline. Sie sind fleißig und reden nicht schlecht über andere und kümmern sich nicht um Dinge, die Sie nichts angehen. Kommen Sie, setzen Sie sich hier neben mich auf den Stamm.«

Es vergingen einige Minuten. Was habe ich zu verlieren, dachte Caroline, wenn ich mich ihr erkläre? Alles. Es geht nicht. »Und Sie, Anna, für Sie gilt doch das Gleiche. Sie reden sehr gewandt, und man merkt, dass Sie nicht als Magd auf die Welt gekommen sind.«

»Merkt man das?«, fragte Anna lächelnd. »Das sagt Franz auch immer. Franz Gossler, meine ich. Sie werden gemerkt haben, dass wir einander nicht gleichgültig sind. Kurz gesagt: Wir werden uns in diesem Sommer noch verloben. Heimlich natürlich, sonst würde man uns beide rausschmeißen, so nah beieinander und oft unter einem Dach. Wenn er auch im Sanatorium wohnt, Werdersdorf würde es nicht dulden. Verraten Sie uns also nicht.«

Caroline war über so viel Ehrlichkeit und Zutraulichkeit nun doch erstaunt. Zugleich schämte sie sich, weil sie nicht das gleiche Vertrauen in Anna empfand. »Das freut mich für Sie, Anna. Der Franz ist sehr nett. Ich kenne ihn zwar kaum, aber er hat ein gutes, ehrliches Gesicht.«

»Ja, das hat er. Und er verdient mein Vertrauen und meine Liebe, alles, was ich ihm zu geben vermag. Übrigens bin ich seinetwegen hier.«

Die einfache, natürliche Offenheit, die ihr von Annas Seite entgegengebracht wurde, war wohltuend für Caroline. Sie spürte es bei jedem Wort. Ob alle Menschen hier in dieser Gegend so geradeheraus waren? So unbefangen und so ehrlich wie Anna? Noch bevor sie über die Frage nachdenken konnte, spürte sie, dass ein Luftzug aufgekommen war, und plötzlich löste sie ihr Haar aus dem Knoten und ließ es wehen. Einen Augenblick überließ sie sich ganz dem Wind, dann band sie es wieder zurück. Ihre blauen Augen leuchteten. Anna lächelte.

»Ach, Anna«, sagte Caroline, »dass Sie so gut zu mir sind. Sie wissen nicht, wie wohl das tut!«

Da konnte Anna nicht anders, als sie in den Arm zu nehmen und an sich zu drücken. Caroline war so jung, sicher nicht älter als sie, auf keinen Fall älter als 20, und doch hatte sie offenbar schon Schlimmes erlebt. Für alles war sie dankbar, für die kleinste Zuneigungsbezeugung, für einen Schluck Wasser oder für ein paar Minuten, die man ihr das schwere Plätteisen mit dem glühenden Bolzen aus der Hand nahm. »Aber was ist es mit dem Franz?«, fragte sie, als Anna sie losgelassen und ihrerseits einen Schluck Wasser genommen hatte.

»Der Franz war hier am See, als ich ihm zum ersten Mal begegnet bin. Tante Valerie und ich machten einen Sonntagsausflug. Er erbot sich, uns auf den See hinauszurudern. Ich zögerte keine Sekunde, Caroline, und dabei war er doch ein Fremder für mich. Aber ich hatte sofort dieses Vertrauen. Und meine Tante Valerie war auch einverstanden. Ja, und dann gingen wir noch ein bisschen und kehrten ein, und die Tante sagte: »Jetzt müssen Sie unser Gast sein, weil Sie uns doch gerudert haben.« Der Franz war damals schon Gärtner hier in der Nervenheilanstalt, und als wir uns noch ein paar Mal getroffen hatten und hier eine Stellung frei wurde, da wollt ich nur noch bei ihm sein und bin hierhergekommen.«

Anna sah Caroline an. Ihre braunen Augen leuchteten, durch das Sommerlicht hatten sie einen goldfarbenen Schimmer bekommen, ihre Wangen waren gerötet vor Aufregung und vor Glück. Caroline sagte nichts. Georg!, dachte sie. Mein Liebster! Ihre Fingernägel krallten sich in ihre Handinnenflächen, bis ihre Knöchel weiß wurden.

»Caroline, was ist mit dir?«, hörte sie Anna fragen. Ihr Gesicht brannte noch immer vor Leidenschaft für den Mann, der ihr im letzten Jahr an dieser Stelle zum ersten Mal begegnet war, gleichzeitig fühlte sie eine Verwandtschaft mit diesem Mädchen hier neben sich, die sie sich nicht erklären konnte.

Caroline schloss die Augen und blickte, als sie sie wieder öffnen konnte, auf den See, auf dem sich jetzt die Wellen kräuselten. »Ich erzähle es dir, Anna. Aber ich kann es jetzt nicht.« Sie schaute ihre neue Freundin hilflos an. Anna nickte. »Komm, wir gehen weiter. Du kannst mir alles erzählen, wann immer du es willst. Für heute werde ich dann eben die Erzählerin sein.« Und wirklich, während sie den Weg auf die Alte Fischerhütte zu nahmen, erfuhr Caroline, dass Anna die Tochter eines Berliner Fabrikmeisters war, dass ihre Mutter, als sie einem Geschwisterchen das Leben schenken wollte, gestorben sei und sie selbst im Alter von zwei Jahren mutterlos zurücklassen musste. Der Vater habe sich keinen Rat gewusst und auch immer arbeiten müssen. Aber ihre Tante Valerie, die jüngste Schwester des Vaters, habe ihn nicht im Stich gelassen und sie zu sich genommen.

»Valerie …«, wiederholte Caroline sinnend. »Das ist ein schöner und ein ungewöhnlicher Name …«

»Vor allem ist sie selbst ungewöhnlich. Sie wollte nämlich nie heiraten, obwohl sie es weiß Gott hätte tun können. Und sie hat's auch nicht gemacht. Sie ist ein Fräulein geblieben. Sie hat ihre eigene kleine Wohnung in Berlin, nahe dem Luisenstädtischen Kanal. Na, das kennst du ja doch nicht. Da jedenfalls bin ich aufgewachsen.«

»Hast du's denn gut gehabt bei ihr?«

»Das will ich meinen. Tante Valerie war nicht reich. Keiner aus meiner Familie hat Vermögen, mein Großvater war Fabrikarbeiter. Sie macht Handarbeiten für ein Geschäft in der Stadt, von zu Hause aus. Weißnäherei und vor allem Stickarbeiten. Sie hat wunderschöne Sachen gemacht. Viel hatten wir nicht, aber es war genug.« Anna blieb stehen, sah Caroline ins Gesicht und sagte: »Ich habe Tante Valerie sehr lieb. Ich verdanke ihr alles. Sie konnte mir viel beibringen, alles, was sie gelesen hatte.«

»Sie hat gelesen?«

»Ja. Sie bekam immer die alten Journale von ihrem Chef, und wir gingen los in die Leihbücherei. Ich lernte schnell lesen, und das ist bis heute mein Liebstes.«

Caroline seufzte tief. »Meins auch, Anna. Und Georg, der hatte so viele Bücher ... Ein ganzes Zimmer voll. Oh, Anna, ich möchte noch so viel lesen und lernen ...«

Anna hatte wohl herausgehört, dass Caroline diesen fremden Namen unwillkürlich genannt hatte. Eine ihr unerklärliche Scheu hielt sie davon ab zu fragen, wer Georg sei. Und warum »hatte«? Er »hatte« so viele Bücher ... Diese Worte: »Ich kann es jetzt nicht«, klangen ihr im Ohr.

»Wenn Tante Valerie ab und zu ins Geschäft musste, um Sachen hinzubringen oder abzuholen, dann nahm sie mich mit, bis ich alt genug war, allein zu bleiben. Ich blieb bei ihr, auch als Vater wieder geheiratet hatte«, erklärte sie schnell. »›Wir kommen zurecht‹, sagte Tante Valerie oft zu mir, ›ist doch besser so als mit einem Mann. Ich lese lieber, als andauernd Kinder zu bekommen. Und jetzt habe ich dich, meine kleine Anna, und wir zwei, wir machen was draus.‹«

»Das habt ihr«, antwortete Caroline. »So wie du redest und wie du dich benimmst, das ist schön und beinahe schon wie gebildet, aber doch natürlich und ungekünstelt. Und dass du jetzt als Magd hier bist, das ist also nur wegen Franz?«

»Ja, so ist es. Es macht mir nichts aus. Zumal wir beide heiraten wollen, und wenn sein Onkel stirbt, dann gehen wir nach Mecklenburg.«

Caroline zuckte zusammen. »Du willst weggehen?«

»Eines Tages, ja. Nicht morgen und nicht übermorgen.« Sie lächelte die Freundin an. »Der Franz hat einen kinderlosen Onkel, einen Bruder seiner verstorbenen Mutter, der im Mecklenburgischen einen kleinen Hof hat. Und dieser Onkel Josef hat Franz als seinen Erben eingesetzt. Bei Werdersdorfs werden wir nicht bleiben.«

»Nein, das könnt ihr nicht. Es werden ja auch wohl Kinder kommen ...« Sie blieb wieder stehen und musste durchatmen.

»Caroline!«, rief Anna. »Was ist mit dir? Du bist ganz blass geworden!« Und sie hielt die Freundin fest und gab ihr Wasser. »Da ist die Fischerhütte. Komm, setz dich hier an den Tisch. Ich hole uns ein Bier.« In diesem Augenblick kam Franz heran, der schon seit ein paar Minuten auf seine Freundin gewartet hatte, und fragte: »Kann ich helfen?«

Anna drückte seinen Arm. »Ja, bitte hol uns etwas zu essen und Bier.«

Franz sah auf Caroline hinunter. Sein Gesicht nahm einen mitleidigen Ausdruck an. Er nickte und brachte beides. Sie sah ihn dankbar an und lächelte. »Ich gehe allein zurück«, sagte sie nach dem Essen. »Ich kenne den Weg ja jetzt. Ich schlafe mich aus und schreibe ein paar Briefe nach Hause. Ich danke euch beiden so sehr!« Damit stand sie auf und ließ sich auch nicht von Annas besorgtem Gesicht davon abhalten, allein zu gehen. »Mach dir keine Sorgen, Anna, bitte! Ich werde mir alles von der Seele sprechen, bald einmal. Und jetzt möchte ich, dass ihr die kurze Zeit, die ihr hier zusammen habt, genießt.« Dieser letzte Satz war so nachdrücklich gesprochen worden, dass beide, Anna und Franz, aufhorchten. Da steckte eine Geschichte dahinter. Sie nickten Caroline freundlich zu und winkten ihr nach, bis sie auf dem Waldweg, der zurück ins Dorf führte, hinter den hohen Bäumen verschwunden war.

Kapitel 10

Der August war herangekommen, ohne dass es Eduard Caspari besser gegangen wäre. Im Gegenteil, seine Herzattacken kamen häufiger und stärker, und nicht immer gelang es ihm, sie vor den Augen und Ohren seiner Frau zu verheimlichen. Friederike verbarg es halb vor sich selbst, wie sehr sie sich sorgte, und versuchte, sich mit Gustavs Fortkommen und seiner Einheirat in das Haus Fehrhofen zu trösten. Aber es wollte nicht recht gelingen, denn spätestens in der Nacht, wenn sie neben ihrem Mann in dem großen Ehebett aus Kirschholz lag, ängstigte sie sein unregelmäßiger röchelnder Atem. Dann wieder hörte sie nichts, und diese absolute Stille war beinahe noch schlimmer als das Röcheln und Rasseln. Sie fuhr hoch und horchte, bis sie sich schließlich zu ihm hinunterbeugte, um zu hören, ob er noch lebe. Nicht jeden Tag stand er auf, sondern blieb im Bett liegen oder las, halb sitzend, die Casseler Allgemeine Zeitung. Aber schon nachdem er ein paar Seiten angeschaut hatte, legte er sie beiseite, denn es strengte ihn alles an. Die Treppe zu steigen, war das Schwerste. Hinunter ging es noch, aber wieder hinauf zu kommen, erschien ihm jedes Mal, wenn er es versuchte, als würde er vor einem riesigen Berg stehen, dessen Gipfel unerreichbar fern für ihn war. Nur mit Hilfe seiner Frau schaffte er es, mit langen Pausen, in denen er schwer atmete und sich, auf das Geländer gestützt und mit hängendem Kopf, der Erschöpfung überließ.

Sein Freund Rieber schaute regelmäßig herein, horchte ihn ab, verschrieb auch Arzneien, aber er war sich wohl bewusst, dass Caspari ein neues intaktes Herz gebraucht hätte, um mehr Lebensqualität zu haben oder auch nur noch einige Jahre zu leben. Er machte sich nichts vor und Eduard auch nicht, denn er sagte, als der Arzt ihn mit den Worten »Nur Mut, Freund. Das wird schon wieder werden« tröstete: »Nein, Paul, Sie wissen es, und ich weiß es. Mir geht es nur noch darum, in Frieden mit mir selbst zu sterben. Und je schlimmer es um mich steht, desto klarer kommt mir die Erkenntnis, dass es mein größter Fehler war, meine Tochter wegzuschicken.« Er senkte den Kopf und weinte still ein paar Tränen. Rieber saß im Sessel neben dem Bett seines Patienten und wusste nichts zu antworten. Dass Caspari von seiner Tochter sprach, zeigte ihm, dass er abgeschlossen hatte und sein Leiden ein baldiges Ende finden werde.

»Ach, Doktor«, fuhr der Kranke fort, »ich bin froh, dass ich damals mein Testament gemacht habe und es sicher beim Notar liegt. Das wenigstens habe ich richtig gemacht. Aber ich kann sie nicht zurückholen, selbst wenn ich es wollte. Meine Frau ... Und dann die Fehrhofens. Die Braut meines Sohnes weiß natürlich inzwischen von seiner Schwester. So was bleibt nie verborgen. Er hat es ihr gesagt, damit sie es nicht von Fremden erfährt, durch Dorftratsch gar. Und August – Gustav und er sind wieder die besten Freunde. Am nächsten Samstag ist Hochzeit im Hause Grieger, große Feier im Kaiserhof ...«

»Ich weiß, ich weiß. Machen Sie sich doch keine Sorgen, Eduard. Sehen Sie, Sie und Ihre Frau, Sie haben ja richtig gehandelt. Ihrem Gustav auch noch die Zukunft zu verbauen, wo Caroline es schon für sich selbst getan hat, das wäre doch unvernünftig gewesen. Das Schicksal hat Sie hart getroffen, mein Lieber, aber Sie haben das Beste daraus gemacht.«

Caspari sah ihn an, als wisse er nicht recht, ob sein Freund in diesem Punkt recht habe, aber er beließ es dabei.

»Elisabeth ist das Schönste, was Ihrem Sohn begegnen konnte«, fuhr der Doktor fort. »Und sie hat sich nach Neigung an ihn gebunden. Das ist, was ich Glück nenne, und das dürfen Sie den beiden nicht nehmen. Elisabeth, so weit kenne ich sie, und vor allem ihr Herr Vater, mein alter Freund Fehrhofen, würden eine andere Entscheidung als die, die Sie getroffen haben, nicht akzeptieren.« Eduard sah ihn an. »Und Sie wollen doch, dass Gustav vorankommt in seiner Firma, dass er ein angesehener Mann ist, über Dorf und Kreisstadt hinaus, und dass seine Frau sich seiner und seiner Familie nicht zu schämen braucht.«

Eduard nickte, so sah er die Sache auch, wenn er sie durchdachte, und kam immer zu dem gleichen Ergebnis. Aber sein Gefühl war ganz anders. Oft wachte er nachts aus schlimmen Träumen auf und sehnte sich nach Caroline, nach der Caroline, die sie gewesen war, bevor dieser unselige Postillion in ihr Leben getreten war und es zerstört hatte. Und nun war er tot, und dem Mädchen blieb nicht einmal die unstandesgemäße Heirat, nur ein Bankert, den sie versorgen musste. Bei dem Gedanken an das Kind begannen stets die Herzattacken. Er war dann jedes Mal schweißgebadet, weckte seine Frau, indem er ihren Arm umklammerte, und sie musste das Fenster weit öffnen und ihm helfen, sich aufzusetzen, bis die Angst von ihm abfiel und er in einen schweren Schlaf sank.

An August Griegers Hochzeit mit der Lehrerstochter konnte er natürlich nicht teilnehmen, ließ sich nur von seiner Frau davon erzählen und freute sich über Gustavs Besuch in der darauffolgenden Woche. »Elisabeth war schöner als die Braut«, berichtete sein Sohn und Friederike bestätigte es stolz. »Sie lässt dich herzlich grüßen, Vater, und dir ausrichten, wie sehr sie sich darauf freut, dich bald auch ihren Papa nennen zu können.« Caspari hörte wohl die Botschaft aus diesem Satz heraus, und so sehr er sich auch über die echte oder vielleicht auch halb gespielte Zuneigung seiner künftigen Schwiegertochter freute, so wenig konnte sie ihn trösten. Er nahm sich zusammen, scherzte auch mit Frau und Sohn, was diese als deutliches Zeichen der Besserung nahmen, aber seine wahren Gefühle zeigte er nicht. Es war besser so. Warum sollte er anderen, die er liebte, Kummer machen? Es reichte, wenn er selbst nicht mehr glücklich werden konnte.

Am Vormittag des letzten Augustsamstags kam Friederike, um nach ihrem Mann zu sehen. Sie wollte am Nachmittag einer Einladung in das Haus Fehrhofen folgen und sich vergewissern, dass sie ihn allein lassen könne. Sie fand ihn friedlich, wenn auch etwas erschöpft vor. »Der Tee, Eduard. Möchtest du eine Tasse?«

»Ja und dann setz dich zu mir, Friederike. Ich möchte mit dir reden.«

Der Ton, in dem er das sagte, erschreckte sie. Es klang ganz sanft, ganz selbstverständlich – und irgendwie nach Tod!, ging es ihr durch den Kopf. Sie musste aufpassen, dass ihr die gefüllte Teetasse nicht aus der Hand fiel. Was rede ich mir ein!, schalt sie sich. Sei ruhig und warte ab, was kommt.

Caspari trank den gesüßten Tee in kleinen Schlucken und schien sichtlich belebt.

»Ich habe Minna gesagt, dass sie jede Stunde nach dir sehen, dich aber nicht stören soll. Wenn du etwas brauchst, hast du ja die Klingel auf dem Nachttisch. Fritz wird mich fahren und dort warten. Zwei bis drei Stunden kann es dauern, Eduard. Ist es dir recht?«

Er nickte. »Natürlich, fahre nur. Und grüße alle von mir.«

»Ja, das werde ich gern. Es ist dort auch alles klar. Dr. Fehrhofen weiß, dass du chronisch krank bist und dich nicht anstrengen darfst. Er lässt dich jedes Mal so nett grüßen – ein vorzüglicher Herr. Und er sagt auch jedes Mal, wie gut du daran getan hast, frühzeitig in den Ruhestand zu gehen.« Sie schaute ihn befriedigt an.

Ja, dachte er, aus deiner Sicht ist alles in seiner Ordnung: Hauptsache, dieser Fehrhofen ahnt nicht, wie es wirklich um uns steht. Und dann das Märchen mit dem Ruhestand. Die Wahrheit ist, dass das Geld, das wir unserer Tochter weggenommen haben und von dem wir jetzt leben müssen, schneller zur Neige geht, als uns lieb ist, denn es musste ja der Schein gewahrt werden. Die teuren Möbel in der Wohnstube sind noch nicht abbezahlt, Minna soll ihren Lohn weiterbekommen, als wäre nichts geschehen, mit Fritz habe ich Gott sei Dank noch gesprochen, aber das Pferd kostet und zur Verlobung musste es eine neue Toilette sein ... Ihm brach der Schweiß aus. Vorsicht!, ermahnte er sich stumm. Sei es drum. Sag, was du zu sagen hast. Bald wirst du das Geld nicht mehr brauchen. Aber wann? Wann würde es Gott gefallen, ihn abzuberufen? Würde das Geld so lange reichen?

»Eduard?«, fragte seine Frau besorgt. »Was ist dir? Soll ich bleiben?«

Er schüttelte den Kopf. »Nein, fahre nur. Ich möchte nur vorher noch etwas mit dir besprechen.«

Sie sah ihn erwartungsvoll an. Was sollte das werden?

»Friederike«, begann er, mühsam, beherrscht, »ich werde vielleicht nicht mehr allzu lange leben – nein, reg dich nicht gleich auf, es bedeutet nur: Vielleicht nicht so lange, wie es üblich ist, bis man an Altersschwäche stirbt.«

Mit großen Angstaugen sah sie ihn an, so dass er es beinahe schon bereute, das Thema aufgegriffen zu haben. »Friederike, bitte, du bist doch eine vernünftige Frau! Viel vernünftiger als ich, und so manchen schweren Weg hast du mir abgenommen, eben weil du die Vernünftigere warst. Ich möchte alles gesagt haben, bevor ich gehe, das ist alles. Auch wenn keiner von uns weiß, wann seine Stunde kommt. Ich kann es gut noch ein paar Jahre machen« – er lachte innerlich, als er das sagte –, »aber ich möchte mein Haus bestellt haben.«

Sichtlich irritiert antwortete sie: »Eduard, ich will zu Fehrhofens. Das hat doch Zeit. Ich kümmere mich jetzt um das Mittagessen, und dann fahre ich und du schläfst. Und morgen besprechen wir alles.«

Er nickte. Es hatte keinen Sinn. Wenn er gehen musste, so schien es ihm, musste er gehen, ohne mit ihr gesprochen zu haben. Aber vielleicht bildete er sich das alles auch nur ein, und er hatte noch eine Weile.

Sie blieb bei ihm und hielt seine Hand. Er lag in seinen Kissen, bleich, matt, bis Minna anklopfte, um das Mittagessen zu bringen. »Bringen Sie mein Essen auch herauf,

Minna«, befahl Friederike, »ich esse hier mit meinem Mann.«

Dann fuhr der Wagen vor, Frau Caspari verabschiedete sich, und er, der lange darauf gewartet hatte, sank schwer in die Kissen zurück und schlief sofort ein.

Es war schon gegen sechs, als sie zurückkam. Dr. Fehrhofen hatte ihr den Garten gezeigt, jede Pflanze genau erläutert und sich als Kenner erwiesen. »Mein Hobby«, erklärte er, »neben den Schmetterlingen natürlich – so was Lebendiges und Hübsches um sich herum braucht der Mensch. Und erst recht, wenn ich nun meine charmante Tochter an Ihren Sohn verliere!«, setzte er hinzu und lachte dabei. Sie sah ihn unsicher an, bis er ihren Arm nahm und versicherte: »Aber, liebste Freundin, ich freue mich doch über Elisabeths Wahl! Gustav wird, das hat mir mein Freund Westphal versichert, nach seiner Hochzeit als Partner in die Firma eintreten. Einen besseren Schwiegersohn könnte ich mir nicht wünschen.«

Friederike, von der Wendung »liebste Freundin« überaus entzückt, lächelte ihn an und erwiderte: »Diese Freude liegt ganz auf meiner Seite, lieber Herr Doktor. Elisabeth ist ein selten schönes Mädchen und von feinem und vornehmem Charakter, ganz der Herr Vater, was das betrifft.«

Zu Hause fand sie ihren Mann wach vor und erzählte ihm von dem Besuch in der Villa, auch wie Gustavs künftiger Schwiegervater sie genannt hatte, verschwieg sie nicht und dass Gustav bald Partner werde, gleich nach seiner Hochzeit mit Elisabeth. Caspari war auch wirklich erfreut, ja, erleichtert und hatte seit langem einmal wieder eine friedliche

Nacht. Noch mehr solch gute Nachrichten, sagte sich seine Frau, und er wird es zumindest bei leidlicher Gesundheit noch eine Weile machen und von seinen trüben Gedanken loskommen.

Am nächsten Vormittag aber erinnerte er sie an das aufgeschobene Gespräch und mit einem »Eduard, muss das wirklich sein? Es strengt dich doch zu sehr an!« versuchte sie es aufzuschieben oder ganz aufzuheben. Er seinerseits bestand darauf, setzte sich im Bett auf und begann: »Friederike, das, was auf meiner Seele liegt, muss durchaus herunter. Es ist doch ganz unabhängig davon, wie lange ich noch lebe. Also lass mich sagen, was ich zu sagen habe.«

Sie nickte ergeben und befahl sich im Stillen zuzuhören. Die Gefühle, die sie am Vortag gehabt hatte, waren doch zu albern!

»Es mag sein, Friederike«, sagte Caspari, » dass wir in Bezug auf Caroline richtig gehandelt haben ...« Seine Frau fuhr zusammen, er sah förmlich, wie sie zuckte, blass wurde und sich erst nach einer Weile wieder fing. »Es tut mir leid, dass dich dieser Name immer noch so erschreckt«, fuhr er fort, »aber ich kann es dir, und beiläufig auch mir, nicht ewig ersparen. Es mag also sein, dass wir getan haben, was Sitte und Anstand von uns fordern ...«

»Es mag sein!«, rief sie aus. »Wie kannst du so etwas sagen! Es ist so, Eduard, wir haben richtig gehandelt!«

»Lass mich ausreden, Friederike. Ich weiß, was du sagen willst. Und du hast in allem recht. Ich weiß, es geht um Gustav und Elisabeth, um seine Freundschaft zu Grieger, um das Haus Fehrhofen, um uns. Aber haben wir je an unser Mädchen gedacht? Nein, lass!«, wehrte er ab, als sie ihn unterbrechen wollte. »Lass mich ausreden! Wir haben sie weggeschickt, als Magd in irgendein Dorf bei Berlin, 400 km weit weg. Es interessiert uns nicht, wie sie leben muss, wie schwer sie arbeiten muss, wie sie mit dem wenigen Geld auskommt. Es interessiert uns nicht, dass in unmittelbarer Nachbarschaft eine alte Frau sich um ihr Urenkelkind kümmert, weil wir es in ein Waisenhaus gesteckt hätten ...«

»Eduard!«, rief sie ihn scharf an. »Du echauffierst dich! Dr. Rieber hat dir jede Aufregung verboten!«

»Und das, Friederike, das ist unmenschlich!«, sagte er heftig, ohne sich um ihre Einwürfe zu kümmern. »Es ist unmenschlich, sage ich. Und damit müssen wir jetzt leben, du und ich.«

Sie wollte ihm die Stirn mit einem nassen Tuch abtupfen, er aber ließ es nicht zu. »Weißt du, dass sie mir einen Brief geschrieben hat, bevor sie ging? Darin steht, dass sie mich lieb hat, was immer auch geschieht, was immer ich auch getan habe – verstehst du das, Friederike? Verstehst du das?«

Der Schweiß lief an seinen Schläfen herab und mischte sich mit heißen Tränen. Er schluchzte und schaute sie von unten herauf an.

»Mein Gott!«, rief sie. »Eduard, du bist ja nicht bei Sinnen! Wenn das unbedingt heraus musste, so bin ich froh, dass es heraus ist und dass ich allein es war, die es hören musste. Wenn Gustav oder Elisabeth ...«

»Du verstehst nichts!«, schrie er. »Nichts! Mein Kind, mein kleines Mädchen, sie fehlt mir so, und ihr Kind, mein eigen Fleisch und Blut, darf ich nicht sehen und muss es verleugnen, nur wegen dieser dummen Dinge, die wir Sitte und Anstand nennen!«

Seine Frau war ernst geworden. Ihr Mann war nicht mehr Herr seiner selbst, und wenn es schon so mit ihm stand, dann durfte es niemand wissen. Hoffentlich hatte Minna nichts gehört! Aber dann fiel ihr ein, dass Sonntag war und Minna ihren freien Tag hatte. Nichts war zu befürchten, niemand würde je davon erfahren. Sie nahm seine Hand und streichelte sie. Mitleidsvoll sah sie ihn an. Ein krankes Herz, und schon war er sentimental und brach weg, dort, wo sie und Gustav ihn gebraucht hätten.

»Ich habe mein Testament gemacht, Friederike. Lange schon, und es liegt sicher beim Notar. Ich versichere dir, dass es nicht zu deinem Nachteil ist. Von dir aber möchte ich das Versprechen haben, dass du im Sinne meines letzten Willens verfahren wirst. Versprichst du es mir?«

Sie war während dieser letzten Ausführungen ihrerseits blasser geworden. Dass Gustav und sie selbst Eduards Erben sein würden, das hatte sie nie in Zweifel gezogen. Und jetzt hatte Caspari ein Testament gemacht, von dem sie nichts wusste! Und dann diese merkwürdigen Gedanken über Caroline und ihr Kind – das konnte doch wohl nicht sein, dass er sie mit irgendetwas bedacht hatte, sie, die doch die Schuld an der ganzen Situation und auch an seiner Krankheit trug.

»Friederike, versprichst du es mir?«, wiederholte er eindringlich.

»Was, was, Eduard, soll ich dir versprechen? Was genau?«

»Dass du meinen letzten Willen erfüllst, Friederike.«

»Welchen letzten Willen? In einem Testament verfügt man, wem man was vererbt. Und wenn du Gustav und mich zu deinen Erben gemacht hast, dann muss ich nichts versprechen, dann ist alles in Ordnung.«

»Alles in Ordnung, ja. Das ist deine Lieblingswendung. Und dass nichts nach außen dringt. Immer schön die Fassade streichen. Weißt du eigentlich, was es kostet, so weiterzuleben wie zuvor? So, als hätten wir noch meinen Lohn, jeden Monat? So, als müssten wir nicht das Geld unserer Tochter verbrauchen?« Sie zuckte wieder zusammen. Es schien ihr, als sei er wirklich verrückt geworden. Wer wusste schon, was solch ein Herzleiden alles verursachen konnte ... Carolines Geld! Als ob sie nicht selbst alles für sich verwirkt hätte! Als ob sie, die Eltern, schuld wären und nicht die unmoralische Tochter.

Caspari hatte sich zu sehr aufgeregt und rieb sich nun nervös die Herzgegend mit der rechten Hand. Friederike drückte ihn in die Kissen, entblößte seine Brust und legt einen kalten nassen Lappen auf sein Herz.

»Caroline ist selbst schuld«, sagte sie nachdrücklich. »Das weißt du so gut wie ich. Sie selbst hat alles verwirkt. Wir haben die Sache so geregelt, wie es sein musste. Aber für Gustav ist doch wohl gesorgt, Eduard? Er verdient sein Erbe, und wir sind es Fehrhofens schuldig.«

Er nickte matt. »Ja. Ja, sicher. Er bekommt das Haus, das ganze Anwesen und das Land dazu. Ich wollte die paar Acker verkaufen, eigentlich brauchen wir das Geld. Aber Gustav will Bauland daraus machen. Und du hast das Altenteil. Aber du musst mir versprechen, Friederike, dass du meinen letzten Willen erfüllst.«

Sie kühlte den Lappen erneut in der Waschschüssel, legte ihn auf und fragte: »Eduard, welchen letzten Willen? Es ist doch alles gesagt.«

»Versprich es mir einfach. Wir sind jetzt 26 Jahre verheiratet. Du hast mir immer wieder gesagt, was du mir verdankst. Und glaube mir, ich habe es gern getan und ich habe mir nicht gewünscht, dass es so endet mit mir. Für dich ist gesorgt, und wenn mein Testament eines Tages eröffnet wird, dann möchte ich, dass du erfüllst, worum ich dich bitte.«

Sie sah ihn aufmerksam an. Nichts in seiner Stimme klang mehr ärgerlich oder echauffiert. Er war ruhig, sein Blick offen. Er würde mich nicht hereinlegen, dachte sie, nein, es liegt ihm nur daran, dass irgendetwas erfüllt wird, irgendetwas, was Caroline betrifft. So dumm ist er nicht, dass er uns Casparis schadet, seinem Sohn, dessen Frau, ihren zukünftigen Kindern oder gar mir. Vielleicht will er ihr eine kleine Summe Geldes vererben oder ein Stück Land, so dass sie nicht ganz leer ausgeht. Aber dann hätte er das doch verfügen können, was will er dann von mir?

»Willst du mir nicht sagen, worum es geht, Eduard?«

»Verstehst du denn nicht? Ich möchte diesen Vertrauensbeweis von dir, Friederike, nur dieses eine Mal.«

Sie schwankte zwischen Misstrauen und Zuneigung. Eduard lag jetzt mit geschlossenen Augen. Das Gespräch hatte ihn so erschöpft, wie er es erwartet hatte. Aber es hatte sein müssen.

Wie müde er ist, dachte sie. Wie hat er für uns gearbeitet all die Jahre, uns dieses Leben ermöglicht. Und alles, ohne dass ich etwas Nennenswertes hätte tun müssen. Ich habe ihn geheiratet, und das war mein Glück. Erst als die Sache mit Caroline passierte, da konnte ich es ihm vergelten, denn da wurde er krank, und ich konnte zeigen, was in mir steckt. Was immer ich auch versprechen soll, er wird mich und uns alle nicht hintergehen oder benachteiligen – nein, das wird er nicht.

»Gut, mein Lieber«, sagte sie sanft, »mach dir keine Sorgen. Ich verspreche es. Und jetzt schlaf dich aus.«

Er seufzte tief, so als sei er unsagbar erleichtert, und drückte ihre Hand, die den kalten Lappen von seiner Brust genommen hatte. Seine Augen waren immer noch geschlossen, er atmete ruhig und regelmäßig, auch als sie leise das Zimmer verließ und die Treppe hinunterging.

Das erste Geld von Caroline war angekommen. Als Sophie den beigelegten Brief las, war sie so erfüllt von Liebe für ihre Enkelin, die ihr Schicksal so tapfer trug, dass sie ein spontanes Gebet sprach. Sie dankte dem Herrgott für die Kraft, die er ihr geschenkt hatte, um das Kind zu versorgen, und bat ihn um Schutz für Caroline. Mehr als die Hälfte ihres Lohns hatte das Mädchen geschickt, so dass sie endlich Magdalene das ausgelegte Geld zurückzahlen konnte. In der Zwischenzeit hatte Emma zwei Mal vorbeigeschaut und, als sie gesehen hatte, in welcher Not sich die alte Frau befand, auch Windeln und Wäsche für die kleine Sophie gebracht. Magdalene half, wann immer es ihr möglich war, im Haushalt aus, insbesondere, als sie beobachtet hatte, wie ihre Schwiegermutter den großen schweren Topf mit den Windeln auf den Herd wuchtete und dabei so außer Atem geriet, dass sie sich setzen musste. Lange wird sie das nicht durchhalten, sagte sie sich, und wenn sie es zwei Jahre tun kann, dann haben wir Glück. 72 ist ein hohes Alter, und sie hat selbst fünf Kinder gehabt und zwei verloren. Und dann das Leid über Heinrichs Tod und vorher die vielen Jahre Arbeit in der

Landwirtschaft, die sie kaum ernährte. Heinrich hat seinen Preis schon bezahlt, und sie wird es auch bald tun müssen, wenn sie so weitermacht. Aber all das sagte sie nicht. Sie ließ sich im Gegenteil nichts anmerken, denn die alte Frau liebte das Kind so offensichtlich von ganzem Herzen, dass sie sich jedes Eingreifens enthielt. Viel war es nicht, was sie tun konnte, denn ihr eigener Haushalt mit den beiden Männern, die von morgens bis abends in der Schmiede waren, forderte seinen Tribut. Eine Magd hatte sie nicht, so dass alles, auch Waschen, Plätten, Garten- und Stallarbeit, ihr selbst zufiel. Und nun war sie 50 Jahre alt und müde, viel zu müde, um sich zu viele Gedanken zu machen. Aber ihre Anteilnahme am Schicksal ihrer Nichte und der bewundernswerten Haltung der alten Frau waren echt. Oft nahm sie das Kind spontan auf den Arm und küsste es, und wenn die Kleine dann lachte, wurde es ihr warm ums Herz. Sie und Emma waren die Einzigen, die Sophie und das Kind besuchten. Die alte Frau, die ohnehin nicht mehr viel ins Dorf gegangen war, gab nichts darauf und sagte nur: »Magdalene, wenn du mir die Wege abnimmst, ich meine, mal zum Kaufmann und zum Bäcker, das reicht schon. Hier zu Hause komme ich schon zurecht.« Renate oder Walter kamen ab und zu vorbei, ob sie nun Post im Gepäck hatten oder nicht, und nahmen die Briefe, die sie an die Enkelin schrieb, gleich mit. Auch Renate sah die Mutter mit zunehmender Sorge und steckte ihr, obwohl sie selbst nicht viel hatte, das eine oder andere zu. Auf Casparis kam das Gespräch nur selten, denn Tochter und Schwiegertochter merkten, dass es die alte Frau belastete, über Friederikes harte Haltung zu sprechen. Zwar erfuhr sie von Renate und Walter immer den neuesten Dorfklatsch, aber nur, wenn sie danach fragte. Und wenn sie fragte, dann nach ihrem Enkel Gustav oder nach dem kranken Eduard. Von der Verlobung mit der wohlhabenden Arzttochter aus Fuchshagen hatte sie auf diese Weise gehört und auch von Eduards vorzeitigem Ausscheiden aus dem Dienst. Aber von Casparis selbst kam nichts, und auch Gustav sah von jeglichem Kontakt mit seiner Großmutter ab.

In diesen letzten Augusttagen war noch ein zweiter Brief bei Sophie eingetroffen, adressiert an Fräulein Caroline Caspari. Auf der Rückseite des Umschlags war »Wilhelmine Lindström« als Absenderin ausgewiesen, keine Adresse, nur der Name. Aufgegeben war der Brief in Kiel. Das Fehlen der Adresse zeigte Sophie sofort, dass dies keine angenehme Nachricht sein konnte. Es durchzuckte sie wie ein Blitz, und sie beschloss, den Brief noch nicht nach Zehlendorf weiterzusenden. Dann wieder befielen sie Zweifel. Vielleicht machte sie sich unnötige Gedanken und enthielt ihrer Enkelin eine Antwort vor, die ihr zumindest einen Teil ihrer Sorgen abnahm. So gingen ihre Gedanken hin und her.

»Du kannst den Brief nicht ewig hier liegen lassen, Mutter«, gab Renate zu bedenken. »Er ist an Caroline gerichtet, und sie muss ihn auch lesen.« Magdalene gab ihr recht und sagte: »Und wenn da was drinsteht, was wichtig ist, und Frau Lindström sich wundert, warum ihr nicht geantwortet wird, dann ist das nicht gut.« Aber auch sie hatte ein ungutes Gefühl, als sie das sagte, und die leisen Zweifel, die sie die ganze Zeit über umgetrieben hatten, wurden nicht weniger. Das, was sie sagte, war nur dem Umstand geschuldet, dass der Brief an die rechtmäßige Empfängerin weitergeleitet werden musste, einfach weil er ihr zustand. »Ich weiß, ich weiß …«, seufzte die alte Sophie. »Ich lass ihn noch einen Tag liegen und schlafe drüber, und wenn du morgen wiederkommst, Renate, nimmst du ihn mit.« Ihre Tochter sagte nichts dazu. Die Mutter hatte schon oft das richtige Gefühl gehabt. Als sie Walter kennenlernte, war das so gewesen, und kurz vor Heinrichs Tod, als habe sie geahnt, was da auf sie zukam. Und auch in Georg Lindström hatte sie sich nicht geirrt.

Kapitel 11

Werdersdorf und seine Frau saßen auf der Terrasse. Es war ein wunderbarer Morgen, sonnig und warm, die Vögel sangen, der gesamte Garten präsentierte sich in üppigem Grün, die großen Bäume spendeten einen angenehmen Schatten. Anna servierte das Frühstück. »Sieh dir das an, Gottfried«, sagte die Rätin in der ihr eigenen Art, leise und leidend zu sprechen. »Da zieht schon wieder der Schwaden aus der Waschküche herauf. Ich will das nicht! Es riecht so ordinär, und du weißt, wie mich dergleichen schwächt.«

Der Geheimrat, der die nach rechts hin abziehenden Schwaden gar nicht bemerkt hatte, sah in die Richtung, in die der leicht erhobene Arm seiner Frau wies. »Die Waschküche ist einfach nicht richtig plaziert«, fuhr die Rätin fort. »Ich möchte, dass du sie nach der Seite hin verlegen lässt, dorthin wo man es auf der Terrasse nicht sieht und nicht riecht. In der Zwischenzeit soll das Fenster geschlossen bleiben.«

Anna sah sie erschrocken an. Die Arbeit in der Waschküche war in der Sommerhitze nur zu ertragen, wenn man beide Kellerfenster weit öffnete. Dass eines dieser Fenster an der Hausseite lag, an der sich auch die Terrasse befand, verursachte keine so große Störung, dass man sich derart hätte darüber aufregen müssen.

»Aber, Amelie, ist das wirklich so schlimm? Ich habe das, offen gestanden, gar nicht bemerkt. Es zieht ja nicht zu uns herüber, sondern nach rechts hin ab, zur Hausseite hin.«

Amelie zog ihren Schal enger um die kindlich schmalen Schultern. »Bringen Sie mir eine Fußbank, Anna«, befahl sie. »Meine Füße sind schon wieder ganz kalt.« Der letzte Teil des Satzes war zu ihrem Mann hin gesprochen. Der hörte den Unterton wohl heraus, war aber an diesem Tag nicht in der Stimmung, auf jede Allüre seiner Frau einzugehen. Er sagte nichts und sah zu, wie Anna die winzigen Füße der gnädigen Frau in eine weiche Decke packte und auf die Fußbank stellte. Amelie nickte befriedigt und sah wieder ihren Mann an, als erwarte sie noch immer eine Antwort.

»Amelie«, sagte dieser denn auch, »die Waschküche war schon immer dort, wo sie jetzt ist, seit unser Haus gebaut wurde. Es hat mich und bisher auch dich nie gestört. Ich rate dir, dich nicht so sehr auf diese Dinge zu kaprizieren. Dann wirst du sehen, wie sie in den Hintergrund treten.« Seine Frau verzog den Mund. »Es wäre gut, wenn du dich mit angenehmen, sinnvollen Dingen beschäftigen würdest. Das zieht dich von solcherlei Finessen ab.«

Anna, die gerade Kaffee nachschenkte, schrak innerlich zusammen, denn der Ton, den der Geheimrat jetzt anschlug, war ungewöhnlich. Meistens behandelte er seine Frau nicht nur mit absoluter Artigkeit, sondern war von einer geradezu ungewöhnlichen Geduld und Zuvorkommenheit. Dies war nicht nur der Krankheit seiner Frau geschuldet – sie litt unter fortwährender Blutarmut –, sondern auch der Tatsache, dass er dieses kindlichen Körpers bedurfte, um in der Nacht zu seinem Recht zu kommen. Anna, die auch für die Bettwäsche des Paares zuständig war und teilweise recht intime Szenen und Zärtlichkeiten hatte beobachten müssen, war sich nach fast einem Jahr

Dienst im geheimrätlichen Haus sicher, dass hier der Schlüssel für das ihrer Ansicht nach ungeheure Wohlleben der gnädigen Frau lag, für ihre Macht über ihren Mann und für die väterlich-wohlwollende Art, mit der Werdersdorf seiner Frau jeden Wunsch erfüllte.

Jetzt blickte Amelie starr geradeaus, dann fasste sie sich an ihren blassen dünnen Hals. »Anna, meine Arznei! Schnell!«, hauchte sie und fiel schräg nach der Seite hin von ihrem Gartensessel. Ihr Mann sprang auf, fing sie in seinen Armen, trug sie auf die im Salon befindliche Chaiselongue, gab ihr die von Anna gebrachten Tropfen und streichelte ihre Stirn. »Mein Engel«, sagte er besorgt, »ich wusste ja nicht, dass es so schlimm ist.«

Sie erwiderte nichts. Matt in den Kissen liegend, lächelte sie ihn mit einem leidenden Gesichtsausdruck an. Anna stand daneben und beobachtete die Szene. Zwei oder drei Mal hatte sie bereits Ähnliches erlebt in der Zeit ihres Dienstes bei Werdersdorfs. Die Attacken der Gnädigen kommen immer pünktlich, dachte sie unwillkürlich. Immer dann, wenn es etwas durchzusetzen gilt, wogegen er sich sträubt. Ein merkwürdiges Zusammentreffen. Andererseits waren die Schwächeanfälle echt, eine solche Blässe, wie Amelie Werdersdorf sie mitunter aufwies, das Zittern der Hände und aufkommende Ohnmachten konnte man wohl nicht vortäuschen, und als ein Fachkollege ihres Mannes sie einmal untersucht hatte, hatte er zum Abschied gesagt: »Passen Sie nur gut auf Ihre kleine Frau auf, Werdersdorf. Sie können sich Ihrer noch lange erfreuen, wenn Sie Rücksicht nehmen und Sie nicht zu sehr mit den Problemen des Alltags belasten.« Nun, damit war sie gewiss nicht belastet.

Noch die geringste Kleinigkeit wurde ihr abgenommen, Miss Distinner lebte eigentlich nur für das Wohl der gnädigen Frau und regelte alles für sie.

Werdersdorf küsste seiner Frau zärtlich die Hand. »Anna, sorgen Sie dafür, dass das Fenster zum Garten hin ab jetzt stets geschlossen bleibt.«

»Herr Geheimrat ...«

»Habe ich mich nicht deutlich genug ausgedrückt?«, fragte er streng.

»Doch, Herr Geheimrat.«

»Dann gehen Sie hinunter und tun Sie, was ich gesagt habe.«

So kam es, dass Caroline ihre ohnehin schwere Arbeit noch schwerer gemacht wurde. Ein kleines Fenster zur Seite des Hauses hin konnte sie noch öffnen, das andere, zum Garten hin gelegene, wurde weiß und blind von den heißen Schwaden der Kochwäsche.

»Ich hasse sie!«, rief Anna heftig aus, als sie abends im Dachkämmerchen in ihren Betten lagen. »Ja, ich weiß, sie ist krank, aber sie führt ihren Mann am Nasenring und benutzt ihre Krankheit dazu. Und er merkt es nicht einmal!«

Caroline antwortete nicht. Sie war viel zu müde, Arme und Hände schmerzten, ihr Kopf brummte, ihr war schwindlig.

»Ach, Caroline«, fuhr Anna, die richtig in Fahrt gekommen war, jetzt fort, »wenn du wüsstest, wie sie ihn führt! Die einzige Pflicht, die sie hier in diesem Haus zu erfüllen hat, ist die eheliche Pflicht. Darauf besteht er wohl. Der Bettwäsche nach zu urteilen, ein bis zwei Mal in der Woche. Und damit hat sie ihn am Bändel, das raffinierte Stück. Ich hab noch nie gesehen, dass jemand so verwöhnt wird.«

Mühsam griff Caroline nach dem Glas Wasser, das auf ihrem Nachttisch stand, und trank große Schlucke. »Ist dir nicht gut?«, fragte Anna besorgt.

Caroline lag mit geschlossenen Augen. All das interessierte sie nicht. Wenn sie nur durchhielt, die Zeit bis zur Großjährigkeit überstand und ihr Kind versorgen könnte ...

»Schlaf«, sagte Anna leise, »schlaf, und entschuldige das von eben. Ich war nur so wütend. Alles ist so ungerecht verteilt.«

Am nächsten Morgen ging es Caroline nicht viel besser, so dass Anna sie in die Waschküche begleitete und ihr einen guten Teil der Arbeit abnahm. Sie war, als sie sah, wie es um die Freundin stand, zu Miss Distinner gegangen und hatte sie gebeten, das Servieren für den Tag zu übernehmen. Seit einem Jahr kannten sich die beiden nun schon, und Miss Distinner lag, trotz oder gerade wegen ihrer absoluten Loyalität der gnädigen Frau gegenüber, vor allem daran, dass der Haushalt reibungslos funktionierte. Und wenn eines der Mädchen vom anderen Hilfe brauchte, so war das immer noch besser, als wenn etwas nicht geklappt hätte. Amelie konnte darauf sehr wohl mit einem Anfall reagieren, und dann trat der Geheimrat selbst auf den Plan und kontrollierte, und alles wurde noch schlimmer.

»Sie servieren heute, liebe Miss Distinner«, merkte die Rätin spitz an, als sie gemeinsam das Mittagessen einnahmen. Es war drei Uhr, die Gardinen im Esszimmer waren zugezogen, so dass es schattig und kühl war. Der Geheimrat hatte sich mit Terminen im Sanatorium entschuldigt. Die beiden Damen waren allein.

»Ja, wenn gnädige Frau erlauben. Die Mädchen haben so viel zu tun heute. Ich hoffe, es macht Ihnen nichts aus, von mir bedient zu werden.«

»Durchaus nicht«, erwiderte die Rätin. »Aber was hat es damit auf sich? Viel zu tun – was denn?«

»Aber, gnädige Frau, Sie wissen, dass der Herr Geheimrat mich gebeten, nein, mir befohlen hat, gnädige Frau nicht mit diesen Angelegenheiten zu behelligen.«

»Ich will es aber wissen!«, befahl Amelie. Von Leiden war nichts zu spüren. Nur Neugier war in ihrer Stimme und eine gewisse Angriffslust.

Die Distinner überlegte, was nun zu sagen sei. Es durfte auf keinen Fall das Falsche sein. Sie kannte Amelie und ihre Launen.

»In dieser Woche ist besonders viel Wäsche zusammengekommen, wie das manchmal so ist, und zusätzlich sind noch die Teppiche im Salon zu reinigen. Gnädige Frau sind doch so empfindlich gegen den Staub ...«

Amelie schwieg, ihr Mund verzog sich skeptisch. Miss Distinner reichte ihr geistesgegenwärtig ein Schälchen von der Beerenspeise, die Frau Nostritz für sie zubereitet hatte. Sie nahm auch einen Löffel davon und sagte: »Sagen Sie der Köchin, dass die Beerencreme köstlich war.«

»Gnädige Frau wissen, wie sehr Frau Nostritz um Ihr Wohl besorgt ist?«

»Frau Nostritz? Ist das die Mamsell? Nun, das ist ja wohl selbstverständlich. Sie wird gut bezahlt und hat sich um mein und meines Mannes Wohl zu sorgen.«

Miss Distinner, die herzlich froh war, Amelie Werdersdorf von dem heiklen Thema abgezogen zu haben, erwiderte ergeben: »Sie haben recht, gnädige Frau. Ich werde es der Köchin ausrichten.«

Amelie nickte befriedigt. »Ein Schluck Portwein wird mir wohl guttun. Und dann möchte ich schlafen. Aber wecken Sie mich nicht und sorgen Sie dafür, dass mich niemand stört.«

Oben in ihrem Salon wurde die Rätin auf das Sofa gebettet, der Portwein wurde gereicht, das Fenster geöffnet, die Gardinen geschlossen. Miss Distinner wartete, bis sie das leere Glas in Empfang nehmen konnte, deckte Amelie zu und rückte das Kissen zurecht. Amelie wies sie mit einer matten Handbewegung hinaus und schloss die Augen.

Mit dem Schlafen wollte es aber nicht recht klappen. Sie blieb unruhig und dachte wieder an die Worte ihrer Gesellschaftsdame, dass die Mädchen so viel zu tun hätten in dieser Woche. Vielleicht sollte sie ihrem Mann vorschlagen, noch einen von diesen dienstbaren Geistern einzustellen. Andererseits sollte man sie nicht zu sehr verwöhnen, sagte sie sich. Bisher hatte alles funktioniert, nur als eines der Mädchen gekündigt hatte, war manches liegen geblieben. Alle hatten die Tage gezählt, bis diese Fremde aus Hessen angekommen war. Ich verstehe Gottfried nicht, spann sie ihre Gedanken weiter, stellt dieses Mädchen, das ihm ein entfernter Verwandter ans Herz gelegt hat, ein, statt hier aus der Nähe eine Dienstmagd zu nehmen, die am nächsten Tag hätte anfangen können. Und plötzlich kam ihr ein schrecklicher Gedanke: Was, wenn mehr dahintersteckte? Wer war dieses Mädchen? Und warum kam sie nach Berlin, um zu arbeiten, und tat es nicht in ihrer Heimat? Ob Gottfried vielleicht …? Nein, das konnte nicht sein! Sie hatte ihn unter Kontrolle, wenn sie ihm ein, zwei Mal in der Woche zu Diensten war. Mehr brauchte sie nicht zu tun, und auch eine Schwangerschaft war ausgeschlossen. Als sie vor zwei Jahren gemeinsam in Schwalbach gewesen waren, hatte der Arzt dort eine weniger als pflaumengroße Gebärmutter diagnostiziert. Es sei sehr unwahrscheinlich, dass sie jemals Kinder bekommen könne. Der Schwalbacher Professor hatte sie trösten wollen, aber weder sie noch ihr Mann waren von der Nachricht schockiert gewesen. Im Gegenteil hatte es sie selbst mehr als erleichtert, mit solch undelikaten, schrecklichen Dingen wie Schwangerschaft und Geburt nicht behelligt zu werden. Ihr Mann aber hatte sie in den Arm genommen und gesagt: »Aber, mein Engel, du bist doch mein Kind, mein liebes süßes Kind!« Wenn sie ehrlich war, hatte sie es genau so erwartet, denn sie merkte sehr schnell, warum er sie geheiratet hatte. Einen guten Teil dieser äußerst vorteilhaften Verbindung hatte sie ihrem kindlichen Körper zu verdanken, den ihr Vater oft, in Sorge um ihre Zukunft, als »nicht voll entwickelt« bezeichnet hatte. Aber gerade dieses nicht voll Entwickelte hatte, so war sie nach sechs Jahren Ehe überzeugt, zu der Heirat mit Dr. Werdersdorf, dem vielversprechenden und dabei wohlhabenden Kollegen ihres Vaters, geführt. Wenn jetzt dieses Mädchen – für Gottfried das war, was sie selbst ihm nicht zu geben vermochte …?

Über diesen Schreck schlief sie, ermüdet von der vormittäglichen Englisch-Konversation mit Miss Distinner und vom Portwein, in einen schweren Schlaf und erwachte erst wieder, als die Sonne schon tief stand und die erste Abendbrise hereinwehte.

Beim gemeinsamen Abendessen nutzte sie denn auch, ihrer Natur gemäß, die Situation sofort, um ihren Mann auf die Probe zu stellen. Sie aß noch weniger, als sie es ohnehin zu tun pflegte, und legte nicht nur einen leidenden Ausdruck in ihre Stimme, sondern auch in ihren Blick. Werdersdorf, der mit seinen Gedanken noch im Sanatorium war und über einen Fall von Schwermut nachdachte, für den er auch nach Wochen noch keine Therapie und schon gar keine Lösung gefunden hatte, merkte es nicht. Geistesabwesend hantierte er mechanisch mit dem Besteck und schrak zusammen, als Amelie ihre Stimme erhob und laut »Gottfried!« rief. »Wo bist du mit deinen Gedanken? Noch im Sanatorium? Oder vielleicht bei dem neuen Mädchen?« Er schaute sie verständnislos an. Was hatte sie gesagt? Wenn er mit dem Fall nicht weiterkam, würde der Professor das gar nicht amüsant finden. Das Sanatorium war ein renommiertes Institut und genoss weit über die Grenzen Berlins hinaus einen hervorragenden Ruf. Und er seinerseits war entschlossen, an diesem Ruhm teilzuhaben.

»Du hörst mir nicht einmal zu! Dieses Mädchen scheint dich ja voll in Anspruch zu nehmen.«

»Welches Mädchen? Bist du noch bei Trost, Amelie?«

»Ah, wie du dich verrätst!« Ihre Augen füllten sich mit Tränen. »Du tust so, als wüsstest du nicht einmal, wovon ich spreche. Das ist der Gipfel der Impertinenz!«

In einer normalen Ehesituation hätte er sofort eingelenkt

und nachgegeben, schon aus Bequemlichkeit oder um sich nicht um die Befriedigung seiner nächtlichen Bedürfnisse zu bringen, an diesem Tag jedoch war der Moment schlecht gewählt. Er hatte noch den Arztblick und sah sie mit einer Mischung aus Neugier und Interesse an. »Wie kommst du darauf? Warum echauffierst du dich so?« Auch der Fall im Sanatorium wies Augenblicke der Hysterie auf, die mit denen der Schwermut beständig wechselten.

»Bitte nicht diesen Ton, Gottfried! Ich bin keine deiner Kranken, die du heilen musst. Krank bist vielmehr du, denn diese Geschichte mit dem Mädchen ist doch zu lächerlich. Eine Dienstmagd! Aber wer weiß, wie sie dir zu Diensten ist, das erklärt dann natürlich alles.«

Langsam begriff er, worauf sie hinauswollte. »Du meinst, du unterstellst, dass ich mit einem der Mädchen ...«

»Mit einem der Mädchen!«, rief sie aufgebracht. »Du verstellst dich schlecht, Gottfried. Als ob du nicht genau wüsstest, worum es geht. Warum musste es denn dieses Mädchen aus Hessen sein, warum nicht jemand hier aus der Gegend? Dienstmägde gibt es genug. Du hättest jederzeit eine gefunden. Aber nein, es musste ja diese sein, die 400 Kilometer weit anreisen muss. Und jetzt sage nicht, dass du deinem Cousin Rieber eine Gefallen tun wolltest. Und wenn, dann hat er dir ja auch einen getan und dir sozusagen sein abgelegtes Mädchen geschenkt – oder empfohlen!«

Er konnte sich nicht erinnern, jemals einen solch langen Monolog von seiner Frau gehört zu haben, und schon gar nicht mit dieser aufgebrachten, lauten Stimme. Wo waren Müdigkeit und Leiden geblieben? Einzig die Tränen waren vertraut, denn sie weinte bei jeder Gelegenheit. Bisher hatte es ihn nie gestört, er nahm es als gegeben hin, merkte wohl auch, dass sie diese Mittel einsetzte, um zu bekommen, was sie wollte. Aber es war ihm immer recht gewesen, es passte zu ihrer Rolle in dieser Ehe.

»Jetzt verstehe ich«, erwiderte er ruhig. »Wie kommst du darauf?«

Diese einfache Frage, eher sachlich denn anteilnehmend gestellt, brachte sie für einen Moment aus ihrem Spiel heraus. Wie war sie eigentlich darauf gekommen? Es fiel ihr in der Aufregung nicht ein. »Du behandelst mich wie einen deiner Fälle im Sanatorium. Das ist schändlich, Gottfried!«

Er, gerade viel zu sehr Arzt, um das Ablenkungsmanöver nicht zu durchschauen, sagte in dem gleichen ruhigen Ton, den er schon bei seiner Frage angeschlagen hatte: »Du weißt es also nicht.«

Das war zu viel. Sie hatte ihn anklagen, ihn zur Rede stellen wollen, und nun nahm er sie in die Therapie. »Dieses Mädchen hat dich verhext«, sagte sie, nun wieder matt und beinahe flüsternd. »Ich habe es gewusst. Ich bin es, die dich liebt – und du betrügst mich mit dieser schamlosen Person …« Dann hörte man nur noch ihr Schluchzen, und als er sie weiterhin interessiert ansah, schrie sie hysterisch und kreischte schließlich so laut, dass er die Klingel zog. Miss Distinner, schon von dem Geschrei aufgeschreckt, eilte sofort herbei und half dem Geheimrat, seine Frau auf das Sofa zu betten. »Meinen Arztkoffer!« Er nahm eine Beruhigungsspritze heraus, und als diese ihre Wirkung getan hatte und Amelie ruhig vor sich hin dämmerte, fragte er Miss Distinner: »Ist etwas vorgefallen mit dem neuen Mädchen?«

Die Gesellschaftsdame, auf diese Frage durchaus nicht gefasst, erwiderte: »Mit dem neuen Mädchen?«

»Ja, ich habe mich doch wohl klar ausgedrückt.«

»Aber … in diesem Zusammenhang, Herr Geheimrat … Hat sich die gnädige Frau deshalb so aufgeregt?«

»Beantworten Sie einfach meine Frage.«

»Nein, Herr Geheimrat. Es war nichts. Heute Mittag sprach ich mit der gnädigen Frau darüber, dass in dieser Woche viel Arbeit angefallen sei für die Mädchen. Ich erwähnte das nur, weil die gnädige Frau wissen wollte, warum ich heute das Servieren übernommen habe. Ich habe nicht vergessen, was Sie mir aufgetragen haben, Herr Geheimrat. Aber die gnädige Frau wollte es durchaus wissen und bestand darauf, dass ich ihr antworte.«

Werdersdorf sah vor sich hin. »Und dann?«

»Dann legte sich die gnädige Frau hin, oben in ihrem Salon. Ich habe gewartet, bis sie mich entließ, und ich nehme an, dass sie dann eingeschlafen ist.«

»Aber wie kommt sie auf das neue Mädchen? Irgendetwas muss meine Frau aufgeregt haben. Sind Sie sicher, dass diese …«

»Caroline.«

»… Caroline nichts getan hat, was meine Frau dermaßen alterieren konnte? Wir wissen, wie zart sie ist, aber dergleichen wie eben habe ich noch nicht bei ihr erlebt … Was mich nur wundert, ist …«, setzte er nachdenklich hinzu, »… dass sie keinen Schwächeanfall bekommen hat. Das ist allerdings merkwürdig. Dies sah mir ganz nach Hysterie aus …« Und als habe er schon zu viel gesagt, fuhr er fort: »Miss Distinner, bitte zu niemandem ein Wort. Und schicken Sie mir dieses Mädchen in mein Arbeitszimmer.«

Miss Distinner nickte und wandte sich zum Gehen, drehte sich aber noch einmal um und fragte besorgt: »Wird es der gnädigen Frau recht sein, wenn Sie ... das Mädchen zu sich bestellen?«

Offenbar hatte sie mehr gehört, als ihm lieb war. »Meine Frau schläft jetzt bis morgen früh. Wir betten sie gleich um, nach oben ins Schlafzimmer. Sie schweigen auch darüber, dass ich das Mädchen zur Rede gestellt habe.« Sie nickte gehorsam und ging, um Caroline zu holen. Das dauerte eine Weile, denn diese war beim Plätten und musste erst Anna rufen, um sie die Arbeit fortsetzen zu lassen. Der Bolzen war heiß, und noch einmal Feuer anmachen wollte sie nicht. »Beeilen Sie sich!«, drängte Miss Distinner. Caroline ordnete Haar und Kleidung und klopfte an die Tür des Arbeitszimmers. Zeit zum Überlegen hatte sie nicht gehabt, und spontan fiel ihr nicht ein, was der Geheimrat von ihr wollen könnte. Er bot ihr sogar einen Platz an, vielleicht weil er sah, wie müde und abgearbeitet sie war. Dann kam er ohne Umschweife zur Sache und fragte: »Hatten Sie heute eine ... Auseinandersetzung mit meiner Frau?«

»Nein, Herr Geheimrat«, erwiderte sie ruhig. »Heute nicht und die Tage davor auch nicht. Ich habe die gnädige Frau einmal gesehen, seit Sie mich eingestellt haben, und dabei waren Sie selbst zugegen.«

»Und es ist auch nichts vorgefallen, was man meiner Frau hätte berichten können?«

»Was meinen Sie, Herr Geheimrat?«

»Nun, vielleicht haben Sie etwas angestellt, das man meiner Frau berichtet hat, oder es gibt Gerüchte über Sie. Irgendetwas.«

Sie war bei dem Wort »Gerüchte« erschrocken, beruhigte sich aber sofort wieder. Niemand hier wusste um sie. »Nein, ich würde es Ihnen sagen, wenn es so wäre. Aber es gibt nichts.«

»Gut, dann gehen Sie wieder an Ihre Arbeit.«

Sie nickte ihm zu und verließ den Raum, so natürlich und sicher, wie sie ihn betreten hatte. Er konnte nicht umhin, sie sympathisch zu finden. Sie war unaufgeregt und ruhig geblieben, hatte keine unnötigen Fragen gestellt und ihr gesamtes Benehmen war so, wie es ihm sein Cousin und Kollege Rieber geschrieben hatte: fein und selbstverständlich im Umgang. Sie hatte keine Dienstmädchenergebenheit, aber auch keinerlei Anmaßung in ihrem Verhalten gehabt. Er blieb noch eine Weile nachdenklich an seinem Schreibtisch sitzen. In einer Ecke seines Herzens bedauerte er, dass er solche Frauen nicht lieben konnte. Frauen, die wirklich Frauen waren und auch Kameraden in der Not. All das ging ihm durch den Kopf, bis er es schließlich abschüttelte. »Ich bin, wie ich bin. Und dadurch, dass ich mich selbst analysieren kann, wird es nicht besser. Ich muss Amelie beruhigen, und dann geht alles wieder seinen Gang.« Unter diesen zu sich selbst gesprochenen Worten war er aufgestanden und ging, um nach seiner Frau zu sehen.

Caroline konnte sich keinen Reim auf die Begegnung im Arbeitszimmer machen. Aber sie verschwendete nicht viele Gedanken daran. Ein Jahr und ein halbes, bis März '92, sagte sie sich, nur durchhalten muss ich die Zeit … Sie hatte das Geschrei der Geheimrätin bis in die Plättkammer gehört, aber als Anna ihr aufgeregt davon erzählte – sie war mit der Köchin in der Küche gewesen und hatte ebenfalls alles gehört –, winkte sie ab. »Das ist doch so unwichtig, Anna. Solch verwöhnte, überdrehte Frauen wie die Geheimrätin ... Es gibt ihrer so viele, und wir werden daran nichts ändern.« Anna sah sie überrascht und auch ein bisschen beleidigt an. Die Geheimrätin war eines ihrer Lieblingsthemen. »Komm«, sagte Caroline, »lass uns essen, und dann gehen wir nach oben.«

Sie hatte die Reaktion ihrer Freundin wohl bemerkt, und als sie oben auf ihren Betten lagen, spannte sie Anna nicht länger auf die Folter und erzählte von Thea, die keine Geheimrätin, sondern eine Kommerzienrätin war, von ihrer unglaublichen Eitelkeit, ihrer Raffinesse und ihrem auf Wohlleben ausgerichteten Charakter. Anna interessierte das alles natürlich sehr, und als Caroline auf tausend Fragen geantwortet hatte, sagte sie bestimmt: »Jetzt verstehe ich, warum du unsere Gnädige so gelassen nimmst. Sie ist deiner Tante ja wohl ähnlich. Aber doch auch wieder anders, denn ihr Trumpf sind Krankheit und Leiden, und sie hat nur diesen einen Mann, um dessen Gunst sie wirbt.«

»Wohl eher er um sie«, antwortete Caroline. »Diese Szene an meinem ersten Tag hier ... Und dann das Waschküchenfenster ...«

»Ich verabscheue diese Frauen«, sagte Anna. »Es geht ihnen nur um sich. Wenn ich bedenke, wie lieb ich Franz habe – ich könnte ihm nie eine solche Komödie vorspielen oder ihn am Bändel halten und schon gar nicht mit diesem hurenhaften Benehmen.«

Caroline schwieg, schluckte dann und fuhr nach langer Pause fort: »Ja, halte ihn fest, den Franz. Es ist das größte Glück, das es gibt. Es gibt nichts darüber. Und wenn man es verliert, dann ist man tot.«

Anna hatte sie die ganze Zeit über voller Mitleid angesehen, obwohl sie immer noch nicht wusste, warum Caroline so heftig reagierte, wenn die Rede auf die Liebe zwischen Mann und Frau kam. Der Name »Georg« war ihr nicht aus dem Kopf gegangen, aber sie war, obwohl sie an jenem Sonntag am Schlachtensee mit Franz gemeinsam überlegt hatte, zu keiner Lösung gekommen. »Vielleicht hat er sie verlassen«, hatte Franz gesagt. »Und deshalb spricht sie in der Vergangenheit von ihm.«

»Caroline, willst du es mir nicht erzählen? Vielleicht geht es dir dann besser.« Und sie ging zu der Freundin hinüber, legte sich neben sie und nahm ihre Hand. Caroline drückte sie dankbar.

»Anna, ich weiß nicht, ob ich das kann ... Ich habe das Schlimmste erlebt, was man erleben kann. Ich weiß nicht, ob ich das alles sagen kann. Es kostet so viel Kraft, es auch nur auszusprechen ... Ich habe seit Georgs ... Tod ... nie darüber geredet, nie.«

Anna fuhr der Schreck in die Glieder. Der Schweiß brach ihr aus. Sie konnte nicht sprechen. Wenn Franz ... das war unvorstellbar!

»Ich muss morgen arbeiten«, hörte sie die Freundin sagen. »Keine Arbeit, kein Geld. So einfach ist das für die gnädigen Frauen. Ich weiß, wovon ich spreche. Ein bisschen davon hatte ich auch schon. Aber, Gott sei Dank, habe ich es noch rechtzeitig gemerkt.«

Das Ganze wurde immer geheimnisvoller. Wieso war Caroline eine gnädige Frau gewesen? Was war das für eine Geschichte? »Ich bin so müde, Anna.«

Anna streichelte die Hand, die in ihrer lag. »Ich komme mir ganz dumm und naiv vor neben dir«, sagte sie, »ich habe noch nichts erlebt.«

Caroline nickte. »Sei froh, Anna, sei froh.«

Am nächsten Morgen waren beide früh auf. Die Rätin hatte sich offensichtlich noch nicht beruhigt, beim Frühstück fragte sie Anna nach Caroline und befahl, dass diese das Waschen und Plätten von nun an allein übernehmen solle. »Das hat sie ja schon immer gemacht, gnädige Frau«, erwiderte Anna, worauf Amelie, ganz die Geheimrätin herauskehrend, geantwortet hatte: »Enthalten Sie sich jeder Äußerung. Ich lege keinen Wert auf die Meinung einer Dienstbotin.«

»Amelie, bitte!«, sagte Werdersdorf beschwörend, als Anna den Raum verlassen hatte. »Die Szene gestern war doch nun wirklich peinlich genug. Glaube nicht, dass sie nicht gehört wurde. Unsere Leute sind nur zu diskret und zu loyal, um sie herauszuposaunen.«

»Du gibst mir also die Schuld. Nun, das spricht Bände. Diese Caroline ist ja wohl dein Augapfel ...«

»Das reicht!«, sagte Werdersdorf laut und herrisch. Sie zuckte zusammen. So hatte er noch nie mit ihr gesprochen. »Ich sagte dir bereits, dass ich meinem Cousin Rieber einen Gefallen tun wollte, ja, und ich musste es auch, wenn du es genau wissen willst. Er hat sich nämlich einmal meiner Mutter, seiner Cousine, gegenüber überaus generös erwiesen, überaus generös. Es tut nichts zur Sache, in welcher Angelegenheit. Ich konnte es ihm nicht abschlagen. Und das Mädchen ist eine Dienstbotin, Amelie! Sie ist so gut oder schlecht wie jede andere Magd. Also verschone mich mit deiner Eifersucht …«

Sie zuckte zusammen und fasste sich an den Hals. Er stand auf und holte die Medizin. »Da, bitte nimm das. Und jetzt störe nicht länger unser Glück und unsere Ehe durch dein kindisches Benehmen.«

Sie schluckte alles brav hinunter und roch an ihrem Fläschchen mit Sal volatile. Werdersdorf beruhigte sich angesichts ihrer Widerstandslosigkeit zusehends, während Amelie leise sagte: »Ach, Gottfried, Liebster, ich dachte, du wärest es leid mit mir …« Sie trocknete ein paar Tränen und sah ihn von unten herauf an. Er zog sie von ihrem Sitz hoch und küsste sie. »Ich bin doch so klein und so … kindlich …«, flüsterte sie und schmiegte ihren Kopf an seine Brust. Er streichelte ihr Haar. »Das ist es ja eben, süße Amelie, das ist es ja eben …«

Erst am frühen Nachmittag erschienen Rat und Rätin wieder im Salon und nahmen gemeinsam das Mittagessen ein. Miss Distinner, die an Stelle von Anna servierte – dieses Mal auf ausdrücklichen Wunsch der Rätin –, registrierte dankbar, dass es zwischen dem Paar offensichtlich nicht nur keinen Streit mehr gab, sondern dass Werdersdorf seiner Frau gegenüber wieder von der gleichen liebevollen Aufmerksamkeit war, während sie seine Huldigungen mit der ebenfalls bekannten Mischung aus Dankbarkeit und Koketterie quittierte. Für die Gesellschaftsdame bedeutete das eine ungeheure Entlastung, denn so erfreute auch sie sich eines ruhigen und harmonischen Lebens. Die Beaufsichtigung des Haushaltes und die Englischstunden waren kein Problem für sie, und darüber hinaus war sie nur dazu da, Amelie das Leben angenehm zu machen und auf all ihre Wünsche einzugehen. Die Geheimrätin war wie ein launisches Kind, und solange man sie bei guter Laune hielt, war es einfach, mit ihr umzugehen. Miss Distinner hatte sich mit der Zeit daran gewöhnt, wie sie zu nehmen war, auch wenn sie sich mitunter eher wie eine Kinderfrau, als wie eine Gesellschaftsdame vorkam.

In den Folgetagen hatte Frau Dr. Werdersdorf es sich nicht nehmen lassen, die Wäsche zu kontrollieren. Jeder kleinste verbliebene Fleck, jede nicht perfekt geplättete Stelle wurde gerügt. Sie ließ es ihrer Dienstmagd ausrichten. Selbst mit ihr zu sprechen war unter ihrer Würde, und so kam es, dass Miss Distinner, der das Mädchen leid tat, die Tadel der gnädigen Frau zwar an Caroline weitergab, jedoch in erheblich abgemilderter Form. Schon die Arbeitsbedingungen in der stickigen Waschküche waren unangenehm, und in der Plättkammer stapelte sich die Wäsche immer höher, denn die Rätin, die außerordentlichen Wert auf Sauberkeit und penible Ordnung legte, war nun vollends in ihrem Element und ließ die Wäsche noch öfter wechseln. Auch neigte sie in diesen Tagen dazu, beim Essen zu kleckern und Flecke zu verursachen, bis ihr Mann besorgt fragte: »Geht es dir gut, Liebes? Deine Hände scheinen dir nicht mehr recht zu gehorchen. Soll ich eine Untersuchung veranlassen?« Da erst ließ sie ab und entschuldigte sich mit der Aufregung, die sie in der letzten Zeit gehabt habe. Nun gehe es ihr aber langsam besser. Allerdings bleibe die Tatsche, dass das neue Mädchen überaus unzuverlässig und schlampig arbeite, und allein das reiche aus, um sie nervös zu machen. Aber Werdersdorf sah sie nur ernst an und befahl Miss Distinner, sich um die Angelegenheit zu kümmern.

Kapitel 12

Es war Mitte September, als Caroline eines Samstagabends einen Brief in ihrem Zimmer fand. Er war von der Großmutter, und darin lag eine weiteres Schreiben, verschlossen und mit dem Absender »Wilhelmine Lindström« versehen. Bei der großen und der kleinen Sophie war alles in Ordnung, und in einem Moment des Glücks nahm Caroline den Brief an ihre Lippen und drückte einen Kuss darauf. Als sie aber den zweiten Brief öffnete, schlug ihr das Herz bis zum Hals. So lange hatte sie auf Antwort von Georgs Mutter gewartet und zuletzt gar nicht mehr damit gerechnet. Verehrtes Fräulein Caspari, schrieb Frau Lindström, als ich vor einigen Jahren meinen Mann verlor, da schien es mir, als könne kein größeres Leid mich mehr treffen. Mein Sohn war es, der mich in dieser schweren Zeit tröstete, später auch für mich sorgte, obwohl er selbst noch so jung war, und der mir wieder Lebensmut gab. Als er nach Cassel versetzt wurde, um dort auf Dauer eine Postroute zu bekommen, war es für mich selbstverständlich, ihm zu folgen und ihm den Haushalt zu führen. Er hat mir erzählt, dass er sich verlobt und die Absicht habe, Sie zu heiraten. Sie wissen vielleicht, dass ich mich damals schon seit einiger Zeit mit dem Gedanken trug, in meine Heimat und zu meiner Tochter zurückzukehren, und im August des letzten Jahres dies auch tat. Was dann folgte, vermag ich, auch nach fast einem Jahr, kaum zu fassen und geschweige denn zu schreiben. Es war noch weit schlimmer für mich als der Tod meines Mannes.

Die Liebe, die ich für meinen Sohn empfinde, und damit die Trauer, in der ich jetzt leben muss, kennt keine Grenzen. Vor allem ist es die Sinnlosigkeit seines Todes, die mich keinen Trost finden lässt. Er wurde im Manöver von dem verirrten Geschoss eines Kameraden getroffen, stürzte vom Pferd, und als endlich ein Arzt kam, konnte nur noch sein Tod festgestellt werden. Wir haben ihn hier in seiner Heimat begraben.

Nun zu Ihnen. Als seine ehemalige Braut haben Sie ein Recht, die Dinge zu erfahren, die ich Ihnen schrieb. Georg hat immer in den wärmsten Tönen von Ihnen gesprochen und keinen Zweifel daran gelassen, wie sehr er Sie liebt. Gerade deshalb aber, verehrtes Fräulein Caspari, vermag ich es nicht zu glauben, wenn Sie mir schreiben, dass Sie Georgs Kind empfangen und geboren haben.

Caroline blieb das Herz stehen. Ihre Hände zitterten so, dass sie Mühe hatte, die letzten Zeilen zu lesen. Ich kenne meinen Sohn sehr genau und weiß, dass er niemals, unter keinen Umständen, eine junge Dame in Schwierigkeiten gebracht haben würde. Ich bin froh, dass er vor seinem Tod noch die Liebe seines Lebens finden durfte, denn das waren Sie für ihn, Fräulein Caspari. Ob es angesichts der Dinge, die Sie mir berichten, von Ihrer Seite aus ebenso war, vermag ich nicht zu beurteilen. Ich bitte Sie nur darum, Georgs Andenken nicht mit solchen Behauptungen, wie ich sie von Ihnen erfahren musste, zu belasten. Lassen Sie meinen Sohn in Frieden ruhen und beschweren Sie mein trauerndes Herz nicht noch mehr. Ich wünsche Ihnen für Ihren Lebensweg alles Gute. Dann folgte die Unterschrift, keine Adressangabe.

Caroline wurden die Knie weich, sie tastete sich an ihr Bett heran und legte sich hin. Die letzten Zeilen des Briefes waren vor ihren Augen immer wieder verschwommen, aber sie zwang sich, sie zu lesen. »Georg, mein Liebster ...« Dann schwanden ihr die Sinne. Sie atmete tief ein und aus, um nicht ohnmächtig zu werden. So lag sie lange und konnte sich nicht aufrichten, und erst nach über einer Stunde erhob sie sich wieder und goss sich ein Glas Wasser ein. Es war gegen zehn Uhr geworden. Sie hatte kein Licht gemacht, draußen im Garten zirpten die Grillen, der Wind ging leise durch Büsche und Bäume.

Als sich eine halbe Stunde später die Tür öffnete und Anna eintrat, stellte sie sich schlafend. Sie hätte nicht gewusst, was sie sagen sollte. Anna zündete nur kurz die Kerze an und wusch sich Gesicht und Hände. Man sah ihr deutlich an, wie schön der Abend mit Franz gewesen war. Sie seufzte glücklich und legte sich nieder. Am anderen Morgen hatten beide ihren freien Tag vor sich. Caroline blieb einfach liegen. Einen Augenblick erschien es ihr, als könnte sie sich nie mehr von diesem Bett erheben. Ihr Schlaf war kurz und unruhig gewesen. Georgs Tod – so sinnlos, so armselig ... Getroffen von der verirrten Kugel eines Kameraden. Das ist nicht wahr, dachte sie, das gibt es nicht – und wenn es das gibt, dann passiert das nicht uns, Georg und mir.

»Was sagst du?«, fragte Anna. Hatte sie laut gedacht? Anna setzte sich im Bett auf. »Du arbeitest zu viel, Caroline. Du siehst so elend aus. Und die wenigen freien Tage ... Kannst du denn nichts anderes als Waschen und Plätten? Du bist doch bei diesem Fräulein gewesen ...« Sie sah die Freundin nachdenklich an. »Caroline, was ist denn?«

»Da, lies!« Anna nahm den Brief von Georgs Mutter und las. Sie sah Caroline an, als hätte sie sie nie zuvor gesehen. »Du hast … ein Kind?« Caroline nickte. »Oh, mein Gott! Und jetzt schreibt sie dir, dass es nicht sein Kind ist … Das ist …« Anna saß hilflos da, der Abend mit Franz war wie ausgelöscht. »Caroline …«

»Georgs Tod ist so sinnlos, Anna«, brach es aus Caroline heraus. »Als die Nachricht kam, im letzten Herbst, da wollte ich auch sterben. Es gab nichts mehr, was mich auf dieser Welt hätte halten können. Er war mein Leben.« Sie schwieg. Anna starrte sie unentwegt an. Das war so unwirklich. Dieser Haushalt, die dumme, kindische Geheimrätin – und diese Frau mit ihrem Schicksal …

»Und dann ging das Leben irgendwie weiter. Es war alles mechanisch. Ich trug Georgs Kind, aber ich merkte es nicht einmal. Oder doch, aber ich wollte es nicht merken. Ich hab es dem Kind verübelt, dass ich nicht sterben durfte.« Anna zuckte zusammen. »Aber dann, als meine Sophie geboren war, da sah ich Georg in ihr, Anna, ein Stück von ihm. Ein Stück von ihm, das lebte – in unserem Kind. Und deshalb muss ich auch leben, Anna, für meine Sophie, für Georgs Kind. Deshalb bin ich hier. Ich muss arbeiten, Geld nach Hause schicken.«

»Mein Gott!«, sagte Anna wieder.

Caroline sah sie an. »Ich danke dir, dass ich das alles einmal sagen konnte.«

Anna beugte sich zu ihr hinunter und nahm sie fest in die Arme. »Du bist so stark, Caroline, so stark. Ich habe großen Respekt vor dir.«

»Das hat noch keiner zu mir gesagt. Meine Eltern haben mich verstoßen.«

Anna fuhr hoch. »Nein! Das kann nicht sein!«

»Doch, es ist so. Ich sollte einen langweiligen Juristen heiraten. Alles war schon abgemacht. Und ich war einverstanden. Ich war so dumm, Anna, so unglaublich unwissend. Du kannst dir gar nicht vorstellen, wie.«

»Doch«, sagte Anna, »ich bin genau so dumm und unwissend. Nur dass ich nicht all das Schreckliche erlebt habe.«

Caroline nahm ihre Hand. »Ich bin froh, dass ich dich hier gefunden habe.«

»Und deine Mutter ... Ich dachte, sie sorgt für Sophie.«

»Nein, das tut sie nicht. Sie hat mich aus ihrem Leben gestrichen, Anna. Sie hat den Doktor gebeten, für mich weit weg eine Stellung zu finden, möglichst weit weg.«

»Und wer sorgt für das Kind?«

»Großmutter. Meine Großmutter. Sie ist die liebste Frau der Welt, Anna. Sie hat Georg gekannt, sie hat uns geholfen, und sie hilft mir auch jetzt.«

Man merkte Anna an, wie betroffen sie war. Eine alte Frau, sicher 70 Jahre alt oder darüber hinaus, und ein kleines Kind und sein Vater tot. Und sie hatte das alles nicht gewusst und in Caroline das junge Mädchen gesehen, so wie sie eines war ...

»Seit wann kanntest du den Georg denn?«

»Seit März letzten Jahres.«

Ein gutes halbes Jahr, dachte Anna, und dann starb er ... Wenn ich Franz verlieren würde – ich wüsste nicht, was ich täte. Wir sind jetzt schon über ein Jahr zusammen. Und plötzlich überkam sie eine Welle der Dankbarkeit für dieses Glück, das ihr zuteil geworden war. Ich muss es festhalten, ganz fest, und Caroline hatte recht, als sie sagte, dass es nichts Wichtigeres gebe, neulich am See. Und sie wusste genau, wovon sie sprach.

»Caroline«, sagte sie, »wenn ich irgendetwas für dich tun kann, bitte sage es mir. Du bist so tapfer, so stark. Aber wenn du Hilfe brauchst, bitte …«

»Ich muss durchhalten, bis ich großjährig bin. Dann kann ich selbst über mich und Sophie entscheiden. Das ist es, was mir die Kraft gibt, Anna. Und wenn Frau Lindström uns nicht will und mir nicht glaubt …« Sie schüttelte den Kopf. »Dann ist es schrecklich, aber es ist so, wie es ist. Ich hatte gehofft, ich könnte mit dem Kind zu ihr in die Nähe ziehen.«

Anna sah die Freundin aufmerksam an und fragte: »Kannst du Handarbeiten machen?«

»Bei Fräulein Kesselring habe ich sehr viel gelernt. Und auch bei meiner Mutter.« Sie sah Anna fragend an.

»Weißt du«, sagte diese nachdenklich, »vielleicht könntest du es so machen wie Tante Valerie. Ich meine, sie hat mich doch auch aufgezogen. Du könntest …«

»Ja, ich weiß, was du meinst!«, rief Caroline. »Dass ich sticke und Weißnäherei mache für so ein Geschäft! Dann könnte ich die meiste Zeit zu Hause arbeiten und Sophie zu mir nehmen! Anna, du bist ein Schatz!« Und sie umarmte die Freundin stürmisch und küsste sie.

»Tante Valerie kann uns sicher helfen. Ich meine, dass du mal etwas machen kannst für ihr Geschäft. Und wenn es gefällt, könntest du in zwei Jahren mit Sophie nach Berlin ziehen.«

»Einundeinhalb, Anna, es sind ja nur noch einundeinhalb Jahre!«

Anna nickte. »Dann bist du nur ein ganz klein wenig älter als ich. Ein halbes Jahr.« Und hast schon so viel durchgemacht, spann sie den Gedanken still für sich weiter, unfassbar viel, eigentlich viel zu viel für ein Leben und gar für ein so junges ...

»Aber ich hatte diese Liebe, Anna«, sagte Caroline, so als habe sie Annas Gedanken erraten, »Georg war ... Wenn ich bei ihm war, dann habe ich nichts mehr gewollt. Ich hatte alles, was ich brauchte. Das ist das Leben, Anna, und manche Menschen bekommen das nie.«

Jetzt wurde Anna klar, warum Caroline so ruhig war, so gelassen darüber, was die Geheimrätin betraf und alles hier ... »Ja, du hast recht«, sagte sie. Sie sah Franz vor sich, wie er sie ansah, so voller Liebe. »Ich bin dir so dankbar, Caroline! Kannst du aufstehen? Ich hole uns das Frühstück aus der Küche.«

Als sie zurückkam, hatte Caroline sich angezogen. Der blaue Rock aus den Mädchentagen war ihr jetzt beinahe zu weit geworden. In der weißen Bluse sah sie rein aus, irgendwie unschuldig. Sie stand am Fenster und atmete die Morgenluft ein. Anna blieb mit dem Kaffeegeschirr in der Tür stehen, als sie das Bild sah. Caroline hatte die Arme weit aus dem Fenster gestreckt, als wollte sie den schönen Tag zu sich hereinholen, und ihr Haar, das glänzte wie schwarze Seide, flatterte im Wind.

Gustavs Hochzeit war auf den ersten Samstag im Oktober festgesetzt worden. Das junge Paar war übereingekommen, die Feier nicht in der Fehrhofenschen Villa, sondern im Festsaal des Fuchshagener Ratskellers stattfinden zu lassen, ein Vorschlag, der durchaus im Sinne des alten Fehrhofen war, denn er wollte seinen Schwiegersohn aus diesem Anlass in der Fuchshagener Gesellschaft bekannt machen. So war nicht nur die gesamte Familie Fehrhofen eingeladen, sondern auch die Westphals und einige wohlhabende Fuchshagener Unternehmer und Akademiker. Von Casparis Seite kamen nur die Eltern, aber Griegers und sämtliche Mahlsheimer Honoratioren waren geladen. Dies war von Gustav allein wegen des zu erwartenden Mahlsheimer Erbes veranlasst worden, zudem plante er die Veräußerung des Casparischen Ackerlandes für Bauzwecke und brauchte dazu die Unterstützung des Bürgermeisters. Auch Landrat von Bromme war eingeladen und hatte auch zugesagt, samt Frau und Töchtern zu erscheinen. Diese Tatsache hatte Friederike anfangs eine Peinlichkeit bereitet, weil Bromme seinen langjährigen Straßenmeister, von dem er nur in den höchsten Tönen gesprochen hatte, ohne weiteres aufs Altenteil gesetzt habe. Aber Gustav sagte nur: »Mutter, das ist jetzt nicht mehr wichtig. Ich will weiterkommen, und dazu brauche ich Bromme.« Da hatte sie geschwiegen, es aber vorgezogen, ihrem Mann nichts von der bevorstehenden Begegnung zu erzählen. Überhaupt bereitete er ihr nach wie vor die größten Sorgen. Wenn sie ehrlich zu sich selbst war, zog sie seine Teilnahme an dieser Feier durchaus in Zweifel. Zwar hatte sich sein Zustand nicht dramatisch verschlimmert, aber es wollte nicht recht vorangehen mit der Genesung. Oft schien es ihr, als raffe Eduard sich auf, um das Nötigste mit ihr zu besprechen und dann wieder in eine Art lethargischen Zustand zu verfallen. Ganze Tage verbrachte er im Schlafzimmer und lag die meiste Zeit. Die Casseler Allgemeine Zeitung las er wohl noch täglich, jedenfalls lag sie mittags immer grob zusammengefaltet auf seinem Nachttisch. Darüber hinaus schien ihn nichts wirklich zu interessieren, und selbst wenn das Gespräch auf Gustavs bevorstehende Hochzeit kam, nickte er zu allem oder sagte: »Ihr werdet das schon machen.« Das war alles.

Sie selbst zog sich von trüben Gedanken ab, indem sie an den Hochzeitsvorbereitungen teilnahm. Elisabeth hatte genug damit zu tun, sich um ihre Brautausstattung zu kümmern, der alte Fehrhofen stellte mit Gustav die Gästeliste zusammen, und Friederike besprach mit der Wirtin des Ratskellers die Speisen und den Ablauf der Feier. Mit Dr. Fehrhofen hatte sie sich im Laufe der Zeit sogar etwas angefreundet. Er schätzte ihre praktische Art und ihre entschiedene Neigung zu Haltung und ausgezeichnetem Benehmen. Tatsächlich konnte sie ihm einige Dinge abnehmen, um die er sonst seine Tochter Margarethe hätte bitten müssen, aber die war, beinahe einen Monat früher als erwartet, Ende September niedergekommen und fiel für die Hochzeitsvorbereitungen aus. Friederike war in ihrem Element und sichtlich stolz, von der Familie Fehrhofen geschätzt zu werden. Der alte Fehrhofen fragte zwar ab und zu nach Eduard, hatte aber von seinem Kollegen Rieber erfahren, dass die Krankheit chronisch sei. Eine Hoffnung auf vollständige Heilung gebe es nicht. So empfahl er seiner Freundin, ihren Mann zu einer Kur zu überreden, die zwar keine Heilung, wohl aber mehr Wohlbefinden bringen würde. Er empfehle ein Schweizer Bad, schon wegen der guten Luft, aber nicht zu hoch gelegen. Friederike zuckte innerlich zusammen, als sie das hörte. Woher sollten sie das Geld für eine Kur in einem Schweizer Bad nehmen? Fehrhofen hatte gut reden. Aber sie ließ sich selbstverständlich nichts anmerken und antwortete verbindlich: »Ausgezeichnet, lieber Herr Doktor, ich werde es Eduard vorschlagen und hoffe, dass er bald stark genug für solch eine Reise sein wird.«

Dank der guten Vorbereitung klappte alles vorzüglich. Allein die Tatsache, dass Eduard zu schwach gewesen war, um sich die kurze Fahrt nach Fuchshagen zuzumuten und an Trauung und Feier teilzunehmen, trübte die Freude. Man hatte in Erwägung gezogen, die Hochzeit auf einen späteren Zeitpunkt zu verschieben, aber der Kranke hatte abgewehrt: »Viel zu umständlich, viel zu kompliziert. Lasst alles so, wie es ist. Am Sonntagnachmittag kommt Ihr zu mir, statt ich zu Euch, und dann trinken wir gemeinsam Kaffee und Ihr erzählt mir alles.« Nachdem man versprochen hatte, so zu verfahren und Dr. Fehrhofen zu der »Nachfeier« mitzubringen, war alles beim Alten geblieben. Friederike ließ sich von Fritz nach Fuchshagen fahren und schärfte Minna ein, ihren Mann gut zu versorgen. Sie sei erst am späten Abend zurück. Minna versprach auch alles. Friederike war kaum abgefahren, als Eduard in einen kurzen unruhigen Vormittagsschlaf fiel. Als Minna kam, um zu sehen, ob er etwas wünsche, schnarchte und röchelte er, etwas, das sie schon kannte. Sie ging in die Küche hinunter, um mit den Vorbereitungen für das Mittagessen zu beginnen. Alles war ruhig. Sie sah noch einmal nach dem Kranken und ging dann in die Plättkammer, die am Ende des hinteren Korridors, unmittelbar am Übergang zu Scheune und Stall lag. Sie konnte in Ruhe eine Stunde plätten, dann wieder nach dem Kranken sehen und den Eintopf, der vor sich hin köchelte, servieren.

Caspari war immer noch unruhig, auch als er aufwachte. Der Schlaf hatte keine rechte Erholung gebracht. Richtig, fiel ihm ein, heute war Gustavs Hochzeit. Sicher saßen jetzt alle in der Kirche, vielleicht traute der Fuchshagener Pfarrer das Paar gerade in diesem Moment. Und meine Kleine ist nicht da, dachte er, meine kleine Tochter, die mir so oft an meinem Schreibtisch gegenübersaß, wenn sie meinen Trost brauchte, und ich bin aufgestanden und habe ihr übers Haar gestreichelt. Und wo bin ich jetzt, wenn sie Trost braucht? »Kleine, wo bist du?«, sagte er leise. »Mein Mädchen ist nicht dabei, wenn alle feiern. Wenn Gustav in die feine Familie heiratet.« Schweiß brach ihm plötzlich aus, das Atmen wurde schwerer. Der Lappen, fiel ihm ein, die Schüssel mit Wasser. Er wollte nicht nach Minna klingeln, nur allein sein, mit niemandem reden, niemanden ansehen, sich nie mehr verstellen müssen. Er schwankte ein wenig, als er aufstand, erreichte aber den Waschtisch und nahm den Lappen aus dem kalten Wasser. Dann ging er zum Fenster und öffnete es. »Mein Mädchen …«, sagte er wieder. Der Brief! Sie hatte ihm einen Brief geschrieben. Dort stand, dass sie ihn lieb habe, was auch immer geschehe. Ja, so war es doch gewesen, mit eigenen Augen hatte er die Schrift von ihrer Hand gelesen. Der Brief war das Einzige, was ihm geblieben war. Er musste ihn holen, ihn noch einmal lesen. »Antworten«, flüsterte er, »ich muss ihr doch antworten.« Barfuß, im Nachtgewand, so wie er war, öffnete er die Tür des Schlafzimmers und ging auf die Treppe zu. Der Brief war im Kontor, genau, jetzt erinnerte er sich wieder. Auf dem Aktenstapel lag er, ganz obenauf. Oder hatte er ihn in die Schublade gelegt? Ja, das hatte er, um ihn vor seiner Frau zu verstecken. Dort musste er liegen! Er klammerte seine linke Hand um das Geländer, mit der rechten hielt er den kalten Lappen an sein Herz gepresst und machte langsam die ersten Schritte nach unten. Nach drei Stufen blieb er stehen, um Atem zu holen. Alles begann sich zu drehen, seine Beine zitterten. Aber er ging tapfer weiter, Schritt für Schritt. Wasser!, dachte er. Ich muss mir Wasser aus der Küche holen. Mein Mund ist so trocken. Aber erst ins Kontor, den Brief finden! Mühsam tastete er sich an der Wand der Diele entlang auf das Kontor zu. Er schwitzte und fror, aber er merkte es nicht. Dort, hinter dieser Tür, lag der Brief, den er suchte, den er an sein Herz drücken wollte, damit es gesund werde. Mit einer letzten Kraftanstrengung stieß er die Tür auf und wankte hinein. Der Schreibtisch! Er musste sich am Schreibtisch halten, auf den Stuhl setzen. Die Akten waren weg, alles war weg, das Kontor leer, bis auf Schreibtisch und Stuhl. Richtig, er war ja kein Straßenmeister mehr ... und seine Kleine würde nie mehr hier sitzen und Trost und Hilfe bei ihm suchen. Und nie mehr finden. Er zog die Schublade auf. Auch sie war leer. »Wo ist der Brief!«, keuchte er. »Ich will den Brief haben. Mein Mädchen hat mir geschrieben ...« Er suchte mit beiden Händen in der offenen Schublade herum, dann stand er auf und rief, so laut es ihm möglich war: »Wo habt ihr den Brief? Den Brief von ...« Dann brach er zusammen und blieb reglos liegen.

Die Tür des Kontors stand offen, als Minna aus der Plättkammer kam. Sie hatte nur eine Dreiviertelstunde gebraucht und wollte nun, Friederikes Mahnung gehorchend, nach dem Kranken sehen und ihn fragen, ob er, so wie sonst auch immer, um zwölf sein Mittagessen haben wolle. Der Eintopf aus Rindfleisch, Gemüse und Kartoffeln roch köstlich. Nun aber ging sie anstatt in die Küche in das ehemalige Kontor, um zu sehen, ob der Wind die Tür geöffnet habe. Starr vor Schreck stand sie vor dem reglos daliegenden Caspari. »Herr Straßenmeister! Wachen Sie auf! Herr Straßenmeister!« Sie schüttelte ihn und versuchte, ihn aufzuwecken, aber er rührte sich nicht. In ihrer Angst eilte Minna durch den Korridor auf die Scheune zu und rief: »Fritz! Bist du schon wieder da?« Der Alte kam auch, sah, was passiert war, und rief: »Lauf, hol den Doktor!« Er lagerte Casparis Beine hoch, legte ihm den kalten Lappen auf die Stirn und begann, sein Herz zu massieren.

Die Trauung hatte stattgefunden. Die Fuchshagener Kirche, in der Elisabeth schon getauft worden war, war voll besetzt. Die meisten Anwesenden waren geladene Gäste. Die wenigen noch freien Plätze waren von neugierigen Fuchshagener Bürgern eingenommen worden, die voll auf ihre Kosten kamen. Das prächtige Brautkleid mit der strahlenden blonden Schönheit, die es trug, der sich in ausgezeichneter Haltung und vollendeter Kleidung präsentierende Bräutigam, die feierliche Zeremonie, all das wirkte auf das Publikum und ließ selbst Dr. Fehrhofens Herz höher schlagen. Schon als er seine Tochter zum Altar geführt hatte, war er bewegter gewesen, als er es für möglich gehalten hätte. Und nun, da sie an der Seite dieses so gut aussehenden jungen Ingenieurs ging, war er vollends sicher, dass die Heirat die richtige Entscheidung gewesen war. Elisabeth war glücklich, das sah er wohl. Sie lächelte ihn strahlend und dankbar an, als er sie in die Hände ihres künftigen Mannes gab. Der junge Caspari mit seinen untadeligen und dabei so natürlichen Umgangsformen und den dank seines Freundes Westphal glänzenden Zukunftsaussichten gefiel ihm mehr denn je. Friederike teilte diese Meinung voll und ganz und fühlte sich für alles entschädigt, was ihr von ihrer Tochter angetan worden war. Ja, dies war ihre Stunde, war ihr Tag, und einzig die Tatsache, dass Eduard fehlen musste, trübte ihre Hochstimmung. Allerdings hielt sich der alte Fehrhofen an ihrer Seite, und sie tröstete sich mit dem Gedanken, dass der angesehene Arzt für diesen Tag ihre männliche Begleitung war. Alle geladenen Mahlsheimer sahen es, Gustav würde es zugutekommen, und ihr eigenes Renomee würde durch diese Einheirat und Verwandtschaft nicht nur wieder auf den alten Stand gebracht, sondern noch übertroffen werden. Landrat von Bromme kam auf sie und den alten Fehrhofen zu und sprach seine Glückwünsche aus. Über Eduards Fehlen verlor er kein Wort und wünschte nur »allen Casparis für die Zukunft alles erdenklich Gute«. Dabei sah er Elisabeth an.

Als die Gesellschaft zum Essen im Ratskeller beisammensaß, ergriff Fehrhofen das Wort und hielt eine launige Ansprache, die darauf abzielte, dass er nun auch noch die letzte seiner drei Töchter verloren habe. Aber das sei der Lauf der Welt und gebe ihm doch immerhin die Gelegenheit, sich ganz seinen Pflanzen und Schmetterlingen zu widmen, denn er habe beschlossen, sich zum Jahresende aus der Praxis zurückzuziehen und diese ganz in die kundigen Hände seines Schwiegersohnes Dr. Breger zu legen. Margarethe, mit ihrem Kind auf dem Schoß, lächelte ihn glücklich an, Breger verbeugte sich. Und so ein prächtiges Enkelkind, wie es seine zweite Tochter hier präsentiere, wünsche er sich auch von seiner Jüngsten, woran er beiläufig bei diesem Schwiegersohn keinen Zweifel habe. Dabei sah er Gustav schelmisch an. Der verbeugte sich lachend, Elisabeth wurde rot. Fehrhofen aber fuhr, Cecilie, den Münchener Brauereibesitzer und ihre beiden Kinder ansehend, fort, zudem habe er noch zwei ihm so liebe Münchener Enkel, die ihn von nun an auch öfter zu sehen bekommen würden. Er sei also getröstet, zumal mit einem Bierbrauer als Schwiegersohn, und gönne deshalb Elisabeth und Gustav Caspari ihr Glück nicht nur von ganzem Herzen, sondern er sei auch besonders froh über diese Verbindung, denn hier seien Schönheit und Klugheit zusammengekommen, was doch immer die beste Mischung hervorbringe, womit er wieder bei dem gewünschten Enkel sei. Alles klatschte begeistert Beifall. Elisabeth schickte ihm eine Kusshand. Dann sprachen alle dem vorzüglichen Menü zu. Fehrhofen bedankte sich ausdrücklich bei Friederike für ihren ausgezeichneten Geschmack, den sie bei der Auswahl und Zusammenstellung der Speisen gezeigt habe.

Nach dem Essen und bevor alle zu Cognac, Kaffee oder Zigarren aufbrachen, erhob sich der alte Westphal von seinem Platz. Mit dieser Ansprache hatte niemand gerechnet, also blieben alle sitzen und warteten gespannt auf seine Rede. Sein Geschenk, so begann er, habe das Brautpaar vielleicht schon vermisst. Es sei aber eines, das man nicht in Geschenkpapier packen und präsentieren könne. Deshalb nutze er diese Gelegenheit, um dreierlei anzukündigen: Zum Ersten werde auch er sich, genau wie sein Freund Fehrhofen, aus dem Getriebe der Firma zurückziehen, jedoch nicht um Pflanzen zu züchten ... Sein Hobby sei vielmehr das Reisen, was er sich bisher viel zu wenig habe gönnen können. Ein Unternehmer habe nun mal keine Zeit, zumal heute, wo alles aufbreche in eine neue Zeit und gebaut werde, als ob es verboten würde. Die Firma wachse und wachse, eigentlich schon über seinen Kopf. Er wolle also, zum Zweiten, das Unternehmen an seinen Sohn übergeben. »Sie, lieber Gustav, verstehen sich ausgezeichnet mit meinem Sohn Kurt«, schloss er seine Rede ab. »Und Sie haben gezeigt, wie tüchtig und talentiert Sie sind. Zum Dritten also: Ich möchte, dass Sie als Partner in unsere Firma eintreten.« Gustav stand auf, Westphal legte beide Hände auf seine Schultern. Dann ging er auf Elisabeth zu und küsste ihre Hand. Kurt und Gustav umarmten sich. Die Gäste applaudierten und nun, da die Tafel aufgehoben war, erhoben sie sich auch. August und Frau gratulierten Gustav. Helene Grieger war immer noch ein wenig verlegen, wenn sie sich mit ihrem ehemaligen Beinaheverlobten unterhalten musste, aber August sagte: »Dann weiß ich ja, in wessen Hände ich notwendige Umbauten an unserem Haus legen kann.« Gustav drückte seine Hand und erwiderte: »Ich habe noch viel vor in Mahlsheim, August. Ich rechne auf dich.«

Dann schnitt Elisabeth die Hochzeitstorte an, die Gäste plauderten und genossen Kaffee und Cognac. Am Abend sollte getanzt werden. Gustav machte mit seiner schönen Frau den Anfang. Welch ein Glück hatte er gehabt, nicht die langweilige Helene Kunert geheiratet zu haben. Augusts Bequemlichkeit hatte ihm diesen grandiosen Aufstieg ermöglicht, es war kaum zu fassen. Und das, was er so überraschend und glücklich gewonnen hatte, würde er nicht mehr loslassen. Schon hatte er die Pläne für das Mahlsheimer

Land im Kopf, und er würde nicht lange mit ihrer Umsetzung warten. Nach dem ersten Tanz zogen sich Gustav und Elisabeth zurück. Noch am selben Abend wollten sie zu einer kurzen Hochzeitsreise aufbrechen. »Länger als zwei Wochen kann ich nicht aus der Firma weg, Liebes«, hatte er zu Elisabeth gesagt, »aber die nehmen wir uns. Und nun sag mir: Wo möchtest du hin?«

»Am liebsten an den Rhein«, hatte seine Verlobte geantwortet. »Das Klima dort ist auch jetzt noch mild, und da habe ich Bonn und St. Goar und St. Goarshausen und die Loreley ... Und dann der wunderbare breite Fluss mit den Schiffen. Ich bin schon als Kind so gern dort promeniert ...«

Das junge Paar hatte die Hochzeitsgesellschaft eben verlassen, als ein Wagen vorfuhr. »Mein Freund!«, begrüßte Fehrhofen seinen Kollegen Rieber. »Wo waren Sie denn? Sie haben einen wunderbaren Tag verpasst. Aber kommen Sie, lieber Paul, was man hat, das hat man. Genießen wir den Abend. Wenn auch, leider, das Brautpaar uns schon verlassen hat. Hochzeitsreise, nun, muss ja wohl sein ... Aber, lieber Freund, was ist denn?«

»Ich wünsche dem jungen Paar alles Glück der Welt. Aber vielleicht ist es gut, dass sie schon weg sind. Ich habe nämlich eine traurige, eine sehr traurige Nachricht zu überbringen. Ich wünschte, ich müsste es nicht tun und schon gar nicht an diesem Tag.« Fehrhofen schaute ihn gespannt an und fragte: »Was ist es?«

»Eduard Caspari. Er ist ... Ich konnte ihm nicht mehr helfen. Möge er in Frieden ruhen.«

»Mein Gott!«, entfuhr es Fehrhofen. »Ausgerechnet heute!«

Rieber nickte ernst. »Ich muss es seiner Frau mitteilen. Es tut mir so leid.«

»Kommen Sie, hier herein«, Fehrhofen zog ihn in einen Nebenraum. »Ich hole Frau Caspari.«

Nachdem Friederike von Rieber die traurige Nachricht erfahren hatte, trat sie mit diesem gemeinschaftlich die Rückfahrt an. Es wurde nicht viel gesprochen. Friederike stand unter Schock, so dass der Arzt ihr, als sie zu Hause angekommen waren und sie den Toten gesehen hatte, eine Beruhigungsspritze gab. Nach diesem anstrengenden Tag müsse sie erst einmal schlafen. Morgen komme er dann und sehe nach ihr. Eduard war von Fritz und Minna ins Zimmer seiner Tochter getragen worden, denn Dr. Rieber wollte nicht, dass seine Frau mit dem Toten zusammen im Zimmer liegen müsse. Minna hatte genickt und gesagt: »So hätte er's wohl auch gewollt.« Und auf den erstaunten Blick des Doktors hin hatte sie hinzugefügt: »Er hat manchmal im Schlaf gesprochen und immer wieder ihren Namen gesagt oder ›mein Mädchen, mein Mädchen‹.«

In den Folgetagen sah sich Friederike, obwohl sie immer noch unter Schock stand und Dr. Rieber ihr nervenberuhigende Mittel verschrieben hatte, mit zahlreichen Beileidsbesuchen konfrontiert. Fehrhofen war der Erste, der kam. Es folgten Pastor Kessler, Bürgermeister Michaelis, Apotheker Herles, Lehrer Kunert. Gustav und Frau waren verständigt worden, aber Friederike hatte darauf bestanden, dass das junge Paar erst zur Beisetzung anreisen solle. Am Samstag darauf waren sie denn auch zur Stelle und mit ihnen alle

Fuchshagener Fehrhofens und das gesamte Dorf Mahlsheim. Im Kaiserhof fand der Leichenschmaus statt, und erst als sie von dieser letzten Verpflichtung zurück nach Hause kam, konnte sie sich endlich ausruhen. »Danke, mein Junge«, sagte sie, als Gustav bleiben wollte, »es wird schon gehen. Ich möchte jetzt auch eine Weile allein sein.«

»Aber wenn du etwas brauchst, Mutter, dann lass es mich wissen.«

Auch die alte Sophie hatte Eduard das letzte Geleit gegeben. Ihr Sohn Heinrich begleitete sie, während Magdalene bei dem Kind geblieben war. Zur Feier war sie nicht mitgegangen, zum einen wegen der Kleinen, zum anderen wegen der vielen feinen Leute aus Fuchshagen. Mit ihrer Tochter hätte sie ohnehin nicht in Ruhe reden können. So zog sie es vor, Friederike an einem der auf die Beisetzung folgenden Nachmittage zu besuchen. Sie fand sie ruhiger vor, als sie während des Begräbnisses gewirkt hatte. Ganz in Schwarz gekleidet sah sie würdig aus, nur ihr Gesicht verriet, wie sehr sie litt. Ihr ganzes Leben war auf ihren Mann ausgerichtet gewesen, und nun war er tot und so plötzlich gegangen, dass sie keine Zeit gehabt hatte, sich auf ein auf sich gestelltes Leben einzustellen. »Gustav wird hierherkommen«, antwortete sie auf die Frage ihrer Mutter, wie es denn nun weitergehe.

Sophie tat die Tochter leid. »Ich weiß ja, wie das is, Friederike. Ich trauere ja heute noch um meinen Heinrich.«

Friederike schwieg.

»Und dass der Gustav kommen will, is gut. Es is doch was anderes, ob man allein is oder nich.«

»Ach, Mutter«, sagte Friederike, »es kam alles so plötzlich.

Der Gustav heiratet, und der Eduard stirbt – und das soll einer dann verstehen.«

Sophie stand auf und nahm ihre Hand. »Da gibt's nix zu verstehn, Friederike. Wir können uns nur rein schicken.«

Friederike war von dieser Geste peinlich berührt, denn tief in ihrem Inneren hatte sie ein schlechtes Gewissen. Sie wusste wohl, warum sie ihre Mutter nie besucht und immer Caroline geschickt hatte. Und zur Hochzeit war Sophie nicht eingeladen gewesen, weil, wie Gustav gesagt hatte, »sie sich über eure Entscheidung hinweggesetzt hat«. Die feine Verwandtschaft, hatte sie gedacht, es ist nicht nur das Kind, er schämt sich auch für sie, so wie ich mich schäme. Aber sie hatte es abgetan und der Nichteinladung zugestimmt. Und jetzt saß sie hier mit dieser Frau, die sie tröstete, so wie es keiner der Kondolenzbesucher getan hatte, denn hier war es echtes Mitgefühl, das sie spürte.

Die alte Frau streichelte die Hand, die in ihrer lag. Und in diesem Augenblick strömten die Tränen aus Friederikes Augen, sie umarmte die Mutter wie ein hilfloses Kind und schluchzte. Sophie ließ sie weinen. So hart, dachte sie, so hart ist das Prinzesschen, und jetzt, wo sie ganz unten ist und merkt, wie es ist ohne den Mann, dem sie all das hier zu verdanken hat, und nicht weiß, was werden soll, da liegt sie wie ein Kind in meinen Armen.

»Hat Caroline sich gemeldet?«, fragte sie, als ihre Tochter sich so weit beruhigt hatte, dass sie sich verabschieden konnte.

Friederike schüttelte den Kopf. »Sie weiß es noch nicht.«

»Was? Du hast ihr nich geschrieben, dass ihr Vater ...?«

»Ach, Mutter, ich ... war so ... Ich hätte auch nicht gewusst, was ich schreiben soll.«

»Du? Nich gewusst, was du schreiben sollst?«

»Ach, Mutter, ich hab Angst!«

Sophie strich ihr mit der Hand über den Kopf. »Ich schreibe es ihr. Noch heute.«

Friederike nickte und winkte ihr zum Abschied nach.

Kapitel 13

Für die beiden Frischvermählten waren vorläufig zwei Räume im oberen Geschoss der Fehrhofenschen Villa hergerichtet worden, Schlafzimmer und Salon. Die anderen beiden Zimmer bewohnte Fehrhofen senior, während das untere Geschoss Margarethe und ihrer Familie vorbehalten war. Man traf sich täglich im großen Esszimmer, um gemeinsam die Mahlzeiten einzunehmen. Diese Konstellation gab Elisabeth Gelegenheit, mit Vater und Schwester zu plaudern, Schach zu spielen oder im Garten zu promenieren und gemeinsam Einkäufe zu machen. Gustav war häufig und lange in der Firma, so dass sie seinen Vorschlag, man könne nun sogar eher als gedacht in das Mahlsheimer Haus umziehen, entschieden ablehnte. »Nein, Gustav, ich will durchaus nicht auf dem Dorf leben. Eine kleine eigene Villa hier in der Stadt – ja, das wäre etwas anderes.« Als er die wenigen Kilometer, die Mahlsheim von Fuchshagen trennten, ins Spiel brachte, antwortete seine Frau: »Aber es ist ein Unterschied, ob man in der Stadt lebt oder auf dem Dorf.«

Ihren Mann brachte das seiner Mutter gegenüber in eine Verlegenheit, denn schon bei seinem nächsten Besuch bei ihr fragte sie ihn, wann er mit seiner jungen Frau zu ihr ziehen werde. Die Einsamkeit mache ihr zu schaffen und die Gewissheit, dass das Geld, von dem sie im Augenblick lebe, beständig weniger werde. Die Begräbnisfeierlichkeiten hätten ein großes Loch in ihr Budget gerissen, dazu die Abzahlung der Möbel, sie frage sich, wie es weitergehen solle, wie lange sie Minna beschäftigen und Fritz seinen kärglichen Lohn zahlen könne.

»Lass uns die Testamentseröffnung abwarten, Mutter«, wich er ihr aus.

Zum Termin beim Notar erschienen Mutter und Sohn, die Tochter sei unabkömmlich. Die Verlesung des Testaments brachte zunächst nichts Neues. Alles war wie erwartet von Eduard geregelt worden. Gustav erbte das Mahlsheimer Anwesen und das Land, Friederike wurde ein Wohnrecht auf Lebenszeit im Casparischen Haus zuerkannt, das auf dem Konto verbliebene Geld ging ebenfalls an sie. Dann kam die erste Überraschung. Eduard hatte verfügt, dass im Fall der Veräußerung des Ackerlandes als Bauland seine Frau ein Fünftel der dadurch eingenommenen Summe erhalten solle. Die zweite größere Überraschung war die folgende Verfügung: Mein letzter Wille ist es, dass meine Frau Friederike sich im Fall des Ablebens ihrer Mutter, Frau Sophie Auguste Schmidt, unseres von unserer Tochter Caroline Luise Caspari geborenen Enkelkindes Sophie Caroline Caspari persönlich annimmt. Meine Frau hat mir dieses Versprechen gegeben. Ich sterbe in der Gewissheit, dass sie es hält und ihrer Verpflichtung nachkommt. Zum Vormund meiner Enkeltochter Sophie Caroline bestimme ich meinen Sohn Gustav Wilhelm Caspari.

Friederike war blass geworden und murmelte etwas vor sich hin, das sich wie »Das war es!« anhörte. Gustav starrte den Notar erschrocken an.

»Mutter, wie konntest du das versprechen!«, sagte er, aufs äußerste angespannt, kaum dass sie aus der Kanzlei heraus waren. »Das widerspricht allem, was du bisher in dieser Angelegenheit gesagt und getan hast!«

»Aber so war es ja nicht!«, wehrte sich Friederike. Sie war noch immer vollkommen benommen. Erst Eduards plötzlicher Tod, die vielen Verpflichtungen, die sie zum Trauern gar nicht kommen ließen, die finanzielle Situation, die schreckliche Gewissheit, von nun an ohne Eduard leben zu müssen – und jetzt die Erkenntnis, welches Versprechen er ihr, ohne dass sie gewusst hätte, worum es ging, abgenommen hatte. Sie versuchte, Klarheit in ihre Gedanken zu bringen und Gustav die Zusammenhänge zu erklären. Der schüttelte den Kopf und sagte: »Dann wollen wir hoffen, dass Großmutter noch lange lebt.« Es klang beinahe hämisch. »Und dass Vater mich zum Vormund dieses ... Kindes gemacht hat – hast du das gewusst?«

»Gott, Gustav«, entgegnete seine Mutter weinend, »was glaubst du denn? Natürlich nicht. Und hättest du deiner Frau nicht auch alles versprochen, worum sie dich auf dem Totenbett bittet – auch ohne zu wissen oder zu ahnen, worum es eigentlich ging?«

»Das hilft uns jetzt auch nicht weiter, Mutter. Wir müssen wissen, wie wir mit der Situation umgehen. Großmutter lebt ja, und solange tritt das Ganze nicht in Kraft. Wenn sie aber stirbt, musst du dein Versprechen nicht halten. Schließlich wusstest du ja nicht, was Vater eigentlich meinte. Ich verstehe auch nicht, was ihn dazu bewegt hat, diesen Passus ins Testament zu nehmen. Er war doch mit allem einverstanden, was ihr bezüglich meiner Schwester entschieden habt.«

Friederike war mit gesenktem Kopf neben ihm zum Wagen gegangen. Jetzt sah sie auf und zuckte ratlos mit den Schultern. »Ich weiß es doch auch nicht, Gustav. Ich weiß so vieles nicht, und ich begreife so vieles nicht. Was wollte Vater im Kontor an dem Tag, an dem er starb? Es war doch alles in der Ordnung, als ich ging. Und Minna glaube ich, dass er nicht geklingelt hat. Sie hat nie etwas an ihm versäumt und schon gar nicht, wenn ich es ihr ausdrücklich aufgetragen hatte. Und er wusste doch auch, dass sein Kontor leer war …«

Gustav half ihr beim Einsteigen. »Fahr jetzt nach Hause. Du musst zu Ruhe kommen. Am nächsten Sonntag besuche ich dich wieder und wir überlegen zusammen, was zu tun ist. In der Zwischenzeit kein Wort zu irgendjemandem. Fahr los, Fritz! Und hole mich am Sonntagnachmittag ab.«

Auf dem kurzen Nachhauseweg war Gustav froh, seiner Frau bezüglich der Wohnungsfrage nicht deutlicher widersprochen zu haben. Wenn Großmutter eines Tages starb, Mutter nicht zur Vernunft kam und dort, im Casparischen Hause, dieses Kind … Aber was sollte er tun? Kommt Zeit, kommt Rat, dachte er. Ich werde Elisabeth nicht mehr zu einer Entscheidung drängen. Zurück in der Firma, sah er sich die Gemarkungspläne an. Das Ackerland hatte keine schlechte Lage. Im Gegenteil, sagte er sich, meine ursprüngliche Idee, es zu Bauland zu machen, war gut! Je länger er sich mit den Plänen beschäftigte, desto konkreter wurden seine Vorstellungen. Das Land lag zwischen Mahlsdorf und Fuchshagen, angrenzend an Straße und Wald. Dahinter erstreckte sich, umgeben von Schilf und Gras, der Fuchshagener See. Von Ortsgrenze zu Ortsgrenze waren es nicht mehr als vier Kilometer. Einen Kilometer vom Dorf entfernt, teils an der Kreisstraße, teils zum Wald hin an einem Feldweg, lagen seine sechs Acker, daneben des Bürgermeisters Land.

Das an Fuchshagen angrenzende Gebiet gehörte der Stadt und war als Ackerland verpachtet. Ich muss gleich am Sonntag mit Michaelis reden!, dachte er. Wenn das was wird, können wir hier tatsächlich – wie hat Elisabeth es ausgedrückt: unsere eigene kleine Villa bauen. Und noch einige andere dazu.

»Ich werde alles ertragen, solange es meinem Kind gut geht«, hatte Caroline an ihrem freien Sonntag zu Anna und Franz gesagt. Die drei waren mit der Wannseebahn gefahren, und Caroline, die zuerst abgelehnt hatte – sie müsse auf jeden Pfennig sehen – war schließlich, auf Kosten von Franz, doch mitgekommen. Der sympathische junge Mann war voller Mitgefühl für ihr Schicksal. Man merkte ihm an, wie sehr er Anna liebte, und wenn er sich vorstellte, sie so allein zurücklassen zu müssen, wie Georg es mit seiner Caroline gegangen war, dann konnte er diesen Gedanken nicht weiterdenken, so schrecklich war die Vorstellung.

»Ich wollte wissen, wie Georg gestorben ist«, sagte Caroline. Sie gingen am Ufer des Sees entlang. Anna und Franz hielten sich an den Händen. Caroline ging neben Anna. »Und jetzt, da ich es weiß, ist es beinahe schlimmer als vorher. Ich wollte dorthin fahren, wo das Manöver war, um zu sehen, wo er gestorben ist. Und ich wollte sein Grab besuchen. Aber jetzt, nach Frau Lindströms Antwort ... Ich trage ihn hier«, sie wies auf ihr Herz, »und dort wird er immer bleiben. Er war die Liebe meines Lebens und daran kann auch der Tod nichts ändern.«

Anna und Franz antworteten nicht. Ihr Respekt für diese junge Frau wuchs von Tag zu Tag. Sie wanderten eine Weile stumm nebeneinander her. Jeder hing seinen eigenen Gedanken nach.

»Lasst uns umkehren«, schlug Anna nach einer Stunde Weges vor. »Es ist bald Mittag. Ich habe Hunger.«

Auf dem Rückweg erzählte Franz von seinem Onkel Josef im Mecklenburgischen, der in letzter Zeit kränkele. Es könne notwendig werden, dass er schon früher, als er gedacht hatte, dorthin fahren müsse, um dem Alten zu helfen. »Und Anna?«, fragte Caroline.

»Meine Anna kommt nach, sobald es geht«, antwortete er. »Ich muss mir erst ein Bild von allem machen. Und dann heiraten wir – endlich!« Er blieb stehen und zog Anna in seine Arme. Dann sah er Caroline an: »Du weißt, wie das ist.«

»Ja«, sagte sie, »es ist, wie es ist, und man kann nichts dagegen tun.«

Anna nahm Carolines Hand und trocknete die Tränen, die bei diesen Worten in ihre Augen getreten waren. Franz nahm die andere Hand und sagte fest: »Caroline, wenn du Hilfe brauchst, dann schreibe uns. Versprich es mir!«

Sie nickte dankbar und drückte beiden Freunden die Hände, so als wolle sie den Pakt, den sie geschlossen hatten, bekräftigen.

Der Ausflug hatte Caroline gutgetan. Anna hatte recht gehabt, als sie gesagt hatte: »An der Stelle ist der Grunewald besonders schön, du wirst es sehen. Und der See ist es auch, viel weiter und größer als der Schlachtensee.« Schon seit Anfang der Sechzigerjahre hatten einige begüterte Hauptstädter hier ihre Sommerresidenzen bauen lassen, denen man auch, so berichtete es jedenfalls Franz, den zügigen Bau der

Bahn bis hier hinaus zu verdanken habe. Eingebettet in eine prächtige, gepflegte Parklandschaft, standen die Villen dort und schienen miteinander um das Privileg zu wetteifern, die schönste genannt zu werden. Sie hatte sich daran nicht satt sehen können und war nur kurz und unmerklich zusammengezuckt, als Franz von den Besitzern der repräsentativen Domizile erzählte. Reiche Geschäftsleute, Industrielle, Wissenschaftler – Bankiers ...

Nach dem Essen ging Caroline ins Dachkämmerchen, um längst überfällige Briefe, vor allem den an Frau Jeschke, zu schreiben. Dort lag, offenbar von einem Eilboten gebracht, eine Nachricht, die Großmutters Handschrift trug. Beunruhigt riss sie das Kuvert auf. Wenn mit Sophie etwas passiert ist, fahre ich sofort nach Hause!, dachte sie. Aber es war nichts mit Sophie. Die Kleine ist wohlauf, schrieb Großmutter, sie hatte ihre erste Erkältung. Magdalene hat den Doktor gerufen, und es ging dem Kind bald besser. Nun ist alles so gut wie überstanden. Du ahnst ja nicht, wie lebendig sie ist. Nachts schläft sie aber ruhig, was für mich ein Segen ist. Die gute Großmutter, dachte Caroline, sie sorgt für mein Kind, und eigentlich ist alles zu viel für sie. Ich muss sehen, dass ich es bald allein kann. Ich muss versuchen, in dieses Handarbeitsgeschäft zu kommen ...

Unter diesen Gedanken hatte sie weitergelesen und wurde nun, da sie die Bedeutung der letzten Sätze erfasste, blass und musste sich setzen. Vater war tot? Das konnte nicht sein! Sie überlas den zweiten Teil des Briefes. Vater war tot, mit 57 Jahren gestorben ... Sein Herz hat nicht mehr mitgemacht, schrieb die Großmutter, der Doktor konnte ihm nicht mehr helfen. Wir haben ihn begraben, und ich habe deine Mutter besucht. Du hättest es sicher nicht mehr rechtzeitig geschafft, zu seiner Beerdigung hier zu sein. Versuche doch, Weihnachten zu kommen. Dann gehen wir zu seinem Grab und zu Großvaters auch. Gustav kümmert sich um deine Mutter. Er ist ja jetzt verheiratet, aber er kommt nach Mahlsheim und besucht sie.

Caroline ließ den Brief sinken. Vater war tot – alles hatte sich verändert zu Hause. Mutter war allein, Gustav verheiratet. Ich muss hin! Das war ihr erster Gedanke. Aber Großmutter hatte geschrieben, sie solle zum Weihnachtsfest kommen. Natürlich, sie musste Geld verdienen, die alte Frau brauchte es dringend für das Kind. Sicher hatte der Besuch von Dr. Rieber Geld gekostet und auch die Arznei aus der Apotheke. Für Vater kann ich nichts mehr tun, dachte sie, außer ... Und sie faltete ihre Hände und sagte leise: »Vater, ich habe dich so lieb! Ich hab es dir geschrieben, und ich hoffe, du hast den Brief gefunden und gelesen! Ich habe dir Kummer gemacht, aber ich habe nie aufgehört, dich zu lieben! Ich wollte, ich hätte dich noch einmal sehen können. Aber ich komme Weihnachten nach Hause ...« Sie konnte nicht mehr weiter sprechen und weinte sich aus. Sie war allein

Anna war mit Franz in seine kleine Gärtnerstube in einem der Nebengebäude des Sanatoriums gegangen. Sicher würde sie erst abends zurück sein. Sie legte sich auf ihr Bett und dachte an ihren Vater. Es war, als laufe ein Film vor ihren Augen ab. Szenen aus ihrer Kindheit, Augenblicke mit Eduard. Er hatte sie lieb gehabt, sehr lieb, da war sie sich sicher – und dann musste er sie wegschicken und wurde nie mehr glücklich. Musste? Wieso dachte sie das? Vater und

Mutter hatten sie beide verstoßen. Aber wenn sie ihn vor sich sah, schien ihr das alles unwirklich, so als hätte sie zwei verschiedene Personen vor Augen. Vater, wie er wirklich war, und Vater, der tat, was seine Frau für richtig hielt. Aber warum hatte er sich nicht durchgesetzt? Es nutzte ja nichts, es war alles zu spät. Er war tot, aus und vorbei. Und Mutter? Was war Vater für sie gewesen? Der Versorger, der respektierte Ehemann? Sicher derjenige, der ihr ein Leben ermöglicht hatte, wie sie es ohne ihn niemals hätte führen können. Wie sie sich jetzt wohl fühlte? Ob die Trauer sie verändert hatte, auch die Meinung über ihre Tochter? Ich muss es versuchen, ging es ihr durch den Kopf. Vielleicht gibt es doch noch eine Möglichkeit für uns! Gustav besucht Mutter, das heißt, dass er nicht bei ihr wohnt. Sie ist jetzt allein in dem großen Haus. Und dort ist Platz für Sophie und mich! Ich könnte mich um Mutter kümmern und um das Kind. Aber wovon sollen wir leben? Wovon lebt Mutter jetzt? Sie hat doch immer gesagt, wenn Vater früh sterbe, lasse er sie mittellos zurück. So wie es Frau Lindström ergangen war – und ihr selbst. Vater war Sophies Vormund!, fiel ihr plötzlich ein. Wer ist es jetzt? Ist es möglich, dass … Nein, sie selbst konnte es nicht sein, weil sie nicht großjährig war. Aber wer dann? Großmutter?

Es war zu viel für einen einzigen Nachmittag, zu viel für die junge Frau, die nun schon seit über einem Jahr einen Schicksalsschlag nach dem anderen hatte hinnehmen müssen. Sie schlief ein, und als sie erst am anderen Morgen wieder erwachte, erschien ihr das wie eine Gnade. Sie würde an einem der nächsten Abende schreiben, an Großmutter, an Emma, und irgendwann auch an Marie Jeschke, und sie musste mit dem Geheimrat sprechen, um sich die Erlaubnis für die Weihnachtsreise zu holen. Ich muss fahren!, dachte sie. Aber es wird Schwierigkeiten geben. Die Rätin wird es nicht dulden. Und wenn ich ohne Erlaubnis fahre, brauche ich gar nicht erst wiederzukommen. Ist das nicht sowieso egal, wenn ich zu Hause bleiben kann, bei Mutter? Aber sie hatte ein merkwürdiges Gefühl dabei. Sicher war das nicht. Mutter war unerbittlich gewesen. Was also tun? Der Doktor!, fiel ihr ein. Ich schreibe auch an ihn und bitte, dass er bei seinem Cousin ein gutes Wort für mich einlegt. Er war Vaters Freund und hat mit ihm am Honoratiorentisch gesessen. Ja, so musste es gehen.

»Soll ich für heute deine Arbeit übernehmen?«, hatte Anna angeboten. Aber sie hatte abgelehnt. Jetzt muss ich durchhalten, dachte sie, darf keine Schwäche zeigen, muss meine Arbeit machen. Dann ist es wahrscheinlicher, dass ich Weihnachten fahren darf und mein Kind sehen kann. Sie schrieb eine kurze Notiz an Geheimrat Werdersdorf, dass ihr Vater verstorben sei und sie ihn um ein paar freie Tage über Weihnachten bitte, um sein Grab besuchen zu können, bat Miss Distinner, den Brief in sein Arbeitszimmer zu legen, und ging hinunter in die Plättkammer.

Es war November geworden. Auf Eduards Grab lagen Tannenzweige, und zum Totensonntag hatte Friederike ein Gesteck gekauft. Elisabeth und Gustav brachten einen edlen Grabschmuck mit und begleiteten sie auf den Kirchhof.

»Besuche uns doch einmal, Mutter«, sagte Elisabeth. »Vater würde sich freuen.« Ihr teurer Pelzmantel hob sich von der Kleidung der übrigen Friedhofsbesucher ab. Ihre Hände hatte sie in einen Muff gesteckt. Gustav nahm ihren Arm und führte sie zum Wagen. »Ja, vielleicht«, versprach Friederike, »vielleicht komme ich bald einmal.«

»Was soll aus dem Haus werden, Gustav?« fragte die junge Frau Caspari ihren Mann auf dem Weg nach Hause. »Hast du dich entschieden? Ich meine, dass deine Mutter ein Wohnrecht dort hat, ist selbstverständlich, aber sie benötigt doch nicht das gesamte Haus.«

»Nein, wahrlich nicht. Ich habe mir schon einige Gedanken darüber gemacht. Du weißt, dass ich bei Bürgermeister Michaelis war.«

»Ja, wegen deiner Pläne mit dem Land.«

»Der Bürgermeister unterstützt meine Pläne. Eine Villenkolonie zwischen Mahlsdorf und Fuchshagen, dicht an Wald und See, und eine Art Sanatorium oder Altersruhesitz für begüterte Casseler und Fuchshagener Bürger. Mein Land und das von Michaelis, und zusätzlich brauchen wir die Äcker, die die Stadt verpachtet hat.«

Sie sah ihn fragend an. »Nun«, fuhr er fort, »ich habe mit deinem Vater darüber gesprochen und ihm geraten, der Stadt das Ackerland abzukaufen. Noch weiß niemand von unseren Plänen, so dass er günstig kaufen könnte. Dann kündigt er den Pächtern, das Land wird Bauland, unsere Firma baut. So ist es geplant, und ich hoffe, es auch so umsetzen zu können.«

Elisabeth schmiegte sich an ihn und sagte: »Wie tüchtig du bist, mein Liebster. Was hat Papa zu deinen Plänen gesagt?«

»Das Gleiche wie du«, erwiderte er und zog sie enger an sich. »Er ist begeistert, zumal für seinen Schwiegersohn Breger dann auch zusätzliche Patienten mit dicken Portemonnaies anfallen werden.«

»Das ist wunderbar!«, sagte sie lebhaft. »Du hast an alles gedacht.«

»Ja, mein Schatz, und vor allem an uns. Ich möchte nämlich meiner Frau ihren Wunsch erfüllen und eine kleine Villa für uns bauen, direkt am Ortsausgang von Fuchshagen, also auf dem Land, das jetzt noch der Stadt gehört.«

»Oh, das wird ja immer besser! Ich danke dir, mein Liebster!« Sie bot ihm ihren hübschen Mund zu einem langen Kuss. Dann fuhr sie fort: »Aber jetzt sage mir noch: Was hat das mit deinem Haus in Mahlsheim zu tun?«

»Ich könnte die untere Etage des Hauses in Büros umwandeln. Mutter genügen die drei Zimmer oben. Ich müsste nur noch eine kleine Küche einbauen. Vielleicht kann ich der Gemeinde Mahlsheim die unteren Räume vermieten. Die haben jetzt eigentlich nur ein Zimmer, sozusagen Michaelis' Kontor. Der Gemeinderat tagt unten im Lehrerhaus. Das Gemeindearchiv muss untergebracht werden, das Standesamt. Oder unsere Firma bekommt eine Dependance in Mahlsheim. Wir werden sehen.«

Der Wagen hielt vor der Fehrhofenschen Villa. »Ah«, sagte Elisabeth, »jetzt freue ich mich auf eine gute Tasse Kaffee. Ich bin doch ganz schön durchgefroren.«

»Und was sagst du zu meinen Plänen mit dem Haus?«

»Dass sie genial sind, mein Schatz, genau wie du!« Sie hing sich an seinen Arm und zog ihn in die Diele hinein. Dort umarmte sie ihn wieder und küsste ihn, bis Fehrhofen, der den Wagen gehört hatte, hinzukam. Seine Tochter sah mit einem glücklichen Lächeln zu ihm hinüber und ließ sich von ihrem Mann aus dem warmen Pelz helfen.

»Der Kaffee ist fertig!«, rief Margarethe. Fehrhofen und das Ehepaar Caspari folgten der Aufforderung nur zu gern und gingen ins Esszimmer hinüber, wo für alle der Tisch gedeckt war.

Kapitel 14

Zwei Tage später hatte Heinrich Schmidt gerade seine Schmiede geöffnet, als er das Schreien der kleinen Sophie aus der Wohnung seiner Schwiegermutter hörte. Das war nicht ungewöhnlich und würde anhalten, bis ihre Urgroßmutter dem Schreien durch warme Milch mit weich gekochtem Hafer ein Ende machte. Eines der Legerschen Reitpferde hatte ein Eisen verloren, außerdem war ein Bauer angemeldet, der die Hufe seiner Kaltblüter geschält und neue Hufeisen angefertigt haben wollte. Das Feuer brannte schon, Heinrich band die schwere lederne Schürze um und führte den kostbaren Vollblüter in den Innenraum. Der Geselle sah sich die großen Hufe der Kaltblüter an. »Komisch, das Schreien hört heute gar nich auf«, sagte er. Heinrich, der näher am Feuer stand und mit dem Schmiedehammer am Amboss hantierte, hielt inne. »Sag doch mal der Mutter Bescheid«, sagte er zu seinem Sohn, der sich, etwas abseits stehend, mit dem Bauern und dem Legerschen Knecht unterhielt. Ferdinand ging auch und tat, wie ihm geheißen. Das Schreien hielt noch eine Weile an, dann erstarb es. Heinrich dachte sich nichts dabei und arbeitete weiter. Als aber dann der Wagen des Doktors vor dem Haus hielt, kam der Lehrjunge nach hinten in die Schmiede gerannt und rief: »Der Doktor is gekomm'!«

»Mach du weiter«, rief Heinrich dem Gesellen zu, »ich bin gleich wieder da. Muss mal nachsehn, was da los ist.«

Drinnen fand er Ferdinand auf einem Küchenstuhl sitzend vor, auf dem anderen seine Frau mit dem Kind auf dem Arm. Sie sah ihn mit verweinten Augen an. »Magdalene, was ist denn?«, rief er. »Warum ist der Doktor da?«

Sie legte den Zeigefinger auf den Mund. Das Kind war endlich wieder eingeschlafen, und es jetzt noch einmal zur Ruhe zu bringen, das hätte ihre Kräfte überstiegen.

»Ist was mit Mutter?«, flüsterte er. Sie nickte stumm. Ihr Mann klopfte an die Tür der Schlafstube und ging hinein. Dr. Rieber stand vor dem Bett und schrieb etwas nieder.

»Herr Doktor«, sagte Heinrich erschrocken und so leise es ihm möglich war, »was ist mit meiner Mutter?« Die alte Sophie lag auf ihrem Bett und rührte sich nicht. Ihr Gesicht war blass, die Augen geschlossen. Heinrich ging hin und nahm ihre Hand. Sie war eiskalt. Er fuhr zurück und sah den Arzt an. Der schüttelte den Kopf.

»Aber das ... ist doch nicht möglich«, sagte Heinrich. »Ich habe doch gestern noch mit ihr gesprochen.« Er setzte sich auf den Stuhl, der neben dem Bett stand.

»Ich konnte nur noch den Tod feststellen, Herr Schmidt«, erwiderte Rieber betrübt. »Offenbar ist sie gestern Abend zu Bett gegangen und heute früh einfach nicht wieder aufgewacht.« Als Heinrich nichts dazu sagte und mit einem Ausdruck des Schreckens und der Trauer auf seine Mutter blickte, fuhr er fort: »Einen Tod wie diesen wünsche ich mir auch. Einschlafen und nicht wieder aufwachen. Kein Todeskampf, keine Krankheit, kein Schmerz, keine Quälerei.«

Heinrich nickte. »Es ist nur ... so plötzlich«, sagte er tonlos.

»Sie war 72 Jahre alt, fast 73, Herr Schmidt. Ein so hohes Alter erreicht nicht jeder. Und schon gar nicht bei so guter Gesundheit.«

»Sie hat sich übernommen mit dem Kind.«

»Mag sein. Aber sie hat sich auch jeden Tag daran gefreut. Als ich neulich da war, um die Erkältung des Kindes zu behandeln, da habe ich es sofort wieder gemerkt.«

Heinrich rührte sich nicht. Er saß da und schaute auf das friedliche bleiche Gesicht seiner Mutter. »Ich gehe jetzt, Herr Schmidt. Nehmen Sie in Ruhe Abschied.« Er drückte Heinrich die Hand.

Magdalene saß noch immer in der Küche. Sophie lag in ihrem Arm und schlief. »Was soll nun werden, Herr Doktor? Ich kann die Sophie nicht nehmen. Ich meine, nicht auf Dauer. Ich hab so viel Arbeit und ...«

»Ich weiß, Frau Schmidt. Es geht nicht. Ich werde Ihrer Schwägerin Bescheid geben, dass sie sich mit Ihnen in Verbindung setzt.«

»Friederike? Wieso denn die?«

»Ihr Mann hat es im Testament so verfügt. Und Gustav Caspari ist jetzt der Vormund der Kleinen.«

»Was?«

»Das wissen Sie noch nicht. Na, ich dachte es mir schon. Frau Schmidt, bitte behalten Sie das Kind. Nur noch für ein paar Tage. Ihre Schwägerin muss sich mit Ihnen in Verbindung setzen.«

»Wieso muss sie das? Sie hat sich nie für das Kind interessiert. Es wäre im Waisenhaus ohne meine Schwiegermutter.«

»Ich sagte ja, in Eduard Casparis Testament ist es so verfügt.« Mit diesen Worten verabschiedete er sich und setzte hinzu: »Nur für ein paar Tage, bitte, Frau Schmidt.«

»Ja, das ist doch selbstverständlich«, erwiderte Magdalene. »Oder glauben Sie, ich gebe die Kleine jetzt gleich weg – in ein Waisenhaus womöglich.« Und dabei stiegen ihr die Tränen in die Augen.

Der Arzt klopfte ihr auf die Schulter. »Ich danke Ihnen, Frau Schmidt.«

Am selben Tag noch fuhr er bei Friederike Caspari vor und führte ein langes und ernstes Gespräch mit ihr. Er fand sie verändert, weicher und zugänglicher, als sie es vor dem Tod ihres Mannes gewesen war. Und nun auch noch die Mutter!, dachte er. So kurz hintereinander und aus allem herausgerissen, was ihr Leben ausgemacht hat. Sie stand ganz offensichtlich wieder unter Schock, als er sie verließ, so dass er die beiden nächsten Tage vorbeikam, um nach ihr zu sehen.

»Es muss eine Entscheidung getroffen werden, Frau Caspari«, mahnte er sie am dritten Tag. Sie nickte nur, stumm und ergeben. So kannte er sie noch nicht. »Kommen Sie!«, sagte er und half ihr neben sich in den Einspänner. Sie zitterte, als er ihr wenig später auch beim Absteigen half und sie in die Schmiede führte. Magdalene fütterte gerade das Kind, als sie kamen. Es war um die Mittagszeit, Sophie war wach und brabbelte vor sich hin. Sie strampelte mit Armen und Beinen, und strahlte Friederike an. Magdalene nahm sie hoch und reichte sie ihrer Großmutter. Sophie lachte, patschte mit den kleinen Händen auf Friederikes Brust und juchzte in Babylauten vor sich hin. Dann legte sie das Köpfchen schief und sah ihre Großmutter mit großen blauen Augen an. Friederike konnte nicht anders. Die Tränen rannen ihr die Wangen herab. Eduards Testament, ihr Versprechen, das sie ihm gegeben hatte, und dieses Kind, das nichts dafür konnte, dass es auf der Welt war, und Mutters Tod, der sie vor diese schwere Entscheidung stellte – so rasch, so schnell. Und jetzt sah das Kind sie an und war nicht mehr länger weit weg. Und sie war es, die es in der Hand hatte, welche Zukunft dieses Kind haben würde. Sie weinte und konnte nichts sagen. Ein dicker Kloß saß in ihrem Hals. Wenn Caroline nicht ... dann hätte sie jetzt nichts entscheiden müssen. Aber so ...

»Ich muss mit Gustav reden«, sagte sie, als sie sich wieder gefasst hatte. »Er kommt morgen. Ich gebe dir übermorgen Bescheid.« Und dann, als sie Magdalene das Kind wieder übergeben hatte, schon in der Tür, drehte sie sich noch einmal um und sagte: »Danke, Magdalene. Ich danke euch.«

»Nein«, sagte Gustav entschieden, »ich bin nicht bereit, auf Caroline Rücksicht zu nehmen. Hat sie jemals an uns gedacht, bevor sie etwas getan hat, was nicht wiedergutzumachen ist?«

Er saß in der guten Stube seines Mahlsheimer Hauses und trank den Kaffee seiner Mutter. »Du denkst doch nicht ernsthaft daran, diesen Bankert aufzuziehen?«

»Es geht nicht um Caroline. Es ist Vaters letzter Wunsch, Gustav.«

»Du hast doch gar nicht gewusst, worauf du dich da einlässt! Du hast ihm etwas versprochen, aber doch nicht das. Ich meine, wenn du es gewusst hättest – du hättest nie zugestimmt.«

Friederike schwieg, ein paar Tränen liefen ihre Wangen hinunter bis in den Kragen ihres hochgeschlossenen schwarzen Kleides.

»Mutter, das Leben geht weiter. Elisabeth und ich, Dr. Fehrhofen. Denk doch auch mal an mich, an uns.«

»Meine Mutter hat es getan. Sie hat dieses Werk der Nächstenliebe auf sich genommen. Und ich – ich soll jetzt ... Das kann ich nicht , Gustav. Erst Vater und dann meine Mutter, das ist zu viel.«

Gustav seufzte und zündete sich eine Zigarette an. »Mutter, das kann nicht dein letztes Wort sein. Das ist gegen alles, was du immer, und ich sage: zu Recht, vertreten hast.«

Friederike sah ihn lange und ernst an. Ein junger erfolgreicher Unternehmer, eingeheiratet in eine der ersten Fuchshagener Familien. Seine junge Frau eine Schönheit, und sie liebte ihn. Er rauchte und erwiderte ihren Blick.

»Für dich ist gesorgt, mein Junge. Vater hat dir alles hinterlassen. Du hast dieses Haus für dich und Elisabeth und für eure Kinder. Es ist groß genug für uns alle. Das Land hast du auch, sozusagen in der Hinterhand. Ich brauche doch nur das Altenteil, zwei Zimmer, nicht mehr.«

Wenn seine Mutter es ernst meinte, dann war dies die Gelegenheit, ihr etwas zu sagen, wovor er sich bis jetzt gedrückt hatte. »Mutter, ich sage es noch einmal: Dieses Kind kommt mir nicht ins Haus! Ich habe nicht alles mühsam aufgebaut, um es mir wieder kaputt machen zu lassen – für nichts!«

»Gustav, versteh mich doch. Ich will das Kind ja auch nicht. Aber irgendetwas hat Vater dazu bewogen, es so zu verfügen. Er hat mich ja sozusagen verpflichtet. Und jetzt ist Mutter gestorben, ganz kurz nach ihm. Es ist, als ob er es geahnt hätte und als ob der liebe Gott mich strafen wollte oder zumindest auf die Probe stellen.«

»Ich kenne dich nicht mehr, Mutter, wirklich nicht. Das bist nicht du, die da spricht. Wenn du es aber tatsächlich ernst meinst, dann solltest du eines wissen: Elisabeth und ich werden auf keinen Fall in dieses Haus ziehen, wenn du das Kind hier aufnimmst.«

»Aber ... wo wollt ihr denn hin? Bei Fehrhofen ist es doch auf die Dauer zu eng.«

»Das stimmt. Ich werde eine Villa bauen, später einmal, vor der Stadt, wo das Land billig ist.« Die Zigarette war aufgeraucht. Nervös drückte Gustav sie im Aschenbecher aus. Es entstand eine Pause. Dann sagte Friederike: »Du hast das alles schon gewusst.«

»Nein, Mutter«, log er, »aber wenn du deine Meinung nicht änderst, wird es so kommen.«

»Und wenn ich jetzt sage, ich nehme das Kind nicht?«

»Dann werden wir eine Lösung finden, die für uns alle die beste ist.«

Sie lachte bitter. »Du bist mein Sohn, Gustav, ganz mein Sohn. Und jetzt spüre ich deine Härte, so wie meine Mutter meine gespürt haben muss. Ich habe meine Mutter nie besucht, all die Jahre nicht ...«

»Mach dich doch nicht lächerlich, Mutter! Was soll dieses sentimentale Getue? Ich sagte ja schon: Du bist nicht mehr du selbst.«

»Lass«, sagte sie, »ich habe verstanden. Elisabeth will nicht hier wohnen, habe ich recht? Ihr hattet nie vor, hierherzukommen und mich später einmal mit zu versorgen.«

Caspari trank einen Schluck Kaffee, nur um etwas zu tun. Klirrend stellte er die Tasse zurück auf die Untertasse.

»Wie soll das hier weitergehen, Gustav? Ich kann Minna

nicht mehr bezahlen und Fritz auch nicht. Ich muss sehen, wie ich mit dem bisschen Geld auskomme, wenn du nicht hierherziehst und mich in deinen Haushalt aufnimmst.«

»Ich werde dich auszahlen. Du weißt: ein Fünftel der Summe des Geldes, das ich für das Land bekommen werde.«

»Pf!«, machte sie. »Wer weiß, wann das ist. Ich kann nicht Jahre darauf warten.«

»Entlasse Minna, entlasse Fritz. So hast du mehr Spielraum.«

Friederike schüttelte den Kopf. »Das ist deine Antwort! Alles hier gehört dir, und Vater und ich haben alles für dich getan! Deine Ausbildung ...«

»Hat sich gelohnt, fürwahr, Mutter. Und jetzt sei nicht albern. Du hast hier dein Altenteil, das hängt doch nicht von mir und Elisabeth ab. Und ob du es allein oder mit diesem Bankert bewohnst – nun, das ist ganz deine Entscheidung.«

Sie nickte. »Ja, natürlich. Und wenn ich mich gegen Eduards Wunsch und mein Versprechen entscheide, dann bin ich trotzdem hier allein. Entscheide ich mich aber dafür, dann bin ich die Ausgestoßene, nicht wahr? So ist es doch?«

Gustav wiegte den Kopf hin und her. »Ausgestoßene ... Du drückst es sehr drastisch aus. Natürlich werde ich dich besuchen, hin und wieder, und mich um dich kümmern. Aber Familienfeste sind dann Vergangenheit, gegenseitige Einladungen auch. Ich kann meiner Frau so etwas nicht zumuten.«

Sie nickte. »Ich danke dir jedenfalls für die klaren Worte. Jetzt weiß ich, woran ich bin.«

»Du solltest auch an die Leute im Dorf denken, Mutter. Vater saß am Honoratiorentisch. Du hast richtig gehandelt, als du meine Schwester weggeschickt hast. Und jetzt machst du dir alles wieder kaputt.«

»Die Leute haben sich beruhigt, mehr und mehr. Es wächst Gras über die Sache, je mehr Zeit ins Land geht. Und es kann ruhig jeder wissen, dass ich Vaters letzten Wunsch erfülle.«

»Dass du ihn damit lächerlich machst, auf die Idee kommst du nicht.«

»Lächerlich? Dann war sein Wunsch lächerlich und mein Versprechen auch. Es tut mir leid, dass du deinen Vater als lächerlich empfindest. Für mich war er der aufrechteste Mann überhaupt, ich habe ihm alles zu verdanken.«

Gustav zuckte mit den Schultern und lachte. »Es ist wohl zwecklos, weiter mit dir darüber zu reden. Aber eines noch: Caroline dulde ich hier nicht, dass das klar ist. Ich bin der Vormund dieses Kindes, leider Gottes, ja. Aber das erlaubt mir auch, meine Schwester von hier fernzuhalten. Wenn sie sich wieder hier niederlässt, sorge ich dafür, dass das Kind in ein Heim kommt.«

»Davor musst du keine Angst haben. Wie sagte meine Mutter immer: ›Solch Kinder können nichts dafür, dass sie auf der Welt sind.‹ Wohl aber ihre Eltern. Caroline hat dieses ganze Unglück über uns gebracht. Sie ist schuld an Vaters Tod und letztlich auch an dem meiner Mutter. Es war viel zu viel für sie. Nein, Gustav, diesbezüglich musst du dir keine Sorgen machen.«

»Eigentlich hast du noch gar nichts von Berlin gesehen!«, sagte Anna. »Immer nur hier bei der Wascherei und Plätterei und ab und zu mal an den Wannsee oder an den Schlachtensee. Komm doch mal mit in die Stadt! Am Totensonntag haben wir frei.«

Caroline hatte sich aufrichtig über die Einladung gefreut, aber zu bedenken gegeben, dass sie nicht genug Geld für derlei Ausflüge habe. Je mehr sie an die Großmutter schicken könne, desto leichter sei ihr ums Herz, denn ihre Kleine sei das Wichtigste in ihrem Leben. Auch sei ihr jetzt nicht danach, denn Vater sei doch erst gestorben und die ganze Situation so verfahren, denn Mutter habe es nicht für nötig gehalten, ihr eigenes Kind von seinem Tod auch nur zu informieren, geschweige denn zu seinem Begräbnis zu laden. Die Tränen kamen ihr, als sie das sagte. Anna legte den Arm um sie und seufzte. Schließlich war es Franz, der beide Mädchen in die Stammbahn setzte und mit ihnen in die Stadt fuhr. So kam es, dass Caroline Unter den Linden einen Spaziergang machte, das Schloss und das Kronprinzenpalais sah, die Universität und die Oper und all die anderen prächtigen Palais, die den Boulevard säumten. Der auch an diesem stillen Tage unermüdlich rollende Verkehr in der Friedrichstraße, die Pferdebahnen und Droschken, dazu die vielen Menschen und die eleganten Geschäfte mit ihren Auslagen zogen sie in ihren Bann. Das war so ganz anders als alles, was sie bisher gesehen und gekannt hatte. Und später am Potsdamer Platz herrschte eine ebensolche Betriebsamkeit, ganz großstädtisch und so viel größer und hektischer als in dem dagegen geradezu beschaulich anmutenden Cassel. So wurde Caroline, ganz entgegen ihrer eigenen Erwartung, für diesen einen Tag von ihren trüben Gedanken abgelenkt.

Anna nutzte die Gelegenheit und flüsterte der Freundin zu: »Bring von zu Hause Handarbeitsproben mit. Und wenn du zurück bist, nach Weihnachten, besuchen wir Tante Valerie. Stell dir vor, du könntest mit Sophie hier leben!« Das tat ein Übriges, Caroline zuversichtlicher zu stimmen, und am Ende war sie froh, dass Franz ihr diesen Ausflug einfach verordnet und keinen Widerspruch geduldet hatte. Als sie zurück in Zehlendorf waren, umarmte sie die beiden Freunde und dankte ihnen, auch dafür, dass Franz wieder die Kosten für sie mit übernommen habe.

»Er hat gekündigt«, erzählte ihr Anna. »Schon im Februar geht er zu seinem Onkel Josef. Und wenn alles so steht, wie wir es uns erhoffen, dann gehe ich zum Frühjahr auch dorthin und wir heiraten! Und dann musst du kommen und Trauzeugin sein!« Ihr Gesicht hellte sich auf, als sie sah, dass Caroline wieder lächeln konnte, wenn auch ein wehmütiger Zug in diesem Lächeln lag. Es wird wieder werden, dachte Anna, es muss! Bei Tante Valerie und mir ging es doch auch.

Im Werdersdorfschen Hause brachte man dem Dienstpersonal die Post auf die Zimmer, so dass sie erst am Abend, wenn keine Unterbrechung von der Arbeit mehr möglich war, gelesen werden konnte. Die einzige Ausnahme bildeten Telegramme. Miss Distinner erledigte das und war deshalb immer bestens über den Posteingang informiert. Caroline hatte an Emma geschrieben und angekündigt, dass sie über Weihnachten nach Hause kommen wolle. Die Freundin mache sich keine Vorstellung davon, wie sehr sie sich auf ihr Kind freue! Nun wartete sie auf Antwort. Aber erst einige Wochen später fand sie einen Brief in ihrem Zimmer vor. Doch, schrieb Emma, das könne sie sich vorstellen! Schließlich seien ihre Kinder der einzige Grund, warum sie noch bei diesem Mann ausharre. Es werde immer schlimmer mit der Trinkerei und stetig schwieriger, Legers Zustand zu verbergen. Die Schwiegermutter sei schon bettlägerig darüber geworden. Bei Eduards Beerdigung habe Leger sich nur gerade einmal so gehalten. Und zum Begräbnis ihrer Großmutter sei er gar nicht erst mitgekommen. Es tue ihr so leid um die herzensgute Frau, aber sie habe doch ein hohes Alter erreicht. Sie hoffe, dass nun, da ihre Mutter die kleine Sophie bei sich aufgenommen habe, alles wieder in Ordnung komme. Frau Caspari sei wohl doch über ihren Schatten gesprungen, zumindest aber habe sie, was ihr hoch anzurechnen sei, den letzten Willen ihres Mannes mit der Aufnahme des Kindes erfüllt. Sie ihrerseits habe, als Sophies Patentante, ihr und dem Kind einen Besuch abgestattet, was sie beiläufig auch bei ihrer Großmutter regelmäßig getan habe, und die Kleine wohlauf gefunden.

Carolines Hand war zu schwach, um den Brief festzuhalten. Er fiel zu Boden und blieb dort liegen. Sie starrte darauf, unfähig, einen klaren Gedanken zu fassen. Die Zeilen, die sie gelesen hatte, erschienen ihr unwirklich. Es war so wie damals, als sie vor dem Postamt in Mahlsheim auf Georg gewartet und geglaubt hatte, in einer anderen Realität zu sein, in der es ihn nicht gab. Großmutter war tot – das hatte Emma geschrieben. Es stand dort in dem Brief, der noch immer auf dem Boden lag. Einen Moment lang hatte sie den Impuls, ihn zu zerreißen, so als könnte sie das, was darin stand, dadurch ungeschehen machen. Dann wankten ihr die Knie, sie tastete sich zu ihrem Bett und legte sich nieder. Mühsam versuchte sie, ihren Atem zu kontrollieren, ruhig ein und aus zu atmen. Wenn das stimmte, war Sophie allein ... oder nein, bei Mutter. »Sophie ist bei meiner Mutter«, flüsterte sie vor sich hin. »Weil Großmutter tot ist. Aber Mutter hasst doch mein Kind, so wie sie mich hasst ...« Sie drehte sich auf die Seite, griff den Brief mit zwei Fingern und zwang sich, die entsprechenden Stellen nochmals zu lesen. Mutter erfüllte Vaters letzten Willen. Vater – hatte er denn Sophie geliebt und sie selbst auch? Hatte er sie tatsächlich nur deshalb verstoßen, weil Mutter es so wollte? Sie ließ den Brief sinken und schloss die Augen. »Sophie geht es gut«, flüsterte sie. »Meinem Kind geht es gut.« Ihr Atem ging noch immer nicht regelmäßig; das Gefühl zu ersticken wich nur langsam. Aber sie musste aufstehen, unbedingt, sofort! Sie musste sich Gewissheit verschaffen. Wenn Mutter meine Sophie aufgenommen hat, dachte sie, dann will ich es von ihr selbst hören. Ich muss doch wissen, ob das auf Dauer ist oder ... ob sie mein Kind wieder wegschicken will ... ins Waisenhaus gar ... oder ob Mutter mich vielleicht wieder aufnimmt! Bei diesem letzten Gedanken stieg eine vage Hoffnung in ihr auf. Sie legte die Hand auf ihr Herz und konnte tatsächlich aufstehen. Langsam machte sie die zwei Schritte zum Fenster hin und öffnete es weit. Wenn das der Ausweg war, die Lösung ... Wenn Mutter sie wieder aufnahm! »Ich muss zum Telegraphen!«, sagte sie vor sich hin. »Ich muss hinfahren, gleich morgen. Ich muss zu Sophie! Und Großmutter ... ich muss doch zu ihr, zu ihrem Grab ...« Tränen erstickten ihre Stimme. Sie schloss das Fenster und wischte sie ab. Sophie, ihr Kind, war jetzt das Wichtigste. Sie nickte, wie um sich den Gedanken zu bestätigen, nahm ihr Schultertuch um und ging in die Küche hinunter.

»Nu, wat is denn!«, fragte Frau Nostritz erschrocken. »Wat is denn los, Mädchen?«

»Meine Großmutter ... Sie ist gestorben.«

»Nu, det is ja ... Erst der Vater und nu die Jroßmutter ...«

»Ich muss zum Telegraphen. Ich muss meiner Mutter schreiben.«

»Ja, jeh nur, jeh man.« Betroffen sah die Köchin ihr nach.

Unterwegs zum Postamt hatte sie Mühe, den schnellen Schritt, mit dem sie auf das Gebäude zu eilte, zu halten. Ihre Kehle schnürte sich zu. Sie musste stehen bleiben, um Atem zu schöpfen. Danach ging sie langsamer weiter. Danke, dass du mein Kind genommen hast. Ich werde kommen! Caroline, telegrafierte sie an Friederike. Als sie das erledigt hatte, ging es ihr besser. Sie musste nach Hause fahren, gleich morgen.

»Caroline, kann ich etwas für dich tun?«, fragte Anna besorgt, als sie zurück im Werdersdorfschen Haus war.

»Ich weiß nicht«, gab sie zurück. Sie fühlte sich vollkommen leer und gleichzeitig benommen.

»Ich gehe mit Caroline hinunter in die Plättkammer und helfe ihr«, sagte Anna, an Frau Nostritz gewandt.

»Is da denn immer noch wat zu plätten!«, antwortete die Köchin. »Is doch schon spät. Na, jeht man. Ick mach det hier schon alleene.«

Unten saß Caroline stumm auf dem Schemel und sah Anna beim Plätten zu.

»Caroline. Möchtest du darüber sprechen? Frau Nostritz hat mir erzählt ...«

»Ich mache mir solche Sorgen um meine Sophie, Anna!« Caroline verschränkte ihre Hände ineinander und bohrte ihre Fingernägel in die Innenflächen. Der Schmerz löste die Verkrampfung allmählich. Sie erzählte, was Emma geschrieben hatte. In ihrer Erregung und Verwirrung wiederholte sie sich ständig und stellte Fragen, auf die auch Anna keine Antwort hatte. Die hörte schweigend zu. Was hätte sie auch sagen können angesichts dieses Leids ... Sie nahm Caroline die Arbeit ab und gab der Freundin nur ab und zu das Eisen herüber, damit diese den heißen Bolzen wieder einsetzen konnte. »Ich möchte wissen, woran Großmutter so plötzlich gestorben ist!«, sagte Caroline zum dritten Mal. Ihre Stimme klang schrill, fremd. »Ich versteh das nicht! Und Mutter nimmt Sophie! Warum? Sie hat mich doch verstoßen! Und Vaters letzter Wille – hat er mich denn in seinem Testament bedacht? Ich versteh das alles nicht, Anna!«

Anna setzte das Eisen ab. »Komm, wir machen eine Kaffeepause. Muss die dumme Rätin eben etwas länger auf ihre Unterwäsche warten. Außerdem hat sie genug davon. Ich wollte, ich hätte nur halb so viel!«

»Ich muss hinfahren, Anna!«, sagte Caroline, die gar nicht zugehört hatte.

»Natürlich musst du!«, bekräftigte Anna. »Schließlich geht es um dein Kind.«

»Ich glaube, ich werde verrückt! Erst verliere ich Georg, dann verstoßen mich meine Eltern, dann muss ich mein Kind zurücklassen, dann stirbt Vater – und jetzt auch noch Großmutter, die Einzige, die immer zu mir gehalten hat. Ich werde verrückt, Anna. Ich kann nicht mehr!«

Anna nahm sie in den Arm und führte sie in die Küche. Frau Nostritz war mit der Vorbereitung des Abendessens beschäftigt. Sie setzte eine große Tasse Kaffee vor Caroline hin.

»Jott, Mädchen«, sagte sie dazu, »du siehst ja aus wie der bleiche Dod!«

Caroline trank. Die Tränen rannen ihr die Wangen hinunter und mischten sich mit dem heißen Kaffee. »Nu jeh ma nach oben!«, fuhr die Köchin fort. »Leg dir hin. Nimm dir wat zu essen mit.«

Caroline nickte, nahm aber nichts und sagte, als Anna sie hinauf in die Dachkammer gebracht hatte: »Ich muss doch packen. Ich muss doch fahren.«

»Auf einen Tag kommt es jetzt nicht an. Jetzt musst du dich erholen, sonst kannst du gar nicht fahren. Und vielleicht antwortet deine Mutter ja auch.«

Und wie Anna es vorausgesagt hatte, so kam es. Früh am nächsten Morgen traf ein Telegramm von Friederike ein: Sophie geht es gut. Komm nicht. Warte Brief ab. Mutter.

Was hat das zu bedeuten?, fragte sie sich, als sie die wenigen Sätze gelesen hatte. Sophie geht es gut, das ist das Wichtigste. Ist aber der Brief in drei Tagen nicht hier, fahre ich. Und was um Gottes willen will sie mir schreiben? Müsste sie nicht sagen: »Ja, Kind, komm nach Hause und sorge für Sophie! Ich bin froh, dich wiederzuhaben.« Stattdessen diese wenigen Sätze. Aber sie hat mir ja auch nichts von Vaters Tod geschrieben, das war Großmutter. Und jetzt hat sie mir wieder nichts geschrieben, als Großmutter starb. Und die gute Emma dachte natürlich, ich wüsste längst davon – von meiner Mutter.

Das ungute Gefühl blieb, aber die Aufregung des vorangegangenen Tages war doch zu viel gewesen. Als Anna die Freundin auf dem Bett sitzen sah – das Telegramm auf dem Schoß, mit leerem Blick und Augen voller Angst –, bestand sie darauf, dass sie liegen bleiben müsse. Mochte Amelie

Werdersdorf denken, was sie wollte, aber meistens merkte sie es nicht einmal, wenn einer der Dienstboten nicht auf dem Posten war oder vertreten wurde, solange sie nichts entbehrte. Und dass dem so war, dafür sorgte Miss Distinner schon aus Eigeninteresse. Anna bediente denn auch beim Frühstück wie gewohnt und ging danach hinunter in die Plättkammer. Die Köchin erledigte den Abwasch selbst, und Miss Distinner, nachdem sie in alles eingeweiht worden war, verriet sie nicht. So konnte Caroline schlafen und ging erst am Nachmittag, nachdem sie sich bei Frau Nostritz artig bedankt hatte, um Anna abzulösen. »Lass nur, es geht schon wieder«, erwiderte sie auf die Einwände ihrer Freundin hin, und diese ging, nachdem sie noch die Bettwäsche der Herrschaft eingeweicht und das Feuer im Kessel angemacht hatte, wenig später mit der fertig geplätteten Wäsche nach oben. Die Rätin fand denn auch nichts Negatives während ihrer Inspektion und wies Anna an, die Wäsche in die Schränke zu ordnen. Auf Caroline war sie nach wie vor nicht gut zu sprechen, vermied aber ihrem Mann gegenüber jegliche Erwähnung des Mädchens. Ihre Eifersucht war offenbar unbegründet gewesen und Werdersdorf der Alte geblieben. Dennoch hatte sie eine entschiedene Abneigung gegen diese dunkelhaarige Person mit den leuchtend blauen Augen, die in allem, so schien es ihr, das Gegenteil von ihr selbst war. Hätte sie um die Situation und den Zustand des Mädchens gewusst, sie hätte sicher triumphiert. So aber erfuhr sie von allem nichts, denn auch ihr Mann hatte über Carolines Nachricht vom Tod ihres Vaters und schon gar über deren Wunsch, deshalb über Weihnachten ein paar freie Tage zu bekommen, geschwiegen.

Am nächsten Abend fand Caroline den erwarteten Brief von Friederike vor. Sie war den Tag über unruhig gewesen und hatte, nachdem der erste Schock vorüber war, das Bedürfnis gehabt, bis zur Erschöpfung zu arbeiten, um wenigstens einigermaßen zur Ruhe kommen zu können. So war sie an diesem Tag nicht nur noch müder als sonst, sondern auch früher mit ihrer Arbeit fertig. Ganz in der richtigen Erwartung eilte sie nach oben und riss Friederikes aus mehreren Bögen bestehenden Brief sofort auf. Liebe Caroline, las sie, Vaters Tod hat mich so tief getroffen, wie du es dir nur eben vorzustellen vermagst. Er kam, trotz seiner langen und durch dein Verhalten sicher mindestens mitverschuldeten Krankheit, so plötzlich und unerwartet für mich, noch dazu an Gustavs Hochzeitstag. Bei der Testamentseröffnung erfuhr ich, dass Vater dir nichts hinterlassen hat, was mich – du weißt, aus welchen Gründen – nicht wundert. Allerdings hat er mir ein Versprechen abgenommen, und dieses ist als sein letzter Wille und Verpflichtung für mich Teil seines Testaments. Dieses Versprechen betrifft dich oder vielmehr dein Kind, ohne dass ich es vorher gewusst hätte. Vater hat gewollt, dass ich nach dem Tod meiner Mutter dein Kind zu mir nehme und aufziehe. Dies war sicher auch dem Gedanken geschuldet, dass du selbst, wie du durch dein unmoralisches und rücksichtsloses Verhalten nur allzu deutlich gezeigt hast, nicht in der Lage bist, ein Kind zu erziehen. Ich bekenne, dass ich zunächst gezögert habe, seinen Willen zu erfüllen. Auch hier weißt du, warum. Dann aber starb meine Mutter kurz nach Eduard, und das erschien mir wie ein Zeichen, mein Versprechen, dass ich ihm so vertrauensvoll gegeben habe, zu halten. Dein Vater hat mir ein Leben ermöglicht, das so sorglos wie angenehm war. Dass unsere Tochter uns einmal so enttäuschen würde, konnten wir wahrlich nicht ahnen, denn wir haben dich sehr geliebt und alles getan, um dir ein ebenso gesichertes Leben zu ermöglichen, wie ich es hatte. Ich schreibe »hatte«, denn mit der Sorglosigkeit ist es nun vorbei. Vater hat mich beinahe mittellos zurückgelassen. Du wirst also weiterhin für dein Kind arbeiten müssen. Übersende das Geld an mich, so wie du es auch bei Großmutter gemacht hast. Du wirst verstehen, dass ich dich durchaus nicht bei mir sehen möchte. Es wächst nun langsam Gras über die Geschichte, und die Leute im Dorf, wenn auch nicht alle, neigen mehr und mehr zu der Auffassung, dass so ein Kind nichts dafür kann, dass es in die Welt gesetzt wurde. Du wirst also fernbleiben müssen, um deinem Kind ein leidlich normales Leben zu ermöglichen. Sei gewiss, dass ich Sophie so gut erziehen werde, wie ich es bei meinen eigenen Kindern getan habe. Es soll ihr an nichts fehlen, soweit ich das zu bewerkstelligen vermag. Wir werden in unserem Haus, das nun deinem Bruder gehört, bleiben, während Gustav mit seiner Frau nicht dort wohnen wird, denn es wäre seiner Reputation, die er jetzt schon in so hohem Maße genießt, nur allzu abträglich. Er ist nun – auch dies auf Vaters letzten Wunsch hin – der Vormund deines Kindes. Rechne nicht auf seine Unterstützung. Er erlaubt mir, Sophie aufzuziehen, hat aber angedroht, dass er sie, sobald du es wagst, dich hier zu zeigen oder gar niederzulassen, in ein Heim geben wird. Ich bitte dich also, uns alles nicht noch schwerer zu machen, als es bereits ist. Denke einmal in deinem Leben an uns. Es wird dir umso leichter fallen, als es damit gleichzeitig auch um dein Kind geht. Deine

Mutter Friederike Caspari. Es folgte noch ein P.S.: Großmutter ist friedlich gestorben. Sie ist eines Morgens einfach nicht mehr aufgewacht.

Wäre Caroline nicht schon leer geweint gewesen und durch so viele tiefe Täler geschritten, sie hätte geschrien vor Schmerz und Verzweiflung. So ließ sie nur den Brief sinken und sah blicklos vor sich hin. Es fiel ihr schwer, überhaupt zu realisieren, was da stand. Dass sie nicht kommen sollte. Nie mehr. Dass sie ihr Kind nicht besuchen durfte. Dass alles, was sie sich für die Zukunft ausgemalt hatte, durch Mutters Zeilen ausgelöscht worden war. Dass sie Sophie geboren hatte und das Kind, als es zwei Monate alt gewesen war, zurücklassen musste, immer in der Hoffnung, es besuchen und später zu sich nehmen zu können. Großmutter hatte darauf gewartet, dass es so kam – und nun war sie tot und alles war anders.

Sie saß noch immer so da, auf dem einzigen Stuhl im kleinen Kämmerchen, als Anna eintrat. Der Brief lag auf ihren Knien, und sie hatte den Blick zum Fenster gewandt, durch das ein schwacher Lichtschein fiel. Anna erschrak vor diesem Bild, zündete die Kerze an und ging zu der so leblos wirkenden Gestalt hinüber. »Caroline?«, fragte sie leise und dachte: Bitte nicht schon wieder eine schlechte Nachricht! Was soll sie noch alles ertragen!

Caroline reichte ihr den Brief. Sie sagte nichts und sah die Freundin auch nicht an. »Mein Gott!«, flüsterte Anna, als sie gelesen hatte. Beide blieben sie lange stumm, bis Anna fragte: »Was soll jetzt werden?«

Caroline wandte ihr den Blick zu. »Ich werde hinfahren«, sagte sie fest. »Weihnachten, so wie ich es geplant habe. Ich gehe zu Mutter und, wenn es sein muss, auch zu meinem Bruder. Ich will mein Kind sehen, nur sehen, dass es ihm gut geht. Ich schicke weiter das Geld, so wie Mutter es von mir verlangt. Und wenn ich großjährig bin, Anna, dann will ich Sophie zu mir nehmen. Mein Bruder ist der Vormund, aber ich bin Sophies Mutter. Und ich bin dann nicht mehr minderjährig.« Sie nickte wie zur Bekräftigung ihrer Worte. »Ich werde mich nicht mehr abfertigen lassen als die allein Schuldige. Schuldig woran? An Georgs Tod? Oder daran, dass ich ihn geliebt habe und er mich? Nein, Anna, mir ist nur noch mein Kind geblieben. Und dafür lohnt es sich zu kämpfen!«

Anna schüttelte den Kopf. »Das ist ... Du bist so – unglaublich stark ...«

»Mein Kind, Anna, das macht alles mein Kind. Ich spüre es ganz genau. Warte nur, bis du eines hast. Dann wirst du es selbst merken.«

Anna stand auf und drückte Caroline an sich. Welche Stärke und welch ein Wille!

Kapitel 15

Als Gustav aus der Firma kam, fand er Salon und Schlafzimmer leer vor. Er klingelte. Guste, das nach Elisabeths Hochzeit eingestellte Zweitmädchen, eilte die Treppe herauf.

»Ist die gnädige Frau nicht da?«

»Nein, gnädiger Herr. Sie ist mit der Frau Doktor zur Schneiderin gegangen.«

»Danke, Guste. Bringen Sie den Kaffee.«

Guste machte einen Knicks. »Aber der Herr Doktor ist da.«

Gustav ging zu den Zimmern seines Schwiegervaters hinüber, die den ihren direkt gegenüberlagen, und klopfte an die Tür des Salons. Fehrhofen saß in seinem Ohrensessel und blickte freudig auf, als er die Stimme seines Schwiegersohnes hörte. »Du möchtest wohl rauchen, mein Junge?«, fragte er scherzhaft, denn er wusste, dass Elisabeth weder Zigaretten noch Zigarren in ihrem Salon duldete.

»Auch das, Papa. Aber ich freue mich auch, ein wenig mit dir plaudern zu können und dich über den Stand der Dinge bezüglich unserer Villenkolonie zu unterrichten.«

»Ah! Gibt es Neuigkeiten?«

»Die Stadt ist wohl zum Verkauf bereit. Wenn du bar zahlst allerdings nur. Aber ich denke, das wird kein Problem sein, bei dem Preis.«

»Gewiss nicht. Aber werden wir auch Käufer finden?«

Guste brachte den Herren den Kaffee. Gustav wartete, bis sie das Zimmer verlassen hatte. Dann antwortete er: »Als nächstes werden wir, schon mit Beginn des neuen Jahres, Investoren suchen. Zum einen werden das Bauherren sein, die die Villen bewohnen wollen, zum anderen die Finanziers des Ruhesitzes. Es müsste mit dem Teufel zugehen, wenn wir keine finden. Die Nähe zu Cassel, die Landschaft, der See, unsere Burg – und die Tatsache, dass unser hochverehrter Kaiser und seine Gemahlin nun jedes Jahr die Sommerfrische auf Schloss Wilhelmshöhe genießen.«

»Wann müsste ich kaufen?«

»Am besten noch in diesem Jahr, Papa. Wenn du es wünschst, mache ich einen Termin. Wenn erst bekannt wird, dass wir uns um Investoren bemühen oder wem das angrenzende Mahlsheimer Land gehört, dann wird der Preis steigen. Jetzt ist es nichts als Ackerland ...«

»Gut, mein Junge. So wollen wir es machen.«

Der Alte zündete sich eine Zigarre an und gab seinem Schwiegersohn Feuer.

»Wie eilig ist es euch denn mit der Villa?«

»Was meinst du, Papa?«

»Nun, wenn erst Nachwuchs in Sicht ist ...«

Gustav lachte. »Nein, soweit ich unterrichtet bin, ist das noch nicht der Fall. Elisabeth hat es nicht so eilig damit, glaube ich.«

»Na, es kommt doch, wie es kommt ... Und ich gehe einmal davon aus, dass sie dir eine treue und folgsame Frau ist.«

»Das ist sie gewiss. Ich bin ihr ganz und gar verfallen, wie du weißt. Nein, daran liegt es nicht. Aber vielleicht ist es gut so. Bis wir die Villa bauen können, vergeht wohl noch mindestens ein Jahr, zumindest aber ein halbes.«

Fehrhofen nickte befriedigt.

»Papa, da ist noch etwas, was ich mit dir besprechen möchte. Du weißt ja von meiner unglückseligen Schwester. Vater hat sie natürlich nicht im Testament bedacht, und sie ist weit weg und wird es bleiben. Aber meine Mutter hat nach Großmutters Tod ihr Kind bei sich aufgenommen ...« Sein Schwiegervater sah ihn überrascht an. »Sie erfüllt damit, so unglaublich es scheint, den letzten Willen meines Vaters, der sie, man könnte sagen, dazu verpflichtet hat. Und sie entsagt damit natürlich allen gesellschaftlichen Kontakten und, wie ich es ihr gegenüber ausdrücklich betont habe, auch den familiären, soweit es unsere Seite betrifft.«

»Ich kannte deinen Vater kaum, Gustav. Aber ich habe ihn immer für einen ehrenwerten Mann gehalten. Wie konnte er seiner Frau so etwas abverlangen?«

»Meine Mutter hat mit seinem vollen Einverständnis gehandelt, als sie meine Schwester verstieß. Ich verstehe es selbst nicht recht. Vielleicht ein Anflug von Sentimentalität, so mit dem Tod vor Augen ...«

Fehrhofen schwieg und sah vor sich hin.

»Versteh mich recht, Papa. Ich will ihn nicht entschuldigen. Möglich, dass Vater der immer mehr in Mode kommenden Meinung, so ein Kind könne ja nichts dazu, dass es auf der Welt sei, anhing, meine Schwester aber, ganz zu Recht, für unfähig hielt, ihr Kind zu erziehen. Und Mutter hat ihn wohl so geliebt, dass sie sich seinem letzten Wunsch nicht verschließen wollte.«

»Und dafür all das auf sich nimmt. Das verdient in gewisser Weise sogar Respekt.«

»Ich weiß doch nicht, Papa. Ich meinerseits habe dazu eine klare Haltung, die gleiche, die ich immer gehabt habe.«

Fehrhofen klopfte ihm auf die Schulter. »Daran habe ich keinen Zweifel. Und ich freue mich, dass du es mir so ehrlich gesagt hast. Für deine Mutter tut es mir leid. Sie ist doch eine patente Frau. Nun, jeder liegt, wie er sich bettet.« Er zuckte mit den Schultern. »Dann wirst du dich jetzt noch mehr auf die Fehrhofensche Seite konzentrieren. Das ist nicht das Schlechteste ...«

»Danke, Papa, danke für dein Verständnis. Und sei versichert, dass ich weiß, wo ich hingehöre. Elisabeth ist mein Ein und Alles, ihr gehört mein Leben.«

»Sie liebt dich sehr, Gustav. Sie ist immer noch so verliebt wie am ersten Tag. Ich möchte, dass das so bleibt.«

In diesem Augenblick traten, noch ehe Gustav seinem Schwiegervater etwas erwidern konnte, Margarethe und Elisabeth ein. Margarethe strahlte ihren Vater an. Elisabeth eilte auf ihren Mann zu, legte ihm die Arme um den Hals und küsste ihn. Er erwiderte mit sichtlicher Freude ihren stürmischen Gruß, hielt sie dann von sich ab und sagte: »Meine süße kleine Frau!« Elisabeth lachte, drehte sich um ihre eigene Achse und umarmte ihn erneut.

»Ja«, sagte Fehrhofen, »das ist es, was ich Glück nenne.«

Werdersdorf hatte es geschafft, Carolines Weihnachtsbesuch gegenüber seiner Frau durchzusetzen. »Bedenke doch, Amelie«, sagte er ernst, »erst der Vater und dann die Großmutter. Cousin Rieber hat es bestätigt. Sei großzügig, es ist eine Ausnahme.« Amelie hatte den Mund verzogen, so wie sie es oft tat, wenn sie mit dem, was ihr Mann sagte, nicht einverstanden war. Aber angesichts solch doppelten Leids nicht nachzugeben erschien ihr aus Gründen ihrer Reputation bei ihren Dienstboten nicht angebracht. So wenig deren Befindlichkeit sie auch interessierte, als bösartig zu gelten, widerstrebte selbst ihr.

So fuhr Caroline in banger Erwartung, gleichzeitig aber in freudiger Erregung, nach Hause. Am 27. sollte sie zurück sein. Drei volle Tage in Mahlsheim, dachte sie, das müsste doch genügen, um Sophie zu sehen und Mutter umzustimmen. Am späten Nachmittag traf sie am Fuchshagener Bahnhof ein. Es war schon dunkel, alles still, in den Häusern brannten die Kerzen. Dieses Mal war sie nicht unvorbereitet gefahren. Sie ging auf ein in der Nähe des Bahnhofs gelegenes Gasthaus zu und mietete ein Zimmer. Ausgeschlafen wollte sie sein, wenn sie zur Mutter kam, nicht mehr um ein Nachtquartier betteln. Und nicht im Dunkeln die gut vier Kilometer vom Bahnhof nach Hause laufen. Am nächsten Morgen erst machte sie sich auf den Weg. Sie trug nur eine leichte Tasche mit sich. Der dicke Wollmantel, den sie schon bei ihrer Ankunft aus Cassel getragen hatte, war jetzt zu weit geworden. Tapfer stapfte sie in ihren Schnürstiefeln durch den Schnee und war gegen elf in Mahlsheim. Sie hatte den letzten Teil des Weges nicht auf der Hauptstraße, sondern durch den Wald genommen, so dass sie niemandem begegnete. Der Hirschwald, ihr Hirschwald, wo sie mit Georg gegangen war, wo sie sich geliebt hatten – und wo sie Vater begegnet war, als die Mutter sie weggeschickt hatte. Sie hatte ihn nach Hause gebracht, und er hatte ihr zugehört und ihr geglaubt. »Vater«, sagte sie, »mein lieber, lieber Vater!« Und nun musste sie ihn auf dem Kirchhof besuchen und Großmutter ebenso. Großmutters Augen, ihre Stimme, ihre Hände – ihr einziger Zugang zur Welt in der Zeit nach Georgs Tod.

Als sie aus dem Wald heraustrat, lag das Haus vor ihr. Alles war verschneit. Haupthaus und Nebengebäude lagen in tiefer Stille. Niemand hatte den Weg geräumt. Ob Fritz krank war? Oder war auch er – tot? Sie ging auf die schwere Eichenholztür zu. Eine unerklärliche Scheu befiel sie. Klopfe doch endlich!, mahnte sie sich. Was ist mit dir los? Du willst doch dein Kind wiedersehen, deine kleine Sophie. Zwei Monate war sie alt, als du sie verlassen musstest, und jetzt ist sie acht Monate alt! Wie sie sich wohl verändert hat? Sie atmete tief durch und klopfte energisch an die Tür. Drinnen rührte sich nichts. Sie klopfte noch einmal und noch einmal. Jetzt endlich näherten sich Schritte. Minna, dachte Caroline, aber es war Friederike selbst, die die Tür einen Spaltbreit öffnete. Instinktiv trat Caroline einen Schritt zurück, damit die Mutter sie nicht sehe und die Tür weiter öffne. Und so geschah es auch. Wen auch immer Friederike erwartet haben mochte, ihr Lächeln erstarb in dem Moment, als sie ihre Tochter sah. Sie fasste sich an den Hals und starrte Caroline an, als wäre sie der Teufel persönlich.

»Mutter!«, rief Caroline, als Friederike die Tür wieder schließen wollte. »Mutter, ich bin nur gekommen, um mein Kind zu sehen. Ich falle dir nicht zur Last. Nur lass mich mein Kind sehen! Bitte!«

Friederike schüttelte stumm den Kopf wie in Trance, immer noch in ihrem Schreck erstarrt.

»Mutter! Ich will meine Tochter sehen!«

Die Tür fiel ins Schloss. Drinnen rührte sich nichts. Caroline schrie auf, stürzte zur Tür und trommelte dagegen. Dabei rief sie unablässig: »Mutter, ich will mein Kind sehen! So grausam kannst du nicht sein!«

Aber es war umsonst. Nichts rührte sich mehr im Haus. Caroline ging in Scheune und Stall, aber weder Fritz noch der Warmblüter waren da. Es schien, als wäre alles ausgestorben. Sie ging zum Haus zurück, warf einen Schneeball gegen das Küchenfenster und rief: »Minna!« Aber Minna antwortete auch nach vielen Rufen nicht, und endlich, es mochte wohl eine halbe Stunde vergangen sein, öffnete sich das Fenster. Friederike steckte den Kopf heraus und sagte: »Minna ist nicht mehr da. Ich habe sie entlassen müssen.«

Caroline zuckte zusammen. »Und Fritz?«

»Auch weg.«

»Bist du ... ganz allein?«

Friederike nickte.

»Mutter ...«

»Ich habe dir geschrieben, Caroline. Ich habe gehofft, dass du wenigstens dieses Mal verstehst und uns in Frieden lässt.« Friederikes Stimme war leise. Traurig sah sie ihre Tochter an. »Von dir ist alles Unglück gekommen. Da fing es an ... Jetzt lass uns doch endlich in Ruhe.« Tränen, echte Tränen, liefen ihr die Wangen herab. »Ich will nichts, als dass du uns in Ruhe lässt. Sonst nichts.«

»Mutter, Sophie ist mein Kind. Ich bin ihre Mutter!«

»Du hast dein Recht verwirkt, Caroline. Dein Kind wäre im Waisenhaus, wenn es nach mir gegangen wäre. Vielleicht habe ich darin Unrecht getan. Aber nachdem Großmutter gestorben ist, so kurz nach Eduard, da konnte ich ihm die Bitte nicht abschlagen. Ich konnte nicht. Und er wusste, warum er mir das Kind anvertraut hat und nicht dir.« Caroline starrte sie an. »Ja, Caroline, so liegen die Dinge, und du hättest es dir selbst sagen und dir den langen Weg sparen können. Und nun geh, geh und komm nicht wieder.«

Sie schloss das Fenster. Caroline schluckte und trat einen Schritt zurück. Dann ging sie wieder zur Tür und hämmerte dagegen. »Sophie ist mein Kind, mein Kind und Georgs Kind! Er kann mir nicht mehr helfen. Aber ich komme wieder, Mutter, ich komme wieder!«

Wie benommen nahm sie den Weg zurück durch den Hirschwald auf die Schmiede zu. Als sie klopfte, öffnete Magdalene die Tür und sah sie einen Moment lang groß an. Dann nahm sie die Nichte in die Arme und sagte: »Line, komm rein!«

Caroline war klar, dass sie als Bittstellerin kam. Sie bat um ein Bett für drei Nächte, sie entschuldigte sich, dass sie am Heiligen Abend so plötzlich hereinschneie und zur Last falle. Aber Magdalene schnitt ihr das Wort ab und sagte: »Natürlich bleibst du, Line.« Dann machte sie Feuer in Großmutters Schlafstube, bezog das Bett und nahm Caroline mit in ihre Küche. »Ich bin doch froh, wenn ich Hilfe habe!«, scherzte sie. Caroline band sich eine Schürze um und ging Magdalene zur Hand. Nein, zur Kirche wolle sie nicht mitgehen, sie passe auf den Weihnachtsbraten auf und bereite alles vor. Und wirklich, als Heinrich und seine Frau mit Ferdinand zurückkamen, war alles fertig. Der Braten duftete, der Tisch war festlich gedeckt, der Weihnachtsbaum strahlte im Schein vieler Kerzen. Caroline bedankte sich bei Tante und Onkel, dass sie ihr Quartier gegeben hatten. Sie habe zur Mutter gewollt, sei aber nicht eingelassen worden und werde es wieder versuchen; sie sehne sich so sehr danach, ihr Kind zu sehen. Heinrich wandte sich ab, dann nickte er und sagte: »Es war zu viel für Mutter mit dem Kind. Und doch: Sie hat sich so sehr daran gefreut auf ihre alten Tage. Die Sophie war ihr ganzes Glück.« Und dabei rollte ihm eine Träne aus dem Augenwinkel. Er wischte sie ab, nicht einmal hastig, eher traurig. Caroline sah ihn an. »Ich bin euch so dankbar, Onkel Heinrich. Dir und Tante Magdalene. Ohne euch wäre es nicht gegangen und Sophie wäre in einem Waisenhaus. Ich wollte, ich könnte es euch vergelten.«

»Lass man, Mädchen«, erwiderte Heinrich, nun wieder ganz in seiner gewohnt ruhigen Art, »du hast deiner Großmutter immer die Treue gehalten, auch als das Prinzesschen sie längst abgeschrieben hatte. Und Mutter hat das gewusst und dich sehr lieb gehabt.«

Da konnte Caroline nicht anders, als zu ihm zu gehen, ihn an sich zu drücken und zu sagen: »Ich hatte sie auch so lieb, Onkel Heinrich, so lieb wie sie mich hatte.«

Er nickte. »Und nun bleibst du die paar Tage hier und siehst zu, was du machen kannst. Aber unsere Friederike hat schon immer gewusst, was sie wollte. Es wird nicht leicht werden.«

Magdalene, die wohl sah, wie Caroline litt, wenn sie an ihr Kind dachte, erzählte von der Kleinen. Immer wenn sie Friederike mit dem Kind begegne, habe sie den Eindruck, dass gut für es gesorgt werde. Es sei ganz fröhlich und auch gut gekleidet und genährt. Und die Leute hier sähen in ihm Eduards Enkel, und es gebe sogar so etwas wie Respekt für Friederike, die den letzten Willen ihres Mannes erfülle. Das alles sollte ein Trost sein und war es auch. Aber es blieb doch die Angst bei Caroline zurück, Friederike wolle ihr wirklich das Recht am eigenen Kind versagen. Ihre Mutter traute ihr die Erziehung nicht zu und unterstellte, Vater habe es auch so gesehen.

So war ihr beklommen zumute, als sie sich am ersten Weihnachtstag wieder auf den Weg ins elterliche Haus machte. Wieder war die Tür verschlossen, aber dieses Mal lag ein Brief für sie auf der Fußmatte. Er hatte einen ähnlichen Inhalt wie der, den die Mutter ihr nach Zehlendorf geschickt hatte. Nur war er schärfer formuliert und enthielt die Drohung, dass sie, sollte sie sich noch einmal sehen lassen, mit Konsequenzen rechnen müsse, die weder sie noch Gustav wollten, die dann aber unvermeidlich seien. Insofern ließ der Brief sie im Ungewissen; Caroline zerknüllte ihn in einem Anfall von Wut und Demütigung und warf ihn fort. Dann aber hob sie ihn wieder auf, strich ihn glatt und steckte ihn in die Tasche. Sie klopfte ein paar Mal an die Tür, aber es rührte sich nichts. Scheune und Stall waren verschlossen, ebenso die Fenster.

Ich muss zu Emma!, fiel ihr ein. Ich brauche ihre Hilfe und sie wird sie mir nicht versagen. Aber es war Mittag geworden, sicher genoss man im Legerschen Haus gerade die Weihnachtsgans. Das war kein guter Zeitpunkt für ihr Anliegen. Sie musste die Zeit zwischen Mittagessen und Kaffeezeit wählen, um überhaupt eine Chance zu haben, Emma allein sprechen zu können. Leger würde sie sicher, wie beim letzten Mal, als sie in seinem Haus gewesen war, hinausweisen. So wartete sie ab, ungeduldig und noch immer wütend auf ihre Mutter. Sie half Magdalene beim Abwasch, scheuerte den Küchenherd und machte sich dann, den weiten Umweg über Hirsch- und Bärenwald nehmend, zum Gutshof auf. Ein ihr unbekanntes Mädchen öffnete. Caroline stellte sich als Emmas Freundin vor und fragte nach ihr.

»Die Frau Leger is oben«, sagte die Magd. »Es geht ihr nich gut.«

Caroline erschrak. »Was hat sie denn?«

»Es is wohl die Grippe, sagt der Doktor«, antwortete das Mädchen. Sie war ein wenig scheu, aber unbedarft. Offenbar wusste sie nichts über Caroline.

»Es wäre sehr nett, wenn Sie mich hinauflassen würden. Frau Leger wird sich sicher freuen, wenn sie mich einmal wiedersieht. Ich bin ihre beste Freundin und war länger nicht hier.«

Das Mädchen sah sie ein wenig ratlos an, blickte sich dann suchend in der großen Diele um und sagte schließlich: »Soll ich dem Herrn Bescheid sagen?«

»Das wird nicht nötig sein. Ich gehe rasch hinauf und strapaziere meine Freundin nicht über Gebühr.«

»Aber ich darf niemanden hereinlassen, ohne dass er es weiß.«

»Wo sind denn die Kinder?«, fragte Caroline, um abzulenken.

»Die Marie is auch krank, und der Jakob fängt jetzt wohl auch an. Er hat schon gehustet und geniest. Nur der Johann is gesund.«

»Und die alte Frau Leger?«

Diese Frage bereitete ihr offenbar eine Verlegenheit. Sie sah sich wieder nervös um und flüsterte dann: »Die is schon lange nich mehr aufgestanden.«

»Aber warum denn? Was hat sie denn?« Es gelang Caroline, Besorgnis in ihre Stimme zu legen.

Die Magd zuckte mit den Schultern. »Ich weiß nich.«

Caroline nickte. »Ich kann es mir schon denken. Es ist wegen ihrem Sohn, nicht wahr?« Und weil diese Äußerung ganz offensichtlich Erschrecken auslöste, setzte sie hinzu: »Emma hat es mir geschrieben. Wir wissen alles voneinander, und sie spricht sich bei mir aus.«

Das Mädchen schwankte zwischen den Anordnungen, die ihr Herr ihr gegeben hatte, und ihrem Bedürfnis, endlich einmal über die Zustände, die im Legerschen Haus herrschten und die keinem der Dienstboten verborgen geblieben waren, zu sprechen. Caroline, die das wohl merkte, fasste sie am Arm. »Kommen Sie, wir gehen nach oben. Herr Leger hat wohl gar nicht gehört, dass jemand gekommen ist.« Und sie zog die nur anfänglich widerstrebende Magd mit die Treppe hinauf. Beide betraten sie das Schlafzimmer. Emma, die heiß und rot vom Fieber in den Kissen lag, wandte den Kopf und stieß, als sie Caroline sah, einen kleinen schwachen Freudenschrei aus.

»Mein liebes Emmachen! Ich bin ja so froh, dich zu sehen.« Sie umarmte die Kranke, die vor lauter Freude und vor Schwäche nichts sagen konnte. Und so war es Caroline, die erzählte, nachdem die junge Magd sich angeschickt hatte, den Raum verlassen. »Warten Sie vor der Tür, Amalie«, wies Emma sie an. »Und sagen Sie Bescheid, wenn mein Mann kommt. Er darf meine Freundin hier nicht sehen.«

Amalie sah die Freundinnen mitleidsvoll an und ging dann, um ihren Wachtposten vor der Tür einzunehmen.

»Das ist schlimm«, sagte Emma, als sie gehört hatte, wie es Caroline ergangen war. »Es ist furchtbar. Und ich bin krank, ausgerechnet jetzt!« Der Schweiß brach ihr aus.

Caroline ging zum Waschtisch, um einen kalten Lappen für Emmas heiße Stirn zu holen und legte ihn auf. Emma seufzte dankbar.

»Du musst dich ausruhen, Emmalein, und dich auskurieren. Das ist jetzt das Wichtigste.«

Sie nahm die fieberheiße Hand der Kranken und streichelte sie.

»Es tut so gut, dass du da bist, Linchen! Für dieses Mal kann ich dir nicht helfen. Du musst ja schon übermorgen wieder weg. Aber lass nur, im nächsten Jahr oder doch spätestens, wenn du über dich selbst bestimmen kannst, dann gilt es, und dann werden wir es angehen.«

Angesichts dieser tröstenden Worte, die Emma, noch im Fieber und geplagt von Kopf- und Gliederschmerzen, ausgesprochen hatte, war Caroline ruhiger geworden. Sie war nicht allein! Und hier lag, hilflos und traurig, eine Frau, die ein ähnlich schwere Bürde zu tragen hatte wie sie selbst.

»Er trinkt immer mehr«, flüsterte Emma. »Es ist so schlimm. Und diese Veronika hat ihn fest im Griff und bestärkt ihn noch darin. Ich nehme an, er belästigt sie dann nicht so oft ...«

»Lass, Liebes!«, unterbrach Caroline sie. »Du regst dich auf, und das ist das Schlechteste jetzt. Werde gesund und dann schreibe mir, schreibe dir alles von der Seele. Ich schicke die Antworten wie jetzt auch an deinen Vater. Und ich komme wieder! Ich komme, wenn ich großjährig bin, und hole meine Sophie!«

»Ach, Linchen, ich danke dir, dass du gekommen bist! Ich sehe zu, dass ich schnell wieder gesund werde, und dann schreibe ich alles, so wie du es gesagt hast.«

»Und jetzt schlaf ein bisschen und erhole dich. Für die Kinder ist gesorgt?«

»Ja, die beiden Älteren liegen nebenan. Amalie ist ein liebes Mädchen. Sie kümmert sich um uns.«

Caroline umarmte die Freundin und warf ihr, im Türrahmen stehend, eine Kusshand zu.

»Ich werde weiter auf Sophie achten!«, versprach Emma. »Verlass dich auf mich.« Carolines Besuch hatte sie sichtlich belebt und in ihrem Willen, durchzuhalten und wieder gesund zu werden, bestärkt.

Ja, dachte Caroline, ich weiß. Und das hilft mir, das alles auszuhalten. Unfähig, etwas zu erwidern, nickte sie Emma dankbar zu. Sie presste die Lippen aufeinander und merkte erst, dass sie Tränen in den Augen hatte, als Amalie sie verlegen ansah. Sicher hatte sie einiges von dem Gespräch mitbekommen und machte sich nun ihre eigenen Gedanken.

»Danke, Amalie, dass Sie uns geholfen haben. Sorgen Sie nur recht gut für die Frau Leger.«

Das Mädchen nickte teilnahmsvoll, aber jetzt auch freundlich und entspannt. »Ja, sie is sehr nett ... Und er is ja auch meistens betrunken. Der hat wohl gar nix gemerkt.« Sie kicherte und öffnete Caroline die Tür.

»Auf Wiedersehen, Amalie. Gut, dass die Frau Leger Sie hat.«

Am zweiten Weihnachtstag machte sich Caroline noch einmal auf den Weg zu Friederike. Unterwegs kamen Wut und Empörung wieder hoch und verdrängten das Gefühl der Hilflosigkeit und der Demütigung. Die sitzt da drin mit meinem Kind!, dachte sie. Und ich darf es nicht sehen! Ich hasse sie! »Ich hasse sie!«, wiederholte sie laut. Hier im Wald hörte sie niemand. Es tat gut, es einmal auszusprechen, wenn sie auch im gleichen Moment zusammenzuckte und vor sich selbst erschrak. Dass sie so etwas fühlen konnte – noch vor einem Jahr hätte sie das nicht für möglich gehalten. Aber was war im Leben nicht alles möglich! Innerhalb von einem und einem halben Jahr hatte sie Georg kennengelernt, war sie schwanger geworden, war er gestorben und dann Vater und Großmutter. Das ist mehr als ein einziger Geist erfassen kann, dachte sie und spürte in diesem Augenblick, dass ihr all das noch nie so deutlich bewusst gewesen war wie jetzt, hier im Hirschwald, am Zweiten Weihnachtstag, auf dem Weg zu ihrer Mutter. Es bringt mich um! Es frisst mich von innen auf, und ich wollte es nicht wahr haben, weil es nicht sein darf. Denn da ist Sophie, für die ich leben muss! Und dadurch bin ich stärker geworden, ja, viel, viel stärker, als ich es je geahnt hätte als junges naives Ding von 18 Jahren, das brav den August Grieger heiraten wollte. Bei diesem Gedanken musste sie unwillkürlich lachen, ein bitteres und doch befreiendes Lachen. Und als sie unterhalb des Griegerschen Hauses aus dem Wald heraustrat, sah sie hinauf. Fenster und Tür waren verschlossen. Niemand war zu sehen. Helene Kunert wohnte jetzt dort und teilte mit August Tisch und Bett. Wie eklig das war. Sie wandte sich schnell ab und zog den vorbereiteten Zettel aus der Manteltasche. Dieses Mal hatte sie schon erwartet, dass auf ihr Klopfen und Rufen hin nicht geöffnet werden würde. Sie war eben dabei, den kurzen Brief unter der Tür durchzuschieben, als diese sich öffnete und Gustav mit einem ebenso kühlen wie abweisenden Blick auf seine Schwester herabsah.

Caroline war einen Moment lang erschrocken, erhob sich und schaute ihn an.

»Du kannst mir deine Nachricht gleich persönlich geben«, sagte er und nahm ihr den Zettel aus der Hand. »Ach, du wirst wiederkommen! Wenn du dich da nicht irrst, Caroline! Ich bin der Vormund deines Kindes. Ich bestimme, was mit deiner Tochter geschieht. Und wenn du jetzt nicht sofort gehst, und zwar auf Nimmerwiedersehen, dann sorge ich dafür, dass dieser Bankert, für den unsere Mutter sich aufopfert, weil Vater es so wollte, ganz schnell in ein Heim gegeben wird. So wahr ich hier stehe, Caroline. Es ist mir noch nie etwas so ernst gewesen. Du weißt also Bescheid. Dann Adieu, und schicke Mutter das Geld. Sie braucht es.«

Caroline war während seines Monologes blass geworden und hielt sich am Türrahmen fest. Aber sie sah dem Bruder immer noch ins Gesicht und sagte: »Es ist mein Kind, Gustav. Ihr könnt es mir nicht ewig vorenthalten. Ich werde nicht aufgeben.«

»Du weißt genau, wie gut Mutter dafür sorgt«, erwiderte er kühl. »Deine Freundin Emma wird dir sicher darüber berichtet haben. Du solltest froh sein und deiner Mutter auf Knien dafür danken, anstatt unverschämte Forderungen zu stellen.« Sein Gesicht nahm einen immer wütenderen Ausdruck an. »Geh, Schwester! Und bleib weg!«, sagte er, mühsam beherrscht. »Denk einmal an deine Familie und nicht immer nur an dich!«

Die Tür schloss sich. Am nächsten Tag schon musste sie zurück nach Berlin, nach Zehlendorf ins Werdersdorfsche Haus. Und sie hatte Sophie nicht einmal gesehen! »Gustav!«, rief sie.

»Ich will Sophie nur einmal sehen. Das kannst du mir doch nicht verweigern!«

Aber die Tür blieb geschlossen, nichts rührte sich dort drinnen. Erst nach unendlich langer Zeit, so schien es ihr, öffnete sie sich wieder. Gustav drängte Caroline, die sich an ihm vorbeischieben wollte, ab, verriegelte die Tür und ging an seiner Schwester vorbei wie an einer Fremden. »Mutter ist gar nicht da«, sagte er gleichgültig. »Es nutzt also nichts, hier hocken zu bleiben.« Sie sah ihn mit dem Einspänner abfahren und schaute hinter dem kleiner werdenden Wagen her, der den Weg die Hauptstraße entlang in Richtung Fuchshagen nahm. Immer wieder klopfte und schließlich hämmerte sie an die Tür. Als es dämmrig wurde und kein Licht im Haus anging, schleppte sich Caroline zurück zur Schmiede. Es war vorbei. Am nächsten Tag musste sie zurück und hatte Sophie nicht gesehen, ihr Gesicht gestreichelt, die kleinen Hände in ihre genommen, das Kind an ihr Herz gedrückt.

Heinrich und Magdalene fragten nicht viel. Das Gesicht ihrer Nichte sagte alles. Caroline lag die Nacht über wach und dachte an Sophie, an die Zeit, die vor ihr lag, an den Kampf, den sie würde kämpfen müssen, und auch an die kranke Emma mit ihrem brutalen betrunkenen Mann und dem behinderten Kind. Schließlich stand sie auf, noch vor der Zeit, und schrieb einen Brief an ihre Mutter. Am nächsten Morgen gab sie ihn Magdalene. »Ich bitte sie nur, mir meine Handarbeiten zu schicken«, sagte sie dazu. »Ich brauche sie für eine neue Stellung, bei der ich mehr verdienen kann.« Magdalene versprach, den Brief zu besorgen, und drückte Caroline zum Abschied herzlich an sich. Die Dankbarkeit des Mädchens rührte sie, und Heinrich fühlte ebenso, wenn er es auch nicht so zu zeigen verstand wie seine Frau.

Es war noch früh am Morgen, als Caroline auf den Kirchhof zuging. Keiner war so zeitig unterwegs in diesen dunklen Wintertagen. Sie suchte das Grab des Vaters und das der Großmutter. Lange stand sie still davor und nahm Abschied von den beiden Menschen, die sie, abgesehen von Georg, am meisten geliebt hatte. Dann lief sie den Weg durch das Dorf und die Hauptstraße entlang. Ein paar Gestalten, vor der Kälte vermummt wie sie selbst, begegneten ihr. Aber es war ihr egal, ob sie erkannt wurde oder nicht. Sie ging einfach vorbei und in der nächsten Stunde erreichte sie den Fuchshagener Bahnhof.

Kapitel 16

Als sie spät am Abend in Zehlendorf aus der Stammbahn stieg, stand für sie fest, was nun zu tun sei. Sie war entschlossen, sich nicht mit dem abzufinden, was sie von ihrer Mutter und von Gustav gehört hatte. In den ersten Januartagen schon bat sie Anna, am nächsten freien Sonntag einen Besuch bei Tante Valerie zu machen. Anna war, nachdem sie von dem in Mahlsheim Geschehenen hörte, sofort einverstanden. Am letzten Sonntag im Januar machten sich beide auf den Weg in die Berliner Luisenstadt, wo Valerie Schulze wohnte. Die freundliche, selbstbewusste Frau, die ihnen die Tür öffnete, glich ihrer Nichte in Haar- und Augenfarbe, war aber größer als diese und wirkte in ihrer Schlankheit, anders als Anna, robust und kraftvoll. Sie freute sich sichtlich, ja, beinahe über die Maßen, ihre Nichte wiederzusehen, zumal diese auf dem Punkte stand, ihrem Franz im Frühjahr ins Mecklenburgische zu folgen, so dass die Besuche noch seltener werden würden.

»Dann musst du eben zu uns kommen, Tante Valerie!«, hatte Anna erwidert. »Im Sommer, wenn alle Welt ausgeflogen ist und das Geschäft dich entbehren kann.«

Valerie hatte auch alles versprochen und ihre Nichte herzlich umarmt. Caroline war ebenso herzlich aufgenommen worden. Valerie genügte es, dass sie eine Freundin von Anna war, um ihr Wertschätzung und Respekt entgegenzubringen, wenn sie auch, als ihre Nichte ihr von Carolines Schicksal erzählt hatte, entgegnete: »Ja, das Unglück kommt von den Männern! Nichts für ungut, liebe Anna, aber hätte deine Freundin sich nicht mit diesem Postillion eingelassen, so wäre sie jetzt nicht so unglücklich und müsste auch kein Kind versorgen.«

»Aber, Tante Valerie«, hatte Anna daraufhin gesagt, »du weißt doch nun wirklich, wie es im Leben gehen kann. Du bist zu einem Kind gekommen, wie ... ja, wie die sprichwörtliche Jungfrau zum Kinde. Und es war mein Glück! Ich habe dir alles zu verdanken und habe dich von Herzen lieb!«

Da hatte Valerie Schulze gelächelt, Anna erneut umarmt und gesagt: »Du sollst recht haben!«

So war der Boden für Carolines Anliegen bereitet, und Valerie versprach, nachdem sie die Arbeiten der jungen Frau gesehen hatte: »Ich werde das mitnehmen und meinem Chef zeigen, Fräulein Caspari, und ein Wort für Sie einlegen.«

Das war es, was Caroline erhofft hatte. »Ich danke Ihnen sehr, Fräulein Schulze! Ich möchte so bald wie möglich ein Zimmerchen in der Stadt nehmen und mit den Handarbeiten anfangen. Vielleicht kann ich dann später eine kleine Wohnung mieten, so wie diese hier, und mit meiner Sophie bewohnen.« Als sie das sagte, stellte sie sich die Szenerie so lebhaft vor, dass ihre Augen leuchteten. Es musste gehen! Sie jedenfalls würde alles dafür tun, dass es genau so kam.

Valeries Gesicht mit den kantigen, beinahe männlich wirkenden Zügen hatte, als sie das Leuchten in den Augen der jungen Frau sah, einen weicheren Ausdruck angenommen. Vielleicht erinnerte sie sich in diesem Augenblick an die kleine Anna, die auf sie zugelaufen kam, wenn sie ihre Tante im Hausflur hörte, sie stürmisch umarmte und rief: »Tante Valerie, ich habe ja so auf dich gewartet!« Ja, all das stand wohl vor ihrem Auge, als sie Caroline zum Abschied die Hand drückte und sogar versprach, sich nach einem Zimmer umzuhören, am besten in ihrer Nähe. Dann könne man sich gegenseitig helfen, und die Zeit ohne ihre Anna werde ihr nicht ganz so trübselig.

»Deine Tante ist wunderbar!«, sagte Caroline. »Ich bin so froh und danke dir, dass wir bei ihr waren.«

»Komm«, erwiderte Anna, »ich zeige dir noch ein bisschen von unserer Luisenstadt. Vielleicht bist du ja bald hier zu Hause, so wie ich es früher war.«

Es blieb noch eine Stunde Zeit, um vor Einbruch der Dunkelheit wieder in Zehlendorf zu sein. Die beiden jungen Frauen gingen am Luisenufer den Luisenstädtischen Kanal entlang, vom Engelbecken bis zum Oranienplatz. Dort standen sie auf der Brücke und sahen in Richtung des Wassertorplatzes und dann, auf der anderen Seite, zum Engelbecken hin.

»Wie schön!«, rief Caroline. »Die vielen Bäume, auch wenn sie jetzt kahl sind, die großen Häuser, die hübschen Brücken und die Kirche dahinten.«

»St. Michael«, erklärte Anna. »Da bin ich als Kind oft gewesen und hatte auch meine Kommunion dort.«

Caroline sah die Freundin von der Seite an. »Bist du traurig, dass du nicht mehr hier wohnst?«, fragte sie.

»Ein bisschen schon. Aber der Franz, der ist kein Großstadtmensch, weißt du. Der muss draußen sein in der Natur, und er hat sich ja auch ganz wohl gefühlt, draußen im Schweizerhof als Gärtner. Aber so etwas Eigenes zu haben, dort in Mecklenburg, das ist doch noch was anderes, hat er gesagt …«

Caroline, die spürte, dass Anna der Abschied nicht leichtfiel, ja, dass sie in eine mehr und mehr wehmütige Stimmung geriet, fasste sie um die Taille und sagte: »Du kannst mich doch besuchen, Anna, jederzeit. Und außerdem, bedenke doch, wir kommen raus aus der Villa und weg von dieser entsetzlichen Amelie!«

Und wirklich, die Aussicht, in absehbarer Zeit aus dem Werdersdorfschen Haus heraus zu sein, beflügelte beide Mädchen. Anna nickte Caroline dankbar zu und fasste ihre Hand. Kurz vor Einbruch der Dunkelheit stiegen sie aus der Stammbahn und fanden in der Küche Stullen und frische Milch vor. »Die gute Frau Nostritz!«, sagte Anna. »So typisch berlinsch. Immer vorneweg mit dem Mundwerk, aber innen doch lieb und gut.«

Franz reiste Mitte Februar zu seinem Onkel Josef. Den Sonntag zuvor heirateten Anna und er in der Zehlendorfer Dorfkirche. Wenn sie schon evangelisch und nicht in der Luisenstadt getraut werde, hatte Anna gesagt, so doch wenigstens nicht in Mecklenburg, wo sie ganz fremd sei und auch nicht alle, die sie liebe, dabei sein könnten. Es war eine schöne Trauung in dem schlichten Rundbau. Caroline weinte – vor Trauer und vor Glück. Valerie kam, Annas Vater mit seiner Frau und vier Kindern, eine Cousine von Franz und Gärtnermeister Landmann mit seiner Frau. Der Geheimrat schickte Pralinen und wünschte Glück, auch im Namen seiner Gattin.

Ein paar Tage wohnte Anna mit ihrem Mann in seinem kleinen Zimmer im Sanatorium. Dann reiste er ab und schrieb wenig später aus Mecklenburg, dass der Onkel nicht gut bei Gesundheit sei. Er sitze am Feuer und bewege sich kaum mehr. Ihn plage ein Rheumatismus, der durch die Kälte noch verstärkt werde. Er, Franz, werde die Winterzeit nutzen, um in Haus und Stall einiges in Ordnung zu bringen, und wenn seine geliebte Frau dann im Frühjahr komme, werde alles fertig sein. Die jubelte, als sie die Zeilen las, und gab sie auch gleich an Caroline weiter, die sich mit ihr freute. Anna zählte die Tage bis zur Abreise. Mitte April, hatte Franz geschrieben, wäre es so weit. Seine Frau hatte daraufhin ihre Herrschaft in Kenntnis gesetzt. Der Geheimrat bedankte sich für die zeitige Ankündigung, während die Rätin plötzlich Annas Fähigkeiten besonders lobte und beständig klagte, sie werde wohl keinen passenden Ersatz für das Mädchen finden. Dies war aber nur dem Umstand geschuldet, dass Caroline auf keinen Fall Annas Pflichten übernehmen sollte. Diese Person täglich beim Servieren der Mahlzeiten sehen zu müssen, war ihr eine schreckliche Vorstellung. Allerdings traute sie sich nicht, ihrem Mann dergleichen mitzuteilen, und erst als dieser vorschlug, Caroline an die Stelle von Anna zu setzen, hatte sie, einem Schwächeanfall nahe, ihr Riechsalz verlangt und sich von Werdersdorf auf ihre Ottomane betten lassen. Ihr war klar, dass sich eine Szene, wie sie sich im Sommer abgespielt hatte, nicht wiederholen durfte, zu schrecklich war der Auftritt des Geheimrats und ihre eigene unglückliche Rolle dabei gewesen. Andererseits durfte auf keinen Fall dieses Mädchen in ihre und in die Nähe ihres Mannes kommen. So schob sie die Entscheidung zunächst auf. Werdersdorf, der die Beunruhigung seiner Frau durchaus bemerkt hatte, war, halb ärgerlich, halb besorgt, ihrem Vorschlag gefolgt. Am nächsten Tag wies er Miss Distinner an, sich um die Sache zu kümmern, fühlte sich dadurch entlastet und überließ es der Gesellschaftsdame auch, sich die Bewerberinnen anzusehen.

Caroline merkte von all dem nichts. Ihr kam es vor, als hätte sie nie etwas anderes gesehen als schmutzige Wäsche, nichts gerochen außer Seifenlauge, heiße Bolzen und Plätteisen und nichts gefühlt außer der harten Oberfläche des Waschbretts. Wie konnte ein Mensch nur so viel schmutzige Wäsche haben wie die Geheimrätin? »Die kommt von unten«, hatte Anna dazu gesagt, »und jetzt muss sie's gerade beweisen, wie vornehm sie ist.«

»Aber ihr Vater ist doch auch Arzt«, hatte Caroline erwidert.

»Ja, aber nur ein kleiner Landarzt, und er hat auch immer die armen Leute behandelt, oft für nichts als ein Stück Wurst oder ein paar Eier. Ein netter, einfacher Mann. Einmal war er hier in der ganzen Zeit, und sie besucht ihn nie. Und keine Spur von Geheimrat oder Professor, denn das will er ja wohl noch werden, unser Herr.«

Wie Mutter!, ging es Caroline durch den Kopf. Die hat Großmutter auch nie besucht, weil sie sie daran erinnerte, woher sie gekommen war.

Je näher der Abschied von Anna kam, desto schwerer wurde Carolines Herz. Wenn sie die Freundin nicht mehr hatte, war sie allein. Bleiben würden ihr nur die Briefe von Emma, die die kleine Sophie nach wie vor regelmäßig besuchte und jedes Mal schrieb, dass es dem Kind gut und ihr selbst zumindest besser gehe. Einmal hatte Caroline zurückgeschrieben, was sie am meisten umtrieb, nämlich ob Friederike Caspari das Kind wohl lieb habe. Dass ihre Mutter das Kind ausreichend versorgen und kleiden würde, daran hatte sie nach Emmas Berichten darüber keinen Zweifel. Ich habe mein Kind so lieb!, dachte sie in solchen verzweifelten Momenten. Und ich darf die Kleine nicht versorgen, mein eigen Fleisch und Blut! Und Mutter, die Vaters letzten Wunsch erfüllt und nur dies, darf um sie sein und sehen, wie sie wächst und lacht und weint ... Und dann rieb sie die Wäsche auf dem Brett, als wollte sie sie durchscheuern, und knallte das Plätteisen auf die kostbaren Blusen der Rätin, als wollte sie sie damit zerstören. Ich will ehrlich zu dir sein, Line, so wie ich es immer war, schrieb Emma zurück. Ich weiß es nicht recht zu sagen. Deine Mutter behandelt das Kind nicht schlecht, es ist gut genährt und ordentlich angezogen. Es hat das Spielzeug aus deinen Kindertagen und weint nicht über Gebühr viel. Das musst du mir glauben, ich habe ja selbst drei Kinder. Aber lieben ... Manchmal erscheint es mir so, wenn sie gedankenverloren da sitzt mit Sophie auf dem Schoß und das kleine Köpfchen streichelt. Und ein anderes Mal kommt sie mir eher kalt vor, wenn sie vor ihrem Bettchen steht und auf sie herunterschaut, um zu sehen, ob sie schon wach ist. Eines jedoch kann ich dir versichern: Ich werde weiter regelmäßig meine Besuche machen, und wenn ich etwas Beunruhigendes bemerke, dir auch mitteilen. Sei also unbesorgt und denke daran, dass dein Kind das Geld, das du schickst, nötig braucht.

Angesichts solcher Sätze war Caroline zwar beruhigter, als sie es vordem gewesen war, aber sie wartete so sehnsüchtig auf den Tag ihrer Großjährigkeit, dass sie an ihrem 20. Geburtstag seufzte: »Noch ein ganzes Jahr, Anna! Wie soll ich das nur überstehen?«

»Du solltest nicht aufgeben, Caroline! Schreibe noch einmal an deine Mutter, und wenn es sein muss, auch noch mehrere Male. Vielleicht lässt sie sich erweichen, namentlich wenn du Nachricht von Tante Valerie hast.«

Valerie ihrerseits hatte Carolines Handarbeiten in ihrem Geschäft präsentiert und konnte ihr brieflich »großes Lob« verkünden. Allerdings sei im Augenblick keine Position als Näherin oder Stickerin frei. Sobald sich dies aber ergebe, habe ihr der Geschäftsinhaber zugesagt, es ihr mitzuteilen. Dieser sei ein ehrenwerter Mann und werde sicher sein Wort halten. Also hieß es warten.

Im April schickte Caroline ein Paket zum ersten Geburtstag ihrer Tochter. »Deine Mama hat dich lieb!«, stand auf der Geburtstagskarte. Elf Monate noch!, dachte sie. Elf Monate und ich reise zu ihr und hole sie zu mir! Den Tag darauf reiste Anna ab. Caroline begleitete sie zur Stammbahn und umarmte sie ein ums andere Mal. »Mein liebste Freundin!«, schluchzte sie. »Wenn ich dich und deinen Franz nicht gehabt hätte – ich wäre wohl hier verzweifelt!«

»Nein«, erwiderte Anna. »Du bist stark, sehr stark! Du hättest es auch ohne uns geschafft.«

Caroline schüttelte heftig den Kopf. »Grüße Franz von mir, ganz herzlich, und sage auch ihm Danke! Und schreibe mir!«

Als der Zug abgefahren war, ging sie langsam zur Werdersdorfschen Villa zurück. Ein Jahr zuvor um diese Zeit, dachte sie, da wurde meine Sophie geboren. Und noch ein Jahr zuvor, habe ich Georg schon gekannt und auf dem Frühlingsfest mit ihm getanzt ... Sie ging den Dienstboten-Gartenweg entlang bis ganz ans Ende des Grundstücks und setzte sich auf die kleine Holzbank für die Wäschekörbe. Da blieb sie wohl eine Stunde. Sie saß ganz still und hatte die Hände vor die Augen gelegt.

Die Stimme von Miss Distinner erinnerte sie an die Gegenwart. Die Gesellschaftsdame eilte den Weg herunter auf sie zu. »Es ist elf Uhr!«, rief sie. »Frau Nostritz braucht Hilfe in der Küche. Der gnädigen Frau geht es nicht gut heute, und sie möchte einen Kamillentee. Wo waren Sie denn so lange?«

Caroline entschuldigte sich bei dem Fräulein und dankte ihr, dass sie der gnädigen Frau nichts von ihrem Fernbleiben gesagt habe. Amelie hatte sich mit einer Regelung zufriedengeben müssen, die ihr eigentlich nicht passte, und gab es ihrem Mann durch häufigeres »Unwohlsein« zurück. Er war Miss Distinners Vorschlag, eine große kräftige Magd für die Wäsche und das Plätten einzustellen, Caroline aber in Haus und Küche zu beschäftigen, gefolgt. Miss Distinner ihrerseits war daraufhin von der Rätin dazu verdonnert worden, nun stetig zu servieren. Das machte ihr durchaus nichts aus. Ihre Pflichten im Werdersdorfschen Haus konnte sie auch so noch erfüllen, zumal Amelie immer häufiger unpässlich war und viel schlief. Ihre wichtigste Aufgabe war nach wie vor die Englisch-Konversation, danach kam die Oberaufsicht über den Haushalt. Diesem letzteren Umstand war es denn auch zu verdanken, dass nun Christel, eine gewichtige und kräftige Frau von Mitte 30, für die Wäsche zuständig war. Miss Distinner hatte wohl gesehen, dass Caroline, sosehr sie sich auch mühte, mit den Wünschen der gnädigen Frau nicht würde Schritt halten können. Dieses Mädchen war die schwere Arbeit nicht gewohnt, das hatte sie schnell bemerkt, und so setzte sie sie in der Küche und zum Putzen ein. Auf diese Weise lief es besser, und selbst die Rätin, die anfänglich so reserviert und ärgerlich auf die neue Situation reagiert hatte, beruhigte sich wieder. Sie sagte sich, dass sie noch nie so schnell mit so sauberer und akkurat geplätteter Wäsche versorgt gewesen war, und ließ Christel, die sie sonst wenig interessierte, ihren ausdrücklichen Dank und ein Lob ausrichten. »Aber machen Sie es so, dass diese Caroline es mit anhört«, befahl sie Miss Distinner. »Ich war mit dieser Person durchaus nicht zufrieden, und das soll sie auch wissen.«

Es war schon Ende April, als ein Brief von Valerie eintraf. Anna hatte beiden, Caroline und der Tante, ihre Ankunft auf dem Hof vermeldet, und jetzt schrieb Valerie, dass zum August, wenn allmählich alles wieder aus der Sommerfrische zurückkehre, eine Stellung als Stickerin und Weißnäherin in Aussicht stehe. Eine der Frauen, schon älter und von der Gicht geplagt, könne nicht mehr arbeiten. Der Geschäftsinhaber habe Wort gehalten und ihr Bescheid gesagt.

Caroline war, obwohl sie die kranke Frau bedauerte, so herzlich froh über die Nachricht, dass sie sofort einen Dankesbrief an Valerie schrieb, den diese mit der Nachricht beantwortete, sie werde sich nun um ein Zimmerchen für Caroline kümmern. Es sei doch leichter zu bekommen, wenn sie, Valerie, sich für das Mädchen verbürge. Und wirklich, schon im Mai fuhr Caroline in die Luisenstadt. In dem Haus am Luisenufer, das auch Valerie bewohnte, lebte eine Witwe, die eines ihrer drei Zimmer vermieten musste, um über die Runden zu kommen. Valerie, die für die alte Frau hin und wieder Einkäufe mit erledigt und ihr auch schon die eine oder andere Mieterin vermittelt hatte, stellte Caroline vor, und bald war ausgemacht, dass sie ab dem ersten August in das frei werdende Zimmer einziehen werde.

»Kann ich denn wohl die Miete bezahlen?«, hatte Caroline besorgt gefragt. Aber Valerie hatte sie beruhigt, indem sie ihr vorrechnete, dass sie durch die Handarbeiten mehr verdienen werde als im Werdersdorfschen Haus als Magd. So könne sie, die Miete abgerechnet, noch genauso viel Geld für ihr Kind schicken wie zuvor, nur sei sie dann ihr eigener Herr und habe es auch in der Hand: Je mehr sie arbeite, desto mehr verdiene sie auch und das alles fast gänzlich von zu Hause aus. Nur ab und zu müsse sie ins Geschäft, um die fertigen Sachen abzugeben und neue abzuholen. Caroline seufzte tief und glücklich, als sie das hörte. Das war möglich, hier in der großen Stadt, als Frau sein »eigener Herr« zu sein! Sie drückte Valeries Hand und bedankte sich so herzlich bei ihr, dass diese sagte: »Kind, es ist ja gut! Dass Sie sich so freuen!« Und sie sah Caroline mit einer Mischung aus Mitleid und Hochachtung an.

Kapitel 17

Als der Sommer kam, war von den Fuchshagener Stadtvätern das im Besitz der Kreisstadt befindliche Areal als Bauland ausgeschrieben worden. Anzeigen erschienen in den Casseler Zeitungen, in denen die besondere Lage und die günstige Kaufgelegenheit in so großer Nähe zu Cassel hervorgehoben wurden. Die Firma Westphal, als das die Pläne umsetzende Unternehmen, war vielen wohlhabenden Bürgern bekannt. Bürgermeister Michaelis machte nun Druck in der Gemeinde Mahlsheim. Man wolle doch nicht den Fortschritt verschlafen und diese Gelegenheit an sich vorüberziehen lassen! Mahlsheim werde von der Entwicklung profitieren, denn in der Villenkolonie und im Altersruhesitz würden viele Arbeitsplätze entstehen. Zudem würden viele der neu Angesiedelten und diejenigen, die ihren Besitz als Sommeraufenthalt nutzten, Ausflüge in das Dorf und seine Umgebung machen wollen. Michaelis sprach sogar bei Jakob Leger vor, traf zunächst nur den Verwalter an und informierte den Gutsbesitzer, als dieser bei einem zweiten Termin zugegen war, über die Möglichkeit, Reitstunden für die Wochenend- und Sommergäste sowie für die neuen Mitbürger anzubieten. Leger ging auch darauf ein, versprach sich, nachdem er die Bebauungspläne gesehen hatte, ein gutes Geschäft und erwog sogar den Bau einer Reitanlage. Das wiederum gab dem Bürgermeister ein neues Arbeitsplatzargument an die Hand, das er, unterstützt von Grieger senior und junior, Rieber, Herles und Caspari, auf geschickte Weise an den Mann im Gemeinderat zu bringen verstand. Und so folgte schließlich, als der Herbst herangekommen war, Mahlsheim dem Beispiel der Kreisstadt.

Die ersten Besichtigungstermine konnten noch im selben Jahr vereinbart werden. Sobald sich Herrschaften, meist aus Cassel und Umgebung, ankündigten, wurden sie von Fritz, der auf diese Weise sein Altersbrot verdiente, vom Fuchshagener Bahnhof abgeholt und an Ort und Stelle chauffiert. Gustav, der die volle Verantwortung für das Projekt übernommen hatte, führte sie herum und lud dann auf einen Imbiss in die Firmenräume ein, wo er das Vorhaben noch einmal anhand seiner dezidiert ausgearbeiteten Pläne erklärte.

»Baron Waitzhagen«, stellte sich der ältere Herr vor. Die gepflegte, nur leicht korpulente Dame an seiner Seite nickte freundlich, als er ergänzte: »Frau Kommerzienrat Odenbruck.« Gustav verbarg seine Überraschung, verbeugte sich, küsste die ihm dargebotene Hand und fragte freundlich: »Frau Thea Odenbruck?« Die Angesprochene nickte und schaute ihn fragend an. In Gustavs Kopf kehrte sekundenschnell die Erinnerung zurück: Vaters Cousine, wohlhabende Dame, hängt mit Caroline zusammen, also unangenehm, junger Mann im Zimmer ... Er wappnete sich, als er seinen Namen nannte, und war nicht überrascht, als die Dame zurückzuckte und den Baron etwas ratlos ansah. Gustav nutzte den Moment und nahm das Wort: »Meine liebe Tante Thea – ich darf Sie doch so nennen? –, ich weiß, was Ihnen in diesem Augenblick vor Augen steht, oder glaube es doch wenigstens zu wissen. Um es vorwegzunehmen: Ja, ich bin Eduard Casparis Sohn und der Bruder jener unseligen Person, die Sie so bereitwillig und selbstlos in Ihr Haus aufgenommen hatten. Aber bevor ich mich erkläre und dabei sicher auch einiges klarstelle, lassen Sie es uns bitte etwas gemütlicher machen. Hier, bitte, liebe Tante, und Sie, Herr Baron, vielleicht dort.« Er klingelte, die Sekretärin erschien. »Kaffee, Alma, und etwas Kuchen.« Beides kam. Während des Servierens hatte sich Thea, auch angesichts der souveränen Freundlichkeit Casparis, wieder gefasst und schaute ihn nun eher neugierig als erschrocken an. Der Baron seinerseits fragte, noch ehe Alma den Raum verlassen hatte, interessiert: »Sie sind der Verantwortliche für dieses Projekt?«

Gustav nickte. »Ja, Herr Baron. Ich bin Ingenieur und seit einiger Zeit Teilhaber in der Firma Westphal. Der alte Herr hat sich ganz aus dem Unternehmen zurückgezogen. Sein Sohn Kurt und ich haben gemeinsam die Leitung übernommen, und ich darf sagen, wir sind außerordentlich zufrieden, sowohl was die finanzielle als auch was die freundschaftliche Seite der Angelegenheit betrifft.«

Waitzhagen hörte aufmerksam zu. »So jung und schon Teilhaber – alle Achtung, Herr Caspari.«

»Ich danke Ihnen, Herr Baron, Sie sind zu freundlich. Ich bemühe mich, das Vertrauen, das man von Seiten der Familie Westphal in mich gesetzt hat, nicht zu enttäuschen.« Und nun, da Alma den Raum verlassen hatte, fuhr er fort: »Nun zu dem heiklen Thema, liebe Tante. Ich bin gern geradeheraus, und es würde mich auf das äußerste betrüben, wenn zwischen uns eine Missstimmung entstehen würde, noch dazu wegen einer Person, die einmal meine Schwester war und die meine Eltern – ich habe mich dem selbstverständlich angeschlossen – nach ihrer Rückkehr aus Ihrem Haus umgehend verstoßen haben. Sie lebt nun weit weg von uns und hat keinen Zugang mehr zur Familie.« Er sah in die Runde und bemerkte sofort die Erleichterung in Theas Gesicht. Auch ihr Begleiter schien beruhigt. »Ich bedauere es unendlich, dass meine Schwester Ihnen beiden solch schreckliches Ungemach bereitet hat. Ich möchte mich, auch wenn ich derzeit davon nicht das Geringste wusste, für dieses Ungemach entschuldigen.«

»Das ehrt Sie, junger Freund«, erwiderte der Baron. »Wir wollen Ihnen nicht anlasten, was Ihre Schwester verbrochen hat. Nicht wahr, liebste Thea?«

»Gewiss nicht. Aber eines muss ich doch sagen dürfen: Die ganze Geschichte hat mich in einer Weise belastet, die über das erträgliche Maß hinausging. Ich habe dem jungen Fräulein ein Heim geboten, ja, ich war ihr eine Freundin und Vertraute. Und ich habe die Absicht und den Wunsch Ihrer Eltern, sie auf den richtigen Weg zurückzuführen, in Wort und Tat unterstützt.« Sie tupfte sich tatsächlich die Augen. »Ich will Ihnen nicht verhehlen, Gustav, was für mich das Schlimmste an der Sache war: Es war das missbrauchte Vertrauen. Ihre Schwester ließ mich durchaus in der Annahme, dass sie auf dem richtigen Wege sei. Umso überraschter, ach, was sage ich, umso bestürzter war ich, als sie dann an jenem Abend …« Sie sprach nicht weiter und tupfte sich erneut mit ihrem Spitzentaschentuch die nassen Augen.

Gustav stand auf, ging zu ihr hinüber und nahm ihre Hand. »Sie echauffieren sich, liebe Tante. Das habe ich gewiss nicht gewollt. Und glauben Sie mir, die Person, um die es hier geht, ist es nicht wert, dass Sie es tun. Sie ist, wie ich bereits sagte, weit weg. Und sie wird es bleiben. Aus der Familie Caspari ist sie ausgestoßen. Und auch daran wird sich nichts ändern.«

Thea sah zu ihm auf und nickte, noch immer unter Tränen. »Beruhigen Sie sich, bitte«, fuhr Gustav fort. »Sehen Sie, mein Vater, der ein ehrenwerter Mann war, ist darüber gestorben. Und meine Mutter leidet und lebt nun ganz zurückgezogen.« Von dem Kind sage ich nichts, dachte er. Das erschwert die Sache nur und bringt keinen Nutzen. »Ich habe meinen Vater geliebt«, fuhr er fort, »und allein deshalb ist ein Verzeihen unmöglich. Jeder liegt, wie er sich bettet.«

»Dass der gute Eduard so früh gehen musste ...«, sinnierte Thea. »Aber ich weiß es ja von meinem Wilhelm. Es kommt mitunter so, und dann ist es nicht zu ändern. Bis ich darüber hinweg war ... Ach, wenn ich meinen Freund, den Baron, nicht gehabt hätte – ich weiß nicht, was geschehen wäre.«

»Es freut mich, liebe Tante«, erwiderte Gustav, »dass Sie eine solche Stütze an Ihrem Freund hatten und offensichtlich auch noch haben. Gewiss hat er Ihnen auch über die Enttäuschung mit meiner Schwester hinweggeholfen.«

»Ja, da haben Sie wohl recht, lieber Gustav. Er hat mich für ein paar Wochen auf sein Gut eingeladen und mich verwöhnt. Als wir dann gemeinsam zurückkehrten, waren meine Nerven schon wieder erheblich erholter ...«

»Nun aber, lieber Freund«, warf der Baron ein, »wollen wir uns angenehmeren Dingen zuwenden und über Ihr geplantes Bauvorhaben sprechen.«

Als Gustav an diesem Abend nach Hause kam, war er mehr als zufrieden. Es war ihm nicht nur gelungen, alle Zweifel, die Familie Caspari betreffend, auszuräumen, sondern er hatte auch eine Einladung für den übernächsten Sonntag ausgesprochen, um Tante Thea und den Baron seiner Frau Elisabeth vorzustellen und damit den Dingen eine noch angenehmere Wendung zu geben. Elisabeth zeigte sich hocherfreut, einer wohlhabenden und in der Casseler Gesellschaft beheimateten Verwandten ihres Mannes ihre Gastfreundschaft zu erweisen. Der alte Fehrhofen teilte ihre Freude und Erwartung, und wirklich, es zeigte sich, dass sich alle ganz ausgezeichnet verstanden. Thea war von der jungen Frau Caspari überaus angetan und fand ihren Vater zuvorkommend und galant. Einmal nur kam die Rede auf Friederike. Gustav hatte Frau und Schwiegervater gebeten, über die Lebensumstände seiner Mutter Stillschweigen zu bewahren, aber Fehrhofen hatte zu bedenken gegeben, dass derlei immer herauskomme und dann meist in einer Weise, die man nicht mehr steuern könne. Er übernahm es schließlich auch, die ganze Sache anzusprechen. Das wiederum machte er so geschickt, dass Thea hinterher sagte: »Die arme Friederike! Sie opfert sich auf. Wie muss sie ihren Mann geliebt haben! Aber ich weiß ja am besten, was ein liebend Herz vermag …« Bei diesen letzten Worten kamen ihr schon wieder die Tränen. Fehrhofen küsste ihr die Hand.

Elisabeth ihrerseits gewann, ohne dass sie dergleichen je geäußert hätte, der Sache, wie es ihre Art war, die positive Seite ab und war froh, ihren Mann mit niemandem teilen zu müssen. Die Abwesenheit Friederikes machte ihr durchaus nichts aus. Es war ihr recht, dass Gustav hin und wieder einmal, immer dann, wenn er sowieso in der Nähe zu tun hatte, nach ihr sah, sie selbst aber mit der Angelegenheit nichts zu tun hatte.

Gustav fand seine Mutter bei seinen stetig seltener werdenden Besuchen ganz zufrieden vor. Allerdings konnte sie eine gewisse Traurigkeit, die sich seit Eduards Tod über ihr Leben gelegt hatte, auch später nicht ablegen. Wenn ihr Sohn den Eindruck hatte, dass sie das auch gar nicht wirklich wolle, lag er schon ganz richtig. Ohne es selbst zu bemerken, gefiel sie sich in der Rolle der Opferbereiten. Ihren Mann vermisste sie aufrichtig. Beinahe jeden Tag besuchte sie sein Grab und hielt es in penibler Ordnung. Das Kind, das sie nach seinem letzten Willen aufzog, erinnerte sie täglich an die Größe ihres Opfers, zumal die Leute im Dorf, nun, da Caroline nicht mehr da war, ihr dieses Opfer anrechneten. Sie hielt das Kind sauber und ordentlich und konnte es zu jeder Zeit als vollkommen in Ordnung vorzeigen. »Ja, die Friederike«, hieß es dann, »die ist doch ganz anders, als man von ihr gedacht hätte. Noch einmal so ein Kind groß zu ziehen. Wenn der Eduard wüsste, wie sie seinem letzten Willen nachkommt, er würde sich dran freuen. Aber er sieht es ja, und Gott wird es ihr vergelten.« So oder so ähnlich redeten die Leute. Und auch eine andere Last war von ihr genommen worden. Als Gustav erzählte, dass Grieger und seine Frau in den Ruhesitz übersiedeln würden, dass das Haus verkauft werden solle und auch die jungen Griegers nach Fuchshagen ziehen wollten, da wurde ihr ordentlich leichter ums Herz. Die Nähe der Familie, insbesondere die der Oberförsterin, war ihr unangenehm gewesen. Es kam ihr vor, als schaue sie von ihrem Haus aus auf sie und das Kind herab. Aber nun konnte endlich auch die Geschichte der geplanten Verbindung zwischen ihren beiden Familien in Vergessenheit geraten und sie selbst zu mehr Ruhe finden.

Wenn sie Sophie betrachtete, wie sie, ganz versunken in das Spiel mit Puppe oder Holzpferdchen, auf der noch aus Carolines Kindertagen stammenden Decke saß, sah sie mitunter ihre Tochter vor sich. Nur dass das Kind Augen von hellerem Blau hatte und das Haar hellbraun war. In diesen Augenblicken verschwammen die Zeiten ineinander. Ihr schien es, als säße Eduard in seinem Kontor und würde bald zum Mittagessen hereinkommen, seine Tochter auf den Arm nehmen und ihr einen Kuss aufdrücken. Wenn Friederike aus solch sentimentalen Anwandlungen aufwachte und sich in der Gegenwart wiederfand, war sie jedes Mal entschlossen, Sophie nicht so viel durchgehen zu lassen wie ihrer Tochter. Nicht noch einmal eine solche Katastrophe erleben. Im Gegenteil, Sophie konnte der lebende Beweis dafür werden, dass Unbotmäßigkeit nicht erblich war. So erzog sie das Kind streng, aber sie war nicht hartherzig gegen die Kleine. Ich bitte dich, sei milde dem Kinde gegenüber, hatte ihr Mann in dem Brief geschrieben, den er seinem Testament beigelegt hatte. Es ist nun einmal auf der Welt und kann selbst nicht dafür, unter welchen Umständen es gezeugt und geboren wurde. Daran hielt sie sich und verhehlte es auch im Dorf nicht. Und manchmal, wenn Sophie freudestrahlend auf sie zukam oder ihr nach dem Mittagsschlaf die Ärmchen entgegenstreckte, dann fühlte sie etwas wie wirkliche Zuneigung für das Kind.

In den Momenten, in denen sie ehrlich zu sich selbst war, gestand sie sich ein, dass immer öfter auch der Gedanke eine Rolle spielte, Sophie könne im Alter für sie sorgen. Nachdem ihr Sohn diesbezüglich, und das sicher maßgeblich unter dem Einfluss seiner Frau, abgewinkt hatte, bereitete es ihr Sorge, ob sie in 15 oder 20 Jahren wohl noch gut bei Wege sein würde. Sie war jetzt 43, und wenn es Gott gefiel, dass sie älter werden sollte als ihr Mann, und sie gar die 70 überschreiten würde, dann würde sie der Hilfe wohl bedürfen.

Pastor Kessler kam ab und zu vorbei und bestärkte sie in ihrer Pflichterfüllung und in ihrer Fürsorge. Das war sicher auch dem Umstand geschuldet, dass seine Tochter die Patentante des unehelichen Kindes war und ihm schon deshalb daran lag, im Dorf ein für das »unschuldige Kind« günstiges Klima zu schaffen. Emma ihrerseits besuchte sie ebenfalls häufig, meist mit allen drei Kindern. Die beiden Älteren spielten mit Sophie, nur der behinderte Johann saß apathisch da oder fuchtelte, dabei Grimassen schneidend, mit Armen und Beinen herum, als gehörten sie nicht zu ihm. Friederike konnte sich dann einer spontanen Dankbarkeit dafür, dass Sophie gesund war, nicht erwehren. Die beiden Frauen saßen bei diesen Besuchen auf eine Tasse Kaffee beisammen, und Friederike ahnte wohl, dass Emma sie auch dazu nutzte, ihrer Freundin Caroline von ihrem Kind berichten zu können. Brachte Emma aber die Rede auf Sophies Mutter, so nahm Frau Caspari das Thema nicht auf, sondern lenkte das Gespräch auf andere Dinge. Sie äußerte sich auch nie zu den Nachrichten, die Emma ihr aus den Briefen Carolines erzählte. Es war, als wäre die Rede von einer Fremden, für die sie sich schlichtweg nicht interessierte. So ließ Emma es schließlich dabei bewenden und gab sich mit ihrem Eindruck zufrieden, dass es dem Kind gut gehe.

Kapitel 18

Jeden Monat schrieb Emma an Caroline und berichtete ausführlich über ihre kleine Tochter. Caroline ihrerseits schrieb, erfreut und erleichtert, regelmäßig nicht nur an Emma zurück, sondern auch an ihre Mutter und legte immer ein paar Zeilen für Sophie bei sowie kleine Zeichnungen, die das Kind erfreuen sollten. Aber es kam nie eine Antwort darauf bei ihr an, auch nicht wenn sie fragte, ob die Mutter mit dem geschickten Geld auskomme oder mehr benötige. Das machte sie zunehmend wütender und noch entschlossener. Bei Werdersdorf hatte sie gekündigt. Dem Geheimrat war es mehr als recht, dass er, wenn er auch persönlich nichts gegen das Mädchen hatte, nun bei seinem Cousin aus der Pflicht genommen war. Amelies Stimmung würde sich bessern, dessen war er sich sicher, und das blieb schließlich immer die Hauptsache. Ohne Wissen und Zustimmung seiner Frau hatte er dem Mädchen allerdings, als sie schon am 28. Juli sein Haus verließ, noch die verbleibenden Juli-Tage bezahlt.

Frau Kenzin, bei der sie zur Untermiete wohnen sollte, überließ ihr das Zimmerchen schon zu diesem Tag und sah zu, wie sie ihr weniges Hab und Gut hineintrug und in Schrank und Kommode verteilte. Die Witwe war Ende 60, noch schlank und rüstig. Sie nahm bevorzugt junge Mädchen, duldete keinen Herrenbesuch und sah es gern, wenn Kolleginnen von Valerie Schulze, die sie sehr schätzte, bei ihr wohnten. Valerie hatte ihr nichts von Carolines Kind gesagt. Die Kenzin, selbst kinderlos und auf die Männer nicht allzu gut zu sprechen – etwas, was sie mit Valerie verband –, sah in Caroline einzig ein junges Mädchen, das fernab von ihrer Heimat in der großen Stadt sein Glück versuchen wollte. Zwar erschien ihr das sehr gewagt, zumindest aber außergewöhnlich, doch ihr Vertrauen in Valerie minderte ihren Argwohn beträchtlich. Sie würde in der ersten Zeit ein besonderes Auge auf das Fräulein haben, und dann würde es sich schon erweisen, woran sie mit ihr war. Valerie ihrerseits hatte Caroline gegenüber keinen Zweifel daran gelassen, dass die Witwe Kenzin sie zwar als Untermieterin akzeptieren werde, aber in keinem Fall eine junge ledige Mutter mit einem kleinen Kind bei sich einziehen lassen würde. Dafür lege sie zu viel Wert auf Anstand und Sitte. Es müsse also, wenn sie die kleine Sophie zu sich holen wolle, eine kleine Wohnung her. Die wiederum sei teurer als das Zimmerchen, sie müsse also viel arbeiten und etwas zurücklegen, um ihr Vorhaben in die Tat umsetzen zu können. Caroline dankte Valerie für ihre Offenheit und dafür, dass sie jetzt wisse, woran sie sei und wie sie weiter vorgehen müsse. Beide waren sich einig, dass die Kenzin nichts von Sophies Existenz erfahren sollte. Sonst sei es nicht sicher, ob Caroline das Zimmer behalten könne, gab Valerie zu bedenken.

Caroline hielt sich daran, und alles ließ sich zunächst einmal gut an. In ihrem Zimmer stand ein gepolsterter Sessel direkt am Fenster, daneben ein rundes Tischchen. Das wurde bald ihr Lieblingsplatz, denn von dort aus konnte sie aus dem Fenster sehen und hatte lange das Tageslicht zum Arbeiten. So saß sie Stunde um Stunde über Stickereien und Weißnähereien, am Abend schrieb sie Briefe und kam endlich und mit einem Anflug schlechten Gewissens dazu, Marie Jeschke ausführlich von den Veränderungen in ihrem Leben zu berichten. Es sich auf diese Weise noch einmal von der Seele zu schreiben, tat ihr gut. Sie verließ das Haus nur, um ihre wenigen Einkäufe zu erledigen oder um in das in der Nähe des Werderschen Marktes gelegene Geschäft zu gehen. Manchmal ergab es sich auch, dass Valerie sie begleitete. Dann lud sie die junge Frau auf einen Kaffee ein oder sie gönnten sich einen Spaziergang Unter den Linden. Einmal machten sie auch einen Sonntagsausflug in den Tiergarten. »Wie schön!«, hatte Caroline gerufen und sich vorgestellt, dass sie diesen herrlichen Landschaftspark mit Sophie durchwandern würde, und an der Rousseau-Insel würden sie die Entern füttern, und die Sperlinge bekämen ihr Teil ab ... Tränen des Glücks liefen ihr die Wangen hinunter, und zugleich spürte sie, wie die Sehnsucht nach dem Kind sie zerriss und welche Kraftanstrengung es sie kostete, nicht hinzufahren, sondern das Geld für die gemeinsame Zukunft zurückzulegen.

»Es würde ja auch nichts nutzen«, tröstete Valerie. »Mit Ihrer Mutter und Ihrem Bruder wird wohl nicht zu reden sein, solange Sie nicht großjährig sind.«

Caroline gab ihr recht. Nicht noch einmal vor verschlossener Tür stehen!, sagte sie sich. Wenn ich wieder dorthin fahre, will ich mein Kind mitnehmen und dafür muss ich das Recht dazu haben. Und es kam ihr wieder einmal widersinnig vor, dass sie um das kämpfen musste, was doch selbstverständlich war: dass Mutter und Kind zusammengehörten.

Wenn das Heimweh sie überfiel, sagte sie sich, dass es ohne Georg ohnehin kein Zuhause für sie gebe. Ihr Zuhause wäre dort gewesen, wo sie zusammen mit dem geliebten Mann gelebt hätte. So aber sei es egal, ob sie in ihrem Dorf, in Cassel oder in Berlin leben müsse, solange die Hoffnung da war, Sophie zu sich holen zu können. In Wahrheit aber fehlte ihr in der großen Stadt die Natur, insbesondere der Wald – ihr Hirschwald, wo sie mit Georg so glücklich gewesen war, der Kitzhain im Bärenwald, die Hügellandschaft um das Dorf herum. In Zehlendorf war es ihr, soweit es die Umgebung betraf, besser gegangen. Wann immer sie eine freie Minute hatte, war sie in die Felder und in den Wald hinausgegangen. Das fiel nun weg. Und auch die alte Sophie fehlte ihr. Sie fehlte ihr so sehr, dass sie noch lange um sie weinte. Oft stiegen Dankbarkeit und Liebe heiß in ihr auf, und die heimlich vergossenen Tränen erleichterten ihr Herz, wenn sie auch vorsichtig sein und alles vor der Witwe Kenzin verbergen musste.

Im Sommer fuhr Valerie zu Anna und Franz und erzählte nach ihrer Rückkehr begeistert von dem Glück ihrer geliebten Nichte. Der Hof allerdings sei ärmlich, und sie zweifle daran, dass er überhaupt zwei Leute oder gar mehr ernähren könne. Der Herbst kam und damit auch wieder mehr Arbeit, denn die Damen der Gesellschaft waren aus der Sommerfrische zurückgekehrt. Caroline war es recht, sosehr sie auch den einen oder anderen Spätsommerausflug mit Valerie genossen hatte. Annas Tante hatte wohl gemerkt, dass es der jungen Frau an Luft und Natur mangelte. Sie fuhren mit der Stammbahn nach Zehlendorf hinaus oder gar mit der Wannseebahn weiter bis zum See und machten ausgedehnte Spaziergänge. Valerie hielt noch gut mit. Sie war in Thea Odenbrucks Alter und machte mehrmals in der Woche Turnübungen, natürlich zu Hause und im Verborgenen. Als unweiblich mochte auch sie nicht gelten. Caroline ihrerseits war dankbar für Valeries Begleitung. Aber sie merkte auch, dass diese mehr Anna als ihr selbst geschuldet war. Wenn Valerie erzählte, dann meistens von ihrer Nichte, von ihrem Leben zu zweit. Aber Caroline war auch das recht. Sie mochte vor dieser Frau, die sie respektierte und achtete, nicht ihr Innerstes ausbreiten. Es blieb eine Distanz zwischen ihnen, die durchaus nicht feindlich war, aber auch kein wirkliches Vertrauensverhältnis zuließ.

So legte sie all ihre Gefühle in die Briefe an Sophie und ihre Mutter. Sie machte keinen Hehl daraus, dass sie beabsichtigte, das Kind im nächsten Jahr zu sich nach Berlin zu holen. Sie arbeite viel, könne Geld zurücklegen, obwohl sie ihre Tochter versorge, und habe vor, für sich und ihr Kind eine kleine Wohnung zu mieten. Die Arbeit sei zu Hause zu erledigen, zumindest überwiegend. Sie freue sich, ihre Mutter damit entlasten zu können. Es bleibe alles so, wie sie es auch mit ihrer Großmutter geplant habe. So legte sie ihr Herz offen und dachte nicht daran, dass sie damit eine andere Wirkung hervorrufen könne als die von ihr gewünschte. Mutter musste sich doch freuen, von der Verpflichtung entbunden zu sein und wieder in ihr altes Leben zurückkehren zu können. Emma schrieb, sie freue sich mit ihrer Freundin. Wenn Caroline allerdings fragte, wie ihre Mutter zu all dem stehe, war Emmas Antwort stets, dass sich Friederike nicht dazu äußere. Es sei beinahe so, als habe sie die Briefe gar nicht bekommen, was aber nicht sein könne, denn auch bei ihr selbst seien sie ja stets pünktlich eingetroffen. Über die kleine Sophie berichtete Emma in jedem ihrer Briefe nach wie vor ausführlich. Jedes Mal habe sie die Kleine gesund, gut genährt und auch zufrieden vorgefunden. Auch habe sie sie beim Spiel mit Marie und Jakob beobachtet und nichts an ihr gefunden, was Anlass zur Sorge gebe. Ihre Mutter gehe streng, aber nicht böse oder kaltherzig mit dem Kind um.

Caroline glaubte Emma. Aber manchmal war die Sehnsucht nach ihrem und Georgs Kind so groß, dass sie sich für einen Sonntag in ihrem Zimmer verkroch und nicht wusste, wie sie die verbleibende Zeit überstehen sollte. Dann half nichts mehr, kein Brief von Emma, kein Besuch in der Stadt mit Valerie, kein Ausflug in die Umgebung, keine noch so dringende Arbeit. Wenn sie nicht hätte vermeiden müssen, dass die Kenzin alles hörte, sie hätte laut geschrien, um ihr Herz zu erleichtern und nicht verrückt zu werden. So legte sie sich auf ihr Bett und schrie stumm in ihr Kissen. Irgendwann war es dann vorbei. Sie wurde wieder ruhiger und ergab sich ihrem Schicksal.

Zu Weihnachten, als sie allein in ihrem Zimmer saß und nur den Heiligen Abend mit Valerie in der St.-Michael-Kirche und bei ihr zu Hause um einen kleinen Weihnachtsbaum gesessen hatte, wurde es noch einmal schlimm. Sophie hatte ein Paket von ihrer Mutter bekommen mit Spielzeug und Kleidung darin und einer hübschen von Caroline aus Flickenstoffen zusammengenähten Kinderdecke. Aber auch hierauf erhielt sie keine Antwort. Keine Zeile kam von der Mutter. Nur Emma schrieb, dass sie das Kind auf der Decke mit der neuen Puppe habe spielen sehen. Den Winter über legte Caroline so viel Geld zurück, wie sie eben konnte, um im Frühjahr nach Hause zu fahren und um eine Wohnung anzumieten. Anna schrieb, dass Onkel Josef gestorben sei und Franz, ganz wie von seinem Onkel angekündigt, alles geerbt habe.

Als die Tage wieder länger wurden und das Frühjahr sich langsam ankündigte, sagte Valerie bei einem ihrer Gänge in die Stadt: »Sie sehen so müde aus, Caroline! Gönnen Sie sich doch ein wenig Ruhe. Und schon gar nach der überstandenen Erkältung.« Ihre Anteilnahme tat der jungen Frau gut, aber an ein Rasten war jetzt nicht zu denken. Sie brauchte mehr Geld, um eine Wohnung wie die von Valerie bezahlen zu können.

»Werden Sie mir bei der Suche helfen, Fräulein Schulze?«, fragte sie. »Es müsste so ab April sein, das wäre ideal. Ich bleibe noch vier Wochen hier, dann fahre ich nach Hause. Ich bin dann 21, und wenn ich wiederkomme, könnte ich mit meinem Kind in die Wohnung.«

Valerie versprach auch alles und hörte sich in ihrer Umgebung um. Und wirklich, noch ehe der Tag der Abreise herangekommen war, hatte sie eine winzige Wohnung in der nahe gelegenen Annenstraße ausgemacht, eine Mansarde mit zwei möblierten Zimmerchen und einer winzigen Küche, deren eiserner Herd sicher schon einige Generationen gesehen hatte. Alles war so einfach wie nur möglich gehalten, gründliches Saubermachen durchaus notwendig und das Sofa wegen der ausgeleierten Sprungfedern nur sehr vorsichtig zu benutzen. Aber Caroline war so froh, dass sie Valerie, ganz gegen ihre Gewohnheit, umarmte und rief: »Danke! Ich freue mich so! Vielen, vielen Dank!« Sie bezahlte die Miete für den April sofort und im voraus, damit ihr die Wohnung auch sicher sei, kündigte der Kenzin das Zimmer zum Monatsende und bedankte sich bei ihr für die nette Aufnahme. Die Witwe, die im Laufe der Zeit ihr Misstrauen gegen das junge abenteuerlustige Mädchen abgelegt hatte, denn sie verhielt sich absolut untadelig, bedauerte nun beinahe ihren Auszug und verabschiedete sie freundlich.

Zwei Wochen später saß Caroline im Zug. Zuvor hatte Valerie ihr geholfen, ihre wenigen Habseligkeiten in die Annenstraße und die schmale steile Treppe hinauf bis in die enge Wohnung zu bringen. Bei Kaffee und Kuchen hatte sie dann, ein wenig verlegen und mit einem Anflug von Röte im Gesicht, gesagt: »Caroline, es fällt mir schwer, es Ihnen zu sagen, aber ich denke, ich muss Sie darauf hinweisen, dass Sie auch äußerlich ansehnlich und gepflegt bei Ihrer Mutter vorsprechen sollten. Es macht doch immer einen besseren Eindruck.« Dabei hatte sie sich bemüht, ihren Blick nicht allzu sehr auf Carolines inzwischen sehr verschlissenen blauen Rock zu heften. Es war derselbe, den sie zu ihrem 18. Geburtstag bekommen und seit diesem Tag beinahe ausschließlich getragen hatte. Nur für ihre Arbeit in Waschküche und Plättkammer war der noch ältere und nun schon zweifach mit einem Flicken besetzte getragen worden. Caroline, der nun ebenfalls die Röte ins Gesicht schoss, erwiderte: »Sie haben recht, Fräulein Schulze. Ich werde mir wohl noch Rock und Jacke kaufen müssen.«

Valerie nickte. »Und vielleicht einen passenden kleinen Hut. Ich weiß, das ist nicht ganz billig, aber es wird helfen, den Eindruck, vor wem Sie ihn auch immer werden machen müssen, von vornherein vorteilhafter zu gestalten.«

Nun war sie froh, von Valerie Schulze diesen Hinweis bekommen zu haben. Überhaupt war diese tapfere Frau, die allein ein Kind, wenn auch nicht ihr eigenes, aufgezogen hatte, ein Beispiel für sie. Sie war selbstständig, verdiente ihr eigenes Geld, hatte eine kleine Wohnung und lebte ganz ohne männlichen Schutz und Beistand. Ja, sie bewunderte diese ungewöhnliche Frau, wenn zu ihr auch keine rechte Nähe aufkommen wollte. Und auch Valeries unnachsichtiges Urteil über die Männerwelt trennte sie.

Tatsächlich fühlte sich Caroline in dem neuen Kostüm wohler und sicherer. Einzig die weiße Spitzenbluse war, da wenig getragen, nicht ersetzt worden. Dafür vervollständigte der kleine blaue Hut mit den schwarzen Bändern ihre Garderobe. Sie trug ihn auf dem vollen, locker gebundenen Haarknoten. Als sie sich in Valeries Garderobenspiegel betrachtet und hin und her gedreht hatte, gefiel sie sich nicht nur, sie sah auch, wie sehr sie sich verändert hatte. Das junge Gesicht, das ihr aus dem Spiegel entgegenblickte, war nicht mehr das des unbedarften Mädchens, das dem Postillion begegnet war und sich auf der Stelle in ihn verliebt hatte, und schon gar nicht das der gehorsamen Tochter, die es für ihr Bestimmung gehalten hatte, August Grieger zu heiraten. Sie sah eine junge Frau, die für sich selbst einstand und ihrem Kind seit beinahe zwei Jahren Geld schickte. Eine Frau, der ins Gesicht geschrieben stand, was sie erlebt hatte, aber auch, wie sie damit umgegangen war. Unwillkürlich lächelte sie sich an.

Dieses gleiche Lächeln stand nun wieder in ihrem Gesicht. Sie war 21 Jahre alt und endlich, endlich würde sie ihr Kind zu sich holen. »Georg«, sagte sie leise zu sich selbst, denn sie war allein im Abteil, »mein Liebster, Sophie ist ein Teil von uns. Und jetzt fahre ich hin und hole sie!« Sie lehnte sich zurück und fiel, zum ersten Mal seit langer Zeit, in einen tiefen erholsamen Schlaf.

Friederike war angesichts der bevorstehenden Ankunft ihrer Tochter in Unruhe. Zwar hatte sich diese nicht über den genauen Tag ihres Eintreffens geäußert, aber keinen Zweifel daran gelassen, dass sie möglichst bald nach ihrem 21. Geburtstag ihr Kind zu sich nehmen wolle. In ihrer Not schickte sie ein Telegramm an Gustav. Der kam auch den übernächsten Tag. Sein erster Gedanke, als die Mutter ihm Mitteilung von dem bevorstehenden Besuch machte, war gewesen, sie zur Herausgabe des Kindes zu überreden. Was konnte besser sein, als dass Caroline mit dem Balg so bald als möglich verschwand und nie wieder auftauchte? Er war gern bereit, das Sorgerecht abzugeben.

»So sind wir alle Sorgen los, Mutter«, schlug er ihr denn auch vor.

Friederike, die diese Haltung ihres Sohnes nicht überraschte, hatte sich vorbereitet. »Nein, Gustav«, sagte sie fest, »ich habe es Vater versprochen. Und ich werde dieses Versprechen nicht brechen. Caroline hat durch ihr Verhalten nur allzu sehr gezeigt, dass sie nicht in der Lage ist, ein Kind zu erziehen. Auch Vater wusste das.«

Gustav versuchte, sie umzustimmen, aber Friederike unterbrach ihn und sagte: »Wenn das Kind weg ist, bin ich ganz allein. Oder hast du vor, mit Elisabeth hier einzuziehen? Und im Dorf rechnet man es mir hoch an, was ich tue. Jeder sieht, dass es dem Kind an nichts fehlt. Der Herr

Pastor hat es mir gestern erst wieder gesagt. Mag sein, dass ich mit meiner Tochter gescheitert bin. Mit meinem Enkelkind werde ich es nicht.« Sie stockte plötzlich, fuhr sich mit der Hand über die Augen und setzte hinzu: »Ich werde eines Tages in Frieden mit mir sterben können.« Sie sah ihn an. »Und mein Sohn macht mir in allem nur Freude. Du hast den besten Ruf, Gustav, und darauf bin ich stolz, sehr stolz. Das bleibt mir – und deinem Vater, auch wenn er durch die Schuld deiner Schwester so früh von uns gehen musste.«

Gustav war nun doch bewegt von der Ernsthaftigkeit und zugleich von der Schlichtheit, mit der sie all das gesagt hatte. »Gut, Mutter, so soll es sein. Aber wie fangen wir es an? Meine Vormundschaft endet mit dem 21. Geburtstag des Kindes. Ich will dazu stehen, wenn du es wünschst. Aber erwarte auch nicht mehr von mir. Ich werde nichts für dieses Kind tun. Alles liegt in deiner Hand.«

Sie nickte. »Ich weiß. Ich erwarte nichts von dir, außer dass mir das Altenteil hier im Hause bleibt.«

»Aber du brauchst nicht die zwei Etagen, Mutter. Darüber möchte ich bald mit dir sprechen. Aber jetzt lass uns überlegen, wie wir vorgehen.« Er wiegte den Kopf hin und her. »Das Beste wird sein, sie sieht das Kind erst gar nicht.«

»Ja«, stimmte Friederike ihm zu, »und ich meinerseits möchte sie auch nicht sehen. Und was das Sorgerecht betrifft, so ist klar, dass du als Vormund bestimmst, was mit dem Kind geschieht. Ihre Großjährigkeit ist allerdings ein Argument. Warum sollte man Mutter und Kind trennen ... Es sei denn ...«

»Genau«, ergänzte Gustav, »es sei denn, sie ist nicht in der Lage, das Kind angemessen zu erziehen. Deine Überlegung ist schon ganz richtig.«

»Vater wollte es so, Gustav. Es ist sein Urteil über Caroline. Und du weißt, wie er zu ihr stand. Also, wenn er es schon so gesehen hat …«

»Ja, aber – verzeih, Mutter – er ist tot und kann uns nicht mehr helfen.«

»Vielleicht doch. Seine Verfügung und sein Brief an mich, der dem Testament beilag, sprechen für sich.«

Gustav verschränkte seine Hände ineinander, wie er es zu tun pflegte, wenn ein Problem zu lösen war und er sich der Lösung näherte. »Und wir haben Thea …«, fuhr er fort. »Und da war doch diese Familie, bei der Caroline gearbeitet hat … Ist in der Geburtsurkunde der Name des Kindsvaters eingetragen?«

»Nein, es steht dort »Vater unbekannt«. Eduard wollte es so.«

»Gut«, sagte Gustav befriedigt. »Sehr gut. Wir werden noch eine Naht einziehen, Mutter, vielleicht eine doppelte. Lass mich das übernehmen. Und wenn es sicher ist, dass das Kind bei dir bleibt, dann lass mich damit in Ruhe. Das ist alles, worum ich dich bitte.«

Sie senkte zustimmend den Kopf. Auf ihn wirkte es beinahe demütig. Er nahm ihre Hand und zog sie fast bis an seinen Mund. »Dein Opfer ist groß, Mutter. Für mein Dafürhalten zu groß. Aber ich respektiere deine Entscheidung und Vaters Wunsch.«

Tränen traten in ihre Augen, halb aus Rührung darüber, dass ihr Sohn die Größe ihres Opfers erkannte, halb aus Bewunderung für sich selbst, die sich nun ganz von ihrem alten Leben abgezogen hatte, um dem letzten Willen ihres Mannes zu entsprechen. Ihr Sohn verbeugte sich, wie es ihr schien, tiefer als sonst und versprach, in den nächsten Tagen wieder vorzusprechen.

Auf der Fahrt nach Hause – Fritz kutschierte – dachte er noch einmal über die Sache nach, und als der Wagen vor der Fehrhofenschen Villa hielt, war er sich sicher, was zu tun sei. Elisabeth lief ihm schon in der Halle entgegen, schlang die Arme um seinen Hals und küsste ihn stürmisch. »Stell dir vor«, rief sie, »Tante Thea hat uns eingeladen! Auf ein ganzes Wochenende zu sich nach Cassel, und ins Theater wollen wir auch gehen!« Sie sah ihn glücklich an. »Dass du so eine Tante hast! Elegant und weltgewandt … Und dann der Baron! Ein vorzüglicher Herr – und ein Damenmann.«

Er lachte. »Hoffentlich nicht zu sehr, mein Schatz. Du weißt, ich habe die schönste Frau zwischen Cassel und Fuchshagen und weit darüber hinaus. Ich möchte mir keine Sorgen machen müssen wegen eines – nun sagen wir: betagten Barons.«

Er zog sie an sich, nahm sie dann auf seine Arme und trug sie die Treppe hinauf. Im Salon setzte er sie auf dem Sofa ab und klingelte nach Guste. Der Kaffee kam.

»Nun erzähle von Tante Thea! Wann soll es sein, und wie kam es dazu?«

Lebhaft erzählte sie ihm von dem aus Cassel eingetroffenen Telegramm, ließ es ihn lesen und bewundern.

»Du scheinst ja ordentlich Eindruck gemacht zu haben. Aber wen wundert es? Also Besichtigung der Schneiderei und des Geschäfts, wunderbar. Und Theater, auch wunderbar. Vorher vielleicht Park Wilhelmshöhe. Ich freue mich, Liebes!«

In diesem Augenblick klopfte es. Fehrhofen steckte seinen Kopf durch den Türspalt und fragte: »Ist es erlaubt?«

Elisabeth sprang auf, lief auf ihn zu, gab ihm einen Kuss und rief: »Ist es erlaubt! Oh, mein liebster Papa, wenn du wüsstest! Ich habe dich heute ja noch gar nicht gesehen!«

Fehrhofen sah sie stolz und zufrieden an. Elisabeth führte ihn zu einem Sessel, ließ ein drittes Gedeck bringen und schenkte ihrem Vater den Kaffee eigenhändig ein. Sie sah auch heute wieder wunderschön aus. Das blonde, kunstvoll frisierte Haar glänzte, die blauen Augen lachten aus ihrem Gesicht heraus, das roséfarbene Kleid saß vorzüglich. Sie wusste um all das, freute sich selbst am meisten daran und kostete es jeden Tag aus, Mittelpunkt im Leben zweier Männer zu sein. Sie genoss diese Bewunderung, und das war ihr, neben allerlei Annehmlichkeiten, die ihre Erscheinung, ihre Garderobe und die gesellschaftlichen Verpflichtungen betrafen, genug. Sie war mit sich und der Welt zufrieden, und dieses glückliche, sorglose Naturell sorgte dafür, dass ihr Mann seinerseits nichts entbehrte, außer vielleicht, so gestand sie sich ein, dass sie noch nicht schwanger geworden war. Sie ihrerseits nannte es, ganz für sich selbst, »dick und hässlich«. Es bereitete ihr keine Sorge. Beide Schwestern hatten Kinder und sicherten die Fehrhofensche Linie. Aber sie wusste, dass ihr Mann die Casparische nicht aussterben lassen wollte. Sie hatte nichts getan, um nicht schwanger zu werden. Doch vorerst schob sie solche Gedanken, die ihr selten genug kamen, einfach beiseite. Solange sie nicht in der Villa waren, würde Gustav nicht ungeduldig werden und sie konnte ihr ganz auf Vergnügen und Wohlbefinden gestelltes Leben fortsetzen.

Gustav erzählte, dass sich bereits eine Reihe von Investoren für den teuren Ruhesitz gefunden hätten, allerdings noch nicht genug. Neben ihm selbst hatten sich zwei weitere Bauherren für die geplanten Villen am Stadtrand entschieden, sein Freund August Grieger und ein Freund seines Schwagers Breger, ebenfalls Mediziner, finanziell unabhängig und an der Mitarbeit im Altersruhesitz interessiert.

»Das ist vorzüglich«, hatte Fehrhofen diese Entscheidung kommentiert. »Dann haben wir meinen Schwiegersohn, seinen Freund Penzdorf und Paul Rieber, den sozusagen als Notlösung. Breger kann unsere Praxis weiterführen und im Ruhesitz zusätzlich verdienen. Und Penzdorf als ärztlichen Direktor dort einzusetzen ist ein Coup! Denn er finanziert mit, investiert ordentlich und verspricht sich wohl in einiger Zeit den Geheimrat davon.«

Gustav stimmte ihm zu. »Es läuft gut bis jetzt. Wir werden noch einige Anzeigen schalten, auch in den Frankfurter Zeitungen. Und am Wochenende werden wir wohl das Einverständnis meiner Tante und des Herrn Barons haben.«

Und so war es auch. Das gemeinsame Wochenende, das das junge Paar ebenso genoss wie Thea und Waitzhagen – ihn entzückte allein der Anblick der hübschen blühenden Frau Caspari – war ein voller Erfolg. Gustav konnte beide von der Investition endgültig überzeugen und sprach nachfolgend eine Einladung in die Fehrhofensche Villa aus. Man wollte das Baugelände noch einmal in Augenschein nehmen, den Firmengründer kennenlernen und in seiner Villa gemeinsam zu Abend essen. Westphal wusste, was er reichen

Investoren schuldig war. Gustav war sicher, dass Thea und Begleitung von dem Alten und von Haus und Garten angetan sein würden, und ihm selbst würde diese Begegnung noch mehr Achtung und Respekt beider Westphals einbringen. Zumindest der Alte war angesichts der Planung eines Altersruhesitzes skeptisch gewesen. Er könne sich nicht vorstellen, dass man ältere Menschen auf diese Weise unterbringe – er hatte eigentlich »abschieben« sagen wollen, es sich aber im letzten Augenblick verkniffen. Sein Sohn wiederum hatte ihn mit dem Argument beruhigt, es gebe genug alleinstehende Fräuleins, die sich auch gern ärztlich betreuen ließen. Die Großtante seiner Verlobten, eine unverheiratete vermögende Dame Anfang siebzig, habe sich bereits interessiert gezeigt, ein sorgenfreies Leben in einer der hübschen kleinen Wohnungen führen und dabei jederzeit auf ärztlichen Rat, angenehme Gesellschaft, eine vorzügliche Küche und Hotelkomfort rechnen zu können, von dem großen Park und dem See ganz zu schweigen. Und als sein Freund Fehrhofen ihm berichtete, dass seine Schwester Agathe ebenfalls daran denke, zu übersiedeln, war er vollends beruhigt.

Während des Besuchs in Cassel hatte sich Gustav mit seiner Tante auf eine Viertelstunde zurückgezogen. Am Ende dieser kurzen Besprechung trat er mit einem zufriedenen Lächeln aus ihrem Salon heraus. Auch dieses Problem hatte er geregelt. Caroline würde es schwer haben, ihr Kind zu sich zu nehmen. Er wollte diese Angelegenheit ein für alle Mal beenden. So ging, kaum dass er aus dem Wochenende zurück war, ein Brief an Frau Geheimrat Werdersdorf, Zehlendorf, Landkreis Teltow, und einer an eine gewisse Frau Kenzin,

Berlin, Luisenufer. Beide Adressen hatte er von seiner Mutter bekommen. Er gab die Briefe zu der noch an diesem Tag zu besorgenden Firmenpost und lehnte sich zufrieden in seinem schweren Schreibtischsessel zurück. Dann ließ er die Sekretärin kommen und diktierte die Zeitungsanzeigen.

Kapitel 19

Die junge Frau ging langsam die Dorfstraße hinab. Um diese Zeit, es war kurz vor Mittag, war sie belebt. Frauen mit Kopftüchern, Männer in Arbeitskleidung, Pferdefuhrwerke begegneten ihr. Alle sahen sich nach der gut gekleideten Person um. Auf einigen Gesichtern spiegelten sich Erkennen und Überraschung. Sie grüßte freundlich jeden, dem sie begegnete, aber kaum jemand erwiderte diesen Gruß, und wenn es doch geschah, dann weil der oder die so höflich Gegrüßte zu überrascht war, um schnell wegzusehen. Der alte Hinemann sah sie schon von weitem, und auch er konnte sich keinen Reim auf Erscheinung und Auftreten der jungen Person machen. Sie sah aus wie eine Städterin. Das leuchtend blaue Kostüm, das sie trug, war neu, und genau wie der dazu passende Hut mit schwarzen Samtbändern eingefasst. Die weiße Bluse leuchtete wie frisch gebleicht. Als sie sich näherte, kam ihm ein Verdacht, aber er schob ihn beiseite. Die junge Caspari konnte es nicht wagen zurückzukommen, noch dazu in solch eleganter Aufmachung und mit einem Benehmen, als wäre nichts gewesen. Als hätte sie nicht einen Bankert ausgetragen, als wäre sie nicht verstoßen worden und als hätte sie nicht einmal einen Namen für den Vater ihres unehelichen Kindes. Doch als sie nur noch wenige Schritte voneinander trennten, bestätigte sich sein erster Eindruck. Das war allerdings ungeheuerlich! Kam hier ins Dorf gelaufen, als wäre es das Selbstverständlichste von der Welt. Und dann in dieser Aufmachung! Na, aber das passte ja. Huren lebten wohl gut von ihrem Gewerbe. Er schaute in das junge offene Gesicht und gleich darauf wieder weg, so als hätte er gar nicht bemerkt, wer da so freundlich »Guten Tag, Onkel Hinemann!« gesagt hatte. Wie eine von diesen Frauen sah sie eigentlich nicht aus ... Aber das war nur ein flüchtiger Gedanke. Ihre Mutter hatte keinen Zweifel daran gelassen, wie es um ihre Tochter stand. Sie litt darunter und brachte ihrem verstorbenen Mann zuliebe das Opfer, das Kind zu einem anständigen Menschen zu erziehen und es aus diesem Grund von der Mutter fernzuhalten. Und nun war sie wieder da! Arme Frau Caspari, dachte er, so stolz sie war, sie ist doch zu einer Größe fähig, und das hier, das hat sie sicher nicht verdient.

Die Nachricht von der Rückkehr der jungen Caspari verbreitete sich so schnell im Ort, dass schon beinahe jeder davon wusste, als Caroline am Schmiedehof ankam. Die Haustür war offen. Sie trat ein, fand niemanden vor, auch die Küche war leer. Sie ging in die kleine Halle, in der die Pferde beschlagen wurden, und sah Onkel Heinrich, in der schweren ledernen Schürze mit Zange und Hufeisen hantierend. Sie rief ihn leise an, um ihn nicht zu erschrecken. Er blickte auf und sagte, überrascht und mit einem Anflug von Verlegenheit: »Ach, Mädchen, das ist ja eine Überraschung.« In diesem Moment hatte Flic, der bei Magdalene im Garten gewesen war, ihre Witterung aufgenommen. Und nun begann ein solch wilder Tanz, ein Jaulen und Bellen und Gestreichelt-Werden-Wollen, dass es eine ganze Weile dauerte, bis Caroline, der die Freudentränen die Wangen hinunterliefen, ihre Tante begrüßen konnte. Caroline winkte ihr zu und umarmte sie dann ohne weiteres. »Ach, Kind«, sagte

Tante Magdalene, »dass du gekommen bist!« Aber in ihrer Stimme lag etwas Trauriges und fast auch Verlegenes, ähnlich wie bei Heinrich. Caroline merkte die Veränderung wohl und sagte: »Tante Magdalene, ich bin gekommen, um Sophie zu mir zu holen. Ich möchte euch bitten, mich noch einmal ein paar Tage bei euch aufzunehmen. Dann bin ich weg und komme auch nicht wieder.«

Magdalene sah sie mit einem traurigen Lächeln an. »Ach, Line, so war das doch nicht gemeint. Natürlich kannst du für ein paar Tage bleiben. Aber ich glaube ... ich meine, hier im Dorf ...«

Ihre Nichte sah sie fragend an. Magdalene sammelte, nur um etwas zu tun, die Gartengeräte ein. »Was meinst du, Tante Magdalene? Ich habe schon gemerkt, wie die Leute mich angesehen haben. Als ob sie wer weiß was von mir denken würden. Aber ich will nur mein Kind holen. Ich habe in Berlin eine eigene Wohnung und kann Sophie zu mir nehmen und uns auch ernähren.«

Nun war die gute Seele doch überrascht. »Du, ganz allein? Aber wie soll das denn gehen?«

Caroline lächelte und legte ihr die Hand auf die Schulter. »Es geht dort. In so einer großen Stadt ist das möglich. Ich habe eine Frau kennengelernt, die das auch so gemacht hat. Die hat mir sehr geholfen.«

Magdalene schüttelte den Kopf, als könne sie nicht recht glauben, was sie gehört hatte.

»Ich gehe noch heute zur Mutter«, fuhr Caroline fort. »Dann seid ihr mich schnell wieder los.«

»Line«, Magdalenes Stimme klang skeptisch, »selbst wenn das stimmt, was du mir da erzählt hast – und ich glaube es dir sogar, so unglaublich es auch klingt –, selbst dann ... Es wird schwer werden, sehr schwer. Nicht nur, weil du hier im Dorf als ...« Sie stockte, Röte schoss ihr ins Gesicht, »... als leichtes Mädchen giltst ...«

Caroline fuhr zurück. Ein »leichtes Mädchen«, eine Hure also, weil sie von dem Mann, den sie liebte, ein Kind bekommen hatte, bevor er sie heiraten konnte ... Und er war tot, das wusste jeder hier. Und alle hatten ihn gemocht ...

»Deine Mutter«, beendete Magdalene, die sich wieder einigermaßen gefasst hatte, nun ihre Rede, »deine Mutter wird Sophie nicht herausgeben.«

»Aber warum? Es ist doch eine Erleichterung für sie, wenn sie nicht mehr für Sophie sorgen muss.«

Magdalene nahm die Gartengeräte auf und ging auf das Haus zu. »Komm, ich muss was auf den Tisch bringen. Die Männer machen gleich Mittag.«

In der Küche half Caroline der Tante beim Kochen. Sie band sich eine Schürze um und packte zu. Magdalene sah sie dankbar an. Manchmal machte sich das Alter doch bemerkbar. Eine junge Schwiegertochter wäre gut gewesen ...

»Tante Magdalene, es ist doch mein Kind. Das muss Mutter doch einsehen.«

»Friederike ist hier hoch geschätzt, weil sie den letzten Willen ihres Mannes erfüllt. Sie sorgt gut für dein Kind, Line. Es hat alles, was es braucht, so viel weiß ich.«

»Ja«, bestätigte Caroline, »das hat Emma mir auch immer geschrieben. Und das war der Grund, warum ich das alles überhaupt ausgehalten habe. Aber jetzt bin ich großjährig, Tante Magdalene. Jetzt kann ich für mein Kind selbst sorgen.«

»Versuch es«, erwiderte Magdalene. »Ja, versuch es. Aber ich glaube, sie wird nicht nachgeben.«

Caroline richtete sich das Schlafzimmer ihrer Großmutter her, das noch unverändert war. Dabei gingen ihr Magdalenes Worte im Kopf herum. Zugleich sah sie die alte Frau vor sich, wie sie an ebendiesem Bett, das sie gerade mit frischer Wäsche bezog, gesessen und ihre Hände gehalten hatte, als sie, todesmatt und vollkommen erschöpft, nach Georgs Tod hier gelegen hatte. Sie fühlte die Liebe für die Großmutter heiß in sich aufwallen und gleichzeitig die Kraft, die dieses Gefühl ihr vermittelte. Als sie zurückkam, saß Magdalene allein in der Küche.

»Ich will euch keinen Kummer machen, Tante Magdalene. Onkel Heinrich und du und auch Ferdinand, ihr seid so gut zu mir gewesen. Es ist nur noch dieses eine Mal, dass ...«

»Ist ja gut, Line«, beschwichtigte die Tante, »auch das werden wir überstehen. Und nun komm und trinke einen Kaffee, bevor du gehst. Du wirst ihn brauchen.«

Caroline sah sie dankbar an und setzte sich zu ihr an den Küchentisch. Flic kam und legte seinen Kopf in ihren Schoß. Als sie ihn streichelte, schloss er die Augen, und erst als sie die Kaffeetasse zur Hand nahm, legte er sich nieder und bettete den Kopf auf ihre Schuhe.

Als es Zeit war zu gehen, wollte Flic sie begleiten. Sie duldete es auch und nahm den Weg durch den Hirschwald. Es war, als wäre sie niemals fort gewesen. Alles hier erinnerte sie so lebhaft an Georg und an ihre heimlichen Treffen mit ihm, dass es ihr schien, als wäre es erst gestern geschehen. Wie sehr hatte sie sich jedes Mal auf ihn gefreut, ihren heimlichen Treffen entgegengefiebert! Wie bedenkenlos hatte sie sich ihm anvertraut! Und erst nur geahnt, dann langsam gelernt, was das war: ein Mann. Erstaunt hatte es sie, wie selbstverständlich für ihn sein Körper war. Denn für sie war er eine Offenbarung, ein Geschenk, jedes Mal auf's neue. Später, in der Hütte, als sie mehr von ihm wusste, verführte sie ihn zu immer neuen sinnlichen Genüssen. Und er? Manchmal hatte sie ihn gefragt, ihn gedrängt auszudrücken, was er empfand. Aber er sprach wenig darüber. »Du weißt es doch. Du fühlst es doch. Ich fühle, dass du es fühlst«, sagte er dann. Es gab nichts zu erklären für ihn.

Nur ein einziges Mal hatte er ihren Kopf in beide Hände genommen, sie auf die Stirn geküsst und gesagt: »Du bist meine Frau. Verstehst du überhaupt, was das bedeutet? Du bist die, in die ich eingehen kann. Du gibst mir den Frieden. Es ist dann alles gut.« Dabei hatte er sie angesehen, und den Blick seiner schmalen blauen Augen würde sie nie vergessen. Es lag so viel Zärtlichkeit darin, so viel Vertrauen und eine vollkommen schutzlose Offenheit. Und noch während er sie so ansah, war die Lust in ihr neu erwacht und sie berührte seine Hoden, seinen Penis, behutsam und sacht. »Er hat ein Eigenleben«, befand er. Es klang ein wenig ratlos, so dass sie lachen musste. »Aber es ist gut, wenn ich ihm folge. Er hat mich zu dir geführt, und es war richtig.« Der Mann sah an sich herunter, auf den Phallus, der sich aufrichtete und hart wurde, und drängte ihn an die Frau, an ihren warmen, weichen Körper, der auf ihn wartete. Dieses Mal zog er sie auf sich hinauf und versenkte sich in sie, langsam, sehr langsam und sanft. Sie setzte sich auf und genoss ihn in sich. Sie bewegten sich nicht; in absoluter, stiller Harmonie ruhten sie ineinander. Bis die Intensität seiner Nähe sie überwältigte, sie nach seinen Händen griff und ihre Finger mit seinen verschränkte. Dann legte sie den Kopf zurück und stöhnte auf. Die Bewegung ihrer Muskeln übertrug sich auf ihn, sie spürte den Phallus sich regen, leicht und sanft, und doch mit ungeheurer Macht. Sie stützte die Hände auf seine schmalen, harten Hüften und ließ ihn kommen. Sein Atem ging hörbar; seine Hände umfassten ihre Schenkel. Sie öffnete die Augen und sah in sein glattes, gebräuntes Gesicht, das ihr sein Geheimnis offenbarte. In diesem Augenblick wusste sie, dass all ihre Fragen überflüssig gewesen waren. Der Mann gab sich der Frau hin in selbstverständlicher, männlicher Absolutheit; und sie war es, die ihm den Frieden gab.

Sie krümmte sich, als es vorbei war, legte ihren Kopf auf seine Brust, auf das weiche blonde Brusthaar, und saugte den Geruch der Männlichkeit ein. Noch spürte sie ihn in sich, kleiner und weicher und ganz friedlich, ohne Begierde. Er streichelte ihr Haar und zog sie zu sich heran und küsste sie.

Und doch hatte sie es nicht gewagt, mit ihm zu gehen, sofort, bedingungslos, ohne irgendjemanden zu fragen. »Heute hätte ich es anders gemacht«, sagte sie unvermittelt zu sich selbst, während sie aus dem Tagtraum in die Wirklichkeit zurückkehrte und erschreckte sich vor ihrer eigenen Stimme. Flic verhielt bei ihren Worten, aber als er sah, dass er nicht gemeint war, trabte er weiter. Sie brauchte Zeit, um sich von den Erinnerungen zu lösen. Das Gesicht an einen Baum gelehnt, stand sie auf dem Hirschwaldweg und atmete tief ein und aus. Der herbe, würzige Duft der Baumrinde belebte sie. Alles war grün, ein leichter Wind ging durch die Baumkronen, Vögel zwitscherten, die Luft war warm und wohltuend. Jetzt, in wenigen Minuten, würde sie ihr Kind zu sich holen, Georgs Tochter! Sie nickte, wie um sich das selbst zu bestätigen, richtete sich auf und rief den Hund heran. Sie hielt ihn, als sie der beiden auf dem Hügel stehenden Häuser ansichtig wurde, an seinem Halsband. An einem der Fenster im oberen Stockwerk des Griegerschen Hauses stand Helene mit einem Säugling auf dem Arm, sicher Augusts Kind. Bei dem Gedanken an ihn schüttelte Caroline sich innerlich und ging rasch weiter. Helene hatte sie bemerkt und schaute zu ihr hinunter. Wieder Stoff für den Dorfklatsch, dachte sie. Aber sie merkte auch, dass es ihr gleichgültig war.

Die Tür des Casparischen Hauses stand offen. Von drinnen waren Geräusche von Hämmern und Sägen zu hören. Sie ging ohne zu klopfen hinein und rief: »Mutter? Bist du da?« und als niemand antwortete: »Hallo, ist da jemand?« Ein Mann mittleren Alters in Arbeitskleidung, offensichtlich ein Maurer, kam aus der Küche und fragte: »Ja?«

»Caroline Caspari. Ich möchte zu meiner Mutter, Frau Friederike Caspari.«

»Is nich da«, antwortete der Mann und wandte sich zum Gehen.

»Wo ist sie denn? Ich muss sie sprechen.«

Der Maurer drehte sich noch einmal um. »Weiß nich. Wir bauen hier seit heute. Da is keiner.«

»Was bauen Sie denn?«

»Das Haus wird umgebaut.«

»Wer hat das veranlasst?«

»Firma Westphal. Der Herr Ingenieur.«

»Arbeiten Sie für die Firma?«

Er nickte in einer Weise, als wolle er sagen: »Ist doch klar. Hab ich doch gesagt. Wohl etwas schwer von Begriff?«

»Ich bin die Schwester von Herrn Ingenieur Caspari. Wissen Sie, wo mein Bruder ist?«

»Na, im Kontor wohl«, entgegnete er und setzte, ungeduldig werdend, hinzu: »Ich muss weitermachen, Fräulein.«

»Ja, gewiss, entschuldigen Sie. Bitte sagen Sie mir nur noch, wo das Kontor ist.«

Er sah sie misstrauisch an. Sie wollte die Schwester des Herrn Ingenieurs sein und wusste nicht, wo die Firma war … »Casseler Straße 7 – 9«, sagte er schließlich und ging ohne ein weiteres Wort zurück an seine Arbeit.

Fuchshagen, Casseler Straße, dafür war es heute zu spät. Aber morgen würde sie hingehen und Gustav fragen, wo Mutter war. Er konnte sie doch nicht aus dem Haus geworfen haben, das traute sie selbst ihm nicht zu. Magdalene wusste nichts, weder von einem Auszug Friederikes, noch von dem Umbau. Auch Heinrich schien ehrlich erstaunt. »Hier im Dorf wird doch alles getratscht«, sagte er dazu. »Das nenne ich Geheimhaltung. Aber warum?« Und plötzlich, als komme ihm ein ganz anderer Gedanke, fragte er: »Wusste sie, dass du kommst?«

»Nicht genau, wann. Aber ich habe keinen Zweifel gelassen, dass ich Sophie holen will, sobald ich großjährig bin.« Als sie das sagte, war sie blasser geworden, und Heinrichs Gedankengang folgend, setzte sie hinzu: »Mein Gott, haben sie sie weggebracht?«

Magdalene nickte. »Das kann schon sein. Aber warte ab bis morgen. Du kannst die Postkutsche nach Fuchshagen nehmen und mit Gustav sprechen.« Zu spät merkte sie, was sie gesagt hatte, und erschrak selbst bei dem Wort »Postkutsche«. Caroline aber zeigte keine weitere Reaktion, als dass sie freundlich erwiderte: »Ja, Georg fuhr die Postkutsche. Und als ich ihn sah, zum ersten Mal, wie er ins Dorf hineinfuhr und vor dem Postamt hielt, das war das Größte und Schönste, was ich je erlebt habe. Ich wollte, ich wäre gleich mit ihm gegangen und wäre nicht so ein dummes Mädchen gewesen, wie ich es damals war.« Sie schaute Magdalene an, dann Heinrich, die beide bei diesen ehrlichen Worten verstummt waren und die junge Frau erstaunt ansahen. »Ich habe danach nie wieder einen Mann geliebt«, fuhr Caroline fort. »Ich habe keusch gelebt, und es ist mir nicht schwergefallen. Ich vermisse ihn so sehr, dass ich manchmal schreien möchte, so sehr, dass ich nicht mehr weiß, wie ich weiterleben soll. Aber da ist meine Sophie, Georgs Kind.« Sie verstummte, sah nachdenklich vor sich hin und sagte dann: »Ja, ich kann das hören. Ich kann es jetzt.«

Magdalene legte ihr die Hand auf den Arm. Heinrich senkte verlegen den Kopf. Dann trank er sein Bier in einem Zug aus. »Viel Glück morgen«, sagte er. »Ich wünsche dir viel Glück.«

Die Postkutsche war pünktlich, der Postillion immer noch derselbe wie in der Zeit nach Georgs Tod. Caroline war früher aufgebrochen, um noch bei Tante und Onkel vorzusprechen. Auch hier herrschte, trotz aller Wiedersehensfreude, eine leichte Verlegenheit, als sie eintrat. Die Postleute hatten wohl schon gehört, dass Caroline Caspari es gewagt hatte zurückzukommen, insofern waren sie nicht völlig überrascht. Aber auch sie hatten den Tratsch und die Gerüchte um die ehrvergessene und unmoralische Person mitbekommen. Beteiligt hatten sie sich daran nicht. Schließlich hatten sie miterlebt, wie sehr das Mädchen gelitten und auch wie es an der Großmutter gehangen hatte. Nun saßen sie im Postzimmer und warteten gemeinsam mit ihrer Nichte auf die Ankunft der Kutsche. Es wurden keine heiklen Themen angeschnitten. Den Postleuten war es peinlich, und Caroline verzichtete darauf, um ihnen nicht noch mehr Verlegenheit zu bereiten. Renate erzählte von ihrer Mutter und von dem Grab, das sie gemeinsam mit Magdalene pflegte. Letztlich war man froh, als das Posthorn ertönte und der Wagen vorfuhr. Caroline zuckte nur ganz leicht zusammen, als sie die schlecht getroffene Tonfolge hörte, und verabschiedete sich rasch. Der Postillion schien sie nicht wiederzuerkennen. Sie saß allein im Wagen und war erleichtert, dass es ein anderer war als der, den Georg gefahren hatte. Auch die Pferde waren ausgewechselt worden. Dennoch kam die Erinnerung rasch wieder hoch. Wie oft hatte Georg sie neben sich auf den Kutschbock gehoben oder sie waren, wenn er keine Fahrgäste hatte und das Wetter schlecht war, in die Kutsche gestiegen. Nie hatten sie voneinander lassen können. Und auch jetzt nicht, dachte sie. Er ist tot, er kommt nie wieder – und doch ist er lebendiger für mich als all diese Menschen um mich herum.

Die Kutsche fuhr vor dem Fuchshagener Postamt vor, sie stieg aus und ging in Richtung Casseler Straße. Vielleicht traf sie den Bruder im Kontor an. Und wenn nicht, dachte sie, gehe ich zu ihm nach Hause. Es ist mir egal, wo ich ihn treffe. Schon aus einiger Entfernung sah sie das große am breiten Eingangstor befestigte Schild, auf dem in großen Lettern Westphal & Caspari geschrieben stand. Sie ging auf das unmittelbar hinter dem geöffneten Tor liegende Gebäude zu, das ein bisschen an eine Schule erinnerte und wohl die Kontors beherbergte. Im hinteren Teil des Hofes lagen die Lagerräume. Es herrschte ein reges Treiben. Baumaterial wurde angeliefert, ausgeladen und gelagert, anderes zu den Baustellen transportiert. Die Arbeiter scherzten miteinander, wenn sie nicht gerade die schweren Säcke trugen. In einer Ecke entdeckte sie ein bekanntes Gesicht: Fritz war dabei, den Wallach aus dem Einspänner zu schirren. Hier hatte man ihn also untergebracht. Irgendwie war sie erleichtert. In diesem Augenblick erst merkte sie, dass sie ihrem Bruder zugetraut hätte, Fritz zu entlassen und ins Armenhaus zu schicken.

Als sie der Sekretärin ihren Namen nannte, machte das Fräulein ein irritiertes Gesicht. Von der Existenz einer Caroline Caspari wusste sie offensichtlich nichts. »Warten Sie hier«, befahl sie und klopfte an die Tür des Nebenzimmers. Erst nach einigen Minuten erschien sie wieder und sagte: »Der Herr Ingenieur lässt bitten.« Gustav stand am Fenster, als sie eintrat, und wandte ihr den Rücken zu. Die Sekretärin schloss die Tür hinter ihr. Er rührte sich nicht. Caroline wurde, nachdem sie wohl eine Minute auf eine Höflichkeitsgeste ihres Bruders gewartet hatte, angesichts seiner offensichtlichen Ignoranz zunehmend ärgerlich und sagte schließlich: »Guten Tag, Gustav. Ich bin gekommen, um mein Kind abzuholen. Ich bin nun großjährig, wie du weißt, und werde Sophie mit mir nach Berlin nehmen. Ich kann jetzt selbst für sie sorgen.« Sie wartete einen Moment, ihre Stimme war zunehmend schärfer geworden. Er rührte sich noch immer nicht. Nichts deutete darauf hin, dass er die Gegenwart seiner Schwester überhaupt zur Kenntnis genommen hatte. »Ich habe Mutter nicht angetroffen«, fuhr sie, lauter und mit noch mehr Schärfe, fort. »Das Haus wird umgebaut. Da du es angeordnet hast, möchte ich von dir wissen, wo mein Kind ist. Ich nehme es mit, und ihr seht mich nie wieder.« Sie machte eine Pause. »Gustav! Antworte mir! Umso schneller bin ich wieder weg und störe deine Idylle nicht mehr.«

Jetzt erst drehte er sich um. Sein Gesicht war weiß vor Wut. Aber er sah sie kühl an. Sie gab seinen Blick zurück. Dann sagte er langsam: »Du wagst es wirklich hierherzukommen. Es ist also wahr.«

»Sag mir, wo mein Kind ist, und ich gehe wieder, sofort.«

Er schüttelte den Kopf, zündete sich eine Zigarette an und lehnte sich mit dem Rücken ans Fensterbrett. Nachdem er einen tiefen Zug genommen hatte, fragte er: »Was erwartest du von mir? Dass ich dir sage, wo Mutter sich mit dem Bankert aufhält? Glaube mir, wenn es nach mir ginge, wäre das Balg im Waisenhaus. Meinetwegen kannst du es auch mitnehmen, je eher, desto lieber. Aber Mutter will es nicht. Ihr ist ihr Versprechen heilig. Und sie weiß, dass du Vater auf dem Gewissen hast. Und dass er nicht wollte, dass du dieses Kind auch noch ruinierst. Vater war der Meinung, man könne es dem Kind nicht anlasten, wer seine Eltern waren. Ich bin anderer Meinung, um es dir klar und unmissverständlich zu sagen. Aber ich achte Mutter und Vater zu sehr, als dass ich ihrem Willen und Wunsch zuwiderhandeln wollte. Erwarte also in dieser Angelegenheit nichts von mir.«

Caroline war von seinen beherrschten und dennoch messerscharf gesetzten Worten zutiefst betroffen. Er hatte sich vorbereitet, das war ihr nun klar, obwohl er nicht hatte sicher sein können, ob und wann sie kommen würde. »Du hast Mutter weggeschickt, damit ich mein Kind nicht sehen und nicht mitnehmen kann«, sagte sie leise und wie zu sich selbst. Jetzt wurde ihr klar, dass es ein Fehler gewesen war, vorab von ihren Plänen zu schreiben. Und sie hatte sich nicht eingestehen wollen, bis eben noch und trotz allem, was sie von Magdalene gehört hatte, dass Mutter Sophie behalten wolle …

»Das Haus wird umgebaut«, sagte Gustav leichthin. »Mutter braucht nicht zwei Etagen. In der Zwischenzeit hat sie es vorgezogen wegzufahren. Immerhin macht so ein Umbau Lärm und Dreck.«

»Wo ist sie? Und wann kommt sie zurück?«

Gustav drehte sich wieder zum Fenster hin um und sah den Arbeitern beim Aufladen des Baumaterials zu. Offenbar betrachtete er das Gespräch als beendet.

»Ich gehe nicht hier weg, bis du mir gesagt hast, wo ich mein Kind finde. Ich bin seine Mutter, und ich habe das Recht, es zu mir zu nehmen.«

Gustav schwieg.

»Gut, dann muss es anders gehen. Dann muss ich es offen machen und deine Vormundschaft beenden.«

Er fuhr herum und sah sie, seine Wut nun nicht mehr verbergend, feindselig an. »Kannst du dir überhaupt vorstellen, welchen Scherbenhaufen du hier hinterlassen hast? Ich glaube, du weißt gar nicht, was du getan hast! Lässt dich mit einem hergelaufenen Postillion ein, gibst August einen Korb, lässt dir ein Kind machen, von wem auch immer, spannst Großmutter dafür ein, die darüber gestorben ist, machst Vater und Mutter, die dich geliebt und verwöhnt haben, solch einen Kummer, dass Vater stirbt. Und dennoch ...« Er holte tief Luft und setzte neu an: »Und dennoch liebte er dich so sehr, dass er dieses Kind nicht verkommen lassen wollte und vertraute es Mutter an. Und die opfert sich. Und jetzt kommst du daher, ganz fidel und wie selbstverständlich, und willst das Kind holen. Es ist ungeheuerlich und unfassbar! Du solltest Mutter und Vater auf Knien danken, dass sie das, nach all dem, was du ihnen angetan hast, für dich tun!«

Caroline, die seinen Worten mit gespannter Aufmerksamkeit gefolgt war, stand noch immer an der Tür. Jetzt trat sie ein paar Schritte vor. »So seht ihr das also.« Es klang eher nachdenklich, als vorwurfsvoll.

»Was dachtest du denn? Mein Gott, du kannst doch nicht so naiv sein, bei deinem Vorleben!«

»Bei meinem Vorleben?«

»Ja, Schwester, ich konnte es auch nicht fassen. Aber die Zeugenaussagen sprechen eine eindeutige Sprache. Ich will das böse Wort nicht in den Mund nehmen für das, was du bist.« Gustav war sich der Wirkung dieser Worte wohl bewusst. Er hatte sich wieder ganz gefasst und sah Caroline von oben bis unten an, abschätzig und ihre Betroffenheit taxierend.

»Zeugenaussagen? Wofür? Und was soll ich sein?«

»Tja, denk mal drüber nach. Du magst hier das Dämchen aus der großen Stadt spielen. Aber wir wissen, wer du wirklich bist – und womit du dein Geld verdienst, wirst du selbst am besten wissen.«

»Mit Handarbeiten, Gustav. Ich arbeite für ein großes Geschäft, das mir meine Freundin Valerie vermittelt hat.«

Er schnaubte verächtlich.

»Es mag für dich kurios erscheinen, hier in der Provinz. Aber dort kann man sich als Frau selbstständig etablieren und für sich sorgen.«

Gustav war zusammengezuckt, als sie »Provinz« gesagt hatte. Offenbar hatte sie immer noch nicht genug. »Sicher kann man das dort. Das horizontale Gewerbe hat seine Frau schon immer ernährt. Das wissen sogar wir Provinzler«, erwiderte er sarkastisch.

Caroline, die bei diesen Worten wie vom Blitz getroffen war, verstand mit einem Mal. Aber welche »Zeugen« sollten solch ungeheuerliche Behauptungen aufstellen können, zumal sie jeder Grundlage entbehrten. »Du kannst keine Zeugen für etwas haben, das nicht existiert«, sagte sie nach einer Pause.

»Dafür nicht, das ist wohl wahr. Aber wahr ist, dass dein Charakter und dein Lebenswandel so sind, wie sie nun einmal sind. Und dafür gibt es Zeugen, das glaube mir.«

Sie schwieg. Offensichtlich versuchte sie sich vorzustellen, wen er meinte. Er nutzte diese Pause sofort, sagte kurz: »Ich habe zu arbeiten. Und ich gehe davon aus, dass du uns nun in Ruhe lässt.« Dabei machte er eine Handbewegung Richtung Tür.

»Es tut mir leid, Gustav«, hörte er sie sagen. »Aber ich komme wieder, wenn du mir jetzt nicht Rede und Antwort stehst. Ich komme auch zu dir nach Hause, wenn es nicht anders geht. Und wenn du mich nicht einlässt, dann schreie ich und mache einen Skandal. Mir ist es egal. Ich habe nichts mehr zu verlieren.«

Er hatte sich schon wieder seinen Akten zugewandt, die vor ihm auf dem Schreibtisch lagen. Nun aber sah er auf. »Du impertinente Person. Du verdammtes Luder.«

»Aber, Herr Ingenieur«, sagte sie, »wer wird sich denn so echauffieren?«

»Gut«, erwiderte er, »wenn du es nicht anders willst, gibt es einen Kampf. Und den wirst du verlieren, dafür verbürge ich mich. Meine Existenz zerstörst du nicht so wie die von Vater, von Mutter, von Großmutter.« Er nahm einen Schlüssel aus der Schublade und schloss den an der gegenüberliegenden Wand stehenden Schrank auf. Aus einem Kästchen aus Ebenholz zog er mehrere Briefe hervor. Er schwenkte sie hin und her und sagte: »Tante Thea, Frau Geheimrat Werdersdorf, Frau Kenzin. Genügt das, oder willst du noch mehr?«

Sie starrte auf die Briefe in seiner Hand und wurde blass. Das war es also! Thea, fiel ihr ein, ihr Brief an Vater, mit dem sie sich reingewaschen hat. Die Werdersdorf, die mich hasste. Und die Kenzin? Die war nur anfangs misstrauisch, aber dann mochte sie mich doch …

»Was sind das für Briefe?«

»Alle belegen, wer du wirklich bist. Damit hast du jede Chance verspielt, Mutter das Kind wegzunehmen.«

Sie trat einen Schritt zurück. »Das ist … Frau Kenzin kann nichts Ehrenrühriges über mich gesagt haben …«

»Ach – und die beiden anderen schon? Aber glaube mir, Frau Kenzin war mehr als bestürzt, als sie erfuhr, dass du ihr ein uneheliches Kind verschwiegen hast.«

Sie starrte ihn an und schüttelte den Kopf. »Das kannst du nicht gemacht haben.«

»Oh, doch«, erwiderte er, legte die Briefe zurück und verschloss den Schrank. »Und ich kann noch viel mehr. Ich stehe meiner Schwester, was das betrifft, in nichts nach.«

Zum Zeichen, dass das Gespräch nun endgültig beendet sei, nahm er an seinem Schreibtisch Platz und schlug eine Akte auf. »Adieu, Caroline«, sagte er. »Auf Nimmerwiedersehen.« Er klingelte, die Sekretärin erschien. »Fräulein Caspari möchte gehen.«

Magdalene machte ein betrübtes Gesicht, als Caroline zurückkam. Dies war nicht nur den schlechten Nachrichten, die ihre Nichte mitbrachte, geschuldet, sondern auch der Tatsache, dass Jakob Leger seinem Knecht, als dieser wie vereinbart zwei Pferde in die Schmiede brachte, die Botschaft mit auf den Weg gegeben hatte, er werde, falls auf dem Schmiedehof weiterhin »diese Person« beherbergt werde, in Zukunft einen anderen Schmied beauftragen. Caroline machte sich daraufhin unverzüglich auf den Weg zum Pastor, um ihn zu bitten, nach Emma zu schicken. Sie selbst wollte sich, um Ärger für die Freundin zu vermeiden, nicht mehr auf dem Hof sehen lassen, zumal Leger nach dem Tod seiner erst kürzlich verstorbenen Mutter noch mehr trank und zunehmend unberechenbar wurde. Aber sie hatte Glück: Emma war auf Besuch bei ihrem Vater. Die Begrüßung war so herzlich, dass der Pastor gerührt und zugleich etwas verlegen daneben stand. Zwei junge Frauen, die, jede auf ihre Weise, ihr Bündel zu tragen hatten, lagen sich in den Armen. Caroline dankte der Freundin ein ums andere Mal, dass sie so oft nach Sophie geschaut und ihr regelmäßig über das Kind berichtet habe.

»Ach, Linchen«, erwiderte Emma, »ich freue mich doch auch an dem Kind. Sie ist so hübsch geworden und wird gut versorgt.«

Marie war ordentlich gewachsen, ihr jüngerer Bruder Jakob aber überragte sie schon fast. Groß und kräftig wie sein Vater, sah er ihm auch im Gesicht ähnlich. Johann, das Sorgenkind, saß auf dem Teppich oder krabbelte, merkwürdige Laute ausstoßend, umher. Caroline sah ihn voller Mitleid an und dachte an seine Geburt zurück. Wie elend Emma gewesen war! Jetzt war sie schon beinahe wieder die Alte, was ihr Aussehen und die fröhliche Natur anbelangte, aber ein trauriger Zug um den Mund war geblieben.

Die Haushälterin servierte Kaffee, sprach mit Emma und den Kindern. Caroline ignorierte sie bis auf einige böse Blicke, die sie ihr zuwarf. Die aber merkte es gar nicht, denn sie überlegte, wie sie die Sprache auf Onkel Heinrich und die Drohung Jakob Legers bringen könne. Als Pastor Kessler mit seinen Enkelkindern in den Garten gegangen war, erzählte sie von der Begegnung mit ihrem Bruder und bat Emma, mit ihrem Mann über die Schmiedeangelegenheit zu sprechen.

»Du kannst ihm sagen, dass ich morgen abreise. Mutter wird wohl erst zurückkommen, wenn der Umbau fertig ist. Ich kann nicht so lange warten. Ich muss Geld verdienen. Sag ihm einfach, ich komme nicht mehr zurück. Das stimmt zwar nicht, aber ich werde sicher nicht mehr im Dorf übernachten, wenn ich wieder hier bin.«

Als Emma von der dem Knecht mitgegebenen Nachricht hörte, wurde sie regelrecht wütend und sagte heftig: »Das tut er, weil er mich verletzen will! Weil er weiß, wie ich an dir hänge. Weil ich die Patin deines Kindes bin. Dieser elende Trunkenbold!«

Caroline legte ihr eine Hand auf den Arm. »Onkel Heinrich und Tante Magdalene sind so gut zu mir, Emma. Ich will einfach nicht, dass sie in die Sache hineingezogen werden. Ich bin eine Aussätzige, das habe ich wohl gemerkt. Keiner grüßt mich, alle schauen weg oder tuscheln oder zeigen ganz offen ihre Verachtung. Aber ich gehe wieder. Und die beiden müssen hier bleiben …«

»Line, ich rede mit Jakob, das ist doch klar. Aber was soll nun werden?«

»Ich muss zurück, Emma. Die Wohnung muss bezahlt werden, und ich muss Mutter Geld schicken. Aber im Sommer, wenn alle auf Reisen sind und wir nicht so viele Aufträge haben, dann komme ich wieder. Und dieses Mal kündige ich mich nicht an.«

»Ich bewundere dich, Line, weißt du das? Du hast eine eigene Wohnung und das in einer großen Stadt. Du sorgst ganz allein für dich und für dein Kind mit deiner Hände Arbeit. Das ist so … außergewöhnlich. Ich beneide dich, Line.«

»Du mich? Ach, Emma, wenn du wüsstest, wie sehr ich Georg vermisse! Wie oft ich in die Kissen geschrien habe und dachte, ich werde verrückt. Ich würde alles, alles darum geben, dass er noch lebte und ich seine Frau wäre.«

Emma war durch die Worte der Freundin so betroffen, dass ihr die Tränen in die Augen traten. Sie sagte nichts. Vor ihrem Auge stand ihr Mann, die nächtlichen Demütigungen, das miese Arrangement, das sie mit ihm getroffen hatte, sein Verhältnis mit Veronika und das Possenspiel, das sie bei offiziellen Anlässen im Dorf aufführte, wenn sie als Gutsherrin und Gattin an Jakob Legers Arm ging. Und neben ihr saß Caroline und sehnte sich nach einem Mann, nach ihrem Mann, den sie über seinen Tod hinaus liebte ...

»Ich habe nur noch meine Sophie, Emma. Sie ist ein Teil von mir und von ihm. Ich muss versuchen, Gustavs Vormundschaft zu beenden, das ist die einzige Möglichkeit. Ich habe wirklich nicht damit gerechnet, dass Mutter mein Kind behalten will ... Und dass sie mich so sehr hassen.«

Emma nickte und wischte sich die Tränen aus den Augen. Sie saß hier und heulte, während Caroline überlegte, wie sie ihr Kind zu sich holen konnte.

»Ja«, sagte sie, »mach es so. Schreibe an die Vormundschaftsbehörde. Du bist Sophies Mutter, du bist großjährig und kannst für sie sorgen. Warum sollte man dir dein Mutterrecht verweigern.«

»Gustavs angebliche Zeugen sind das Problem. Sie stellen mich als Hure hin. Er hat mir die Briefe zwar nicht gezeigt, aber ich bin sicher, dass er mir kein Bündel mit unbeschriebenen Blättern vor der Nase herumgeschwenkt hat.«

»Aber du bist nicht so, Line. Und wer das behauptet, der muss es beweisen. Und das können sie nicht.«

Caroline nickte zustimmend und dankbar dazu. Sie umarmte Emma und versprach, dass es im Sommer ein Wiedersehen geben würde. »Und bis dahin«, versprach die Freundin, »schreibe ich dir weiter, wie es Sophie geht. Ich gehe zu deiner Mutter, sobald ich höre, dass sie zurück ist.«

Der Pastor kam mit den Kindern, Caroline verabschiedete sich herzlich und ging noch einmal zu ihrem Elternhaus. Der Maurer, den sie schon bei ihrem Besuch am Vortag angetroffen hatte, berichtete, dass der Umbau wohl noch mindestens zwei Wochen in Anspruch nehmen werde. Sie hatte nichts anderes erwartet. Ihr ursprünglicher Plan, im Sommer unangemeldet zurückzukehren, war richtig gewesen. Tante und Onkel waren sichtlich froh, dass sie mit der jungen Frau Leger gesprochen hatte und wohl auch darüber, dass Caroline am nächsten Morgen abreisen wollte. In aller Frühe stand sie auf, zog die Bettwäsche ab und brachte sie in die Waschküche. Als sie in die Küche kam, war der Kaffee schon fertig. »Ich danke euch für alles, was ihr für mich und Sophie getan habt«, sagte sie herzlich zu Heinrich und Magdalene und drückte ihre Hände. »Ich werde nicht mehr hier wohnen, um euch nicht noch mehr Ärger zu machen. Ihr seid die liebsten Menschen, die ich kenne. Ich wünsche euch alles Gute!« Sie streichelte Flic und umarmte das treue Tier. Dann ging sie rasch davon. Magdalene sah ihr nach und winkte noch einmal zum Abschied. Lange noch hörte sie Flics Jammergeheul. Er fraß auch nicht und verkroch sich auf seine neben dem Herd ausgebreitete Decke.

Kapitel 20

»Eine echte Xanthippe ist sie geworden«, beschrieb Gustav später das Benehmen seiner Schwester. »Sie hat sich in einer erschreckenden Weise aufgeführt, vollkommen unweiblich und wie toll geworden. Beinahe kann ich dich nun verstehen, Mutter. Wenn der sogenannte ›Erziehungsgedanke‹, der ja jetzt so in Mode kommt, eine Berechtigung hat, dann kann Carolines Tochter dir ein Leben lang dankbar sein. Andererseits hatte sie selbst doch die besten Eltern – und was ist aus ihr geworden ... Aber lassen wir das. Es führt zu weit. Die Briefe haben wohl ihre Wirkung getan, und wir sind sie los.«

Diese Worte waren gefallen, als Friederike mit dem Kind von ihrem Besuch bei ihrer Cousine Frieda in Wuppertal zurückgekommen war. Sie hatte alles fertig eingerichtet vorgefunden, nur das Aufräumen und Saubermachen blieb noch zu tun. Das Obergeschoss des Hauses war für sie hergerichtet worden. Dort bewohnte sie nun die drei Zimmer und eine kleine Küche mit neuem Herd, die in der direkt über der Küche im Untergeschoss liegenden Kammer eingerichtet worden war. Sie war zufrieden und dankte ihrem Sohn. »Dafür nicht, Mutter«, erwiderte dieser, »es war Vaters Wunsch, dass du hier dein Altenteil bekommst.«

Die obere Etage war von der unteren durch eine neue Tür direkt oberhalb der Treppe auch äußerlich abgetrennt worden. Und es hatte sich ein Mieter für die Wohnung im Erdgeschoss gefunden. Die Gemeinde hatte abgewinkt, aber der örtliche Stellmacher suchte größere Räume für seine Werkstatt und fand sie in den Nebengebäuden des Casparischen Anwesens. Mit seiner Frau bewohnte er die unteren Räume und nutzte auch das Kontor. Sein Sohn blieb mit Frau und Kindern im alten Haus im Dorf und kam nun jeden Tag den Hügel herauf, um seinem Vater bei der Arbeit zu helfen. Gustav hatte, nach einem Gespräch mit Michaelis, dem Stellmacher Fidis selbst diesen Vorschlag unterbreitet. Nachdem der Bürgermeister ihm erzählt hatte, dass die örtlichen Handwerker gar nicht so glücklich über die Entscheidung des Gemeinderats bezüglich der Baulandausschreibung seien wie erwartet, war er zu dem Entschluss gekommen, es müsse durch ein Beispiel gezeigt werden, dass die Mahlsheimer bei dem geplanten Projekt nicht hinter den Fuchshagenern zurückstehen sollten. Er bot Fidis, nach Rücksprache mit Westphal senior und junior, den gesamten Innenausbau der Villen und des Ruhesitzes an, was dieser nicht nur dankbar annahm, sondern er sorgte auch dafür, dass das Projekt im Dorf nun in einem ganz anderen Licht erschien. Der Stellmacher versprach sich auch für später etwas davon. Anfallende Reparaturarbeiten etwa und das Schneiden und Spalten des Holzes für den Winter. Remise und Stallungen boten genug Platz, um als Werkstatt zu dienen. Frau Fidis war ungemein stolz darauf, in einem der am Hügel liegenden Häuser wohnen zu können, und bestärkte ihren Mann in seinen Vorhaben. Der war denn auch, als er zum ersten Mal in seinem eigenen Kontor am Schreibtisch saß, zufrieden mit sich und der Welt. Gustav kassierte nicht nur die Miete für Wohnung und Werkstatt, sondern er wusste auch, dass der Mahlsheimer das günstigste Angebot für den Innenausbau machen wollte. So war die Entscheidung auch für die Firma Westphal ein lohnendes Geschäft.

Die von Gustav als »Xanthippe« bezeichnete junge Frau, so unglücklich sie über den Ausgang der Fahrt nach Hause war, fühlte sich nun umso entschlossener, ihr Kind nicht aufzugeben. Gleich nach ihrer Ankunft ging sie wieder an ihre Arbeit; die durch die Reise liegen gebliebenen Stickereien mussten termingenau fertig werden. So kam sie erst nach einigen Tagen dazu, den mit Emma besprochenen Brief an die Vormundschaftsbehörde zu schreiben. Das nahm seinerseits eine gehörige Zeit in Anspruch. Immer wieder zerknüllte sie das Geschriebene, setzte neu an, revidierte wieder, bis ihr endlich, nach einigen Stunden, ihre Formulierung gefiel. Es war nicht zu emotional geworden. Zwar betonte sie, wie sehr ihr ihr Kind fehle, aber sie argumentierte mit ihrer Großjährigkeit und der Tatsache, dass sie allein und ausreichend für Sophie sorgen könne. Nun wartete sie ungeduldig auf Antwort. Aber als der Mai ins Land zog, war immer noch keine Nachricht von der Fuchshagener Vormundschaftsbehörde eingetroffen. Briefe von Emma kündeten von der nach wie vor guten Entwicklung, die Sophie nehme. Auch Friederikes neue Wohnung wurde ausgiebig beschrieben und ein Erfolg in der Schmiedeangelegenheit vermeldet. Jakob habe, wenn auch widerwillig und nur durch das Argument, Heinrich habe schließlich seine Nichte sofort weggeschickt, eingewilligt, seine Pferde weiterhin bei Schmidt beschlagen zu lassen. Caroline war erleichtert und schrieb einen Dankesbrief zurück. Auch Anna hatte geschrieben. Ihr stand im Herbst die Geburt ihres ersten Kindes bevor. Sie habe keine Angst davor, schrieb sie, aber sie mache sich Sorgen wegen ihrer aller Zukunft, denn der Hof werfe nicht genug Ertrag ab. Franz habe schon davon gesprochen, ihn zu verkaufen und wieder als Gärtner zu arbeiten, aber sie wisse, wie sehr er die Selbstständigkeit schätze. Dass er unglücklich werden könne, sei für sie der schlimmste Gedanke.

Von Frau Jeschke war keine Antwort gekommen, obwohl Caroline auf dem Briefbogen, die Anschrifts- und besonders die Namensangabe auf dem Kuvert vermeidend, ihre Berliner Adresse angegeben hatte. Sie konnte sich keinen Reim darauf machen. Auch Friederike antwortete nach wie vor nicht auf die Briefe ihrer Tochter. Die hatte, nach den Erfahrungen der Vergangenheit, nichts anderes mehr erwartet. Was sie aber erschreckte und traurig machte, war, dass sich Valerie nach ihrer Rückkehr aus Mahlsheim sehr distanziert verhielt. Von gemeinsamen Spaziergängen oder gar Ausflügen konnte keine Rede mehr sein. Auch in das Geschäft begleitete sie Caroline nicht mehr, sondern ging bewusst an anderen Tagen dorthin. Eine Einladung in ihre kleine Wohnung nahm sie, Ausreden gebrauchend, nicht an. Das ging so eine Weile, bis Caroline eines Tages bei ihrer mütterliche Freundin anklopfte und ganz direkt fragte, warum sie sich ihr gegenüber so verändert zeige. Die Verlegenheit, die Valerie nun immer, wenn sie Caroline zufällig begegnete, an den Tag gelegt hatte, wurde noch stärker. Eine deutliche Röte überzog ihr Gesicht, sie wand ihre Hände, überwand sich aber schließlich wieder und sagte: »Frau Kenzin hat mich angesprochen und mich beschuldigt, nichts von Ihrem unehelichen Kind gesagt zu haben. Sie hätte Ihnen das Zimmer niemals vermietet, wenn sie es gewusst hätte und war sehr empört über die Angelegenheit.«

Carolines Ahnung, die sie angesichts von Valeries Benehmen zunehmend befallen hatte, war richtig gewesen. Einen Moment lang hatte sie den Impuls zu schreien. Alles verfolgte sie, wohin sie auch ging. Sie war tatsächlich eine Aussätzige. Georgs Liebe zu ihr, ihre zu ihm, all das zählte nicht. Sie war als unmoralisch abgestempelt und musste froh sein, dass ihr Kind nicht in einem der Waisenhäuser vor sich hin vegetierte. Es war zum Verrücktwerden.

»Ich verstehe«, sagte sie, mühsam beherrscht. »Frau Kenzin wird Ihnen gewiss erzählt haben, dass mein Bruder ihr geschrieben hat ...«

Valerie nickte traurig.

»Haben Sie ... sich dazu geäußert?«

»Es fällt mir schwer, es Ihnen zu sagen, aber ich habe behauptet, nichts davon gewusst zu haben.« Sie sah Caroline bittend an. »Versuchen Sie doch bitte, mich zu verstehen. Frau Kenzin hätte nie wieder jemanden genommen, den ich ihr empfehle. Es gibt aber viele Frauen, die so ein Zimmer und so eine Arbeit, wie wir sie haben, benötigen.«

»Es ist gut, Fräulein Schulze. Ich wollte es wissen, und jetzt weiß ich es.« Caroline wirkte gefasst, als sie das sagte, verabschiedete sich freundlich und dankte Valerie für alles, was diese für sie getan hatte. In ihrer Wohnung setzte sie sich an den Küchentisch und stützte ihr Gesicht in die Hände. Sie wusste, auch das war, ganz wie in Mahlsheim, ein Abschied für immer.

Der Juni brachte die Antwort der Vormundschaftsbehörde, die Caroline so sehnsüchtig erwartet hatte. Sie riss den Brief sofort auf, schon ahnend, welche Nachricht er enthielt. Und sie irrte sich nicht: Es war eine Ablehnung. Man habe die Angelegenheit gewissenhaft geprüft, stand in dem Schreiben. Bei dem amtlich anberaumten Termin bei ihrer Mutter habe man das Kind in einem Zustand vorgefunden, den man sich für jedes unehelich geborene nur wünschen könne. Frau Caspari sei sehr besorgt um sein Wohl, das Kind ausgezeichnet erzogen und gut gepflegt. Der als Vormund eingesetzte Herr Ingenieur Gustav Caspari, als solcher über jeden Zweifel erhaben, habe diesen Eindruck bestätigt und auch seine Absicht bekräftigt, seine Vormundschaft bis zum 21. Geburtstag seines Mündels weiterhin so gewissenhaft auszuüben wie bisher. Was sie selbst betreffe, so sei das Mutterrecht durchaus ein Argument. Nach gewissenhafter und sorgfältiger Prüfung sei man in ihrem Fall allerdings zu der Überzeugung gekommen, dass ihr Charakter und ihr Lebenswandel nicht dazu angetan seien, ihre Mutterpflichten in der geeigneten Weise auszuüben. Zahlreiche Zeugenaussagen belegten dieses Urteil. Deshalb sei auch eine Besuchserlaubnis abzulehnen. Man bedauere, nicht zu ihren Gunsten entscheiden zu können.

Nachdem sie die Zeilen gelesen hatte, saß Caroline wie gelähmt auf ihrem Stuhl und war lange nicht in der Lage, klar zu denken oder etwas anderes zu fühlen als eine solch schreckliche Verletzung und Trauer, wie sie sie nur nach Georgs Tod erlebt hatte. Aber dieses Gefühl, obwohl an Tiefe und Intensität durchaus ähnlich, fühlte sich nicht kalt, sondern heiß an. Der Schweiß brach ihr aus. Sie war allein, ganz allein – und musste den Kampf gegen eine Armada von Feinden führen. Damals war Großmutter bei ihr gewesen. Wen hatte sie jetzt noch? Emma, fiel ihr ein, sie muss es wissen. Und allein schon um irgendetwas gegen die Ohnmacht und die Hilflosigkeit zu tun, schrieb sie an die Freundin.

In den Folgetagen stürzte sie sich auf ihre Arbeit, nahm noch mehr an als sonst, um sich von den zermürbenden Gedanken abzulenken. Und doch stand ihr eines fest: Sie konnte, sie durfte nicht aufgeben. Aber was sollte sie tun? Du darfst nicht aufgeben, schrieb Emma zurück, so als habe sie die Gedanken der Freundin erraten, komm nach Hause und versuche noch einmal, mit deiner Mutter zu sprechen.

Nach dem Johannistag brach alles in die Sommerfrische auf. Anfang Juli schickte Caroline ein Telegramm an Emma ab, und einen Tag später saß sie im Zug nach Cassel, fuhr bis Fuchshagen weiter und mietete sich für zwei Nächte in einem Gasthof nahe dem Bahnhof ein. Am nächsten Morgen ging sie nach Mahlsheim hinüber und traf die Freundin wie verabredet bei ihrem Vater.

»Jetzt ist deine Mutter zu Hause, Line«, munterte Emma sie auf. »Jetzt wirst du sie antreffen. Ich wünsche dir alles Glück der Welt!«

Wenig später stand Caroline vor Friederikes Haustür. Die Oberförsterin, die sie auf ihrem Weg hatte passieren müssen, saß in einem Rollstuhl im Garten. Caroline grüßte hinüber, aber sie bekam keine Resonanz. Frau Grieger schaute mit leerem Gesicht an ihr vorbei. Caroline erschrak davor, denn dieser Blick war nicht bewusst gewählt und drückte auch keine Verachtung oder Ignoranz aus. Diese Frau war schwer krank, das war deutlich zu sehen.

Als sie an die Haustür klopfte, öffnete sich oben im ersten Stock ein Fenster. Friederike schaute auf ihre Tochter herab. Sie erschrak nicht einmal mehr wie bei den Begegnungen zuvor, sondern sagte, ihrer selbst ganz sicher: »Es ist doch sinnlos, Caroline. Geh endlich und lass uns in Ruhe.«

»Ich möchte mein Kind sehen, Mutter, nur sehen! Es ist zwei Jahre alt, und ich musste es verlassen, als es zwei Monate war. Mutter, bitte!«

Unten hatte man den Dialog zwischen Mutter und Tochter gehört. Fidis und Frau wussten über alles Bescheid. Friederike, gänzlich in ihrer neuen Rolle zu Hause, war es wohl bewusst, dass die beiden alles, was sie von ihr erfuhren, im Dorf herumtrugen und ihren Kunden weitererzählten. Und diese Konstellation nutzte sie. Sophie durfte sogar ab und zu in die Werkstatt gehen, um Fidis bei der Arbeit zuzuschauen oder in seiner Wohnung unten mit seinen Enkelkindern spielen. Im Dorf hatte sich die Meinung, dass Frau Caspari ihr Enkelkind ausgezeichnet versorge und erziehe, nun vollends durchgesetzt, ebenso wie die allgemeine Ansicht, dass die Verstoßung ihrer Tochter die einzig richtige Maßnahme gewesen sei. Der verstorbene Straßenmeister selbst habe all das gewusst und deshalb seinen letzten Willen entsprechend verfügt. Frau Fidis stand, hinter der Gardine verborgen, am Fenster des Kontors, das der Haustür am nächsten lag, und horchte.

»Sophie kennt dich nicht, und sie wird dich nicht kennenlernen. Es ist gut so, wie es ist.«

Caroline sah zu Friederike hinauf. »Mutter, das kannst du nicht wollen! Soll ich denn mein ganzes Leben lang mein eigen Fleisch und Blut nicht sehen?«

»Du hast dein Recht an dem Kind verwirkt. Das ist jetzt auch amtlich. Du kennst den Bescheid der Vormundschaftsbehörde. Es gibt nichts mehr für dich hier zu tun.«

»Mutter, ich will Sophie doch nur besuchen, sie ab und zu sehen und an mein Herz drücken!«

»Wenn du nicht auf der Stelle gehst, melde ich dich der Polizei. Du weißt, dass ich das Recht dazu habe. Und ich sorge dafür, dass das hier ein Nachspiel hat.«

Wie zur Bekräftigung dieser Worte öffnete sich das Fenster des Kontors. Frau Fidis steckte ihren Kopf heraus, schaute zu Friederike hinauf und nickte. Caroline trat einen Schritt zurück und sah in die kalten Augen der Fidis. Es hatte keinen Sinn, zumindest für jetzt. Friederike war es tatsächlich zuzutrauen, dass sie Frau Fidis, die jetzt offensichtlich unten im Hause wohnte, zur Post schickte, um Gustav zu telegrafieren oder gar dem Amt oder der Polizei. Sie schüttelte den Kopf, biss die Zähne zusammen und hörte sich dann sagen: »Ihr verdammten selbstgefälligen musterhaften Bürger! Georg hatte recht.«

Dann ging sie langsam den Hügel hinab und nahm den Weg die Hauptstraße entlang nach Fuchshagen. Der Fidis war der Mund offen stehen geblieben. Friederike aber nickte ihr, mit dem unausgesprochenen »Sehen Sie!« im Gesicht, bedeutungsvoll zu.

Auf dem Weg den Hügel hinab versuchte Caroline, trotz Wut, Enttäuschung und Schmerz, einen klaren Kopf zu behalten. Sie schritt schnell voran und ballte die Fäuste, bis sich die schlimmsten Gefühle langsam legten. Sie nahm den direkten Weg zu ihrem Bruder ins Kontor. Aber er war nicht da.

Die Sekretärin hatte offensichtlich inzwischen Anweisungen Fräulein Caspari betreffend bekommen, denn sie sagte unfreundlich und sehr von oben herab: »Der Herr Ingenieur ist nicht da. Und er lässt ausrichten, dass er Sie, wann immer Sie auch kommen, nicht sehen möchte.«

Sie wartete die Wirkung ihrer Worte ab und lehnte sich in ihrem Stuhl zurück.

»Ich warte hier auf ihn«, sagte Caroline, unbeeindruckt von dem Benehmen des Fräuleins. »Und wenn Sie mich wegschicken, schreie ich hier alles zusammen.«

Das Mädchen erschrak sichtlich. Damit hatte sie nicht gerechnet, und für solch einen Fall hatte sie auch keine Anweisung von ihrem Chef bekommen. Sie überlegte einen Moment, ging dann auf den Hof hinaus und sprach mit einem der Arbeiter. Der verschwand für einige Minuten und kam mit Gustav zusammen zurück.

»Entschuldigen Sie bitte, Herr Ingenieur«, bat die Sekretärin, »ich bin Ihren Anweisungen gefolgt, aber diese ... Frau hat ...«

»Es ist gut«, sagte Gustav kalt. Er öffnete die Tür zu seinem Kontor und komplimentierte seine Schwester hinein, bot ihr aber keinen Platz an. Er rauchte auch nicht, wie bei ihrem Besuch zuvor, sondern sagte nur: »Dies ist das letzte Mal, dass ich dich empfange. Und das auch nur, um dir Folgendes zu sagen: Insistierst du noch länger, geht es nur noch amtlich weiter. Wenn du dich widerrechtlich verhältst, wundere dich nicht über die Konsequenzen.«

»Gustav, Sophie ist mein Kind, nicht deines und nicht Mutters. Kannst du das wirklich mit deinem Gewissen vereinbaren: einer Mutter ihr Kind zu nehmen? Das ist grausam ...«

»Einer Mutter, ja«, unterbrach er sie. »Aber du bist nicht ›eine Mutter‹. Du bist, und das hast du jetzt sogar amtlich, eine unmoralische, ehrvergessene Person, der man ein Kind nicht anvertrauen sollte. Ich wiederhole noch einmal, was ich dir schon einmal an dieser Stelle gesagt habe: Du müsstest unserer Mutter auf Knien danken, dass sie deinen Bankert aufzieht, und auch mir, dass ich die Vormundschaft nicht an das Amt abgebe und es ins Heim kommt. Aber Undank ist der Welt Lohn.«

Er ging zur Tür zurück und öffnete sie ein Stück weit.

»Gustav, du weißt – und Mutter weiß es auch –, dass ich weder unmoralisch bin, noch dass mein Lebenswandel irgendeinen Makel aufweist. Ihr könnt meine Wohnung sehen, das Geschäft, in dem ich arbeite …«

Gustav hatte die Tür angesichts dieser Worte rasch wieder geschlossen. Er ging wortlos zum Schrank, zog das Caroline schon bekannte Bündel Briefe hervor und gab es ihr. Sie setzte sich unaufgefordert auf den Besucherstuhl und begann zu lesen. Thea Odenbruck bezeugte, dass Fräulein Caroline Caspari sich in ihrem Hause unerhört betragen habe. Die Felix-Ofterdingen-Episode war, ohne Namen zu nennen, genau so geschildert wie in dem Brief an ihren Vater. Darüber hinaus beurteilte die Kommerzienrätin den Charakter des ihr damals anvertraut gewesenen Mädchens in wenig schmeichelhafter Weise. Der Brief gipfelte in der Behauptung, dass Fräulein Caspari wohl nicht nur einmal Herrenbesuch empfangen habe, denn den besagten Besuch habe sie beendet, bevor etwas passieren konnte. Das Fräulein sei aber in Hoffnung gewesen, als es ihr Haus verlassen habe, was sie erst später und mit größter Bestürzung erfahren habe, denn sie habe ihrer Nichte nicht nur viele Annehmlichkeiten zukommen lassen, sondern auch großes Vertrauen in sie als Tochter ihres geliebten Cousins Eduard gehabt. Dieser habe sich denn auch von diesem Schock nicht mehr erholt.

Der zweite Brief war von Amelie Werdersdorf, die Gustav angeschrieben und um eine Stellungnahme gebeten hatte, nicht ohne ihr vorher die Umstände, deretwegen er sich an sie wende, zu schildern. Caroline verschwammen die in steiler Kinderhandschrift verfassten Zeilen vor den Augen. Sie wischte die Tränen ab und las weiter. Die Rätin schrieb, dass Fräulein Caspari als Dienstmagd bei ihr angestellt gewesen sei. Sie habe nicht nur in Bezug auf die pünktliche und ordentliche Erledigung ihrer Arbeit zu wünschen übrig gelassen, sondern sei auch ausgesprochen kokett gewesen. Insbesondere ihr Mann, Geheimrat Dr. Werdersdorf, sei das Ziel dieser Avancen gewesen. Dieser sei über jeden Zweifel erhaben, aber das Fräulein habe sich unbeeindruckt gezeigt und ihre Koketterie schließlich so weit getrieben, dass sie ihrem Mann nahegelegt habe, sich von der Dienstmagd zu trennen. Dass Fräulein Caspari zu diesem Zeitpunkt bereits Mutter eines unehelich geborenen Kindes gewesen sei, habe sie ihrer Herrschaft verschwiegen.

Caroline ließ den Brief sinken. Was hatte sie erwartet? Gustav hatte ihr von diesen Briefen erzählt, der amtliche Bescheid sich darauf bezogen – und dennoch: Was sie jetzt las, übertraf ihre schlimmsten Erwartungen. Es war, als hätte man zwischen ihr und ihrem Kind eine Mauer errichtet, meterhoch, unüberwindlich. Ja, sie saß in einem Gefängnis, so schien es ihr, und kam nicht mehr heraus.

Sie nahm den dritten Brief zur Hand. Die Witwe Kenzin brachte ihre Empörung über das Fräulein zum Ausdruck, das bei ihr eingezogen sei, empfohlen von einer guten Freundin, die ebenso von ihr getäuscht worden sei wie sie selbst. Einer Person, die ein uneheliches Kind geboren habe und nicht einmal dessen Vater kenne, hätte sie nie ein Zimmer vermietet ...

Caroline las nicht weiter. Es war ein abgekartetes Spiel. Ihr eigener Bruder war der Judas gewesen, der sie verraten hatte, einvernehmlich mit Thea, der diese Wendung der Dinge zupass gekommen war. Sie legte die Briefe vor Gustav auf den Schreibtisch. »Das hast du mir angetan«, sagte sie leise. »Mein eigener Bruder. Und der Vater meines Kindes soll ›unbekannt‹ sein. Auch das hast du nicht vergessen, auch dieses Loch gestopft.«

»Du irrst dich«, sagte er kühl. »Vater hat verfügt, dass die Geburtsurkunde so ausgestellt wird.«

Sie schluckte. Dann nickte sie langsam und stand auf. Ihr Bruder öffnete die Tür. Keiner sagte ein Wort.

Draußen wehte ein kühler Wind, der ihr wohltat. Sie knöpfte ihre Jacke zu und ging in die Pension zurück. Dort legte sie sich auf ihr Bett und dachte an Sophie. Die Geburt stand vor ihrem inneren Auge, sie fühlte das Kind auf ihrem Leib, die Nabelschnur war noch nicht durchtrennt. Dieser kurze Augenblick des Erkennens. Und dann der Schmerz, der entsetzliche, schreckliche Schmerz, als sie das Kind zurücklassen musste, getröstet nur von dem Gedanken, dass die Großmutter die Kleine liebte und dass sie, Caroline, kommen und ihr Kind zu sich nehmen würde. Wie hatte sie darauf gewartet, endlich großjährig zu werden! Und dann spannen sie diese Intrige, schamlos und dreist und setzten Unwahrheiten in die Welt. Und sie war ohnmächtig, konnte sich nicht wehren gegen die Übermacht.

Es war schon dunkel, als sie aufstand und einen Schluck Wasser trank. Es belebte sie tatsächlich ein wenig in ihrer Verzweiflung, und als sie die Augen schloss, sah sie unvermittelt sich und Georg, wie sie sich geliebt hatten, im Hirschwald, in der Hütte am Kitzhain, in dem kleinen Dienstbotenzimmer in Theas Wohnung. Sofort spürte sie wieder die Lebendigkeit und die Stärke, die von Georg ausgegangen war. Wie dumm waren all diese Regeln über Stand und Aufstieg. August Grieger war tot, innerlich tot, bar alles Lebendigen. Der Gedanke, dass sie sich ihm hatte ausliefern sollen, ließ sie erschauern. Die Berührung seiner Hände, seines schmallippigen Mundes ... Sie stöhnte leise auf vor Ekel. Und mit Georg hatte sie all das getan, was man nicht tun durfte. Sie war seine Frau geworden, als es so weit war. Und sie hatte es ausgekostet und jede einzelne seiner Zärtlichkeiten genossen, nicht nur stumm und duldend da gelegen, oder gar voller Abscheu und Angst, so wie Emma. Nie hatte sie genug bekommen können von seiner männlichen Schönheit. Seine Kraft, seine Schlankheit, seine harten Muskeln – und der aufgerichtete Phallus, der sie zum Weib, zu dem Weib an sich, machte, wenn er zu ihr kam. Das Weib, das nach dem Mann verlangte – welch ein Unterschied zu der Welt, in der Gustav lebte, Jakob Leger, August Grieger. Es war alles gut gewesen und so selbstverständlich – nur die anderen hatten es kompliziert gemacht. Wenn sie sich noch einmal sehen könnte in Georgs schmalen, liebevollen blauen Augen; noch einmal ihn in sich spüren, damit er ihr Kraft gebe … Sie nahm die silberne Kette mit dem Posthorn ab, drückte sie in ihrer Hand und küsste sie. Es war schon gegen Morgen, als sie einschlief. Sie erwachte erst gegen acht und musste sich beeilen, um den Zug nach Cassel zu erreichen. Als sie am Abend am Potsdamer Bahnhof ausstieg, hatte sie beschlossen, Einspruch gegen den Bescheid der Fuchshagener Vormundschaftsbehörde einzulegen. Solange ein Funken Leben in mir ist, darf ich nicht aufgeben, schrieb sie an Emma. Und solange ich Sophie nicht gefährde.

Kapitel 21

Es war Herbst geworden, der Wald färbte sich bunt, und als noch einmal einige Wochen ins Land gegangen und alle Bäume kahl geworden waren, konnte Gustav dem Stellmacher berichten, es seien nun genug Investoren gefunden, um im Frühjahr mit dem Bau beginnen zu können. Zwei weitere Grundstücke waren zusätzlich verkauft worden. Fehrhofen hatte schon jetzt einen satten Gewinn erzielt. Tochter und Schwiegersohn schenkte er das Land für ihre kleine Villa, August Grieger hatte es zu einem Vorzugspreis bekommen, aber sowohl der als ärztlicher Direktor des Ruhesitzes vorgesehene Dr. Penzdorf als auch die beiden anderen Käufer hatten den vollen Preis bezahlt. Fehrhofen war mit seinem Schwiegersohn mehr als zufrieden, was Elisabeth in ihrer Empfindung bestätigte, Gustav sei etwas ganz Besonderes und das Gefühl der Zuneigung für ihn, das sie schon beim ersten Anblick empfunden hatte, habe sie nicht getäuscht.

Von Seiten der Vormundschaftsbehörde war ihm mitgeteilt worden, dass der Einspruch der Kindsmutter gegen die Verfügung der Behörde abgelehnt worden sei. Als Gustav seiner Mutter die Nachricht mitgeteilt hatte, war diese sichtlich beruhigt und erleichtert.

In Carolines Leben aber zog die Angst ein. Sie kam ganz plötzlich, so wie der Brief der Vormundschaftsbehörde eines Tages da war. Hatte sie denn erwartet, dass sie jetzt, beim zweiten Mal, in ihr Recht käme? Wenn sie ehrlich war, hatte sie nicht viel nachgedacht, einfach getan, was zu tun war. Alles zu versuchen, solange es ging, das war ihr Antrieb gewesen. Und nun war es aus, zu Ende, vorbei. Man nahm ihr sogar die Möglichkeit, ihr Kind jemals auch nur treffen zu können. Ihr Lebenswandel und ihre charakterlichen Anlagen verböten jeglichen Kontakt mit dem Kinde, stand in dem Schreiben. Was hätte sie noch tun können? Sophie da rausholen, heimlich – und damit nicht nur sich, sondern auch das Kind gefährden. Ganz abgesehen davon, dass ihr eigenes Kind sie nicht einmal kannte und sich weigern würde, mit der fremden Frau zu gehen. Vor Friederikes, vor Gustavs Tür stehen und Angst und Schmerz herausschreien und vielleicht in die Anstalt eingewiesen werden. Neben unmoralisch und ehrvergessen nun auch noch verrückt.

Nichts, dachte sie, nichts kann ich mehr tun.

Die Angst stieg so überwältigend in ihr auf und packte sie und schüttelte sie so sehr, dass sie glaubte, in den Nächten sterben zu müssen, in denen ihr Herz so laut und schnell schlug, in denen der Schweiß in Bächen an ihrem Körper herunterlief. Nächte, die nicht enden wollten. Beinahe noch schlimmer waren die Tage. Kaum noch verließ sie das Haus, um die wenigen Lebensmittel, die sie benötigte, zu holen. Die Kohlen aus dem Keller bis hoch in die Mansarde zu schleppen bedeutete Überwindung, weil sie fürchtete, irgendjemandem zu begegnen. Das, was ihr früher gleichgültig gewesen war, kostete sie jetzt immense Kraft. Am schlimmsten war es an den Tagen, wenn sie den Gang in das Geschäft nicht mehr aufschieben konnte. Zwar war der Weg von der Annenstraße aus kürzer, als er es vom Luisenufer aus gewesen war, aber die Plaudereien mit den Kolleginnen und mit der Directrice, die sie sonst so gemocht hatte, waren ihr jetzt eine Qual, denn sie musste sich verstellen und durfte ihre Angst nicht zeigen. Zum ersten Mal seit ihrer Ankunft in der großen Stadt fühlte sie sich vollkommen allein.

Als es über Weihnachten hinaus so ging und der Winter kein Ende nehmen wollte, da dachte sie daran, allem ein Ende zu bereiten. Was hielt sie noch auf dieser Welt? Georg war tot und Sophie für sie verloren, die Großmutter lag auf dem Mahlsheimer Kirchhof, genau wie der Vater. Magdalene und Heinrich, die guten Seelen, konnte sie nicht mehr besuchen, ohne ihnen zu schaden. Wer oder was blieb da noch?

Anna hatte im Spätherbst einen kurzen Brief geschrieben. Ein kleiner Junge war ihr und ihrem Franz geboren worden. Es gehe ihr gut, schrieb sie, Mann und Kind seien das Wichtigste. Wie es mit dem Hof weitergehen solle, wisse sie nicht. Anna hatte Mann und Kind, und sie hatte recht, wenn sie schrieb, das sei das Wichtigste. Alles andere ließ sich irgendwie einrichten, irgendwie lösen. Aber sie selbst hatte weder das eine, noch das andere. Sie war ganz allein. Nicht einmal Emma hatte sich nach den ausgetauschten Weihnachtsgrüßen gemeldet. Vielleicht war sie wieder krank geworden. Dieses Leben mit dem Trinker Jakob Leger, um der Kinder willen, arrangierbar durch die Gutmütigkeit oder die Berechnung oder die Gier der Magd Veronika ... Hätte sie das gewollt, so ein Leben? Aber was sollten diese Gedanken? Sie war allein und würde es bleiben. Ebenso gut konnte sie diese Welt verlassen.

Mitte Februar lag sie mit Fieber und Husten im Bett. Die Arbeit blieb liegen, der Verdienst blieb aus. Ihre Kraft war zu

Ende. Das war das Schlimmste. Liegen zu müssen, krank und schwach, mit der Angst allein zu sein, sich ihr ergeben zu müssen. Denn jetzt traten die heftigsten Bilder vor ihre fieberheißen Augen: Mein Kind, wie wird es aufwachsen? Wird Mutter sie etwas lernen lassen, oder muss sie schon früh Geld hereinbringen? Wie wird Gustav sich verhalten? Und wenn Mutter stirbt? Dieser Gedanke war der schrecklichste von allen. Was würde aus Sophie werden, wenn Mutter starb? Da half nichts mehr, die Angst steckte in jedem Atemzug, den sie tat, und irgendwann wünschte sie sich, nie mehr aufstehen zu müssen, zu sterben.

Niemand kümmerte sich um sie. Ihre Nachbarn, abgesehen von dem Austausch kurzen und oft auch kurz angebundenen Grüßens in dem spärlich beleuchteten Treppenhaus, kannte sie nicht. Das war so in der Großstadt, hatte sie gelernt, und es hatte sie bis jetzt nicht gestört. Im Gegenteil war die Aussicht darauf, mit ihrem Kind hier anonym und ungestört leben zu können, ein befreiender Gedanke gewesen.

Als das Fieber wie durch ein Wunder langsam wich, schleppte sie sich zum Wasser und brach auf dem kurzen Weg in die Küche zusammen. Dort lag sie lange und fror auf dem kalten Fußboden, bis sie sich zu dem metallenen Ausguss vorschieben, sich langsam aufrichten und trinken konnte. Später kochte sie sich Tee aus Fenchelsamen und Kamille. Noch später wusch sie die Bettwäsche und die beiden Nachthemden, die sie besaß. Sie erschrak, als es an der Tür klopfte. Nie war jemand gekommen, seit sie sich bei Valerie noch am Umzugstag mit Kaffee und Kuchen für ihre Hilfe bei der Wohnungssuche bedankt hatte. Das war lange her, und sie war erstaunt, Frau Kurath, eine ihrer älteren Kolleginnen, an der Tür stehen zu sehen.

»Jott!«, rief die, als sie Caroline sah. »Se sind doch krank! Ick hab det im Jeschäft schon jesacht. Die wollten Se schon abschreiben.«

»Danke.« Carolines Stimme klang ihr selbst fremd, so lange hatte sie mit keinem Menschen mehr gesprochen. »Ich konnte nicht, ich …«

Die Kurath nickte. »Ick seh's ja.« Schrecklich!, dachte sie. Da ist keine Ähnlichkeit mehr mit dem hübschen jungen Mädchen, das ich einmal kannte. »Hamset denn warm?«

Caroline schüttelte den Kopf.

»Na, det dacht ick mir. Jeben Se ma den Eimer. Ick hol schnell'n paar Kohlen.«

Als die gutherzige Frau mit dem Kohleneimer zurückkam, hatte Caroline schon Holz in dem kleinen Küchenherd entzündet und legte nun die Kohlen nach.

»Jut«, versprach die Kurath, »ick sage Bescheid int Jeschäft. Wann könn' Se denn wieder Arbeit annehm'? Wir ham so ville zu tun! Alle Welt heirat' im Mai, un da wird's ab März immer enger. Aber det wissen Se ja selber.«

Nächste Woche, versprach Caroline, werde sie wohl wieder arbeiten können. Sie gab Frau Kurath zwei fertige Arbeiten mit und bedankte sich noch einmal.

»Ach wat«, antwortete die energische Frau, »von irjentwat müssen Se ja de Miete zahln. Un ick wohn' ja inne Nähe. Jute Besserung!«

Als die Kollegin gegangen war, lehnte Caroline den Kopf an den Türpfosten. Sie war so müde, so unendlich müde geworden am Leben. Und doch – es tat gut zu spüren, dass sich jemand um einen sorgte. Wann hatte sie das das letzte Mal erlebt?

Aber wollte sie das alles wirklich noch? Hier zu vegetieren wie in den letzten vier Wochen, erschien ihr wie ein Albtraum. Weiter arbeiten und leben wie bisher ohne das Ziel, Sophie jemals zu sich holen zu können, war genauso sinnlos. Darum kreisten ihre Gedanken, immer wieder neu – aber ihre Kraft reichte nicht mehr. Sie musste schlafen, ob sie es wollte oder nicht, auch an den Tagen, und sie war dankbar dafür, dass sie es konnte. Manchmal wusste sie nicht, ob es Morgen oder Abend war, wenn sie im Dunkeln erwachte. Erinnern konnte sie sich nur an die Hände der alten Sophie, die sie im Traum sah, immer wieder, und die sie hielten. Georg stand auf dem Weg im Hirschwald und streckte seine Arme nach ihr aus. Einmal war es ihr auch, als leckte Flic ihre Hände und sie hörte ein leises Jaulen. In freudiger Erwartung fuhr sie auf, aber niemand war da, als sie aus ihrem Halbschlaf erwachte.

Im Februar war die Hälfte des Mahlsheimer Baulands verkauft. Hier wurden kleinere Parzellen für weniger betuchte Bürger geschaffen. Gustav war zufrieden mit sich und zahlte seiner Mutter ein Fünftel des Gewinns aus. Friederike ihrerseits nutzte den von ihr lange erwarteten Geldsegen dafür, an Caroline zu schreiben, um ihr mitzuteilen, dass sie kein Geld mehr von ihr benötige. Sie war froh, nunmehr auch die letzte Verbindung zu ihrer Tochter, den monatlichen Geldempfang, einstellen zu können. Als sie wenig später von ihrem Sohn nicht nur den Bericht über die gelungene Feier, die nach der Besichtigung des Baugrundes in der

Firma stattgefunden hatte, sondern auch von dem restlichen ihr aus dem Verkauf zustehenden Geld hörte, freute sich mit ihm und sah sich nun der größten Geldsorgen auf Jahre hinweg enthoben. Der Rest aus Carolines Mitgift und die zweimalige Zahlung aus dem Baulandverkauf reichten für ein bescheidenes Leben aus, die neue kleine Wohnung in dem großen Casparischen Haus war ihr sicher, und Gustav seinerseits kassierte die Miete vom Stellmacher.

Das oberhalb gelegene Griegersche Anwesen stand wenig später bereits zum Verkauf, obwohl August mit Frau, Kind und Eltern noch gar nicht ausgezogen war. Der Justizrat hielt es für klüger, schon jetzt Interessenten auf die Gelegenheit aufmerksam zu machen, zumal Westphal mit dem Bau seiner Villa und des Sanatoriums begonnen hatte. Diese Umsicht erwies sich durchaus als richtig. Zunächst meldete sich kein potenzieller Käufer bei der Familie, so dass August schließlich seinen Freund Caspari zu Rate zog, der ihm und seinem Vater ein Gespräch mit Landrat von Bromme vermittelte. Dieser war auch, vorab von Gustav informiert, interessiert an der Einrichtung des Forstamtes im Griegerschen Hause, wobei dem neuen Oberförster eine Amtswohnung im oberen Stockwerk eingerichtet werden sollte, während im unteren Stockwerk für die Amtsräume ausreichend Platz vorhanden sei. Hierbei spielte die Nähe zum Wald ebenso eine Rolle wie die geringe Entfernung zur Kreisstadt. Gustav wusste, dass sein Freund August, würde eine von beiden Optionen Wirklichkeit werden, dadurch erneut in seiner Schuld stand. Sollte er jemals juristische Hilfe benötigen, er würde sie bekommen. Noch immer war er, wenn er die junge Frau Grieger sah, mehr als erleichtert, sie an seinen

Freund abgetreten zu haben. Sie konnte nicht nur äußerlich mit Elisabeth in keiner Weise konkurrieren, sondern verfügte auch weder über den Charme noch den Esprit, den er an seiner verwöhnten, lebensfrohen Frau so sehr schätzte, ganz zu schweigen von dem formidablen Coup, eine Fehrhofen geheiratet zu haben. Elisabeth wusste von dem Geschäft der beiden Freunde selbstverständlich nichts. Helene ahnte es wohl, aber sie war viel zu brav, als dass sie es gewagt hätte aufzubegehren oder sich zu beklagen, zumal sie, nun Justizrätin und bald Villenbesitzerin, aus ihrer Sicht nicht schlecht bei dem Handel weggekommen war.

Friederike Caspari wiederum war froh über die Aussicht, die gesamte Griegerei bald außer Sichtweite zu haben, wenn sie auch weit davon entfernt war, dergleichen je zu äußern. Mit der Fidis ließ es sich so weit ganz gut an, es war eine recht angenehme Nachbarschaft, zumal sich über die Stellmacherin Nachrichten, die sie im Dorf zu verbreiten wünschte, immer zuverlässig ausrichten ließen, denn diese war eine Klatschtante.

Es war schon Ende März, als sie eines Tages die junge Frau Leger den Hügel heraufkommen sah. Marie und Jakob gingen neben ihr, während sie Johann in einem kleinen Wagen hinter sich herzog. Emma wirkte müde. Sie sah blass aus und mühte sich sichtlich mit dem kleinen Handwagen, in dem ihr behinderter Sohn seine Grimassen schnitt und mit den Händen fuchtelte. Friederike ging ihr mit Sophie ein Stück entgegen. Die Kleine wollte sich von ihrer Hand lösen und Marie, die bei ihrem Anblick auf sie zu rannte, entgegenlaufen. Aber ihre Großmutter erlaubte es nicht und sagte streng: »Nein, Sophie, immer schön hier bleiben«, denn sie wollte das, was an Leidenschaft und Überschwang an dem Kinde sichtbar wurde, frühzeitig bremsen und in die richtigen Bahnen lenken. Das war es, was sie bei ihrer Tochter versäumt hatte, und sie war entschlossen, diesen Fehler nicht zu wiederholen. Sophie blieb an der Hand der Großmutter, so dass Marie auf sie zustürzte und sie stürmisch begrüßte. Frau Caspari sah besorgt auf die Vierjährige hinab, deren Mutter aber merkte es nicht. Sie keuchte den Berg hinauf, blieb dann stehen, um sich zu erholen, und begrüßte Friederike, die ihr die Hand reichte.

»Guten Tag, liebe Emma, welch eine Freude, Sie wieder einmal zu sehen! Sie haben uns lange nicht besucht.«

Emma versuchte ein Lächeln. Sophie hatte sich, nach einem prüfenden Blick auf ihre Großmutter, nun doch von dieser losgemacht und war auf ihre Patentante zugegangen.

»Tante Emma, das ist schön!«, rief sie und schmiegte sich an die Angesprochene, die dem Kind liebevoll über den Kopf strich.

Friederike half Frau Leger, den Handwagen bis nach oben zu ziehen. Emma stützte sich an der Hauswand ab und sagte: »Ihr könnt in den Garten gehen, Kinder. Es ist Ihnen doch recht, Frau Caspari?«

Diese, obwohl es ihr eigentlich nicht recht war, nickte: »Ich rufe Euch, wenn es Plätzchen gibt.«

Sophie, Marie und ihr Bruder Jakob verschwanden um die Hausecke, während Frau Leger Johann aus dem Wagen hob und ihn auf die Beine stellte. An der Hand gefasst, konnte er nun gehen, eine Tatsache, die Frau Leger als gewaltigen Fortschritt und auch als Erleichterung ansah. Friederikes Mitleid mit dem Jungen war echt. Aber auch die Mutter gab Anlass zur Sorge. Nachdem der Kaffee zubereitet war, wollte Friederike die Kinder rufen, aber Emma sagte: »Lassen Sie sie doch, Frau Caspari. Ich bin ein wenig müde und froh, wenn sie draußen spielen.« Friederike vergewisserte sich durch einen Blick aus dem Fenster, dass dort unten im Garten nichts Unrechtes geschehe, was für sie immer wildes Spiel, Geschrei und ungezügeltes Rennen bedeutete. Aber die Mädchen spielten ruhig in einer Ecke, während Jakob am Zaum stand und zusah, wie der Stellmacher im Hof Baumstämme zersägte und die Stücke zum Spalten auftürmte.

Die Frauen tauschten Familiengeschichten aus, wobei Emma natürlich wusste, dass die Rede nicht auf Caroline kommen durfte, denn sobald sie die Freundin erwähnte, schwieg Friederike oder sagte wohl auch: »Sie wissen, wie ich dazu stehe, Emma. Also belassen wir es dabei.«

Als sie so eine Weile zusammengesessen hatten, fragte Frau Caspari, die sah, dass Emma noch blasser geworden war: »Ich bin, wie Sie wissen, liebe Emma, nicht so neugierig wie andere Leute im Dorf und auch nicht so klatschsüchtig. Aber wir kennen uns mittlerweile so gut, dass ich doch fragen möchte, ob es Ihnen wirklich gut geht oder ob sie nicht doch krank sind – oder, was nun wirklich das Schönste wäre, etwa wieder in Hoffnung?«

Emma zuckte nur leicht zusammen, seufzte und lehnte sich in ihrem Sessel zurück. Dann nickte sie und sagte leise: »In Hoffnung, ja.«

Friederike stand auf, ging auf sie zu und gratulierte. »Wie schön! Das ist es, was ich eine gute Nachricht nenne.« Emmas Blässe und ihre Müdigkeit schob sie auf deren Zustand und kam nicht auf die Idee, irgendetwas Schlimmes dahinter zu vermuten.

»Und nun rufen Sie die Kinder herein«, schlug Emma vor. »Ich muss mich bald auf den Rückweg machen.« Sie nutzte die Gelegenheit solcher Besuche immer, um nach Sophie zu sehen. Das war ihr Hauptanliegen, denn sie wusste, dass Carolines Wohlbefinden davon abhing, Nachrichten und, noch besser, gute Nachrichten über ihre Tochter zu hören. Friederike, die das zumindest ahnte, hatte sich gewundert, dass Emma die Kinder ganz gegen ihre Gewohnheit weggeschickt hatte. Nun aber, da sie über die Umstände, in denen Frau Leger sich im wahrsten Sinne des Wortes befand, Bescheid wusste, erklärte sich alles, und sie war beruhigt.

Emma war froh, sich aufgerafft und den Weg zum Caspari-schen Haus zurückgelegt zu haben. So schrieb sie denn auch noch am selben Abend an ihre Freundin in Berlin, dass sie die Kleine wohlauf vorgefunden habe. Beim Spiel mit Marie und Jakob sei sie fröhlich gewesen. Ihre Großmutter erziehe sie nach wie vor streng und achte sehr auf Disziplin, sei aber, ebenfalls nach wie vor, gut zu dem Kind, das sich hübsch herausgemacht habe. Wie seine Mutter – und sein Vater!, schrieb Emma. Dann legte sie die Feder aus der Hand, trank von dem Tee, den man ihr serviert hatte, und überlegte einen Moment. Dabei traten Tränen in ihre Augen. Nein, es ging nicht mehr, sie musste es jemandem schreiben! Und wem, wenn nicht Caroline – die würde sie am besten verstehen. Aber konnte sie in Worte fassen, was ihr passiert war, das Ungeheuerliche, das schreckliche Erlebnis schildern? Ich muss es versuchen, sagte sie sich, ich werde verrückt, wenn ich es nicht tue! Sie stand auf und überprüfte, dass ihr Zimmer abgeschlossen war und der Schlüssel von innen steckte. Dann erst setzte sie sich wieder an den kleinen Sekretär und versuchte, die Worte zu finden.

Noch lange saß sie einfach da, den Kopf in die Handflächen gestützt, und überdachte ihr Leben. Die armselige Komödie, die sie gespielt hatte, hatte nicht viel gebracht. Ein neues Kind und ... »Nein!«, sagte sie laut und bestimmt. »Was denke ich darüber nach! Besser ich schreibe es gleich auf, so wie es mir in den Sinn kommt. Dann wird mir leichter sein.« Sie nahm die Feder, tunkte sie in die Tinte und begann zu schreiben.

Nun ein zweiter Brief, liebe Line, von dem ich noch nicht einmal weiß, ob ich ihn zu Ende schreiben kann, denn mir ist etwas so Schreckliches passiert, dass es mir unaussprechlich erscheint. Und doch muss es heraus. Du weißt ja – und du bist neben Vater die Einzige, die es weiß –, von meinem Abkommen mit Jakob, unsere Ehe betreffend. Heute weiß ich, dass man mit diesem Menschen kein Abkommen schließen kann. Er ist nichts als ein notorischer Trinker und ein Schuft dazu. Immer die reine Außenfassade – aber drinnen türmt sich der Dreck, so viel Dreck, dass ich nicht weiß, wo ich beginnen soll. Am besten der Reihe nach: Veronika erwartet ein Kind. Ich habe es erst jetzt erfahren, denn man sieht es ihr bereits an. Jakob hat getobt, er war außer sich, ohne dass ich davon gewusst hätte. Veronika erzählte es mir, als ich sie auf den Kopf zu nach ihrem Zustand fragte. Sie weinte ganz bitterlich dabei und hatte Angst.

Wie du auch weißt, war ich im Januar krank. Ich lag wieder einmal mit Fieber und Husten. Da war die Magd schon schwanger und hatte es Jakob gebeichtet. Er hatte vor, sie zu entlassen, aber sie drohte ihm in ihrer Angst mit einem Skandal. Er verbannte sie dann zunächst einmal in die Mägdekammer und dann, dann geschah es. Jakob war plötzlich ganz besorgt um mich. Er setzte sich an mein Bett und hielt meine Hand. Abends brachte er mir Tee, den ich auch trank, Fiebertee, wie er sagte. Heute weiß ich es besser. Ich glaube nämlich, dass er ein Schlafmittel mit in die Tasse gegeben hat, denn ich schlief nach ein paar Schlucken immer sofort ein. Drei oder vier Mal ging das so. Und dann muss er

Emma stockte. Die Tränen liefen ungehemmt, und sie stieß ein solch wuterfülltes »Ich hasse dich!« hervor, dass sie selbst davor erschrak. Als sie wieder klarer sehen konnte, überlas sie das Geschriebene, wurde ruhiger und tunkte erneut die Feder ein. Er hat mich vergewaltigt, Line, da bin ich sicher, denn ich erwarte nun wieder ein Kind. Es ist schon im dritten Monat, sagt Dr. Rieber. Es kommt also genau hin. Während meiner Krankheit! Er hat sich angesteckt und auch gelegen, was mich gewundert hat, aber jetzt weiß ich ja, warum.

Als ich vom Arzt kam, war ich so verzweifelt, dass ich daran dachte, meinem Leben ein Ende zu setzen. Aber ich habe doch die Kinder! Zu allem Überfluss sagte der Doktor auch noch, er habe mich doch gewarnt, noch einmal ein Kind auszutragen. Am liebsten würde ich meinen Mann umbringen. Ja, Line, so weit ist es gekommen. Alle Leute glauben, auch deine Mutter, dass es ganz normal ist und ein freudiges Ereignis, weil wir ja verheiratet sind, aber sie wissen eben nichts.

Den Tag bevor ich zu deiner Mutter ging, um Sophie zu sehen, habe ich mit Leger gesprochen. Ich sagte nichts über mich und über ihn, sondern sprach ihn nur auf Veronika an, und er nannte sie Schlampe und schimpfte auf sie. Aber es hat mich auch nicht erstaunt, dass er sich etwas überlegt hatte. Stell dir vor, sie soll unseren Verwalter heiraten, der zwanzig Jahre älter ist als sie. Der hat nur eingewilligt, weil er das Verwalterhaus nun bis zu seinem Tode bewohnen darf, und lässt sich das schriftlich geben. Das Hochzeitsgeschenk, sagte Jakob höhnisch. Wie ich diesen Menschen hasse. Oh, Line, ich hasse ihn so!

Ich überlege Tag und Nacht, was ich tun soll. Ich schlafe kaum noch, obwohl ich Amalie im Zimmer habe. Sie weiß, wovor ich Angst habe, denn ich habe ihr von der Anweisung des Doktors erzählt, der mir aus Krankheitsgründen von der Erfüllung der ehelichen Pflicht abgeraten hat. Wir schließen nachts das Zimmer ab. Amalie ist sehr lieb zu mir. Sie ist siebzehn Jahre alt, also gar nicht so viel jünger als ich. Aber ich komme mir neben ihr vor wie ein alte Frau mit meinen 23 Jahren.

Nun weißt du alles, mein liebes Linchen, und irgendwie ist mir jetzt leichter ums Herz. Und das muss so sein, denn bald muss ich handeln. Bleibe ich bei Leger und spiele die Komödie weiter um meiner Kinder willen? Oder verlasse ich ihn, was ich am liebsten noch heute Nacht täte, und werde schuldig geschieden und verliere meine Kinder? Wenn ich bleibe, lebe ich in beständiger Angst. Ich weiß nicht mehr weiter. Und dann auch noch das neue Kind. Beim letzten Mal war es schon so schlimm. Ach, Line, ich möchte sterben und darf doch nicht. Deine verzweifelte Emma.

Als sie sich so alles von der Seele geschrieben hatte, legte Emma den Kopf auf die Arme und fühlte sich entsetzlich müde. Endlich wieder einmal schlafen können! Erst als es leise an der Tür klopfte, fuhr sie hoch. Welch festen Schlaf hatte sie früher gehabt. Jetzt schreckte sie, wenn sie überhaupt schlafen konnte, bei jedem noch so leisen Geräusch auf. Es war Amalie, die geklopft hatte. Emma steckte die Briefbögen in ein Kuvert, klebte eine Marke darauf und verschloss es. Als sie am nächsten Morgen erwachte, hatte das treue Mädchen den Brief schon besorgt.

Kapitel 22

Die Woche darauf schon war Caroline, ganz wie sie es Frau Kurath zugesagt hatte, wieder ins Geschäft gegangen. Sie sah immer noch elend aus, und der Gang strengte sie so sehr an, dass sie glaubte, zusammenbrechen zu müssen, als sie wieder zu Hause ankam. Aber sie erhielt das Geld für die von der hilfsbereiten Frau abgelieferten Sachen, konnte das Notwendigste kaufen und die Miete bezahlen. Zu Hause ließ sie die mitgebrachten Stoffe und Garne durch die Finger gleiten und legte sie dann achtlos auf dem Tisch ab. Warum hatte sie noch Handarbeiten mitgenommen nach Hause? Warum war sie überhaupt wieder ins Geschäft gegangen? Alles war doch sinnlos geworden ohne Sophie und ohne die Aussicht, sie einmal sehen, wenigstens besuchen zu dürfen. Und die Erschöpfung wollte nicht weichen.

Sie rückte sich einen Stuhl ans Fenster und sah hinaus, doch der Blick auf die belebte graue Straße und auf die trostlosen Dächer der Stadt tröstete sie nicht. Im Gegenteil dachte sie unwillkürlich daran, wie schön der Blick zu Hause, im Haus der Eltern, gewesen war. Den Hügel hinunter auf Dorf und Bärenwald oder, zur anderen Seite hin, in den Garten, von der dritten Seite aus auf den Hirschwaldweg und in den Wald hinein und schließlich, von der vierten Seite aus, in den Hof und auf die Wirtschaftsgebäude. Im Garten blühten die Blumen, die Beeren wurden reif, dann die Früchte an den Obstbäumen hinten im Rasengarten. Sie hatte mit der Mutter das Obst gepflückt und zwischendurch davon genascht. Es war immer alles da gewesen, frisch oder eingemacht. Wie lange hatte sie hier in dieser großen lauten Stadt schon kein Obst mehr gegessen? Wie lange war sie nicht mehr im Wald gewesen? Und wenn sie krank gewesen war, wurde der Arzt gerufen, ganz selbstverständlich. Hier aber hatte sie vier Wochen gelegen, fiebrig und ganz sich selbst überlassen, bis Frau Kurath gekommen war.

Bei ihrer Rückkehr hatte sie einen dicken Umschlag in ihrem Briefkasten vorgefunden. Nun erst fiel er ihr wieder ein, und sie freute sich einen Moment lang aufrichtig, als sie Emmas Handschrift erkannte. Es waren mehrere Bögen mit eng beschriebenen Zeilen. Aber was sie da lesen musste, das war ein Schock. Die arme Emma! Wer hätte so etwas erwartet, Emma gewiss nicht. Sie selbst war skeptischer gewesen als die Freundin, gleich von Beginn an. Diese faulen Kompromisse, sie taugten nicht. »Ich kann mitreden«, sagte sie vor sich hin. »Ich habe selbst viel zu viele davon gemacht – anstatt mich von Anfang an offen zu Georg zu bekennen.« Aber was konnte sie tun, was der Freundin raten? Mach keine Geschäfte mehr mit diesem Mann, schrieb sie. Ich weiß, deine Kinder würden ihm bleiben, wenn du gehst. Aber Jakob hat dich mit Veronika betrogen. Rede mit deinem Vater. Er ist doch auf deiner Seite und wird versuchen, dir zu helfen. Wie unzulänglich, sagte sie sich, wie dumm das alles klingt! Die Situation ist so ausweglos, wie sie nur sein kann. Emma hat natürlich recht. Verlässt sie ihren Ehemann, ist sie schuldig. Verweigert sie ihm die eheliche Pflicht, ist sie schuldig. Er hat sie vergewaltigt, und doch ist das Recht auf seiner Seite, denn er hat nichts eingefordert, was ihm nicht sowieso zusteht. Sie knüllte den angefangenen Brief zusammen und warf ihn in eine Zimmerecke. Und dann die erneute Schwangerschaft und die Geschichte mit Veronika, der nun ein Ehemann verpasst wurde ... Ich komme im Sommer, schrieb sie an Emma. Rede mit deinem Vater. Er könnte dich und die Kinder aufnehmen und sich für dich verwenden. Ach, Emma, ich wollte, ich könnte dir besser helfen! Und bleibe keine Nacht ohne Amalie in deinem Zimmer.

Ist das alles, was uns Frauen bleibt?, fragte sie sich. Uns demütigen zu lassen, oder schuldig geschieden zu werden, oder allein zu bleiben wie Valerie oder zur Hure zu werden wie Thea und die hysterische Werdersdorf, die ihre Männer beherrschen und bekommen, was sie wollen? Welches Glück Anna hat! Und welches Glück ich mit Georg hatte! Ich komme im Sommer, hatte sie geschrieben, ganz spontan, ohne zu überlegen. Sollte es so sein, dass sie durch Emmas Not doch noch einmal nach Hause kommen und an Mutters Tür klopfen würde? Hatte sie noch die Kraft dazu? Solange noch Leben in mir ist und ich das Kind nicht gefährde, hatte sie einst an Emma geschrieben. Und Emma braucht mich! Sie strich Sommer durch und ersetzte es durch Ende Juni.

Die Sehnsucht nach Luft und Natur schmerzte so sehr, dass sie das Fenster öffnen und tief durchatmen musste. Aber es war keine frische Luft, die hereinwehte, und der Lärm der Straße tat ihren Ohren weh. All das hat es sicher auch zuvor gegeben, sagte sie sich. Ich habe es nur nicht als so schlimm empfunden, weil ich Sophie zu mir holen wollte – weil alles einen Sinn hatte. Sie schloss das Fenster und stand noch lange dort und schaute hinunter, ohne etwas zu sehen. Vor ihrem inneren Auge stand der Wald, der Wind rauschte durch die Bäume und sie eilte auf Georg zu, der sie schon am Holzstoß erwartete. Kaum konnte sie es abwarten, endlich in seinen Armen zu liegen, ihn zu spüren und nicht mehr von ihm zu lassen, bis die von den Eltern gesetzte Zeit zur Rückkehr sie trennte. So fühlte es sich an zu leben. Ich weiß es, dachte sie, ich weiß es wohl. Es war so schön, den Himmel über mir zu sehen, während wir uns liebten! Der Geruch des Waldes, des Grases und der Blumen! Und später, in der Hütte, mitten im Bärenwald ... Die Tür stand offen, der Wind wehte herein. Und einmal sind wir hinausgelaufen, als es so heftig regnete. Wir ließen den Regen auf unsere Haut prasseln, ich lachte und juchzte, streckte ihm mein Gesicht entgegen und breitete die Arme aus. Georgs harter, männlicher Körper an meinem – ein einziges nasses, glänzendes, kühles Regenwesen. Er trug mich hinein und trank das Wasser von meinem Körper. Wild liebte er mich, kurz und schnell und heftiger, als er es je getan hatte. Wild wie der heftig peitschende Regen, wie die Sturmböen, und ich gab mich ihm hin wie die Windsbraut dem tosenden Sturm. Immer stelle ich mir vor, dass an diesem Nachmittag unser Kind gezeugt wurde. Es muss so gewesen sein! Und ihr da draußen, ihr wisst nichts – nichts von uns und nichts von der Liebe! Ihr zeugt eure Kinder in ehelicher Pflicht; und meine Emma, meine liebe Freundin, hat nie, nicht ein einziges Mal dieses Gefühl gehabt, das man Höhepunkt nennt. Und doch ist dieses Wort zu schwach, zu unzulänglich für das, was es wirklich ist. Die rücksichtslose Zärtlichkeit des Mannes für die Frau, wenn er in ihren Körper eindringt; die Hingabe der Frau an den Mann, wenn sie sich ihm vollkommen öffnet – die schutzlose, schamlose Sinnlichkeit, die uns entdecken lässt, wer wir wirklich sind.

Die Erinnerung war ein Geschenk; ein Geschenk, das sie, gepaart mit dem Mitleid für Emma und dem Zwang, das Geld für die Reise verdienen zu müssen, aufrecht hielt, so dass sie die angenommenen Arbeiten bis zu ihrer Abreise erledigen konnte. Sie kündigte sich bei Emma per Telegramm an deren Vater an. Aber diese blieb die Antwort schuldig, was nicht ihre Art war. Außer wenn sie krank ist, dachte Caroline und machte sich schon wieder Sorgen um die Freundin.

Es war noch hell, als der Zug in Fuchshagen hielt. Sie sog die Luft, die sie so lange hatte entbehren müssen, tief ein. Alles schien ihr friedlich und ruhig nach der Hektik der Großstadt, und diese Wahrnehmung erstaunte sie, denn sie hatte Angst gehabt zu kommen. Aber mit wachsender Nähe zu dem Ort, wo alles begonnen hatte, wuchs ihre Entschlossenheit, noch einmal an Friederikes Tür zu klopfen und sie zu bitten, ihr Kind sehen zu dürfen.

Für den nächsten Tag war das Treffen mit Emma bei ihrem Vater angesetzt, und Caroline machte sich gleich morgens auf den Weg nach Mahlsheim, obwohl von der Freundin noch immer keine Antwort gekommen war. Sie mied den Hirschwaldweg, der an der Schmiede vorbeiführte. Flic würde aufschrecken, nachdem er sie gewittert hätte, und Magdalene und Heinrich in Verlegenheit bringen, und das wollte sie nicht. So nahm sie die Hauptstraße.

In Hut und Kostüm fiel sie unter den Dorfbewohnern auf. Einige erkannten sie nicht oder doch nicht gleich, andere raunten sich zu. »Ist das nicht die Casparische? Die Tochter vom Eduard?« Und sie hörte es auch in dem Plattdeutsch, das die einfachen Leute hier sprachen: »We issen dat? Dat Caroline, den Eduard sien?«

Wie oft war sie diese Straße entlanggegangen, meistens zur Großmutter, mit dem Henkelkorb am Arm, oder zu Emma ins Pfarrhaus und später zum Leger-Hof hinaus. Das Postamt, der große Platz mit der Linde, der Kaiserhof, die Schule – ich hätte nicht mehr kommen sollen, sagte sie sich, als sie in den Zufahrtsweg zum Pfarrhaus einbog. Überall lauern die Erinnerungen, und es sind gute Erinnerungen, bis ich verstoßen wurde und alle Welt mich mied oder verspottete oder verachtete.

Pastor Kessler öffnete ihr selbst die Tür. Wie alt er geworden ist, dachte sie unwillkürlich. Die Ehe seiner einzigen Tochter – hatte er das erwartet?

»Willkommen«, begrüßte er sie jetzt. »Komm herein.« Er war freundlich, und erst in diesem Moment wurde ihr bewusst, wie gut ihr diese Freundlichkeit tat. Es war so wie früher, als sie noch des Straßenmeisters Tochter war, irgendwann in einem anderen Leben, so schien es ihr. In der Stube waren Kaffeegedecke aufgelegt, er bediente selbst, und das Erste, was er sagte, war: »Emma lässt sich entschuldigen. Sie kann nicht kommen. Aber sie hat mir das für dich gegeben.« Er hielt ihr einen verschlossenen Brief hin. Sie nahm ihn, irritiert von dieser Nachricht, und fragte sich, was die Freundin davon abgehalten haben könnte, sie zu sehen. Als sie die paar Zeilen las, wurde ihr klar, dass Emma eine Fehlgeburt gehabt hatte, schon Anfang des Monats, und deshalb nicht hatte antworten können.

»Mein Gott!«, rief sie aus, als sie gelesen hatte. »Herr Pastor, wie geht es ihr? Und wo ist sie?«

»Mach dir keine Sorgen.« Kessler versuchte, ruhig zu antworten. »Es geht ihr schon wieder ganz gut. Aber sie war so elend ...« Er konnte nicht weitersprechen und hielt einen Moment, mit den Tränen kämpfend, inne. »Sie hat viel Blut verloren. Dr. Rieber war in Sorge, und ich habe dann durchgesetzt, dass sie nach Schlangenbad geht, um sich zu erholen. Ihr Mädchen, Amalie, begleitet sie, und sie schreibt auch schon wieder ganz zufrieden. Soweit das möglich ist, in ihrer Situation, meine ich.« Er sah Caroline fragend an.

»Ja, ich weiß, Herr Pastor. Sie hat mir alles geschrieben. Sie hat so gelitten, und ich habe keine Ahnung, wie ich ihr helfen kann. Das ist das Schlimmste.«

»Ich habe mit Jakob gesprochen«, fuhr Kessler überraschend offen fort. »Er ist, dir erzähle ich ja nichts Neues damit, meistens betrunken oder zumindest angetrunken.« Caroline nickte. »Wer hätte das gedacht ...«, sagte er nachdenklich, »wenn ich alles erwartet hätte, aber das ...« Er stockte und wischte nun doch eine Träne aus dem Augenwinkel. »Gott erlegt meiner Tochter eine so schwere Prüfung auf. Warum? Was hat sie getan?« Er seufzte und schüttelte den Kopf.

»Lassen Sie uns nachdenken, was wir tun können«, schlug Caroline vor. »Sie wollten erzählen, dass Sie mit Emmas Mann gesprochen haben.«

»Es war schlimm. Jakob hat gelacht. Gelacht! Und dann hat er gesagt, mir, als Pastor und als Mann, der verheiratet gewesen sei, müsse er doch wohl nichts davon erzählen, dass eine Frau ihre eheliche Pflicht zu erfüllen habe. Und dann kämen eben die Kinder. Es sei alles Gottes Wille. Und wenn eine Frau nicht stark genug sei, so sei das nicht das Problem des Mannes …«

»Dieser Kerl!«, sagte Caroline heftig. »Dieser elende Kerl! Er wird Emma umbringen!«

Der Pastor nickte traurig. »Sie ist so verzweifelt, weil sie ihn nicht verlassen kann. Auf Vergewaltigung kann eine verheiratete Frau ja nicht plädieren. Sie müsste die Kinder zurücklassen. Das würde ihr das Herz brechen.«

Er weinte jetzt ganz offen. Carolines Besuch und die Tatsache, dass er endlich ehrlich reden konnte, hatte alles in ihm aufgewühlt. »Was soll ich ihr raten? Es ist immer falsch.«

Was weiß er von Veronika und der arrangierten Heirat?, ging es Caroline durch den Kopf. Soll ich davon anfangen? Immerhin hat Leger ein Kind mit dieser Frau … Würde ihn das im Fall einer Scheidung belasten?

»Veronika«, sagte Caroline.

Pastor Kessler wurde rot. Er sah verlegen zur Seite. »Mein Gott«, sagte er verzweifelt, »warum erlegst du meinem Kind diese Prüfungen auf?«

Caroline war es peinlich, Pastor Kessler, der sie eingesegnet und der ihr Kind getauft hatte, so zu sehen. Von der Rolle, die er vor der Gemeinde spielte, war nichts übrig geblieben.

»Vielleicht«, sagte sie, auch um ihm über die Verlegenheit hinwegzuhelfen, »wirkt sich das jahrelange Verhältnis zu der Magd positiv für Emma aus. Vielleicht ist das die Möglichkeit für sie, die Kinder mitzunehmen.«

»Sie könnte zu mir kommen, ich würde mich versetzen lassen. Ich würde alles tun, Caroline, wenn ich ihr helfen könnte.«

»Und das Kind, das Veronika bekommt, ist von Leger. Aber wie sollen wir das beweisen?«

Er wurde wieder rot, zuckte zusammen und sagte leise: »Es ist ein solcher Abgrund ... Aber niemand weiß davon. Alle im Dorf haben Emma gratuliert, als sie wieder in Hoffnung war, und diese Veronika behauptet, den Verwalter heiraten zu müssen, weil er der Vater sei ...« Er schüttelte wieder den Kopf, diesmal heftiger. »Gott sollte uns nicht vor solche Abgründe stellen. Wir sind doch als Menschen überfordert damit.«

»Gott?«, fragte Caroline. »Nein, er führt uns nicht in diese Abgründe. Das besorgen wir schon alles selbst.«

Kessler sah sie erschrocken an und mochte wohl an ihr Schicksal denken und daran, wie halbherzig er zu ihr gestanden hatte. Ihr Kind hatte er getauft und Frau Caspari besucht, aber nie hatte er sich offen gegen die Verstoßung gestellt. Er stand auf. Sie merkte, wie peinlich ihm die Situation war, und verabschiedete sich. »Grüßen Sie Emma! Wann kommt sie denn zurück?«

»Ende Juli. Dann sehen wir weiter.«

»Lassen Sie sie nicht im Stich, Herr Pastor.«

Er zuckte zurück. Musste er sich dergleichen von einer jungen Frau sagen lassen? Hatte er sich gar zu sehr offenbart in seiner Verzweiflung? Sie fährt wieder ab, beruhigte er sich, niemand weiß davon. Ich habe ein verlorenes Schaf empfangen und getröstet, so wie es als Seelsorger meine Pflicht ist. »Auf Wiedersehen, Caroline. Pass auf dich auf.«

Vom Pfarrhaus aus nahm Caroline den kurzen Weg zum Kirchhof. An der Kirchentür hielt sie inne und drückte den schweren Knauf herunter, aber die Kirche war verschlossen. Die Sonne stand jetzt hoch, die Hitze drückte schon, aber wer sich Kühlung in der Kirche erhofft hatte, wurde enttäuscht. Sie ging weiter zu einem der Brunnen und tauchte Hände und Unterarme ein. Niemand war hier zu dieser Zeit, am Mittag um zwölf wurde im Dorf gegessen. Erst am Abend kam man zum Kirchhof, um die Gräber zu gießen, wenn man es nicht schon früh am Morgen getan hatte.

Emma war krank gewesen und erholte sich nun in Schlangenbad. Ihr fürsorglicher Mann hatte ihr nach der Fehlgeburt die Erholungsreise geschenkt. Welch ein Lug und Trug, dachte sie. Welch eine Fassade! Während dieser Gedanken war sie weitergegangen und hielt nun einen Moment inne, um sich zu orientieren und Vaters und Großmutters Grab auszumachen. Dann ging sie auf die große Birke zu. Rechts davon lag Vater und ein paar Meter weiter die Großmutter begraben. Sie wollte eben in den kleinen Weg einbiegen, der nach links hin vom Hauptweg auf Sophie und Heinrich Schmidts Grabstätte zuführte, als sie ein kleines Mädchen mit einer Kindergießkanne, die sie mit beiden Händen vor ihrem Bauch festhielt, dort stehen sah, wo Vaters Grab lag. Sie hielt unwillkürlich inne und starrte das Kind mit den hellbraunen Locken an, als wäre es eine Sinnestäuschung. Um zwölf Uhr mittags hatte sie hier niemanden erwartet. Aber da war noch etwas – ein blitzschneller Gedanke, eine Eingebung, ein Gefühl, und sie sagte: »Sophie?«

Die Kleine stand regungslos da und sah sie aufmerksam und nur wenig erschrocken an. Caroline ging ein paar

Schritte auf das Kind zu. Es rührte sich nicht. In den blauen Augen war kein Erkennen auszumachen.

»Sophie! Nicht wahr, du bist doch Sophie Caspari?« Sie ging ein paar Schritte vor und hockte sich dann vor dem Kind hin, um auf Augenhöhe mit ihm zu sein.

Die Kleine presste die Lippen ein wenig zusammen und sah die fremde Frau an. Dann nickte sie langsam und trat einen Schritt zurück.

»Sophie, wo bist du?« Caroline erkannte die Stimme ihrer Mutter, die nach dem Kind rief. Sie hatte recht gehabt, das richtige Gefühl: Das war Sophie, ihr und Georgs Kind!

»Sophie!« Tränen erstickten ihre Stimme. Sie streckte die Hand aus. Sophie ging noch einen Schritt zurück. Was wollte die Frau, die sie noch nie gesehen hatte?

»Sophie!« Friederikes Stimme klang jetzt näher. »Wo bist du denn? Du sollst doch nicht vorlaufen, das weißt du ganz genau.« In diesem Augenblick trat Frau Caspari hinter einem Busch hervor, denn sie hatte den kürzeren Weg vom Brunnen genommen, um das Kind zu suchen. Vor Schreck erstarrt, blieb sie stehen und erfasste die Szene, die sich ihr bot, mit einem Blick. Ihre Augen wurden kalt, ihre Stimme herrisch, als sie sagte: »Sophie, komm her! Sofort!«

Caroline sah ihre Mutter an. Sophie hatte sich, unschlüssig, was nun zu tun sei, noch weiter zurückgezogen, blickte aber unverwandt auf die Fremde.

»Mutter!«, rief Caroline und dann, wieder an ihre Tochter gewandt: »Sophie, mein Kind, mein kleiner Schatz! Ich bin doch deine Mama!«

»Sophie, komm!«, befahl Friederike. »Du sollst nicht mit Fremden sprechen! Das weißt du doch!«

Sophie wandte ihren Blick zur Großmutter, dann wieder sah sie die Frau an, die immer noch vor ihr auf dem Boden kniete. »Sophie, mein kleines Mädchen!«, schluchzte Caroline und versuchte, mit ihren ausgestreckten Händen ihr Kind zu berühren. »Ich bin deine Mutter. Mein liebes, liebes Kind, wie habe ich dich vermisst!« Sie konnte die Tränen nicht zurückhalten, und sie versuchte es auch gar nicht. Es waren die Tränen vieler Jahre, die sie nicht hatte weinen können. Und nun stand das Kind vor ihr, ganz unverhofft, ohne dass sie versucht hätte, an verschlossene Türen zu klopfen, wie die vielen Male vorher ...

Friederike ging auf Sophie zu, griff sich die Gießkanne und nahm die kleine Hand fest in ihre. Dann versuchte sie, das Kind mit sich zu ziehen. Die Kleine stemmte sich gegen den Zug, den ihre Großmutter ausübte. Dann sagte sie: »Meine Mama ist im Himmel.«

Friederike blieb einen Moment stehen. »Bei den Engeln«, setzte das Kind hinzu und deutete mit der freien Hand nach oben. Für ein paar Sekunden herrschte gespannte Stille. Dann zog Frau Caspari Sophie mit sich fort. Im selben Augenblick hörte Caroline sich schreien. »Nein! Sophie, mein Mädchen! Nein!« Sie sprang auf und eilte ihrer Mutter nach. »Mutter! Das ist nicht wahr! Das kannst du nicht getan haben!« Gellend hallten die Schreie über den Kirchhof. Im Pfarrhaus wurde ein Fenster geöffnet. Friederike lief weiter, das Kind hinter sich her ziehend. Dann nahm sie es auf den Arm und rannte, so schnell es ihr möglich war, auf den Ausgang des Kirchhofs zu. Pastor Kessler war aus dem Haus herbeigeeilt und trat Caroline, als diese an ihm vorbei wollte, in den Weg. »Caroline, beruhige dich bitte! Komm mit rein. Ich erkläre dir alles.«

Die junge Frau hörte gar nicht, was er sagte. Sie versuchte, seinem Griff zu entkommen und hinter ihrem Kind herzulaufen. Gut, dass er der Haushälterin freigegeben hatte, heute, da Caroline kommen wollte! So konnte es vielleicht doch noch gut ausgehen. Dann bekam er einen Schlag in den Magen. Caroline schlug um sich wie von Sinnen. Dabei schrie sie die ganze Zeit. Kessler versuchte, sie ins Haus zu zerren, und gab ihr schließlich, sie mit eisernem Griff haltend, ein paar Ohrfeigen, um sie zu beruhigen. Die heftigen Schläge taten ihre Wirkung. Sie schwankte, zart und blass wie sie war. Er schlug noch einmal zu, verhaltener dieses Mal, und fing sie auf, als sie, halb von der Aufregung, halb von den unverhofften Schlägen, ohnmächtig wurde. Erleichtert und sich immer wieder nach ungewollten Zeugen umsehend, trug er sie durch die Hintertür des Pfarrhauses auf seinen Armen ins Haus, bettete sie auf das Sofa und holte ein Glas eiskaltes Wasser. Er wartete, bis sie die Augen aufschlug, und gab ihr schluckweise zu trinken. Sie starrte ihn an, als wäre er gar nicht da. Sprechen konnte sie nicht, und so ergriff er das Wort und fragte leise: »Geht es dir besser?« Als keine Reaktion kam, beließ er es dabei, sie zu beobachten. Langsam wich die Totenblässe aus ihrem Gesicht, das so schmal geworden war. Er gab ihr wieder zu trinken und nahm ihre Hand. Sie war eiskalt.

»Ihr seid so grausam«, hörte er sie plötzlich sagen. Sie flüsterte mehr als sie sprach. »So grausam. Ihr bringt mich um.«

Kessler erschrak vor ihrer Stimme. Es war kein Leben mehr darin. »Caroline, bitte versuche doch, deine Mutter zu verstehen. Als Emma bei ihr war, da hat die Kleine gehört, wie Marie immer ›Mama‹ sagte. Und als das Kind dann später fragte, was denn eine Mama sei und das Fragen immer weiterging, da hat Frau Caspari es für richtig gehalten, dem Kind zu sagen, seine Mutter wäre tot, um es zu schonen. Es war um des Kindes willen, Caroline! Es wäre ein ständiges Fragen und Bohren und später vielleicht ein Suchen daraus geworden, wenn sie das nicht getan hätte ...« Er schwieg und suchte nach Worten. »Bitte, versteh doch!«

»Ich soll euch verstehen? Habt ihr je mich zu verstehen versucht – meine Gefühle, mein Leiden, meinen Kampf um mein Kind?«

»Ich habe oft für dich gebetet«, sagte der Pastor.

»Gebetet?« Ihr Lachen klang wie ein Messer, das in sein Herz fuhr.

»Ja. Auch wenn du das jetzt so geringschätzt. Es hat dich sicher beschützt. Du hast für dein Kind sorgen können, solange es noch notwendig war ...«

»Ach, das wissen Sie also auch – dass Mutter mein Geld nicht mehr annimmt? Sie scheinen ja sehr vertraut mit ihr zu sein.«

»Sie ist eines meiner Schäfchen, für die ich verantwortlich bin. Und deine Sophie ist es auch. Ich habe Frau Caspari oft besucht, sehr oft. Und das hat dazu beigetragen, dass dein Kind hier im Dorf gelitten ist. Man macht es nicht verantwortlich für ... seine uneheliche Geburt.«

Caroline lag nur da und schaute ihn an. Georg und ich, unsere Liebe, deren Frucht Sophie ist – nie werdet ihr verstehen, nie.

»Bleibe heute Nacht hier«, hörte sie Kessler sagen, »ruh dich aus. Emmas Zimmer oben ist noch so, wie sie es damals verlassen hat.«

»Emma – hat sie es auch gewusst?«

»Nein. Ich habe es ihr nicht gesagt, schon weil sie es dir geschrieben hätte. Glaube mir, es ist das Beste so.«

Caroline wandte den Kopf ab. »Komm, ich bringe dich nach oben«, sagte er.

Oben in Emmas Mädchenzimmer sah sie ihr Kind vor sich, das jetzt ein Gesicht hatte. Ein hübsches Gesicht, das Blau der Augen war heller als ihres, es waren Georgs Augen, in die sie für diese wenigen Minuten gesehen hatte. Das braune Haar umrahmte dieses Gesicht in ungebändigten Locken. So wie bei mir, dachte sie, nur heller, in einer Farbe zwischen Georgs Blond und meinem dunklen Haar. Sie weinte lange und heftig und war froh, allein zu sein. Schließlich fiel sie vor Schwäche und Kummer in einen Halbschlaf.

Am Abend kam Kessler, schon wieder ganz in seiner Rolle als Hirte und Seelsorger, um nach ihr zu sehen, und brachte ein warmes Abendessen. »Eier mit Speck«, sagte er, »das ist alles, was ich kochen kann.« Er lachte tatsächlich und wünschte ihr eine gute Nacht. »Schlaf dich aus. Und glaube mir, für das Kind ist es so das Beste. Morgen wirst du das genauso sehen. Denn ich weiß, du liebst dein Kind und wirst es deshalb auf dich nehmen.«

Sie rührte das Essen nicht an. »Ich lasse es hier«, sagte er. »Du hast sicher nachher Hunger.«

Sie aß, als er gegangen war, ein, zwei Bissen und trank ein Glas Wasser, zog Schuhe, Rock und Bluse aus und legte sich hin. Lange lag sie da, mit offenen Augen. Durch das geöffnete Fenster zog die milde Nachtluft herein. Sie atmete, und sie lebte noch. Nach Mitternacht erst nahm sie das Gesicht ihres Kindes mit in den Schlaf und erwachte, als um vier

Uhr morgens die Vögel begannen, ihre Lieder zu singen. Kaltes Wasser in Gesicht und Händen brachte ihr ein wenig Kraft zurück. Weg, nur weg von hier, wo man meinem Kind erzählt hat, ich wäre tot. Sie ging leise die Treppe hinunter und verließ das Pfarrhaus unbemerkt, niemand war auf der Straße um diese Zeit. Um fünf war sie in Fuchshagen, holte ihre Tasche aus der Pension und bezahlte das Zimmer. Die Wirtin sah sie misstrauisch an. Auf dem Bahnhof war alles still. Sie nahm den ersten Zug nach Cassel, und auf dem Weg nach Berlin spürte sie, unerträglich schmerzhaft und ganz deutlich, dass jetzt auch der letzte Funken Hoffnung dahin war.

Kapitel 23

Mitte Juli machte sich Gustav für eine Woche frei und verbrachte sie mit Elisabeth an ihrem Kurort. Dann wurde er von Thea und Baron Waitzhagen abgelöst. Elisabeth hatte die Idee gehabt, Gustavs Tante, der sie sehr zugetan war, zu schreiben und sie um ihre Begleitung zu bitten. Thea sei so fröhlich wie sie selbst und immer guter Laune, sie verspreche sich eine kurzweilige Zeit in angenehmster Gesellschaft. Frau Odenbruck hatte denn auch ohne weiteres eingewilligt, zumal ihr, so schrieb sie an die junge Frau Caspari, das Unglück unterlaufen sei, ihre altgediente Köchin verloren zu haben. Diese habe sich auf der Kellertreppe einen Oberschenkelhalsbruch zugezogen und lange liegen müssen. Sie habe versucht, die Frau trotz ihrer Behinderung zu behalten, aber es sei sehr beschwerlich für alle Beteiligten gewesen. Schließlich sei es gar nicht mehr gegangen. Unzuverlässige Dienstboten seien auf Dauer eine zu große Belastung. Deshalb habe sie die Köchin letzten Endes doch, da nicht mehr arbeitsfähig, in das Casseler Armenhaus schicken müssen. Selbstverständlich habe sie sich sofort um einen passenden Ersatz bemüht, aber anders als bei den Mägden sei es mit einer guten Kochmamsell doch schwierig und sie wolle sich durchaus nicht vor ihren Gästen blamieren. Sie habe zwar eine neue Mamsell eingestellt, aber wenn diese sich noch etwas in ihrer und des Barons Abwesenheit beweisen könne, so sei ihr das nur recht. Sie könne tatsächlich noch einiges lernen.

Der Baron hatte sich, nicht nur aus diesem Grund, nur zu gern angeschlossen und führte die Damen an die Table d'hôte, etwas das Elisabeth sehr genoss, so dass sie sich nachträglich zu ihrer Idee gratulierte. Und sie hatte auch darin recht gehabt, dass es eine kurzweilige Zeit werden würde. So schrieb sie denn begeisterte Briefe an ihren Mann, in denen sie jede Einzelheit schilderte. Als Dr. Fehrhofen anreiste, verbrachte man noch zwei Tage en famille, bevor Thea und ihr Begleiter sich verabschiedeten.

»Das ist ein Weib!«, sagte Fehrhofen nach seiner Rückkehr zu seinem Schwiegersohn, als sie allein waren. »Und eine Dame dazu! Ja, mein Lieber, deine Tante ist schon beinahe vollkommen.«

Dabei zwinkerte er Gustav zu, der diese Anzüglichkeit mit den Worten: »Da bist du ganz einer Meinung mit deiner Tochter«, quittierte.

»Und hoffentlich auch mit dir«, parierte der Alte.

»Nun, Papa, du vergisst, dass die Kommerzienrätin meine Tante ist.«

»Ja«, gab sein Schwiegervater zu, »und dann ist es schon beinahe wieder eine Respektlosigkeit, das sehe ich ein. Aber ich für meinen Teil gestehe mir dieses Urteil zu.«

Gustav hatte bei seiner Ankunft einen Brief seiner Mutter vorgefunden, die ihm von der Begegnung auf dem Kirchhof berichtete, wie schlecht es ihr danach gegangen sei und dass sie das Kind schneller habe beruhigen können als sich selbst. Dem Kinde habe sie gesagt, dass es Verrückte gebe, die sich allerlei einbildeten, und schließlich sei Sophie auch mit dieser Erklärung zufrieden gewesen. Sie aber habe die Nacht wach gelegen, immer in Angst, diese unselige Person, die ja wohl wirklich verrückt sei, so jedenfalls habe sie sich aufgeführt, könne zurückkommen. Nun habe sie sich etwas beruhigt, denn Pastor Kessler habe ihr versichert, dass Caroline abgereist sei. Heimlich habe diese sich offenbar in aller Herrgottsfrühe davongestohlen, nachdem er sich ihrer angenommen und sie in Emmas Zimmer die Nacht habe verbringen lassen. Noch jetzt sei sie froh, Emma nichts gesagt zu haben.

Gustav schwankte zwischen Ärger und Anerkennung, als er die Zeilen gelesen hatte. Friederike schien mit ihrer konsequenten Art das Problem wohl endgültig gelöst zu haben, wenn ihr auch der Zufall dabei zu Hilfe gekommen war. Da bin ich ganz der Sohn meiner Mutter, sagte er sich, und hatte dabei durchaus ein Gefühl der Dankbarkeit. Vater war doch zu gut, und besonders an Caroline sieht man, wohin das führt.

Er schrieb einen kurzen Antwortbrief, um seine Mutter zu beruhigen, und bestätigte sie in ihrer Erwartung, es sei nun überstanden. Dann nahm er die Baustelle in Augenschein und fand alles zu seiner Zufriedenheit vor.

Frau Caspari bedankte sich umgehend bei ihrem Sohn für seine einfühlsamen Zeilen. Sie schrieb, sie sei nun wesentlich ruhiger, zumal das Kind in seine gewohnten Bahnen zurückgefunden habe. Im Dorf habe man, dank des beherzten Eingreifens des Pastors, so gut wie nichts von dem Vorfall erfahren. Überhaupt sei er ihr in den schweren Tagen, nachdem sie sich zur Erziehung des Kindes entschlossen hatte, eine wahre Quelle der Kraft gewesen. Inzwischen sei ihr auch, so schwer sie sich am Anfang damit getan hatte, klar geworden, warum Eduard seinen letzten Willen in dieser

Weise formuliert habe. Die kleine Sophie könne ja nichts dafür, dass ihre Mutter so unmoralisch sei, sie aber habe ihr Mann als stark genug eingeschätzt, um das Kind durch strenge, aber gerechte Erziehung vor diesem Schicksal zu bewahren. Das habe auch der Herr Pastor bestätigt, so dass sie nun in allem ruhig und in Frieden mit sich selbst sei. Wenn sie nur noch lange genug lebe, um das Kind großzuziehen …

Hier verzog Gustav ärgerlich den Mund, denn er las wohl die versteckte Aufforderung heraus, die in diesen Zeilen steckte. Aber er war durchaus nicht gewillt, darauf einzugehen. Es folgten einige Nachrichten aus dem Dorf. Eine der Legerschen Mägde müsse heiraten, sie habe sich wohl an den Verwalter herangemacht, keine schlechte Partie für eine Dienstmagd, wenn er auch 20 Jahre älter sei. Die junge Frau Leger sei aus ihrer Kur zurück, immer noch mitgenommen von der Fehlgeburt, aber doch wieder leidlich genesen. Ja, andere seien auch hart getroffen, namentlich der Herr Pastor mit seinem behinderten Enkel. Emma sei auf Besuch gekommen, in ihrer Eigenschaft als Patentante der kleinen Sophie. Ihr Mann habe den Hof des Kleinbauern Jorlotz aufgekauft, der mit Frau und sechs Kindern nach Amerika auswandere. Das sei nun schon der dritte, der gehe. Seinen Bruder, den Tagelöhner, nehme er mit. Es sei ihr unverständlich, wie jemand einfach so seine Heimat verlassen könne. Es folgten die üblichen Grüße an Elisabeth, die er nie ausrichtete, denn die junge Frau Caspari interessierte sich überhaupt nicht für ihre Schwiegermutter. Sie ignorierte sie einfach und ließ ihren Mann seine seltenen Besuche allein machen.

Einen Moment lang hatte Caroline, nach ihrer Flucht aus Mahlsheim, daran gedacht zurückzukehren, um Sophie zu sagen: »Ich bin doch da, mein Kind! Deine Mutter ist nicht tot, so wie man es dir weisgemacht hat.« Aber was wäre die Folge, sagte sie sich Tage später, als sie wieder klarer denken konnte. Ich würde mein eigenes Kind unglücklich machen. Wenn ich überhaupt die Gelegenheit bekäme, mit ihr zu sprechen. Ich werde sie nicht besuchen dürfen, daran wird sich nichts ändern. Als sie in Friederikes kalte Augen gesehen hatte, war ihr klar gewesen, dass sich an der unerbittlichen Haltung ihrer Mutter nichts geändert hatte. Und alle waren auf ihrer Seite – Sophies Vormund Gustav, die Vormundschaftsbehörde und die Polizei, falls es nötig sein würde. Das Wichtigste war und blieb, dass Sophie nicht unglücklich wurde. Das versuchte sie, sich wieder und wieder zu sagen. Emma hatte die Wahrheit geschrieben, das Kind war gut genährt, sauber und ordentlich angezogen gewesen. Es ging ihm nicht schlecht, das hatte sie mit eigenen Augen gesehen. Es hatte einen offenen Blick und nur wenig Scheu gehabt.

Aber ich, dachte sie, für mich ist es das Ende. Es hat sich alles geklärt. Es sollte so sein, diese unverhoffte Begegnung auf dem Kirchhof. Ohne Georg zu leben und jetzt auch noch ohne mein Kind, das glaubt, ich wäre tot … Ich mache mir nichts mehr vor, das ist tatsächlich das Ende. Die bei ihrer Abreise zurückgelassenen noch zu erledigenden Handarbeiten kamen ihr jetzt lächerlich vor. Sie lagen vor ihr auf dem Tisch, als ob es noch irgendetwas zu planen gäbe! Sie konnte alles hinter sich lassen, konnte einfach gehen, irgendwo in den Wald und dort warten, bis es zu Ende war.

Oder das Ganze mit Schlafmitteln beschleunigen. Langsam zählte sie das übrig gebliebene Geld. Es reichte nicht. Sie lachte bitter. Vielleicht musste sie noch einmal ins Geschäft gehen und die Arbeiten abliefern: um ein letztes Mal etwas kaufen zu können und sich damit wenigstens den Abgang zu erleichtern. Ja, so musste es gehen. Es würde schneller und leichter sein. Das Merkwürdigste war, dass sie keine Angst hatte. Georg war dort, Großmutter und Vater. Es würde nicht schwer werden. Nur in den Wald musste sie, den Wind spüren, wie er in den Kronen rauschte, und die Erde riechen …

Sie schrak zusammen, als an ihre Tür geklopft wurde. Nach einigen Schrecksekunden aber fing sie sich wieder und öffnete. Ihr Entschluss stand fest, was änderte es schon, ob sie es tat oder nicht. Vor ihr stand ein Postmann in Uniform, der ihr ein kleines Paket hinhielt. Sie starrte auf diese Uniform, die eine so gute Erinnerung für sie war. Es war unwirklich – sie hatte eine Tür geöffnet und sah nun diese Uniform vor sich. Sie war etwas anders als Georgs seinerzeit, aber es war eine Postuniform. Sie hatte wohl unwillkürlich gelächelt, denn der Mann sagte: »Na, det is ja ma ne Bejrüßung.«

Georg – als er mit einem Mal vor ihr gestanden hatte, unten an Theas Treppe. »Ein eingeschriebener Brief für Fräulein Caroline Caspari.« Und dann war er fast jede Nacht gekommen, und sie hatte das Leben wieder gespürt und dass es sich lohnte, es zu leben.

»Hier, unterschreibn Se ma, Fräulein.« Sie tat es mechanisch, noch immer lächelnd. Er gab ihr das Paket, tippte an seine Mütze und ging die Treppe hinunter.

Sie stand noch da, als er schon lange das Haus verlassen hatte. Ihre Hand lag auf dem kleinen silbernen Posthorn, das an der Kette an ihrem Hals hing. In der anderen hielt sie das Paket. Erst als jemand unten die Haustür öffnete, war sie wieder im Hier und Jetzt. Sie ging hinein und schloss die Tür hinter sich.

Das Paket war von Anna. Eine Wurst lag darin, eingepackt in Zeitungspapier, und obenauf ein langer Brief. Erst als sie die ersten Zeilen gelesen hatte, fiel ihr wieder ein, dass sie, noch vor ihrer Abreise nach Mahlsheim, eine Jacke aus weicher blauer Wolle für Annas Kind gestrickt und ihr geschickt hatte. Richtig, sie hatte die Wolle um einiges billiger im Geschäft bekommen und an den Abenden daran gestrickt. Sie hatte sich vorgestellt, wie Anna sich freuen würde, noch als sie das kleine Päckchen zum Postamt brachte. Und dann hatte sie nicht mehr daran gedacht.

»Wir haben uns so gefreut!«, schrieb Anna. Sie erzählte begeistert von ihrem Jungen und schilderte in allen Einzelheiten, wie er sich entwickelte und dass sie jetzt verstehen könne, was sie, Caroline, fühle. Dann berichtete sie von Franz, der so lieb zu ihr sei, und dass er schwer arbeiten müsse. Wenn wir dieses Jahr wieder nicht genug ernten – ich weiß nicht, was werden soll, schrieb die Freundin. Der Hof ist nach den vielen Erbteilungen einfach zu klein geworden. Franz denke genauso und sorge sich noch mehr als sie selbst. Er habe, nachdem er Onkel Josefs Bruder Luis von dessen Tod informiert habe, erst jetzt eine Antwort erhalten. Das sei wohl auch dem Umstand geschuldet, dass Luis in Amerika wohne, in einem Land, das Kentucky heiße. Dort habe er, vor vielen Jahren schon, Land ganz billig kaufen können und eine Farm aufgebaut, was so viel bedeute wie Bauernhof. Luis habe sich damals auszahlen lassen, und dadurch sei der Hof nicht in noch mehr Teile aufgeteilt worden. Das alles schreibe sie nicht nur, weil es so außergewöhnlich sei, sondern auch weil Onkel Luis' Brief Franz nicht mehr loslasse. Er habe sich aus der Kreisstadt-Bibliothek Bücher über Amerika besorgt und lese nun allabendlich daraus vor. Aber Amerika!, schrieb Anna. Das ist so weit weg und die Überfahrt ist doch auch gefährlich. Und wer weiß, was uns dort erwartet. Ich hoffe, dass wir unseren Hof hier wieder hochbringen. Aber Franz, so sehr er am Erbe des Onkels hängt, ist doch ganz verändert, seit er Onkel Luis' Brief bekommen hat. Ich sehe es ihm wohl an, und wenn er sich entschließt, alles zu verkaufen und ins Ungewisse zu gehen, dann muss ich auch das mit ihm teilen. Aber ich wünsche mir so sehr, dass es nicht so weit kommt.

Als Caroline diese Zeilen gelesen hatte, ließ sie Annas Brief sinken. Ein Gedanke durchfuhr sie, Erinnerungsfetzen, dann hörte sie Georgs Worte: »Oder wir gehen ganz weg.«

Und ihre Frage: »Ganz weg – was meinst du damit?«

»Amerika, mein Liebes, das riesige weite Land. Dort gibt es vielleicht auch für uns ein besseres Leben.«

»Aber das ist ... Wir könnten nie mehr zurück, nicht wahr?«

»Es ist ein freies Land, und ich will frei leben. Ich will für mich und für uns verantwortlich sein, keiner soll uns hineinreden. Wir können aus unserem Leben selbst etwas machen.« Georgs Augen hatten geleuchtet, als er das sagte. Sie hatte sich in seine Arme geschmiegt, aus Angst davor, sich entscheiden zu müssen. Er hatte sie an sich gedrückt und hinzugefügt: »Hier ist alles vorbestimmt. Ich hasse das so, diese Enge, dieses Sittenkorsett. Und dabei ist es auch noch verlogen.«

Das alles fiel ihr jetzt wieder ein. Es war in der Hütte am Kitzhain gewesen, als sie zusammen dort gelegen und dieses Gespräch geführt hatten. Damals hatte sie nicht verstanden, was er mit »verlogen« wirklich gemeint hatte. Jetzt aber, nach dem Aufenthalt in Theas Haus, nach der Bekanntschaft mit der Geheimrätin, nach allem, was sie von ihrer eigenen Familie erfahren hatte, war es ihr klar. Georg hatte auch darin recht gehabt. »Wenn du noch lebtest, mein Liebster«, sagte sie leise vor sich hin, »wenn du noch lebtest ... Ich würde mit dir gehen, sofort und ohne Zögern.«

Sie stand da, Annas Brief in der Hand, und sah Georg und sich selbst, nebeneinander auf dem Strohbett liegend. Dann ging sie zum Fenster zurück, hielt sich am Griff fest und legte, als sie zu zittern begann, den Kopf auf ihre Hand. Die Knie wankten ihr, sie setzte sich auf ihr Bett. Dort saß sie lange und schaute auf die Zimmerwand gegenüber, als könnte sie dort ein Bild erkennen. Georgs Vermächtnis, das war Sophie, die nun für sie verloren war. Da hatte auch sie sich verloren geglaubt. Aber was, wenn sie doch noch eine Chance hätte – eine allerletzte, die nur nach dem Motto aus jenem Märchen zu verstehen war: Etwas Besseres als den Tod werden wir überall finden ...

An jedem der folgenden Tage holte sie immer wieder Annas Brief hervor und las ihn aufs Neue. Die Freundin hatte Angst, so wie sie damals Angst gehabt hatte, als

Georg so begeistert von einem Neuanfang sprach. Aber sie selbst hatte jetzt keine Angst mehr. Wovor auch? Sie hatte das Schlimmste erlebt, es gab nichts, was sie noch hätte schrecken können. Und den Tod, der den Menschen am meisten Angst machte, hatte sie sich sogar gewünscht, bis gestern noch. Er war ihr wie eine Erlösung aus ihrem Leid nach dem langen verlorenen Kampf erschienen. Amerika aber, Georgs Traum von einem harten, aber freien Leben – war es ihre letzte Option, die letzte Karte, die sie spielen konnte in diesem ungleichen Spiel? Und wenn sie wieder verlor – was machte das? Was hatte sie noch zu verlieren? Nichts, sagte sie sich, gar nichts. Dem Tod war es egal, ob sie in Amerika starb oder hier ...

So gingen ihre Gedanken, auch während der Arbeit. Sie hatte die achtlos hingeworfenen Sachen wieder aufgenommen und arbeitete daran, ohne recht zu wissen, warum. Erst Tage später, als sie einen der seidenen Fäden in die Sticknadel einfädelte, wurde ihr das bewusst. Sie arbeitete wieder, ganz so wie früher, Stunde um Stunde, während sie vor ihrem inneren Auge die Welt entstehen sah, in der Onkel Luis lebte. Kentucky sei fruchtbares Farmland, hatte Anna geschrieben, grüne Weiden, grüne Hügel. Ganz ähnlich unserer Heimat, so habe es Luis berichtet. Grüne Hügel – ähnlich unserer Heimat ... Auch ihre Heimat war grün, mit sanften Hügeln, dichten Wäldern, Flüssen und dem Fuchshagener See. Auch dort gab es Felder, Bauernland, auf dem Getreide stand ... Sie ließ die Hand mit der Nadel sinken. Ganz plötzlich, sie erschrak selbst darüber, stand sie auf, holte Tinte und Feder und beantwortete Annas Brief. Schreibe mir mehr über Amerika, bat sie die Freundin.

Oder, noch besser, gib mir Onkel Luis' Adresse dort in dem grünen Land, das Kentucky heißt. Als sie geendet und alles noch einmal überlesen hatte, verschloss sie den Brief und trug in zum Postkasten. Nicht noch einmal überlegen. Vielleicht würde sie doch noch etwas Besseres als den Tod finden.

Kapitel 24

Caroline hatte die kleine möblierte Wohnung in der Annenstraße zum Monatsende gekündigt. Noch vor ihrem Auszug schrieb Anna einen besorgten Brief: Du willst dorthin gehen, Caroline? Das ist viel zu gefährlich! Eine Frau allein auf so einem Schiff! Wenn du an Onkel Luis schreibst, wird er dir das gleiche mitteilen. Überlege es dir bitte noch einmal! Aber sie lachte nur, als sie Annas Zeilen las. Sie hatte keine Angst. Sie spürte es genau, und es war wie eine Erlösung. Wenn ich auf diesem Schiff sterbe, habe ich so viel wie jetzt auch. Das ist die Wahl, die ich habe.

Sie fand ein kleines Zimmer zur Untermiete in der Chausseestraße, denn sie wollte von nun an jeden Pfennig zurücklegen. Hier, zwischen Oranienburger Tor und Invalidenstraße, war sie weit genug von Valerie, der Kenzin und allem entfernt, was sie an ihre erste Zeit in Berlin erinnerte. Der Weg zum Geschäft, näher als vom Luisenufer und etwas weiter als von der Annenstraße aus, führte sie nun über die Linden und durch die Friedrichstraße. In der Chausseestraße war die Wohnbebauung dicht, vier- oder fünfstöckig, mit Werkstätten im Hof, und auch ein Kaufhaus, eine Apotheke und die Läden für den täglichen Bedarf, einschließlich eines Spirituosenhändlers, fehlten nicht. Das Haus, in dem ihre Wirtsleute wohnten, war ein fünfstöckiger Bau mit vorgebauten Nischen und kleinen Balkonen in den obersten Stockwerken, darüber auch hier Mansarden. Aber Lehmanns wohnten in der dritten Etage und das Zimmer, das Caroline gleich nach der ersten Besichtigung gemietet hatte, ging nach hinten auf den Hof hinaus, in dem sich eine Tischlerwerkstatt befand. In dem Zimmerchen standen ein Bett, ein Waschtisch und ein breiter sesselähnlicher Stuhl, daneben ein winziges Tischchen, das zugleich als Nachttisch diente. Sie rückte beides direkt ans Fenster. Das musste genügen, um ein Jahr, vielleicht zwei zu überstehen. Den Wirtsleuten, einem älteren Ehepaar, hatte sie sich als Fräulein vorgestellt. Der Mann arbeitete als Geselle in der im Hof ansässigen Tischlerei, seine Frau war, wenn sie nicht gerade in einem der Villenviertel die Wäsche wusch, zu Hause. In dem winzigen Zimmer hatten vor Carolines Zeit die drei Kinder gewohnt. Nun stand es leer. Lehmanns fragten nicht viel, nahmen monatlich im Voraus die Miete ein und merkten bald, dass das Fräulein, ganz wie sie es versprochen hatte, keine Herrenbesuche empfing und auch sonst manierlich war. So ließ sich alles für Caroline so an, wie sie es gern hatte. Sie musste nicht viel reden, arbeitete umso mehr, und Lehmanns war das mehr als recht. Untermiete war immer so eine Sache. Das Geld kam natürlich zupass, aber man musste doch darauf achten, wen man da bei sich in der eigenen Wohnung aufnahm. So sagten sie denn auch, wenn von den Nachbarn nachgefragt wurde, über das Fräulein wüssten sie nicht viel, aber es gebe keinen Grund zum Klagen. Sie arbeite fleißig, gehe nie aus, früh zu Bett und sei früh auf. Ihre Handarbeiten aber seien kleine Kunstwerke, setzte Frau Lehmann hinzu, so etwas Schönes habe sie selten gesehen. Sie glaube dem Fräulein, dass sie sich davon ernähren könne.

Gleich nach ihrem Einzug hatte Caroline unter der neuen Adresse an Luis Maier in Kentucky geschrieben. Jeden Tag hoffte sie auf Antwort, obwohl sie wusste, dass allein ihr Brief wohl mehrere Wochen zu seinem Empfänger unterwegs sein würde. Die Tage vergingen ihr rasch, denn sie arbeitete fleißiger denn je und gönnte sich kaum eine Pause. Abgesehen von den Wegen ins Geschäft oder zum Krämerladen und zum Bäcker, ging sie nicht aus. Es war schon beinahe November, als Frau Lehmann eines Morgens zu ihr sagte: »Nu, Mädchen, Se sehn ja immer noch so spuchtich aus! Wenn Se sick och jarnischt jönn'! Orntlich essen un och ma raus in de Natur. Dat Se Farbe kriegn.«

Caroline, die auf dem Punkt stand, einen Packen gestickter Decken abzuliefern, kam angesichts dieser ebenso treuherzig wie direkt ausgesprochenen Worte in eine Verlegenheit und wusste nicht recht, was sie antworten sollte. Sie konnte ja schlecht vor ihrer Wirtin ihre Pläne ausbreiten. Diese aber wollte wohl noch etwas anderes loswerden und fuhr deshalb beinahe ohne Pause fort: »Der Carl da unten von de Tischlerei, wo och mein Mann is, der hat schon jefracht. Aber ick hab jesacht, da musste det Fräulein selber fragn. Von wegen det Tanzen jehn un so. Det is een netter Kerl, der Carl, det jloben Se ma.« Und sie nickte, wie zur Bekräftigung ihrer eigenen Worte, mit dem Kopf. »Anständig un propper.« Sie nickte wieder und sah Caroline dabei an.

»Das ist nett, Frau Lehmann, dass Sie sich Sorgen um mich machen. Aber ich bin nur noch nicht wieder so recht aus der Erkältung heraus. Und bald fahre ich auch wieder einmal raus in die Natur, und dann wird es besser.«

»Versteht sich«, antwortete Frau Lehmann. »Da draußen is et am besten. Und futtern Se sich ma'n bissken raus.«

Caroline nickte.

»Nu, aber achten Se ma, wenn Se jehn. Der Carl, der steht immer in det Tor, wenn Se komm' un kuckt.«

»Er guckt, wenn ich vorbeikomme?«

»Det will ick mein'. Un hat och schon mit men Eduard jesprochen.« Caroline zuckte zusammen, als sie den Namen hörte. »Nu, müssen Se nich erschreckn. Det war janz harmlos. Der Carl hat bloß jesacht, det Mädchen da bei dich, det is ne Hübsche, und ob er Se ma fragn darf wegn'n Tanzen.«

Caroline schluckte. »Frau Lehmann, ich muss ins Geschäft.« Sie hielt das Bündel mit den Decken hoch.

»Schön ham Se det wieder jemacht!«, stellte die Wirtin fest. »Det nenn ick jeschickt!«

»Danke, Frau Lehmann. Und machen Sie sich keine Sorgen um mich.«

»Na, so'n Mädchen, det muss doch och ma rausjehn. Anständig is ja schön und überhaupt det Wichtigste. Aber ma so ausjehn, jloben Se mir, det is wie wenn Se ...« Sie suchte nach Worten. »... irjendwie leichter sind. Nich mehr so traurig.«

Auf dem Weg fiel Caroline zum ersten Mal der kräftige junge Mann auf, der im Tor der Tischlerei stand und eine Zigarette rauchte. Er trug Arbeitskleidung, eine Schirmmütze und grobe Schuhe. Als sie vorbeiging und ihn ansah, hob er grüßend die Hand. Hatte er wirklich in den Arbeitspausen schon öfter hier gestanden und gewartet, dass sie vorbeikam? Wenn ja, hatte sie es nie bemerkt. So viele Menschen waren hier auf den Straßen, Fuhrwerke, Droschken, Hundekarren – nein, er war ihr nie aufgefallen. Er sah nett aus, noch jung, sicher nicht viel älter als sie selbst. Im Vorbeigehen bemerkte sie sein dunkelblondes Haar und das helle Grün seiner Augen. Sicher sah er ihr nach, sie spürte es. Ein junger Mann, der eine junge Frau interessiert und begehrlich ansah, sich ganz augenscheinlich verliebt hatte und nun beim Vermieter, der gleichzeitig sein Kollege war, nachfragte. Mein Gott, dachte sie, welch eine Geschichte! Eigentlich ganz alltäglich, ich hätte es erwarten müssen, dass ich hier in der Großstadt nicht für immer unbemerkt bleiben würde. Aber doch so absurd! Als ob ich nach Georg je wieder jemanden lieben könnte. Der junge Mann tat ihr leid. Wenn er sie wirklich mochte, sah er einer Enttäuschung entgegen. Wenn er wüsste, wer sie wirklich war, wie es um sie stand, was sie erlebt hatte in ihren 22 Jahren – er wäre entsetzt gewesen oder voller Mitleid oder beides.

An einem der folgenden Sonntage klopfte es an ihrer Tür, Frau Lehmann steckte den Kopf herein und bat sie in die Wohnstube des Ehepaares. Sonderbar genug, denn dergleichen war bisher nie geschehen. Aber es klärte sich dahingehend auf, dass Carl Weber, der Tischlergeselle, in einem der Sessel saß, ganz offenbar in der Erwartung, sie zu sehen. Lehmann machte sie bekannt, Carl verbeugte sich artig und setzte sich dann verlegen wieder hin.

»Fräulein Caroline«, ergriff ihr Vermieter das Wort, »der Carl hier hat schon vor einiger Zeit nach Ihnen gefragt. Meine Frau hat ja schon mit Ihnen gesprochen.« An dieser Stelle nickte diese zustimmend und wollte etwas sagen, aber ihr Mann fuhr fort: »Ich kenne den Carl jetzt seit zehn Jahren, seit er bei uns gelernt hat. Er ist ein tüchtiger Tischler und ein anständiger Mann. Deshalb möchte ich ... Sie miteinander bekannt machen.« Für einen Tischlergesellen sprach Eduard Lehmann ausgesprochen artig und verstand es auch, sich auszudrücken. Und er hatte, ganz im Gegensatz zu seiner Frau, keinen Berliner Akzent. Carl war rot geworden, aber als Caroline ihn ansah, fing er sich und sagte: »Entschuldigen Sie, Fräulein Caspari, aber ich wollte Sie nicht einfach ansprechen, so auf der Straße, mein ich. Sie sind mir sofort aufgefallen, als Sie hier eingezogen sind. Ich wollte … Sie einladen, mal mit mir tanzen zu gehen.«

Als er »tanzen« sagte, war Caroline zusammengezuckt. Sie hatte so gern getanzt als junges Mädchen, jede Gelegenheit hatte sie genutzt. Und dann war Georg gekommen, sie sah ihn vor sich, in seiner Uniform, groß und blond. Die Postillion-Polka, die sie nie vergessen würde. Und dann schon Cassel, der Ball bei Ofterdingen, Tänze mit Männern, die sie genauso begehrlich angesehen hatten wie dieser Tischlergeselle jetzt. Nie mehr hatte sie nach Georgs Tod getanzt. Sie versuchte, ihrer Bewegung Herr zu werden, aber es gelang ihr nicht. Als sie wieder zurückkam in diesen Novembersonntag des Jahres 1893, starrten alle sie an, Eduard Lehmann beunruhigt, seine Frau kritisch, Carl Weber besorgt. »Ist Ihnen nicht gut, Fräulein Caspari?«, fragte er.

»Doch. Doch, danke«, hörte sie sich sagen. »Ich bin nur … ein wenig müde. Ich habe wohl doch zu viel gearbeitet.« Sie wandte sich an Frau Lehmann. »Sie hatten wohl recht.« Der misstrauische Blick der Frau wich einem Anflug von Mitleid. »Det sach ick doch! Na, denn erholn Se sich ma'n bisssken.«

Sie nickte. »Wir verschieben es. Bis es mir besser geht«, sagte sie an Carl gewandt. »Und haben Sie vielen Dank für die Einladung.«

Er sah sie aus seinen grünen Augen an, unsicher geworden und wohl auch enttäuscht. Sie schenkte ihm ein Lächeln und verabschiedete sich rasch. Wieder tat er ihr leid. An ihrer Haltung würde sich nichts ändern, aber vielleicht ließ er von ihr ab und hatte bald ein anderes Mädchen gefunden. Hoffentlich, dachte sie, es wäre das Beste. Ich will mich mit derlei Dingen nicht abgeben. Ich will weg, nur weg, und das so schnell wie möglich! Nie war ihr das so klar gewesen wie an diesem Sonntag, und im Grunde war es Carl, der das, ohne es auch nur zu ahnen, bewirkt hatte.

Emma hatte gehofft, nach ihrer Rückkehr einen Brief von Caroline bei ihrem Vater vorzufinden. Dieser aber schüttelte den Kopf, als sie ihn danach fragte, und es schien ihr, als sei ein Anflug von Verlegenheit in seinem Blick. So schrieb sie denn selbst an die Freundin. Emma wusste, dass Caroline litt und dass sie selbst, ausgerechnet in der Zeit, als sie gebraucht worden wäre, nicht hatte da sein können, trieb sie um. Noch mehr aber belastete sie die Situation zu Hause. Sie war gleich am Tag nach ihrer Rückkehr aus Schlangenbad, nachdem sie die drei Kinder wohlbehalten vorgefunden hatte, zum Pfarrhaus gegangen, um mit ihrem Vater zu sprechen. Die eine Nacht in ihrem Zimmer auf dem Gut hatte sie, obwohl Amalie an ihrer Seite blieb, kaum geschlafen. Als sie das Pastor Kessler erzählte, machte er ein betrübtes Gesicht und nahm sie mit aufrichtiger Anteilnahme in die Arme.

»Ja, mein Kind«, sagte er und richtete seinen Blick auf das an der Wand über dem Sofa hängende Kreuz aus Eichenholz, »Gott stellt dich vor schwere Prüfungen. Aber bedenke auch, dass du dich nun in diesen vier Wochen wieder gut erholt hast. Und deine Kinder sind gesund. Geht es denn nicht, wenn Amalie in der Nacht bei dir bleibt?«

»Wie lange soll es denn gehen, Vater? Zwanzig Jahre, dreißig, vierzig? Und immer in der Gefahr, dass der eigene Mann einem übel will? Das werde ich nicht überstehen.«

Der Pastor nickte betrübt. »Ich könnte noch einmal mit Dr. Rieber sprechen«, schlug er vor. »Wenn er Jakob ins Gewissen redet ...«

»Ach, Vater, du weißt doch, wie er dich ausgelacht hat. Und du bist mindestens so eine Respektsperson wie der Doktor.«

»Aber der Doktor ist Arzt, Emma. Er kann medizinische Gründe anführen. Und ich werde dafür sorgen, dass sich die Nachricht im Dorf verbreitet.«

»Welche Nachricht?«

»Dass mein Töchterchen nach den drei Geburten und nach der Fehlgeburt nicht noch einmal in solch eine Situation kommen darf. Dass Jakob das weiß. Der Doktor wird es bestätigen.«

»Und dann soll ich mit Jakob – weiter zusammenleben?«

»Denke an deine Kinder, mein Kind. Das ist doch dein Argument gewesen, wann immer wir dieses Thema berührt haben.«

»Ja, schon«, gab Emma zu. »Und es ist auch nach wie vor das Wichtigste. Ich kann ohne meine Kinder nicht sein, und der Gedanke, sie bei ihm zu lassen ... Sein Charakter, sein Lebenswandel ... Es ist unmöglich.«

»Na, siehst du. Also ist es doch das Beste, es so zu versuchen.«

»Das Beste?« Emma lachte bitter. »Vater, du weißt doch nun wirklich, was ich mitgemacht habe. Ich dachte, du stehst auf meiner Seite und wir kämpfen um die Kinder. Bedenke doch, die Sache mit Veronika ...«

Pastor Kessler wurde rot und senkte den Blick. »Wollen wir das wirklich ... publik machen? Eine solch peinliche Geschichte – auch für dich. Und sie werden ja auch lügen und sagen, es wäre des Verwalters Kind. Und wer will das Gegenteil beweisen?«

»Vielleicht sieht es Jakob später ähnlich.«

»Und wenn nicht? Dann stehst du als Lügnerin da. Oder diese Veronika wird sagen, du hättest sie deinem eigenen Manne zugeführt und sie bezahlt ... Oh, mein Gott!« Er fuhr sich mit beiden Händen durch das spärliche graue Haar. »Welch eine Blamage!«

Emma sah das Häufchen Elend an, das ihr Vater und der Pastor der Gemeinde Mahlsheim war. Und dieses Bild des Jammers vor sich, wusste sie mit einem Mal, dass ihr Entschluss, um die Kinder zu kämpfen und sich von Jakob Leger zu lösen, eine Illusion bleiben würde. Sie kämpfte mit den Tränen und senkte den Kopf.

»Vater, hilf mir!«, sagte sie leise.

Der Pastor sah wieder auf das Kreuz an der Wand. Er hatte seinen Die-Erde-ist-ein-Jammertal-Blick wiedergefunden, den seine Tochter nur allzu gut kannte. »Er wird dir helfen, mein Kind. Sei demütig und bete. Und ich werde mit dem Doktor reden.«

Dann stand er auf, ging zu der unglücklichen Emma hinüber und streichelte ihr übers Haar. »Es wird alles gut werden, du wirst es sehen. Gott prüft uns manchmal hart, aber er liebt uns auch. Und dich liebt er ganz besonders, sonst hättest du nicht bis jetzt alles, was er dir auferlegt hat, überstanden.«

Emma erhob sich von ihrem Sesselplatz und verabschiedete sich. Wenn sie hier echte Hilfe erwartet hatte und keine bekam, so war das einzig Gute daran, nicht mehr in der Illusion zu leben. Ihr Vater küsste sie zum Abschied auf die Stirn. »Ich rede gleich morgen mit Rieber. Er wird sich dann sicher bei dir melden. Und denke daran, ich bin immer für dich da, wenn du mich brauchst.«

Denselben Abend noch ging der Brief an Caroline zur Post. Emma machte keinen Hehl aus ihrer Verzweiflung und auch nicht aus ihrer Enttäuschung, ihren Vater betreffend. Sie musste es einfach jemandem erzählen, wenn die Freundin auch noch so fern war. Schreibe nur ruhig weiter über Vater an mich, ermunterte sie diese, er öffnet deine Briefe nach wie vor nicht. Als Caroline die Zeilen gelesen hatte, antwortete sie umgehend, obwohl ihr jeglicher Gedanke an den Pastor nun unangenehm war. Sie versuchte, der Freundin Trost zuzusprechen, so gut sie es vermochte. Und sie berichtete von der Begegnung auf dem Kirchhof, von der Emma offensichtlich nichts wusste. Das zu schreiben war so schlimm, als erlebte sie alles noch einmal. Oft musste sie die Feder sinken lassen, neu ansetzen, Kraft schöpfen, bis es endlich heraus war. Und doch fühlte sie sich danach besser, nur unendlich müde und erschöpft.

Die Antwort kam umgehend. Sie sei, schrieb Emma zurück, nicht mehr erstaunt über das Benehmen ihres Vaters. So wie er sich Caroline gegenüber verhalten habe, so halbherzig und wohl auch feige, so habe sie ihn nun auch kennengelernt. Aber sie sei in ihrer Lage trotzdem froh, dass sie sich bei ihm wenigstens ab und zu aussprechen könne, wenn auch mit wirklicher Hilfe nicht zu rechnen sei. Dr. Rieber habe tatsächlich mit Jakob Leger gesprochen und diesem zu verstehen gegeben, dass man es ihm im Dorf übelnehmen würde, sollte er seine Frau nicht in Ruhe lassen. Legers Geschrei habe sie bis in ihr Zimmer hinauf gehört, aber er habe sich ihr nicht mehr zu nähern versucht. Ob das so bleibe, sie wisse es nicht. Veronika habe Anfang August, nur fünf Monate nach ihrer Heirat mit dem Verwalter, einer Tochter das Leben geschenkt. Sie, Emma, habe gehofft, in dem Kind etwas von Jakob zu entdecken, aber bis jetzt sei es der Mutter wie aus dem Gesicht geschnitten. Caroline las aus all dem Resignation heraus, und so war es wohl auch.

Kapitel 25

So verging der Herbst. Der Briefwechsel der Freundinnen blieb bestehen, meistens trösteten sich beide in ihrem Leid, ohne dass Caroline sich entschlossen hätte, von ihren endgültigen Plänen, Amerika betreffend, zu erzählen. Sie arbeitete nach wie vor fleißiger denn je und erhielt manches Lob von dem Inhaber des Geschäfts, der ihr zunehmend Arbeiten anvertraute, die ihm für andere zu schwierig und zu kompliziert erschienen. Zu Frau Kurath und den übrigen Kolleginnen stand sie in einem oberflächlichen, aber durchaus freundlichen Verhältnis, und Carl, der Tischlergeselle, war auch über ihre Begegnung im November hinaus noch oft am Tor zur Stelle, wenn sie auf dem Weg in das Geschäft dort vorbeiging, oder er schaute zu ihrem Fenster hinauf und winkte ihr zu.

In ihrer freien Zeit kam sie nur selten hinaus in die Natur. Einmal fuhr sie an den Wannsee, an genau die Stelle, wo sie mit Anna und Franz noch in ihrer Werdersdorfschen Zeit gewesen war. Aber jetzt war es kalt und windig dort, wenn auch der See, sich dieses Mal in Grau und nicht in dunklem Blau präsentierend, ein lohnendes Ziel für ihre angegriffenen Nerven war. Hier hatte sie mit Anna und Franz den Pakt geschlossen. Danach schrieb sie der Freundin einen Brief und bestätigte noch einmal mit Nachdruck ihre Amerikapläne. Sie habe sich, ganz so wie Franz, viele Bücher über das unentdeckte Land aus der Bibliothek geliehen. Und wirklich, in der Zeit, wenn sie den Stickrahmen einmal beiseiteschieben konnte, las sie alles, was sich über Georgs Traum finden ließ. Dann fühlte sie sich ihm nah und hielt, oft ohne es bewusst zu bemerken, das kleine Posthorn an seiner silbernen Kette fest mit ihrer Hand umschlossen. Viele der Berichte, die sie las, waren nicht dazu angetan, den Auswanderern Mut zuzusprechen. Angefangen von der strapaziösen Reise, über die Ankunft im unbekannten Land, ohne Kontakte, ohne Freunde, ohne umfassende Kenntnis der Sprache, bis hin zu der Weiterreise in die ungewisse Zukunft, sei es zu dem zuvor erworbenen Land oder in eine Stadt, in der man Arbeit und Wohnung zu finden hoffte. Aber es war auch die Rede von den riesigen Flächen, die man dort billig kaufen könne, wo das beste Acker- oder Weideland zu finden sei, von der Freiheit, die man auf seinem eigenen Grund und Boden genieße, von der Hilfsbereitschaft der Nachbarn und von dem Charakter der Amerikaner, die alles selbst machten und selbst herstellten und überhaupt alles könnten und die Zivilisation, so wie man sie in der Heimat kenne, gar nicht brauchten.

Caroline las das alles mit sehnsüchtigem Herzen. Was machte es schon, wenn sie scheiterte oder schon auf dem Schiff krank wurde und starb? Dann hatte sie das, was sie ohnehin gewollt hatte, und war bei Georg. Gelang es ihr aber, dort Fuß zu fassen, hatte sie vielleicht eine Chance auf ein zweites Leben. »Mein Gott«, sagte sie leise vor sich hin, »eine Chance, noch einmal zu leben. Nur noch einmal spüren, was das ist: Leben!« In diesen Momenten liefen die Tränen ungehemmt, und sie war froh, endlich wieder weinen zu können und nahm es als Zeichen der Hoffnung. Was ihr Sorgen bereitete, war das Geld. Allein die Überfahrt kostete mindestens 100 Mark, hinzu kamen Bahnfahrt und Übernachtungen, und schließlich musste sie drüben, falls sie jemals dort ankommen würde, in der ersten Zeit irgendwie wohnen und ihren Lebensunterhalt verdienen ... 50 Mark hatte sie sparen können. Wenn es so weiterging, würde sie noch mehr als zwei Jahre brauchen, bis sie die Reise auf einem der modernen Dampfschiffe antreten konnte.

In den ersten Wintertagen kam Antwort von Anna. Ich bin verzweifelt, schrieb die Freundin. Der Hof hat auch in diesem Jahr wieder zu wenig abgeworfen. Verdient haben wir fast nichts. Ich hoffe, dass wir wenigstens durch den Winter kommen. Wenn er nur nicht so lang und hart wird! Franz denkt wie du in dieser Sache. Er ist ganz ernsthaft damit beschäftigt, Pläne für den Verkauf des Hofes zu machen, und möchte Land in Kentucky kaufen. Du weißt, das ist der Staat, wo Onkel Luis seine Farm hat. Franz hofft, dass wir in der ersten Zeit bei seinem Onkel Obdach finden. Er will es schon im nächsten Jahr angehen. Ich habe solche Angst vor allem! Aber Franz sagt, er will, dass sein Kind eine Zukunft hat und dass das Farmland in Kentucky billig zu erwerben ist und in solcher Zahl und Größe, dass uns hier alles klein vorkommen würde daneben. Ich habe aber trotzdem Angst! Wer weiß, was uns dort erwartet – wenn wir überhaupt ankommen.

Caroline schlug das Herz bis zum Hals, als sie den Brief gelesen hatte. Sollte das die Gelegenheit sein, auf die sie gewartet hatte? Hab keine Angst!, schrieb sie an Anna. Vielleicht soll es so sein, und wir gehen gemeinsam!

Zwei Tage darauf schien es ihr, als solle sich ihr Gefühl bestätigen, denn es traf, nach Monaten des Wartens, ein Brief aus Kentucky bei ihr ein. Damit hatte sie tatsächlich nicht mehr gerechnet. Aufgeregt riss sie ihn auf und las, was Franz' Onkel Luis geschrieben hatte: Liebe Caroline! Das Erste ist, ich muss mich entschuldigen, wenn vielleicht das Deutsch nicht mehr so gut ist. Ich bin nahe 70 Jahre alt. Im Jahre 1850 bin ich nach Kentucky ausgewandert. Meine Frau ist Amerikanerin. Unsere drei Kinder sprechen alle Englisch. Ich habe aber auch Deutsch mit ihnen gesprochen. Die Farm habe ich aufgebaut. Ich war noch jung, und es zog mich hinaus.

Mein Sohn Joe bewirtschaftet das Land jetzt. Und der jüngere Sohn hat bei uns im County eine Distillery aufgebaut. Er macht Whiskey. Kentucky ist ein Weideland und ein Farmland für Mais und Weizen und Roggen und auch für Tabak.

Caroline ließ den Brief für einen Moment sinken. Irgendetwas an dieser Ansprache, an der Form, in der die Zeilen abgefasst waren, an dem teils unbeholfenen Deutsch, rührte sie im tiefsten Inneren an. Allein die Anrede war ungewöhnlich, und alles, was sie bei einem anderen Briefschreiber als zu vertraulich empfunden haben würde, wirkte hier herzlich, freundlich und vertraut. Sie atmete tief ein und aus und las weiter: Es ist so schön hier. Aber zuerst es war sehr schwer für mich. Das ist vorbei. Joe ist ein guter Farmer und meine Frau Kathy und ich haben es jetzt mehr ruhig. Unsere Tochter Virginia ist bei uns.

Franz schreibt, er will den Hof verkaufen und kommen. Joe kann helfen, das Land zu finden. So treffen wir uns wieder. Aber Sie sind ein junges Mädchen. Auf dem Schiff ist es nicht angenehm. Joe sagt, Dampfschiffe fahren jetzt. Das dauert nicht so lange und ist komfortabler. Aber Sie sollen noch einmal überlegen. Kommen Sie mit Franz und Anna.

Caroline drückte den Brief an ihr Herz. Luis Maier hatte ihr geantwortet, nach langer Zeit, Monate waren vergangen, seit sie ihm geschrieben hatte. Und jetzt schrieb er so gütig und nett! Zwischen den einzelnen Absätzen schien er längere Pausen eingelegt zu haben, denn die Tinte war von ganz unterschiedlicher Intensität, manchmal auch von unterschiedlicher Farbe. Einmal hatte er auch mit einer Bleifeder geschrieben. Sicher hatte er viele Tage gebraucht, bis der Brief fertig war. Sie las die wenigen noch verbliebenen Zeilen: Sie können ein wenig hier wohnen. Bitte fahren Sie nicht ganz allein. Höflichst Ihr Luis Maier.

Buchstäblich sofort begann sie, den Antwortbrief abzufassen, besann sich dann aber und setzte ein paar Zeilen an Anna und Franz auf. Ich möchte mit euch kommen!, schrieb sie. Ich habe die Hälfte des Fahrpreises gespart und bis zum Sommer noch etwas mehr. Wenn es eine Möglichkeit gibt, nehmt mich mit. Ich gehe in jedem Fall nach Amerika, aber mit euch zu fahren ist doch viel angenehmer als allein. Wir könnten uns gegenseitig helfen.

Den Brief an Luis wollte sie zurückhalten, bis die Antwort aus Mecklenburg gekommen war. Es ist wohl beschlossene Sache, klagte Anna. Franz will den Hof so bald wie möglich verkaufen. Wir haben Antwort von Onkel Luis, – ich auch, dachte Caroline, ich auch! – er will uns helfen, Land zu kaufen, und kann uns eine Weile aufnehmen. Mir ist gar nicht wohl dabei, aber dass du mit uns kommen willst, macht mir das Herz leichter. Wenn ich mir vorstelle, dass ich dich bei mir auf dem Schiff habe, fällt doch etwas von der Angst von mir ab. Franz meint, wir können Hilfe brauchen auf unserer Farm. Wie sich das anhört, auf unserer Farm. Manchmal bin ich doch wieder voller Hoffnung. Und Onkel Luis schreibt, dass es so schön dort ist in Kentucky. Es gibt Frühling und Sommer und Herbst und Winter, so wie bei uns. Es ist fruchtbares Land. Franz sagt, wenn er den Hof gut verkauft, dann kann er dir einen Teil der Kosten für die Reise auslegen. Dann macht es nichts, wenn du das Geld noch nicht beisammen hast. Du kannst es auf der Farm abarbeiten. Das sind so seine Pläne. Ach, Caroline, ich wünsche mir, dass ich dich bei mir habe, wenn ich schon dorthin muss. Viele Grüße von Franz und von deiner dich herzlich liebenden Anna.

»Ja!«, sagte Caroline leise. »Ich hab dich auch lieb, Anna!«

Sie hatte sich eben hingesetzt, um den einige Tage zuvor begonnenen Brief an Luis zu beenden und ihm die gute Nachricht zu übermitteln, als es an ihre Tür klopfte. Es war ein Donnerstagabend, die Kerze brannte schon, eigentlich konnte es nur Frau Lehmann sein, die etwas von ihr wollte. Sie zuckte einen Moment lang zurück und war überrascht, als sie Carl Weber vor sich stehen sah.

Der Tischlergeselle hatte seine Schirmmütze abgenommen und hielt sie in beiden Händen vor seiner breiten Brust. Er war nur wenig verlegen, offenbar hatte er sich auf die Begegnung vorbereitet.

»Herr Weber!«, sagte Caroline etwas ratlos. »Wer hat Sie denn eingelassen?«

Carls grüne Augen leuchteten auf, als er sie sah. Er hatte sich umgezogen und die Arbeitskleidung mit einem Anzug vertauscht. »Die Frau Lehmann«, antwortete er. »Und Eduard weiß Bescheid.«

Weiß Bescheid?, überlegte sie. Worüber? »Sie meinen darüber, dass Sie heute ... dass Sie mich besuchen?«

Er nickte. »Fräulein Caroline, ich ...«, begann er, stockte dann aber und setzte erneut an, dieses Mal entschlossen und mit sicherer Stimme: »Seit ich Sie zum ersten Mal sah, konnte ich nicht mehr von Ihnen lassen. Ich habe geduldig gewartet, dass wir einmal miteinander ausgehen würden, so wie Sie es mir im November sagten. Eduard hat mich in allem bestätigt, wenn ich von Ihnen sprach. Deshalb habe ich ihn gefragt, ob ich Sie besuchen darf.«

Es muss sein, dachte Caroline. Sie fühlte deutlich, wie sehr dieser junge Mann ihr zugetan war, und hatte es die ganze Zeit über vor sich hergeschoben, mit ihm zu reden. Wenn sie ehrlich war, hatte sie gehofft, die Sache werde sich von selbst erledigen. Es gab so viele hübsche junge Mädchen in dieser großen Stadt ...

»Kommen Sie«, forderte sie ihn freundlich auf. »Wir müssen das nicht hier im Flur besprechen.«

Sie wollte ihm den bequemen Sessel anbieten, der am Fenster stand. Er aber holte sich den hölzernen Stuhl von ihrem Waschtisch und komplimentierte sie, seinen Stuhl dem ihren gegenüber plazierend, dorthin. Sie lächelte, setzte sich und sah ihn etwas unschlüssig an. Wie sollte sie ansetzen? Was konnte sie ihm sagen, was nicht?

Er aber ergriff seinerseits das Wort und sagte: »Caroline, Sie sind das schönste Mädchen, das ich je gesehen habe.« Angesichts dieses Kompliments und des »Mädchens« wegen senkte sie verlegen den Kopf. »Aber das ist es nicht allein«, fuhr er etwas umständlich fort. »Seit ich Sie kenne, sind Sie wohl nicht einmal ausgegangen. Nie amüsieren Sie sich, nie gönnen Sie sich eine Abwechslung von Ihrer Arbeit. Ich nehme an, dass ist dem Umstand geschuldet, dass Sie ganz für sich allein sorgen müssen. Ein Monat ist schnell herum, ich weiß das wohl. Und die Miete muss bezahlt werden und das Holz und die Kohlen ... Aber sehen Sie, Caroline, wie ich bereits sagte, seit Sie hier sind und jetzt und heute mehr denn je, bin ich mir sicher, dass Sie die Frau sind, auf die ich gewartet habe. Sie sind das, was ich mein Ideal nennen kann ...«

»Carl, bitte«, unterbrach sie ihn, »sprechen Sie nicht so. Sie kennen mich ja kaum. Und dies ist das erste Mal, das wir miteinander reden. Ich meine, für längere Zeit und allein.«

Er lächelte nur dazu, sah sie eindringlich an und sagte, nun gar nicht mehr umständlich: »Kennen Sie das denn nicht? Dass man einen Menschen sieht und sagt: Ja, die – oder auch der – ist es! Die muss es sein! Und alles andere kommt später und fügt sich.«

Diese einfach und ohne besonderes Pathos gesprochenen Worte verfehlten ihre Wirkung nicht, allerdings in ganz anderer Weise, als Carl es hätte ahnen können. Ja!, dachte sie, und die Sehnsucht stieg heiß in ihr auf, das kenne ich wohl. Ich habe es erlebt, ein Mal, ein einziges Mal, und es hält bis heute und darüber hinaus, und ich werde es nie, niemals vergessen! Georg stand vor ihrem Auge, die Postkutsche fuhr heran, die Pferde in schnellem Galopp, seine Augen, seine Hände, sein wunderschönes Haar ... Und dann schon ihre Körper, nebeneinander, eng aneinandergeschmiegt, ineinander verschlungen, ihre Sehnsucht nach ihm, die Begierde, das Wissen, sich ihm und nur ihm hingeben zu müssen, und zu fühlen, dass sie nie wieder von ihm lassen würde …

»Sie kennen es«, hörte sie Carl sagen. Er war ganz ruhig und sah sie forschend und sehr genau an. Sie hatte Mühe, sich wieder zu fassen, wieder ins Hier und Jetzt zurückzufinden.

»Carl, ich …« Sie wusste nicht weiter. Alles, was sie jetzt gesagt hätte, wäre falsch gewesen. Sie hatte die Kontrolle verloren. Die Bilder wechselten plötzlich, als er sie so ansah. Der Spiegel des Waschtisches, das Kerzenlicht – Ofterdingens Gesicht, das sie in ihrem Spiegel, schwach beleuchtet vom Schein der Kerze, gesehen hatte. Seine Sicherheit, dass sie sich ihm hingeben würde, das Eheversprechen. Und ihre beginnende Ohnmacht, das instinktive Suchen nach dem Salz und die Kühle des Metalls, als sie das Posthorn an seiner silbernen Kette in der Schublade ertastete. Sie atmete schwerer. Sie musste sich zusammennehmen! Dies hier war nicht Theas Wohnung, dieser nette Tischlergeselle war nicht Felix Ofterdingen, der reiche, verwöhnte Bankierssohn. Sie versuchte, die so lange verdrängten Bilder loszuwerden, und stand, um irgendetwas zu tun, auf und begann, Kohlen nachzulegen. Sofort erhob sich Weber seinerseits und nahm ihr die kleine Schippe ab. Als er mit seiner Arbeit fertig war, setzte er sich wieder und fragte: »Besser?«

Er hatte sie durchschaut! Oder ahnte doch … Sie nickte. »Ja, danke. Bitte entschuldigen Sie.«

»Caroline«, sagte er sanft und schaute sie jetzt beinahe zärtlich an, »nichts, was Sie erlebt oder getan haben, kann mich von Ihnen wegbringen.«

»Ich kann Ihnen gar nichts anbieten«, sagte sie hilflos, und erst ein wenig später begriff sie den Doppelsinn ihrer Worte.

Er lächelte ganz so, als habe er sie verstanden, und erwiderte, scheinbar zusammenhanglos: »Sie sind eine sehr starke Frau.«

Sie fühlte, wie gut ihr seine Worte taten, wie seine Freundlichkeit, seine Zuneigung und auch sein Wissen um sie, über das er offenbar verfügte, sie für ihn einnahmen. Er war ihr sympathisch in seiner Einfühlsamkeit, in seiner Güte und Offenheit. Ein wenig, durchfuhr es sie, ein wenig hat er von Georg, obwohl er sich äußerlich so sehr von ihm unterscheidet.

Er hatte wohl die Wirkung seiner Worte bemerkt und fuhr fort: »Ich weiß nicht, was Sie so stark gemacht hat, aber Sie sind es. Ich fühle es genau, jetzt in diesem Moment wieder, und ich habe immer gewusst, dass ich mich nicht in Ihnen täusche.«

Sie sah sich in ihrem kleinen Zimmer um, als könne sie sich dadurch wieder in die Gegenwart zurückbringen, und es gelang ihr auch. Der aufgestellte Stickrahmen, Wollknäuel, Stickgarne und die auf dem runden Tischchen gestapelten Briefe von Emma, Anna und Onkel Luis führten sie zurück. Carl hatte es wirklich nicht verdient, dass sie ihn länger hinhielt oder hoffte, er werde sich ohne weiteres anderweitig binden.

»Carl«, sagte sie. Ihre Stimme war freundlich, sie sprach jetzt ruhig und langsam, »ich bin schon einmal in einer ähnlichen Situation gewesen, dass ich einen jungen Mann enttäuschen musste.« Er zuckte zusammen. »Aber dies hier ist doch ganz anders«, fuhr sie unbeirrt, aber doch noch etwas sanfter fort. »Der Junge von damals war ein arroganter Geck. Ich mochte ihn nicht, ich ekelte mich sogar vor ihm. Ich war noch sehr jung, aber ich spürte doch, was für ein Mensch er war. Und ich denke, bei Ihnen weiß ich das auch. Und deshalb ist es so anders. Sie sind ein sehr ... einfühlsamer Mann. Wie Sie schon richtig sagten, haben wir noch nicht viel miteinander gesprochen oder überhaupt miteinander zu tun gehabt. Aber ich fühle sehr genau, welch aufrechten Charakter Sie haben, und ich fühle auch, dass Sie es ernst und aufrichtig meinen.«

Sein Gesichtsausdruck hatte sich angesichts dieser Wendung wieder etwas aufgehellt. »Eine Frau könnte nichts Klügeres tun, als sich an einen Mann wie Sie zu binden. Es gibt so viele rohe, brutale Männer ... Aber lassen wir das. Das hat mit Ihnen nichts zu tun. Und sehen Sie, Carl, was mich betrifft, nun, ich kann mich vielleicht, ja, sogar sehr wahrscheinlich, gar nicht mehr binden, und wenn ich das tue, dann muss es so sein, wie Sie es gesagt haben: Der ist es, ich weiß es. Und dann ist man hin und weg und weiß plötzlich, was Leben bedeutet.«

Er zuckte wieder zusammen, dieses Mal deutlicher. Dann sagte er: »Sie haben es wirklich so erlebt, nicht wahr?«

Sie nickte. »Ja.«

»Und es ist ... nichts daraus geworden oder gar nicht erwidert worden ...«

»Doch, Carl, es war alles so, wie Sie es beschrieben haben. Aber er ist tot.«

Weber schaute sie erschrocken an. »Tot – das ist ... War er denn so viel älter?« Und sich plötzlich bewusst werdend, wie intim diese Frage war, setzte er hinzu: »Verzeihen Sie. Aber ich war so – entsetzt.«

Sie sah ihn an. Die wenige Farbe, die ihr junges und doch so erwachsen wirkendes Gesicht gehabt hatte, war gewichen. Selbst im schwachen Schein der Kerze sah sie erschreckend bleich aus. Er stand auf und nahm ihre Hand. »Es tut mir so leid, Caroline. Ich wusste ja nicht …«

»Lassen Sie nur, Carl. Sie sind ein lieber Mensch, ich mag Sie gern. Sie verdienen Vertrauen, das merk ich wohl. Bloß, mir ist nicht zu helfen. Ich muss weg von hier und das vielleicht schon bald.«

Als er das hörte, nahm er ihre Hand noch fester in seine. »Aber das kann sich doch auch wieder ändern, Caroline.« Sie lächelte und sah ihn an. »Sehen Sie, wir beide«, fuhr er, weiter ihre Hand haltend, fort, »wir sind aus einem Holz. Sie sind so stark, noch viel stärker, als Sie es jetzt wissen. Und ich habe in meinen 26 Jahren auch schon viel aushalten müssen. Wenn Sie ein Freigeist sind und noch dazu Sozialdemokrat und nicht mit einem goldenen Löffel im Mund geboren, dann haben Sie es nicht leicht hierzulande. Und Sie, Sie sind wie die Frauen, die neuen Frauen, die jetzt kommen müssen und die es in unserer Partei auch gibt. Frauen, die Verantwortung übernehmen und sich nicht an den Mann klammern. Und gerade deshalb möchte ich für Sie sorgen. Ich kann Ihnen nicht viel bieten, aber ich werde Sie immer lieb und wert halten und alles, was ich habe, mit Ihnen teilen.«

Er merkte, dass sie ihm ihre Hand langsam, aber entschlossen entzog. »Ja, ein Freigeist sind Sie«, sagte sie versonnen. »Ich habe es schnell bemerkt. Er war auch einer. Aber er war wirklich frei. Ich meine, er hatte nicht diese sozialdemokratische Gesinnung. Ich weiß nicht viel darüber, aber ich weiß, dass er sich nie an etwas gebunden hat – außer an mich. Ich war sein Leben, und er war meines.«

Als sie das gesagt hatte, ließ er seinerseits ihre Hand los und setzte sich wieder. Offenbar hatte er sich, als er sein Steckenpferd ritt, zu sehr in Begeisterung geredet. »Bitte denken Sie jetzt nicht, dass ich Sie wegen der SPD ...«

»Nein, nein«, erwiderte Caroline lachend, froh, in die Heiterkeit gefunden zu haben, »sehen Sie, es ist mir ganz egal, ob Sie in der SPD sind oder nicht. Sie sind ein guter, ehrlicher Mensch, und das ist es, was für mich zählt. Und das, was Sie da über das Sorgen und das Lieb-und-wert-Halten gesagt haben, das vergesse ich Ihnen nicht. Aber ich liebe Sie nicht, Carl. Verzeihen Sie mir, dass ich Ihnen das jetzt so rundheraus sage. Aber gerade weil Sie so aufrecht und rechtschaffen sind, möchte ich meinerseits unbedingt ehrlich zu Ihnen sein. Es kann nichts werden mit uns, glauben Sie mir. Und so hart es jetzt auch für Sie klingen mag, solch ein Ende mit Schrecken ist besser als ein Sich-Hinschleppen und Hinhalten.« Ich weiß es, dachte sie, ich habe genau das falsch gemacht, damals, als es darum ging, sich zu Georg zu bekennen.

Er hatte traurig den Kopf sinken lassen und kämpfte offenbar mit den Tränen. Caroline, die so etwas bei einem Mann nie gesehen hatte, war sichtlich ergriffen davon und berührte sanft seine Schulter. Er sank noch tiefer in sich zusammen, nahm beide Hände vor das Gesicht und schluchzte. Alles in ihr krampfte sich zusammen vor Mitleid mit diesem ungewöhnlichen jungen Mann, der ihr so zugetan war und den sie ihrerseits nicht lieben konnte. »Carl«, sagte sie hilflos und sehr leise, »es tut mir so leid. Sie sind der beste Mann, der mir seit seinem Tod begegnet ist, der allerbeste. Aber soll ich Ihnen Gefühle vorspielen, die ich nicht habe? Das können gerade Sie nicht wollen, denn Sie haben recht, wenn Sie sagen: Wir sind aus einem Holz.«

Er hatte sich wieder ein wenig beruhigt, wischte sich die Tränen aus den Augen und stand auf. Sie erhob sich ebenfalls und wollte ihm die Hand drücken. Er aber sah sie mit einem solch ratlosen und zugleich bittenden Blick an, dass sie davon abließ. Es würde alles nur schlimmer machen, den Abschied, den sie selbst von ihm verlangt hatte, verlängern. »Ich mag Sie, Carl. Ich hab Sie sehr gern«, sagte sie noch. Er drückte die Klinke herunter, drehte sich dann noch einmal um und sagte: »Danke, dass Sie so aufrichtig zu mir waren.«

»Ich werde weggehen«, sagte sie noch, »wahrscheinlich schon im Sommer. Und für immer.«

Er nickte, setzte seine Schirmmütze auf und verließ die Wohnung, ohne noch einmal bei Lehmanns anzuklopfen. Als er gegangen und die Tür ins Schloss gefallen war, steckte Frau Lehmann den Kopf aus ihrer Stube. Caroline, die im Flur stand und Carls Schritte auf der Treppe hörte, sah zu ihr hinüber. »Jott!«, entfuhr es ihrer Vermieterin. »Ick hab det jeahnt. Aber der Eduard, den wird det umhaun.«

Caroline folgte ihr ein Stück weit und blieb im Türrahmen stehen. Eduard Lehmann saß auf dem Sofa, den Vorwärts vor der Nase. Überrascht blickte er auf, und als er sie sah, öffnete sich sein Mund ein wenig. »Herr Lehmann«, sagte sie ruhig, »Sie haben recht: Der Carl ist der beste

Mensch der Welt. Bitte helfen Sie ihm ein wenig darüber hinweg.«

Lehmann hatte seinen Mund noch immer nicht geschlossen. Er antwortete auch nicht. Offenbar lag das, was sich nebenan abgespielt haben musste, außerhalb seines Vorstellungsvermögens. Seine Frau hingegen, die um eine Antwort oder um einen Kommentar, ganz im Gegensatz zu ihrem Mann, nie verlegen war, sagte: »Er wollte dir heiraten, Mädchen! Und so eenen wie den Carl, den jibt's nich noch mal. Der lässt einer Frau ihr Recht, janz wie et och im Programm drinne steht.«

Caroline war nicht klar, von welchem »Programm« Frau Lehmann sprach. Aber es war ihr auch egal. Sie sah Eduard bittend an. Er nickte. »Ich hätte ihn gern genommen«, sagte sie. »Aber es geht nicht ohne beiderseitige Liebe, nicht wahr?«

Lehmann wurde rot, sagte aber nichts. »Die Liebe!«, sagte, wiederum statt seiner, seine Frau. »Wenn't immer die Liebe wär! Et is doch vernünftig, den Carl zu nehm'. Det is wat Reellet, det is wat Jutet, un wat Anständjes. Un darauf kommt et doch an.«

»Gerade der Carl verdient das Beste«, antwortete Caroline. »Echte ehrliche Gegenliebe. Ich wünsche ihm von ganzem Herzen, dass er das findet, was ich ihm nicht geben kann.«

Frau Lehmann schüttelte angesichts dieser Worte etwas verlegen, aber mehr noch aus Unverständnis den Kopf. Ihr Mann sah vor sich hin.

Caroline ging in ihr Zimmer zurück, legte sich, so wie sie war, auf ihr Bett und dachte an Carl. Er war so offen gewesen, ungewöhnlich für einen Mann, und hatte die Bewegung seines Herzens nicht vor ihr verborgen. Carl war der erste Mann, den sie hatte weinen sehen. Alles war echt, ganz anders als bei August damals. Sie war froh, ihm gegenüber genauso ehrlich gewesen zu sein. Das, was sie Lehmann aufgetragen hatte, war ihr so ernst, wie jedes ihrer Worte Carl gegenüber aus ihrem Herzen gesprochen war. Dass er das durchmachen muss, hätte ich ihm gern erspart, dachte sie, nur zu gern. Könnte ich ihn lieben so wie Georg damals, als ich ihn zum ersten Mal sah und die ganze Welt von diesem Moment an eine andere war, alles wäre einfach geworden, einfach und klar. Auch für mich. Ich wäre geblieben und hätte nicht das Schlechteste gewählt. Aber ich kann weder ihn noch mich belügen. Sie legte ihre Hände ineinander und flüsterte, wie in einem stillen Gebet: »Ich möchte, dass er ein Mädchen findet, dass ihn sehr, sehr lieb hat.«

Kapitel 26

Die Tage darauf war sie still und in sich gekehrt. Das Sticken ging ihr mechanisch von der Hand, aber noch oft waren ihre Gedanken bei Carl Weber. Seit seinem Besuch bei ihr hatte er nicht mehr am Tor gestanden und nicht zu ihr hinaufgeschaut. Und auch als sie in der folgenden Woche in das Geschäft ging, um fertige Arbeiten abzugeben und neue zu holen, war er nicht da. Lehmanns bemühten sich, so zu tun, als wäre alles wie immer. Aber so war es eben nicht. Als Weihnachten herankam, fragte sie Eduard Lehmann ganz direkt nach dem jungen Mann und erfuhr, dass es ihm besser gehe. Er habe sich in der Tischlerei nichts anmerken lassen. Außerdem sei er in der Partei engagierter denn je, und das bedeute ihm sehr viel. Caroline nickte dazu und dankte Lehmann für seine offenen Worte.

»Ja«, sagte Eduard noch, »wir waren zwölf Jahre verboten und haben viel nachzuholen. Aber unsere Zeit kommt, sie wird anbrechen, das demokratische Zeitalter. Carl ist jung und genauso davon überzeugt wie ich.«

Manchmal hatte sie Georg ähnlich reden hören, aber er war doch skeptischer gewesen, ob sich im Reich so vieles so schnell werde ändern lassen. Und er hatte sich nicht binden wollen, auch nicht an die Sozialdemokratie, die ihm politisch am nächsten gestanden hatte.

In diesem Jahr schickte sie kein Paket an die Mutter, sondern einen kurzen Weihnachtsgruß und inliegend Geld für Sophie. Bitte, nimm es an!, schrieb sie dazu. Es ist ein Geschenk für mein Kind. Zum ersten Mal ging sie zur Weihnachtsfeier in das Geschäft, und vor allem Frau Kurath freute sich aufrichtig, sie zu sehen.

»Se waren ja nich eenmal da!«, sagte sie vorwurfsvoll. »Wird nu aber och Zeit. Un im Sommer, da jehts wieder uf de Spree, mit'n Dampfer. Un det is doch immer det Schönste.«

Ausgerechnet bei der Weihnachtsfeier, als sie in die vom Kerzenschein beleuchteten Gesichter der Arbeiterinnen schaute und neben der Müdigkeit so viel Freude darin sah, wusste sie plötzlich, wer die unbekannte Frau gewesen war, die sie in Cassel mit drei ihrer Kinder von Georgs Wohnung aus im Hof gesehen hatte. Es war Frau Fengler gewesen, die Näherin im Modehaus Odenbruck, die sie, als sie das gnädige Fräulein war, zwar gesehen, aber nicht wahrgenommen hatte. Frau Fengler hatte ihr Ballkleid in Windeseile genäht. Jetzt stieg die Scham in ihr auf. Wie sehr hatte sie sich verändert seit damals!

Der Brief an Luis Maier war beendet und abgeschickt worden, und als das Weihnachtsfest vorüber war, kam ein verspäteter Gruß von Anna an. In dem dicken Brief lag ein weiterer – von Onkel Luis, der der Bequemlichkeit halber alles an seinen Neffen mit der Bitte der Weiterleitung nach Berlin geschickt hatte. Es waren nur ein paar Zeilen, in denen er seiner Freude Ausdruck gab, dass sie sich seinem Neffen und dessen Familie anschließen wolle. Es sei doch gefährlich, wenn eine Frau allein reise. Es folgte noch einmal die Versicherung, für die erste Zeit eine Bleibe in seinem Farmhaus finden zu können. Wieder nannte er sie einfach beim Vornamen und hatte, ganz dem amerikanischen

Brauch folgend, manchmal »Du« statt »Sie« geschrieben, um es dann, wohl des Deutschen eingedenk, wieder zu streichen und durch das förmliche »Sie« zu ersetzen. Wenn das so ist dort drüben in Amerika, so einfach und herzlich, dann ist es mir schon ein Stück näher, dachte sie und empfand beinahe so etwas wie Zärtlichkeit für den alten Luis. Sie antwortete ihm, er könne ruhig beim »Du« bleiben und wie sehr sie sich freue, ihn, vielleicht schon bald, persönlich kennenzulernen.

Lehmanns, die das Fest bei ihrem ältesten Sohn und seiner Familie verbracht hatten, kehrten zurück und überbrachten ihr eine Einladung zu einer Sylvesterfeier. Sie nahm an, als sie hörte, dass Carl nicht dabei sein würde. Sie wollte keine alten Wunden aufreißen. Dass er sich von ihr fernhielt, war das Beste für ihn. Er würde darüber hinwegkommen. Dessen war sie sich jetzt sicher, und es erleichterte sie so sehr, dass sie wieder spürte, wie sympathisch er ihr war.

Auch von Emma war Post angekommen. Wie schon in den vorhergehenden Briefen klagte sie beständig über Jakob und verfluchte überhaupt ihr gesamtes Leben. Veronika sei ja jetzt Frau Hasbrock und lasse sich von den Dienstleuten »Frau Verwalterin« nennen. Es sei alles so lächerlich wie traurig. Und sie selbst habe dazu beigetragen. Das sei das Schlimmste. Leger halte sich von ihr fern, er wolle wohl nicht ins Gerede kommen. Aber er sei mindestens einmal in der Woche »geschäftlich« in Fuchshagen. Dann geht er in dieses Haus, du weißt schon, und kommt oft erst am Morgen zurück. Amalie sei ihre einzige Stütze in ihrem Leid. Sophie habe sich nach einer Erkältung wieder erholt, man habe auch, zumal die Großmutter sich angesteckt habe, den

Doktor gerufen. Frau Fidis habe jeden Tag nach den beiden gesehen und auch das Mittagessen hinaufgebracht, was Frau Caspari ihrem Sohn brieflich berichtet habe. Dieser habe daraufhin den Arzt bezahlt und Frau Fidis gedankt. Er hat ein schlechtes Gewissen, dachte Caroline, weil er Mutter von seinem Leben ausschließt. Deinem Bruder geht es sehr gut, schrieb Emma weiter, was Caroline bestätigte, dass ihr Gedanke richtig gewesen war. Seine Frau sei sehr elegant und charmant. Er sei sichtlich stolz auf sie. Und sie sei nach wie vor nicht in Hoffnung. Wie macht sie das bloß?, schrieb Emma. Ich beneide sie! Gustavs Firma baue ein Kalkwerk am Steinbruch zwischen Mahlsheim und Berfort. Die Gemeinden seien beteiligt, der Kreis und auch die Firma Westphal & Caspari halte Anteile. Dies alles sei ihr von Leger berichtet worden, den sie, wohl oder übel, beinahe jeden Tag beim Mittag- und beim Abendessen treffe. Ihr Mann sei an dem Villen- und Sanatoriumsprojekt beteiligt und habe seine zwei Wohnungen auch bereits an reiche ältere Leute aus Cassel und aus Frankfurt vermietet. Die Casseler überlegten, ganz zu übersiedeln und zu kaufen, während die Frankfurter die komfortable Wohnung für die Sommerfrische und den jährlichen Kuraufenthalt unter der Obhut des Dr. Penzdorf nutzten. Leger werde immer reicher, was auch dem Umstand zu verdanken sei, dass er billig Land von den Auswanderern zukaufen könne. Einzig ihr Vater sei ihr ab und zu eine Zuflucht. Sie besuche ihn noch häufiger als früher und verbringe ganze Nachmittage mit den Kindern bei ihm im Pfarrhaus.

Emma schien viel Zeit zu haben, denn sie schrieb jetzt wieder öfter, und ihre Briefe wurden immer länger. Caroline ihrerseits konnte sich eines gewissen Ärgers nicht erwehren, der sie jedes Mal befiel, wenn sie die Zeilen las. Das stetige Klagen Emmas über ihre Lebensumstände war ihr lästig, weil die Freundin gar nicht erst versuchte, etwas daran zu ändern. Dass sie einerseits in dieser selbst gewählten Konstellation so bewegungslos verharrte, andererseits sich aber beständig darüber beschwerte, erschien ihr widersinnig. So widersinnig, dass sie Emma schließlich ihre eigene Situation, dass ihr Kind sie für tot halte und es damit für sie verloren sei, vor Augen führte. Das habe sie beinahe zum Freitod gebracht, und sie hätte diesen Plan mit Sicherheit längst ausgeführt, wenn nicht die Möglichkeit einer zweiten Chance sich in ihrem Leben geboten hätte. Ja, sie wolle nach Amerika und das so bald wie möglich. Verharre nicht in der unwürdigen Situation des ständigen Klagens, schrieb sie der Freundin. Mach dich frei davon und entscheide dich. Verlasse Leger oder bleibe dort. Und wenn du bleibst, mache das Beste daraus. Oder du entschließt dich zu einer endgültigen Lösung, kommst mit uns nach Amerika und nimmst die Kinder mit. Du selbst hast mir gesagt, dass du dir Zugang zum Geld verschaffen könntest, wenn es sein müsse.

Erschrocken schrieb Emma zurück. Ich wünschte, ich hätte deine Stärke! Caroline lachte, als sie das las. Stärke! Auch Carl hatte ihr Stärke zugesprochen. Mag sein, dachte sie, dass es so aussieht. Pure Verzweiflung war es, und zuvor hatte ich Angst, wie ich sie noch nie erlebt habe, und dann die Todessehnsucht, die mir den Tod wie eine Erlösung erscheinen ließ. Mag sein, dass einem daraus Kraft erwächst. Und ich müsste meine Kinder sozusagen entführen. Nein, das kommt nicht in Frage. Aber du musst kommen, bitte,

Line. Ich muss dich noch einmal sehen, bevor du gehst, und am liebsten würde ich dich davon überzeugen, dass du ganz hier bleibst. Wen habe ich denn noch, wenn du weg bist? Ich werde noch einmal mit deiner Mutter reden! Sie wird doch nicht wollen, dass du aus Kummer ganz weggehst und noch dazu auf so eine gefährliche Reise und in ein unbekanntes Land.

Es war Frühling geworden. Der Tiergarten färbte sich grün, die ersten Blumen blühten, es wurde wärmer, die Menschen atmeten auf. Caroline sah das alles, aber ihre Gedanken waren in Mecklenburg, wo Franz versuchte, seinen Hof zu verkaufen. Es war schwieriger als erwartet. In jedem Brief schrieb Anna, sie sei zerrissen zwischen der Hoffnung, bleiben zu können, und den schlechten Verhältnissen, in denen sie und Franz leben und, was noch schlimmer sei, ihr Kind aufziehen müssten. Carolines Ungeduld wuchs von Monat zu Monat. Knapp 80 Mark hatte sie sparen können, mindestens 100 brauchte sie allein für die Überfahrt, so dass an eine Abreise vorab, ohne Franz und Anna, nicht zu denken war.

Zu Lehmanns hatte sich ein gut nachbarschaftliches, ja, beinahe freundschaftliches Verhältnis entwickelt. Caroline hatte es vorgezogen, nichts über ihre geplante Auswanderung verlauten zu lassen, und die geliehenen Bücher in ihrem Vertiko unter der Wäsche versteckt. Carl Weber hatte offenbar auch nichts gesagt, denn Lehmann und seine Frau machten nicht den Eindruck, als wüssten sie von den Plänen ihrer Untermieterin. Sie hatte sich in Carls Charakter nicht getäuscht. Manchmal, wenn sie über ihren Stickrahmen gebeugt saß und flink den Seidenfaden durch das Gewebe zog, fragte sie sich, was Carl wohl gesagt hätte, wenn sie sich ihm als uneheliche Mutter vorgestellt hätte. Wäre er so freundlich geblieben oder hätte sich seine Leidenschaft rasch abgekühlt? Aber das kann ich mich bei jedem hier fragen, sagte sie sich. Und ist das nicht jetzt auch egal?

Als sie von Eduard Lehmann hörte, dass der junge Mann nun offiziell Funktionär seiner Partei sei, denn er habe das Redetalent und dabei den Enthusiasmus für ihre Sache und wirkliche Aufrichtigkeit, die ihn allseits beliebt gemacht habe, freute sie sich spontan für ihn. Sie und Carl waren sich nur noch zwei Mal begegnet seit seinem Besuch bei ihr, beide Male zufällig und unverhofft. Sie hatte ihn freundlich gegrüßt, ihm zugenickt und zugewunken, und dieser Gruß war von ihm eben so freundlich erwidert worden. Im März, nur wenige Tage nach ihrem 23. Geburtstag, sah sie ihn mit einer Frau an seinem Arm aus dem Haus kommen, in dem auch seine Wohnung lag. An ihrer Seite ging ein Kind, ein kleines Mädchen, das wohl fünf oder sechs Jahre alt sein mochte. Vielleicht seine Schwester und seine Nichte, dachte sie unwillkürlich, als sie die kleine Gruppe die Straße überqueren sah.

Von Emma kamen Briefe, die immer mit der Bitte abschlossen, Caroline solle sich »die Sache« noch einmal überlegen, womit sie die Auswanderung meinte, an der die Freundin so beharrlich festhielt. Du musst doch nicht denken, schrieb Emma, dass das dort ein Land ist, wo Milch und Honig fließen. Es ist sehr hart! Die Eltern von dem jungen Jorlotz, der im letzten Jahr ausgewandert ist, erzählen, dass er so was schreibt. Der Regen hat ihm seine Hütte weggespült, die er sich gerade ein paar Tage zuvor fertiggestellt hatte, um notdürftig darin zu wohnen. An ein Haus gar nicht zu denken. Und nichts ist in der Nähe, kein Schuhmacher, kein Schneider. Alles muss selbst hergestellt werden, und zu der nächsten Gemeinde sind es zwanzig Kilometer. So oder so ähnlich malte Emma ihre Schreckensbilder, und Caroline wusste, dass vieles davon stimmen mochte, denn sie lieh nach wie vor Bücher aus, in denen manches anders, vieles aber ähnlich geschildert wurde. »Als ob ich das nicht wüsste!«, sagte sie in solchen Momenten vor sich hin. »Aber sie begreift es nicht. Sie begreift nicht, dass das meine letzte Chance auf ein neues Leben ist ...«

Im Mai endlich kam die erlösende Nachricht: Franz habe sich mit einem der Großgrundbesitzer auf einen akzeptablen Preis geeinigt, schrieb Anna. Die Abreise sei für den August geplant, Onkel Luis wisse Bescheid. Caroline antwortete umgehend; sie jubelte innerlich, soweit ihr das noch möglich war. Endlich die Erlösung aus der quälenden Zeit des Wartens. Franz erledigt alles für die Abreise«, schrieb Anna zurück, du kannst uns das Geld geben, wenn wir uns am Kai in Bremerhaven treffen. Ich danke Euch!, antwortete Caroline. Ihr seid zwei so liebe Menschen! Auch an Luis schrieb sie ein paar Zeilen. Sie musste einfach ihre Gefühle, die jetzt stürmischer und stärker denn je in ihr aufstiegen, teilen. Und sie musste sie mit einem Menschen teilen, der so fühlte wie sie selbst. Monat um Monat hatte sie gespart, gewartet, versucht, sich auf ihr neues Ziel zu konzentrieren, und manches Mal war es ihr schwer geworden, weiter daran zu glauben. Nicht weil sie an der Entscheidung selbst gezweifelt hätte, sondern weil dieser gänzlich mit Arbeit und Sparen und Sich-Einschränken gelebte Alltag und die Gedanken, die sie sich um Sophie machte, sie manchmal zu erdrücken drohten.

Joe kann Land kaufen in Kentucky, schrieb Anna im Juni. Es ist so viel Land da in Amerika, dass man es kaum glauben kann. Franz meint, wir werden wohl doppelt so viel Acker- und Weideland haben wie hier in Mecklenburg und trotzdem noch etwas Geld vom Verkauf unseres Hofes übrig haben. Es ist kaum zu glauben. Aber wir haben kein Haus und keinen Stall und müssen alles selbst bauen. Was kommt da auf uns zu, Caroline? Ich bin mehr als froh, dass du mit uns kommst. Wir fangen mit nichts an.

»Nichts« war unterstrichen, was wohl Annas Gemütsverfassung entsprach. Caroline aber schüttelte den Kopf darüber und sagte leise: »Nichts. Ihr habt doch euch und euer Land. Ich habe nichts als die Barmherzigkeit von Luis und seiner Familie, die mich für eine Zeit mit aufnehmen. Und dafür muss ich dankbar sein und bin es auch.«

So stand es um Caroline. Sie aber hielt sich nicht mit diesen Gedanken auf, sondern sprach mit dem Geschäftsinhaber, mit Frau Kurath und mit Lehmanns. Während Ersterer ihre Entscheidung bedauerte und sich gleichzeitig für die rechtzeitige Ansprache bedankte – so könne er doch versuchen, einen geeigneten Ersatz zu finden, wenn das auch schwer werde –, waren Lehmanns richtiggehend traurig, er mehr als sie. Das hatten sie nicht erwartet. Eduard wischte sogar eine Träne aus dem Augenwinkel, was nicht nur dem Umstand geschuldet war, dass er nun wieder eine Untermieterin finden musste, die so unkompliziert für ihren Vermieter war wie Caroline Caspari. Frau Lehmann sagte in ihrer direkten Art: »Na, Mädchen, det is aber ma traurich. Det wussten Se doch schon länger? Hätten Se ma den Carl jenomm', det wär besser jewesen als det Amerika. Der Junge hat schwer jelitten, aber nu isser drüber weg un is auch janz zufrieden mit die Rosa.« Auf diese Weise erfuhr Caroline, dass die Frau, die an Carls Arm gegangen war, keineswegs seine Schwester, sondern seine Verlobte gewesen war. Sie war Witwe, etwas älter als er, eine überzeugte SPDlerin und hatte eine Tochter von sechs Jahren.

»Grüßen Sie ihn von mir«, trug Caroline Eduard Lehmann auf. »Grüßen Sie ihn ganz herzlich, und richten Sie ihm bitte aus, dass ich mich für ihn freue, sehr freue!« Und so war es auch. Carl war einer der wenigen aufrechten Menschen, die sie in den letzten Jahren kennengelernt hatte. Er verdiente sein Glück, und sie gönnte es ihm von Herzen, ja, wenn sie ehrlich war, erleichterte sie die Nachricht.

Die gute Frau Kurath weinte ein bisschen und sagte: »Nu könn' Se ja wieder nich mit uff's Schiff un uff de Spree. Na dafür jehn Se ja uff'n viel Jrößeret. Un dass Se mir nich unterjehn!«

Caroline nahm die Kollegin in den Arm und drückte sie an sich. »Haben Sie vielen Dank, Frau Kurath, für Ihre Freundlichkeit und für die Hilfe, als ich krank war und überhaupt immer.« Noch ein herzlicher Händedruck und hinter Caroline schloss sich die Tür des Geschäfts ein letztes Mal. Sie sah sich nicht um und ging zu Fuß und auf einem Umweg nach Hause. Noch einmal Die Linden hinunter, am Schloss vorbei, noch einmal die hektische Betriebsamkeit des Potsdamer Platzes. In der Ruhe des Tiergartens atmete sie tief durch und setzte sich auf eine schattige Bank. Alles um sie herum stand in üppigem Grün. Weitere Abschiede gab es nicht. Sie ging die Friedrichstraße entlang nach Hause und begann, ihre wenigen Sachen zu packen.

Kapitel 27

Einen Tag später saß sie in der Bahn und fuhr nach Mahlsheim. Unterwegs dachte sie zum ersten Mal seit langer Zeit wieder an Marie Jeschke. Warum waren ihre Briefe an sie unbeantwortet geblieben? Sie hatte doch ausführlich geschrieben, was ihr passiert war. Im ersten Brief von Vaters und Großmutters Tod, dass sie als Magd bei Werdersdorf sei, viel arbeiten müsse. Ihre Adresse hatte sie angegeben und doch nie eine Antwort bekommen, genau wie auf den zweiten, schon vom Luisenufer aus geschriebenen, hin. Auch die kurze Nachricht über ihre neue Adresse in der Annenstraße war unbeantwortet geblieben. Ob die Köchin überhaupt noch bei Thea arbeitete? Aber wo sollte sie sonst sein? Warum sollte sie sich eine neue Stelle suchen, wenn sie dort ihr Auskommen hatte? Sie fand keine Antwort. Die Vorstellung, dass Frau Jeschke von den Anschuldigungen ihres Bruders gehört und sie geglaubt habe, widerstrebte ihr. Sie kam zu keinem Ergebnis und sagte sich, es sei nun nicht mehr wichtig, sie gehe in zwei Tagen aufs Schiff, auf eine Reise ohne Wiederkehr. Aber ihr Herz wurde schwer, wenn sie an die alte Frau mit dem herzensguten Gesicht dachte, das dem der Großmutter so ähnlich war. Dann sah sie Georgs Casseler Wohnung vor sich und wie sehr sie sich gefreut hatte, als Frau Jeschke sie besucht und ihr Mut gemacht hatte.

Sie versuchte, sich auf das vor ihr Liegende zu konzentrieren. Das Treffen mit Franz und Anna war für den dritten

Tag geplant. Übermorgen würde sie in Bremerhaven sein. Hätte sie besser gleich dorthin fahren sollen, ohne den Umweg über Mahlsheim zu nehmen, der alte Wunden wieder aufreißen, alles nur noch schlimmer machen würde? Aber Emma hatte so sehr gebettelt, dass sie sich doch dazu entschlossen hatte. Sie hatten sich für den folgenden Vormittag verabredet – und ich kann nicht gehen, ohne bei Mutter angeklopft zu haben, sagte sie sich. Ich würde es mein Leben lang bereuen.

Sie nahm eine andere Pension in Fuchshagen als beim letzten Mal und machte am Abend einen Spaziergang durch die Stadt, ohne ein bestimmtes Ziel zu haben. Das Haus, in dem Fräulein Kesselring gewohnt und sie selbst zwei Jahre verbracht hatte, war unverändert, aber an dem Türschild stand ein anderer Name, und sie erinnerte sich daran, dass das Fräulein nach Frankfurt zu ihrer verwitweten Schwester gezogen war. Noch als sie in Mahlsheim bei den Eltern gewohnt hatte, war der Abschiedsbrief eingetroffen. Komisch, dass ihr das alles erst jetzt wieder einfiel. Als sie vor dem großen hellen Schild mit der Aufschrift Westphal & Caspari stand, wusste sie nicht, wie sie dorthin gekommen war. Was auch immer ihre Schritte zu ihrem Bruder gelenkt haben mochte, schüttelte sie nun ab. Vielleicht war es auch nur Neugier gewesen. Deinem Bruder geht es gut, hatte Emma geschrieben. Mitinhaber der ersten Baufirma am Ort, das war allerdings mehr als ihr Vater sich wohl jemals erhofft hatte. Nichts, dachte sie, keine Regung, er interessiert mich nicht mehr. Von hier kann ich weggehen, ohne eine Spur zu hinterlassen und ohne mich noch einmal umzusehen.

Am nächsten Morgen hatte sie, was sie selbst am meisten erstaunte, gut geschlafen und machte sich zeitig auf den Weg nach Mahlsheim. Eine große Baustelle mit neu errichteten und auch einigen halb fertigen Gebäuden, zwei davon mit Richtkränzen, säumte die Straße. Im Hintergrund entstanden offenbar ein Park und ein größeres Gebäude. Das Sanatorium, fiel ihr ein. Emma hatte in ihren Briefen darüber berichtet und auch, dass Gustav selbst in die Villenkolonie umziehen wolle. Hier wurde schon fleißig gearbeitet. Eine mit zwei Pferden bespannte Droschke überholte sie. Ein älterer Herr saß darin. Ein junge Frau mit hellblondem Haar, die am Gartentor einer der größeren bereits fertiggestellten Villen stand, winkte ihm, kaum dass sie ihn gesehen hatte, lebhaft zu. Die Droschke bog in die Zufahrt ein, und als Caroline daran vorüberging, rief die Frau: »Mein liebster Papa! Das ist schön, dass du mich so pünktlich abholst! Gustav wirst du freilich nicht mehr antreffen. Er ist schon zeitig auf die Kalkwerk-Baustelle hinausgefahren.« Der ältere Herr stieg aus, während die junge Frau, wahrlich eine Schönheit, auf ihn zulief und ihm um den Hals fiel.

»Na!«, meinte er lachend. »Du tust ja gerade, als hätten wir uns Wochen nicht gesehen. Aber ich lass es mir gern gefallen. Hast du einen guten Kaffee für mich, bevor wir weiterfahren?« Sie lachte und zog ihn in die hübsche Villa hinein, dabei redete sie lebhaft und fröhlich auf ihn ein. Dann fiel die Tür ins Schloss.

Das musste Elisabeth gewesen sein, geborene Fehrhofen, Arzttochter aus Fuchshagen und seit beinahe vier Jahren Frau Caspari. Emma hatte recht gehabt, die junge Frau war eine schöne Dame, elegant und vornehm gekleidet. Gustavs

Frau, dachte Caroline, und ihr Vater. Ein merkwürdiges Gefühl stieg in ihr auf, etwas wie Neid, und doch war sie von der Szene seltsam unberührt geblieben. Zwei Häuser weiter sah sie eine junge Frau, offenbar in einem fortgeschrittenen Schwangerschaftsmonat, am Fenster einer kleineren Villa stehen. Sie beobachtete ihre Magd, die den Weg zum Vorgarten fegte, und schloss, als sie Caroline sah, rasch das Fenster. Einige Schritte weiter fiel ihr ein, wer diese Frau gewesen war: Helene Grieger, geborene Kunert. Also war August ebenfalls umgezogen. Das Griegersche Haus sollte verkauft werden, hatte Emma irgendwann geschrieben. Griegers hatten sich im Alterssitz eingekauft und August hatte in der neuen Villenkolonie gebaut. Ich habe es vergessen, dachte Caroline, vollkommen vergessen, es ist nicht wichtig. Und etwas wie Freude und Leichtigkeit stieg in ihr auf. Dieses Gefühl hielt an, auch noch, als sie an die Tür des Pfarrhauses klopfte, und die Beklommenheit, die sie bei ihrem Aufbruch von der Pension angesichts der Wiederbegegnung mit Pastor Kessler empfunden hatte, war weg.

Der Pastor öffnete selbst. Er hatte, wohl wissend, wer zu erwarten war, der Haushälterin wieder einmal einen freien Tag beschert. Er nickte Caroline freundlich zu, so als hätte es die Begegnung im letzten Sommer nie gegeben, und gab ihr die Hand. »Komm herein«, forderte er sie auf. »Ich freue mich.« Dazu lächelte er, ganz in seiner Rolle des Hirten zu Hause. Sie schützt ihn, dachte Caroline, aber mich ficht es nicht mehr an. Ich bin weg, ja, ich bin eigentlich schon weg.

Als Emma sah, wer da geklopft hatte, lief sie sofort auf Caroline zu und schloss sie in die Arme. »Meine liebe, liebe Line! Dass ich dich noch einmal sehen darf, das ist das

Schönste!« Sie klammerte sich an Caroline und schluchzte. »Setz dich, Line«, sagte sie, als sie sich beruhigt hatte. »Wir wollen alles besprechen und dann Abschied nehmen.«

Caroline nahm auf dem Sofa Platz und zog Emma neben sich. Sie drückte ihre Hand und sagte: »Ich werde dir schreiben, wenn ich drüben bin, ganz bestimmt. Ich werde die Briefe an deinen Vater senden – sein Einverständnis vorausgesetzt.«

Der Pastor nickte: »Ja, so wollen wir es machen. Ich für meinen Teil lasse euch nun allein und verabschiede mich. Ich wünsche dir nur das Beste, drüben in der Neuen Welt, Caroline. Gott sei mit dir, und bleibe gesund.« Er reichte ihr die Hand. Ein Pastor verabschiedete eines seiner Schäfchen.

Er ist froh, dass es vorbei ist, dachte Caroline unwillkürlich. »Danke«, erwiderte sie freundlich. »Auch für Sie alles Gute. Stehen Sie nur Ihrer Tochter bei, auch wenn es zum Schlimmsten kommt – dann gerade. Das ist meine letzte Bitte an Sie, bevor ich gehe.« Kessler lächelte. Es sah angestrengt aus. Dann wandte er sich ab und verließ den Raum.

Emma senkte den Kopf und fragte: »Wann fährst du?«

»Übermorgen geht das Schiff von Bremerhaven ab. Ich fahre morgen früh von Fuchshagen dorthin. Für die Nacht gehe ich in eine Pension.«

Emma drückte die Hand der Freundin.

»Ich will nicht, dass du gehst. Ich bin so allein hier, ich habe doch niemanden.«

»Du hast deinen Vater, Emma. Das ist so viel und muss reichen. Denk an mich. Ich habe wirklich niemanden mehr.« Caroline schüttelte den Kopf. »Ich weiß, dass ich gehen muss, und du weißt es auch. Mein Vater ist tot, meine Mutter hasst mich, mein Bruder noch mehr. Großmutter war die Einzige, die mir noch geblieben war. Aber jetzt ist sie auch schon fast vier Jahre tot.«

»Aber du hast doch das Kind – Georgs Kind!«

»Ja, ich habe ein Kind geboren, vor vier Jahren. Meine kleine Sophie ist vier Jahre alt und kennt ihre Mutter nicht. Dafür hat meine Mutter gesorgt, wie du weißt. Als meine Großmutter noch lebte, da ging es noch, da hatte ich noch Hoffnung. Dass ich großjährig werde und mein Kind zu mir holen kann. Und im letzten Sommer ... Du weißt doch alles, Emma. Du weißt doch, wie ich für mein Kind gekämpft habe! Warum willst du nicht verstehen?«

Emma kämpfte mit den Tränen, sie krallte ihre Fingernägel in die Handflächen und schüttelte heftig den Kopf. Das eigene Kind nicht mehr sehen – unvorstellbar. Sie sah Caroline an. »Wie können Christen so etwas tun? Wie?«

»Die Sitten sind stärker als die Nächstenliebe. Wer ist schon frei davon? Oder vielmehr: Wer hat die Kraft, sich zu befreien?« Emma schluckte. »Sie hassen mich«, fuhr Caroline fort. »Ich habe ihnen alles genommen, worauf sie für mich gesetzt hatten: Aufstieg und Anerkennung und Respekt. Ich nehme mich selbst nicht aus. Ich war auch einmal so – so dumm. Immer ein Stück weiter den Hügel hinauf. Koste es, was es wolle.«

Emma schreckte zusammen.

»Vor einem Jahr, als ich mein Kind so unverhofft sah, als meine kleine Sophie auf dem Kirchhof stand, die Gießkanne in den kleinen Händchen, und mich mit Georgs Augen ansah, da hätte ich alles getan, um sie zu mir zu nehmen. Und dann sagte sie diesen Satz, der ... alles veränderte, ganz plötzlich, von einem Moment auf den anderen. Sie hatten ihr erzählt, ich wäre tot – und da erschien mir der Tod tatsächlich wie eine Gnade.«

»Du meinst, du wolltest – wirklich sterben?«

»Mich umbringen, ja. Was hatte ich denn noch zu verlieren? Der Mann, den ich liebte, war tot, meine Eltern hatten mich verstoßen. Und nun nahm sie mir auch noch mein Kind – die, die sich Mutter nennt.«

Emma starrte sie an.

»Ja, so steht es um mich. Es ist meine einzige Chance. Du weißt das, Emma. Ich habe hier keine Zukunft mehr.«

Emma nickte wieder. »Ja, Line, du hast recht. Ich weiß es. Aber ich werde dich so vermissen, so sehr!« In ihren Augen standen Tränen. Sie kniff die Lippen zusammen und atmete schwer. Dann lehnte sie ihren Kopf an die Schulter ihrer ältesten und besten Freundin.

»Lass uns den Abschied kurz machen«, sagte Caroline. »Sollte ich dort drüben in der Neuen Welt ankommen, werde ich dir schreiben, bestimmt. Nur eine Bitte habe ich noch an dich, Emma. Schreibe du mir von meiner kleinen Sophie. Ich muss wissen, wie es ihr geht. Wenn sie bei ihrer Großmutter zufrieden ist, dann soll es so sein. Sie macht das Kind mich hassen – oder vergessen. Wenn es dem Kind dabei gut geht, so sei es drum. Und wenn es ihm schlecht geht, dann muss ich das auch wissen, Emma, dann gerade. Dann muss ich einen Weg finden. Versprichst du's?«

Emma umarmte die Freundin und drückte sie heftig an sich. Dann ließ sie sie wieder los, schob sie ein Stück weit von sich weg, sah ihr in die Augen und sagte fest: »Ja, Line, das verspreche ich dir.«

Caroline nahm Emmas Hand und drückte einen Kuss darauf. »Ich hab dich lieb!«

Damit ging sie.

Doch wohin? Sie hatte nicht wirklich überlegt, was sie in Mahlsheim tun wollte, außer Emma noch einmal zu sehen und den Segen der Mutter zu erbitten. Sie nahm wie von einem inneren Antrieb geleitet den Weg um das Pfarrhaus herum auf den Kirchhof. Dort suchte sie die Gräber des Vaters und der Großmutter und verabschiedete sich still von ihren Toten, wohl wissend, dass sie sie in ihrem Herzen behalten würde. In einem Herzen voller Dankbarkeit und Liebe, das fühlte sie genau, und es gab ihr die Kraft, weiterzugehen.

Vom Kirchhof aus lief sie in Richtung des Bärenwaldes, über den Fußweg, der zuerst durch die hinter dem Dorf gelegenen Wiesen, dann durch den Wald selbst führte. Sie sah die Hütte, in der sie mit Georg ihre schönsten Stunden verbracht hatte, erst, als sie vom Hauptweg in den kleinen Zufahrtsweg zur Weide einbog. Die Legerschen Pferde reckten ihr neugierig die Köpfe entgegen, einige kamen auch bis an das Gatter heran. Sie hatte keine Angst und kletterte ohne weiteres durch den Spalt zwischen dem oberen und dem mittleren Holm des Gatters und ging auf die Hütte zu. Sie war verschlossen. Durch das kleine Fenster sah sie hinein. Dort hatte sie mit Georg auf ihrem Brautbett gelegen und sich ihm vollkommen hingegeben, so wie zuvor hinter dem Holzstoß im Hirschwald. Ein paar Strohballen lagen noch dort, darauf ein Sattel und Zaumzeug. Emma kam hierher, um ihre Pferde zu reiten. Einen Moment lang lehnte sie sich an das grau schimmernde

Holz der Hüttenwand, den Kopf an die Scheibe des kleinen Fensters. Sie sah Georg vor sich – groß, stark und wunderschön. Seine Augen, seine Hände, die sie streichelten. Sie sah sich mit ihm verschmelzen und spürte das Glück zu leben genau in diesem Augenblick wieder so wie damals. Selbstvergessen stand sie da. Die Pferde hatten wieder zu weiden begonnen, der Wind strich durch die Kronen der mächtigen Bäume, Vögel sangen. Sie schaute nach oben in den blauen Himmel. Dann löste sie sich und ging zur Hauptstraße zurück, so dass sie oberhalb des Dorfes aus dem Wald herauskam. Das war Georgs tägliche Route mit der Postkutsche gewesen. Er hatte das Posthorn geblasen, nur für sie, genau an dieser Stelle, lange bevor er in das Dorf hineingefahren war. Sie sah die beiden am Hügel gelegenen Häuser und die Burgruine darüber. Es sah beinahe idyllisch aus, vor allem, wenn man aus der Großstadt hierherkam.

Sie blieb auf der Straße und blickte im Vorübergehen zu den stattlichen Häusern hinauf. Das Griegersche war noch unbewohnt. Es schien, als seien Bauarbeiter am Werk – Umbauarbeiten für das Forstamt und für die Wohnung des neuen Oberförsters. Auch darüber hatte Emma in ihren Briefen berichtet. Sie erinnerte sich erst jetzt wieder daran. Im Dorf blickten ihr die Leute nach oder glotzten sie an. Das oft gehörte: »We issen dat? Is dat den Eduard sien?« vernahm sie auch diesmal, geflüstert oder laut gesprochen. Und sie hörte es auch auf Hochdeutsch: »Das ist doch die Caroline, die Tochter vom Eduard? Dass die es wagt!« Und manchmal las sie es auch in den Augen: empörend, schamlos, dreist! Sie wagt es, sich hier noch blicken zu lassen! Ein paar junge Burschen grinsten, als sie vorüberging.

In der Poststube saß Renate und sortierte die Briefe, die sie aus dem Kasten an der Hauswand geholt hatte. Überrascht blickte sie auf, als ihre Nichte vor ihr stand. »Mein Gott!«, entfuhr es ihr. »Nach all den Jahren!«

»Ich komme, um mich zu verabschieden«, sagte Caroline. »Ich gehe nach Amerika. Übermorgen fährt mein Schiff.« Renate schaute sie derart erschrocken an, dass sie rasch hinzusetzte: »Tante Renate, du und Onkel Walter, ihr habt damals zu den wenigen gehört, die mich noch unterstützt haben. Ich möchte dir von Herzen danken, bevor ich gehe, von ganzem Herzen. Bitte richte das auch an Onkel Walter aus.«

Sie wandte sich zum Gehen. Renate, die sich erst jetzt wieder von ihrem Schreck erholt hatte, sprang auf, kam um die Theke herum und nahm Caroline in den Arm. Tränen liefen aus ihren Augen, aber sie merkte es nicht und sagte: »Nach Amerika? Aber Kind, das ...«

»Lass, Tante Renate«, unterbrach Caroline sie, »ich muss gehen. Und ich gehe nicht allein. Eine gute Freundin mit ihrem Mann und ihrem Kind kommen mit. Und jetzt lebe wohl. Ich wünsche euch alles Glück der Welt und nochmals danke, dass ihr mich damals nicht im Stich gelassen habt.« Sie löste sich aus Renates Armen und ging rasch auf den Ausgang zu.

»Werde glücklich dort, Linchen!«, rief Renate ihr nach. »Ich ...« Der Rest ihrer Worte ging in Schluchzen unter. Sie winkte ihrer Nichte, die den Weg die Hauptstraße hinunter in Richtung Schmiedehof genommen hatte, vom Fenster aus nach. Und erst als ein paar Leute stehen blieben und schauten, was es da zu winken gebe, zog sie sich zurück.

Am Schmiedehof war die Haustür unverschlossen. Flic schlug an, Magdalene kam aus der Küche in die große kühle Diele. Sie hielt den Hund am Halsband fest, aber als er Caroline sah, riss er sich los, und Magdalene, die alles erwartet hatte, nur nicht ihre Nichte, stand unbeweglich und brachte nur ein erstauntes: »Line?« heraus. Die aber musste sich erst einmal des großen Tieres erwehren, das so ungestüm an ihr hochsprang und sie umzureißen drohte. Ihre schmale zarte Gestalt schwankte, als Flic sie immer wieder ansprang, ihr Gesicht und Hände leckte und dabei einen Freudentanz aufführte. Sein lautes Bellen und Jaulen lockte sogar Heinrich und Ferdinand herbei. In ihren schweren Lederschürzen standen sie da und starrten Caroline an. Es dauerte eine gute Weile, bis das Tier sich wieder ein wenig beruhigt hatte, so dass Magdalene ihre Nichte schließlich einfach mit sich in die Küche zog, dem Hund einen Knochen vorhielt, den dieser annahm, aber nur, um ihn zu seinem Schlafplatz am Herd zu tragen und dort abzulegen. Dann lief er sofort wieder zu Caroline zurück, die sich auf einen Stuhl gesetzt hatte, und legte den Kopf in ihren Schoß. Sie streichelte ihn, er war jetzt ganz ruhig. Sie lächelte ihn zärtlich an und strich über das samtweiche Fell seiner Ohren und seiner Stirn. »Mein lieber Flic!«, sagte sie. »Wie habe ich dich vermisst.« Sie sagte das ganz einfach und unbetont. Aber wer genau hinhörte, der konnte eine Welt von Gefühlen darin erkennen. Alles, was sie an Liebe und Zärtlichkeit für das Tier empfand, seit es ihr der Vater geschenkt hatte. Dann setzte sie sich aufrecht, ohne die Hände von Flic wegzunehmen und sagte: »Tante Magdalene, Onkel Heinrich, Ferdinand! Bitte entschuldigt, dass ich so plötzlich komme und euch erschrecke.«

Heinrich schüttelte den Kopf, als wolle er sagen: Na, du erschrickst uns doch nicht!

»Ich komme heute ein letztes Mal«, fuhr Caroline fort, »ich komme, um mich zu verabschieden.«

Magdalene sah sie fragend und gleichzeitig beunruhigt an, so als wisse sie, was jetzt komme. »Du willst – noch weiter weg?«

»Ja, Tante Magdalene. Ich gehe nach Amerika. Übermorgen fährt das Schiff ab. Es ist ein Abschied für immer.«

Magdalenes Hand war an den Mund gefahren, Heinrich setzte sich schwer auf einen Stuhl, nur Ferdinand stand immer noch da, als habe er nicht recht verstanden, was seine Cousine da gesagt hatte.

»Ich bin gekommen, um euch zu danken. Ihr habt mir in meiner schwersten Zeit beigestanden und habt es euch damit nicht leicht gemacht. Ich danke euch von ganzem Herzen!«

Magdalene war auf sie zugegangen und hatte sich neben das Tier auf den Boden gekniet. Sie nahm Carolines Hände. »Amerika! Das ist ... doch viel zu gefährlich.«

Caroline drückte der Tante die guten Hände, die von der Arbeit rau und hart waren. Sie stand rasch auf, um die Szene zu beenden. »Meine Freundin kommt mit und ihr Mann. Ihr lieben Menschen, habt Dank für alles, was ihr für mich und mein Kind getan habt.«

Sie ging zu Heinrich und drückte auch seine Hände. Flic war ihr gefolgt und schaute sie unruhig an. Er spürte, dass sie gehen würde, und wollte ihr folgen. »Ferdinand, bitte halte den Hund zurück«, bat Caroline.

»Mädchen«, hörte sie Heinrichs raue Stimme sagen,

»überleg dir das noch mal! Es gibt doch noch andere Wege, auch für dich ...«

Sie führte Flic zu Ferdinand, der noch immer stumm in der Tür stand. »Ich muss gehen, Flic«, sagte sie ernst. »Du gehörst jetzt hierher und darfst mir nicht folgen. Ich weiß, dass es dir hier gut geht, und das ist das Wichtigste für mich. Und jetzt sei lieb und bleibe hier.« Der Hund schaute sie ernst und traurig an, blieb aber neben Ferdinand, der sein Halsband gefasst hatte. Auf Wiedersehen, hatte sie sagen wollen. Aber es würde kein Wiedersehen geben. Der alte Abschiedsgruß passte nicht mehr. So sagte sie nur noch einmal: »Danke für alles.«

»Alles Gute, Mädchen, bleib gesund«, sagte der Schmied. Es klang hilflos. Magdalene hatte sich erhoben, umarmte Caroline und drückte sie an ihr Herz. Dabei weinte sie ununterbrochen, und auch noch als die junge Frau längst gegangen und schon auf den Hirschwaldweg eingebogen war, hörte sie das laute Schluchzen. Der Hund aber war ganz ruhig geblieben und hatte sich still auf seine Decke gelegt.

Kapitel 28

Nun kam der letzte und schwerste Weg, durch den Hirschwald zu dem Haus am Hügel. Im Wald lag wieder ein Holzstoß, genau wie damals. Sie blieb einen Moment stehen, ging um die aufgeschichteten Stämme herum und betrachtete das sattgrüne Gras der Lichtung. Dann lehnte sie sich gegen das Holz und schloss die Augen. Alles war wieder da. Hier hatte sie Georg gebeten, sie zu seiner Frau zu machen. Sie sah ihn und sich, genau wie zuvor in der Hütte am Kitzhain. Und dann spürte sie ihn, es war nah, wirklich, intensiv. Mann und Frau – so gegensätzlich und doch eins. Durch ihn hatte sie erfahren, was andere Menschen vielleicht nie erleben durften. Georg war nicht tot, solange sie ihn im Herzen trug. Hatte sie deshalb nicht die Sehnsucht gehabt, sein Grab zu besuchen? Er lebte, in ihr.

Als sie aus diesem Tagtraum erwachte, sah sie sich um. Niemand war da, sie war allein. Die Sonne blendete und wärmte sie. Sie drehte sich um und sog den Geruch des Holzes ein. Jetzt erst wurde ihr bewusst, dass sie diesen Geruch immer mit sich getragen hatte, wenn sie von den Treffen mit Georg nach Hause zurückgegangen war. Und dass es das war, was sie in den Wald gezogen hatte, als sie in der Großstadt leben musste. Sie nahm diesen Geruch auch jetzt wieder mit, dieses Mal bewusst. Es war, als werde sie gestärkt für das, was vor ihr lag. So wie sie damals gestärkt und lebendig nach Hause gegangen war, um August abzuweisen.

Die Haustür wurde auf ihr Klopfen hin geöffnet. Vor ihr stand Frau Fidis, die vor Schreck einen Schritt zurückwich, als sie sah, wer da gekommen war.

»Guten Tag, Tante Fidis«, sagte Caroline freundlich. »Ich möchte zur Mutter.«

Frau Fidis wusste offenbar nicht recht, wie sie auf dieses Ansinnen reagieren sollte. Sie stand unschlüssig da, nickte Caroline aber einen Gruß zu.

»Ich komme, um mich auf immer zu verabschieden«, fuhr diese fort. »Ich gehe nach Amerika und möchte Mutters Segen erbitten.«

Frau Fidis' Hand schnellte hinauf an ihr Herz. Mit gepresster Stimme sagte die alte Frau: »Nach Amerika ...«

Caroline, der durchaus nicht daran gelegen war, hier zu viel zu erklären, trat ins Haus und ging auf die gerade nach oben führende Treppe zu. Als sie an Friederikes Tür klopfte, stand die Stellmacherin noch immer mit offenem Mund da und glotzte. Frau Caspari, die, nicht ahnend, wer sie besuchen wollte, ohne weiteres geöffnet hatte, fuhr jetzt ebenso zurück wie vorher Frau Fidis.

»Guten Tag, Mutter«, sagte Caroline schnell, denn sie ahnte, dass Friederike die Tür rasch wieder schließen würde. »Ich komme heute ein letztes Mal. Ich gehe nach Amerika, übermorgen schon fährt das Schiff.«

Friederike, die tatsächlich auf dem Punkt gestanden hatte, die Tür ebenso rasch, wie sie geöffnet worden war, wieder zu schließen, hielt in ihrer Bewegung inne. Erst jetzt nahm sie Frau Fidis wahr. Sie trat einen Schritt vor und blickte mit einem herrischen und abweisenden Blick auf ihre Nachbarin herab, so dass diese sich rasch in ihre Küche zurückzog.

»Und deshalb möchte ich dich um deinen Segen bitten, Mutter«, fuhr Caroline fort. Sie stand noch immer auf dem Treppenabsatz und sah ihrer Mutter direkt in die Augen.

Friederike schüttelte den Kopf, zu dem Herrisch-Abweisenden in ihrem Blick war Wut hinzugekommen. »Und da denkst du, du kannst einfach einmal kommen und dir den Segen holen, und dann verschwindest du nach Amerika?« Das Kopfschütteln wurde stärker. »Ich wusste es ja, du warst schon immer verrückt.«

»Lass uns doch reingehen, Mutter, nur für einen Moment. Du wirst mir deinen Segen nicht versagen ...«

Friederike machte Anstalten, die Tür zu schließen.

»Mutter, bitte!«, rief Caroline. »Lass uns nicht so auseinandergehen. Ich komme doch nicht wieder. Du weißt ja nicht, was du tust!«

»Das weiß ich genau«, antwortete Friederike, »ich habe immer gewusst, was ich tue. Du offenbar nicht. Setzt das Kind in die Welt, machst uns zum Gespött der Leute, kommst nach so vielen Jahren zurück, als wäre nichts geschehen und bringst mir das Kind durcheinander, auf dem Kirchhof damals. Was hatte ich für eine Mühe danach! Und nun willst du meinen Segen – deinen Vater hast du ins Grab gebracht. Und willst meinen Segen!«

»Wir können doch über all das reden, Mutter. Lass mich hereinkommen ...«

»Nein«, sagte Friederike barsch. »Lass uns in Ruhe, Caroline! Geh, wohin du willst, und komm nicht wieder.«

»Die eine Möglichkeit war der Tod, Mutter, die andere wegzugehen, noch viel weiter weg.« Ihr Gesicht war tränennass, das der Mutter hart und verschlossen. »Mutter, wenn du mir deinen Segen nicht geben willst, bitte lass mich von meinem Kind Abschied nehmen.«

»Das fehlte noch!«, sagte ihre Mutter. »Dass du mir das Kind noch einmal durcheinanderbringst!« Mit diesen Worten warf sie die Tür ins Schloss. Caroline hörte, wie der Schlüssel zweimal herumgedreht wurde.

Später wusste sie nicht, wie lange sie dort gestanden hatte, auf dem Treppenabsatz vor Mutters Tür, wie lange sie diese Tür, die so undurchdringlich war, angestarrt hatte. Irgendwann ging sie, langsam, sich am Geländer haltend, die Treppe hinunter. Frau Fidis steckte den Kopf aus der Küchentür. Caroline sah es nicht. Das helle Sonnenlicht draußen blendete sie so wie ihre Tränen. Sie drehte sich um und wischte sich die Augen. Unwillkürlich schaute sie hinauf in den ersten Stock des Hauses. Dort am Fenster stand ein kleines Mädchen. Es war das Fenster, von dem aus sie Georg gewunken hatte, wenn er das Posthorn wie ein Fanal für sie ertönen ließ und sie augenblicklich getröstet und wieder heiter war. Das Kind hatte sich offenbar einen Stuhl herangeschoben und war hinaufgeklettert, denn es war beinahe in voller Größe zu sehen. Die Kleine öffnete das Fenster, als sie die Fremde im blauen Kostüm sah, und streckte ihren braunen Lockenkopf heraus. Unverwandt blickte sie auf die schwarzhaarige Frau mit dem lockeren Haarknoten, viel lockerer als der strenge Knoten der Großmutter. War da ein Wiedererkennen in ihrem Blick? Caroline hatte die Arme ausgestreckt und winkte dem Kind, das sie aufmerksam, mit Georgs freundlichen hellen Augen, ansah. Zaghaft hob die Kleine den Arm und spreizte die Fingerchen. Sie stand da und schaute hinauf, ihre Blicke begegneten sich.

Sekunden wie eine Ewigkeit. Sie nahm beide Hände an den Mund und schickte ihrer Tochter einen letzten Kuss. »Ich segne dich, mein Kind«, sagte sie leise. »Ich segne dich mit meiner und Georgs Liebe. Es soll dir immer gut gehen. Mach dein Glück und halte es fest.« Dann wandte sie sich schnell ab und ging den Hügel hinunter.

Am nächsten Tag fuhr sie nach Bremen und von dort nach Bremerhaven. Franz und Anna warteten in einer der Auswandererpensionen. Das Wiedersehen war herzlich, von beiden Seiten. Aber von beiden Seiten wurde nicht viel geredet an diesem letzten Abend zu Hause. Jeder hatte sein Päckchen zu tragen, alle waren müde und erschöpft, alle hatten viel zurücklassen müssen.

»Tante Valerie war so traurig«, war einer der wenigen Sätze, die Anna gesagt hatte. »In Mecklenburg konnte sie mich noch besuchen, jeden Sommer, aber jetzt ... Sie hat alles für mich getan, und ich lasse sie allein ...«

Caroline sagte nichts dazu. Sie hatte Anna nie von Valeries Rückzug erzählt. Es hätte alles nur verkompliziert. Anna liebte ihre Tante Valerie, und dabei sollte es auch bleiben. Zeitig zog sie sich zurück, um mit sich allein zu sein. Die Pension war voll belegt mit Auswanderern, die auf dem Zwischendeck reisen wollten. Einige von ihnen redeten noch lange und laut in ihren Zimmern oder feierten gar. Vielleicht betranken sie sich auch nur aus Kummer oder aus Angst. Caroline nahm von alldem nichts wahr und sah Sophies kleines Gesicht vor sich.

Am Morgen der Abreise waren alle früh auf. Kaum dass es dämmerte, standen die Passagiere der dritten Klasse in dem engen schmucklosen Warteraum, der für sie vorgesehen war. Alle drängten sich in dem spärlich beleuchteten Raum mit dem abgetretenen Holzboden. Sitzgelegenheiten gab es nicht. In einer Ecke stand ein kleiner eiserner Ofen, der jetzt im Sommer keine Wärme verströmte. Der einzige Wandschmuck war ein Schild, auf dem vor Taschendieben gewarnt wurde.

»Hast du gar kein großes Gepäck?«, fragte Anna und schaute auf Carolines Reisetasche. Sie und Franz waren mit einem Schließkorb und einer riesigen hölzernen Truhe, voll mit Wäsche, Decken, Kochgeschirr und Kleidung, unterwegs. Dazu kam das Handgepäck.

»Nein«, antwortete Caroline. »Nichts.«

Anna nahm das Kind auf den Arm und überließ Franz das schwere Handgepäck. Der kleine Junge war nach seinem Vater benannt worden, ein hübsches, zart gewachsenes Kind mit freundlichem Wesen. Annas bleiches Gesicht kündigte von einer schlafarmen Nacht, die roten Flecken auf den Wangen verrieten Aufregung und Angst. Franz wirkte ruhiger, aber auch er war blass und angespannter, als Caroline ihn in Erinnerung hatte. Er hat das Erbe seines Onkels verkaufen müssen, dachte sie, es ist ihm nicht leichtgefallen, das sieht man ihm deutlich an.

Die enge Stiege hinauf zum Kai war nicht beleuchtet. Caroline tastete sich vorwärts und hielt den Griff ihrer Reisetasche umklammert. Draußen war es noch nicht hell, nur ein paar Laternen beleuchteten das graue Pflaster. Das Schiff lag am Kai, schwer und dunkel, mehrere Stockwerke hoch, weit über 100 Meter lang. Viele Menschen drängten sich davor, die meisten stehend, einige auf ihrem Gepäck sitzend.

Sie sah in ängstliche Gesichter, in beklommene, in verzweifelte, aber auch in freudig erregte und in neugierige. Die meisten hier waren schlecht gekleidet, die Männer in Arbeitszeug, die Frauen mit Schürzen und Kopftüchern, viele hatten kleine Kinder auf dem Arm, größere neben sich. Sie reihte sich in die Schlange der Wartenden ein und stellte die Tasche ab.

Es dauerte lange, ehe die Reihe an sie kam. Langsam bewegte sie sich über die hölzerne Rampe in den Schiffsbauch und auf die Schlafsäle im Zwischendeck zu. Zweistöckige Gestelle mit einer langen Reihe schmaler Kojen oben und unten standen hier jeweils in einem Raum. Caroline hatte schnell ihr Bett gefunden. Sie stellte ihre Tasche darunter und ging auf Erkundung. Einen Waschraum gab es für je 200 Passagiere der dritten Klasse, einen Speiseraum und eine Toilette, die automatisch Wasser nachspülte. Hätte sie nicht so viel über die Lebensverhältnisse an Bord und in der dritten Klasse gelesen, hätte es sie erschreckt, ein Zustand, den sie jetzt auf vielen Gesichtern ablesen konnte. Das hier war keine Vergnügungsreise. Sie wusste, dass es Krankheiten an Bord gegeben hatte, auch Todesfälle. Aber gemessen an den Berichten der Passagiere, die noch mit Segelschiffen hatten reisen müssen, war dieses schnelle Dampfschiff des Norddeutschen Lloyd geradezu ein Luxus. Acht, höchstens zehn Tage nur sollte die Reise dauern; auf den Segelschiffen war man viele Wochen, oft Monate unterwegs gewesen. Auf Strohsäcken hatten die Menschen gelegen, in Gestellen geschlafen, die an Schweinekoben erinnerten, in dunklen Kammern voller Gestank. Ja, sie war froh, das alles gelesen zu haben, und sie war froh, dass Franz ihr einen Teil der Reisekosten geliehen hatte. Sie selbst hätte sich dieses schnelle Schiff nicht leisten können, jedenfalls jetzt noch nicht.

Die Freunde setzten auf sie. Und ich werde alles abarbeiten, dachte sie, und ihnen über die erste Zeit hinweghelfen. Und dann? Sie wusste es nicht. In Annas Gesicht konnte sie den Schrecken über die Reisebedingungen deutlich ablesen. Sie saß auf einer der beiden Bänke, die an jeder Seite des schweren klobigen Tisches in der Mitte des großen Raumes standen, fütterte ihr Kind und gab ihm schluckweise Wasser zu trinken. Caroline setzte sich ihr gegenüber hin und schaute ihr zu. Der Kleine war schon wieder müde und würde gleich auf dem Schoß seiner Mutter einschlafen. Neben Anna saß eine junge Mutter, die ihren Säugling stillte. Ein älteres Kind stand daneben und sah ihr zu. Franz kam aus dem Gepäckraum und setzte sich zu seiner Frau. Er nahm ihre Hand und sah sie aufmunternd an. Anna versuchte zu lächeln, aber in ihren Augen standen Tränen, die nun, als ihr Mann sie zu trösten versuchte, unaufhörlich flossen.

Caroline löste sich von der Szene. Es machte sie traurig, was sie da sehen musste; andererseits gab die fremde junge Frau mit dem Säugling ihr Zuversicht, ohne dass sie sich diese Wirkung hätte erklären können. Ein lautes Tuten ertönte, das Schiff legte ab. »Ich gehe nach oben«, sagte sie an Anna und Franz gewandt. Ich brauche frische Luft, dachte sie, ich ersticke hier unten.

Oben wehte ein starker frischer Wind, der ihr ungemein wohltat. Die Menschen um sie herum winkten und manche, deren Angehörige am Kai standen, riefen ihnen etwas zu. Jeder nahm auf seine Weise Abschied. Und einige, das wusste sie aus ihren Büchern, würden schon bald oder auch erst in ein paar Jahren hierher zurückkommen. Weil sie ihr Heimweh nicht überwinden konnten oder weil sie in der neuen Heimat scheiterten oder krank wurden. Aber viele würden bleiben und einige vielleicht sogar ihr Glück finden.

Als das Schiff aus der Wesermündung hinaus auf dem offenen Meer war, stand sie noch immer dort und ließ den Blick schweifen, gen Osten gewandt. Dort war die Sonne aufgegangen, und dieser herrliche Anblick trieb ihr die Tränen in die Augen. Wie schön das war, wie schön! Der Wind frischte noch mehr auf. Sie zog ihren Mantel enger um sich. Es war noch derselbe, den sie als junges Mädchen getragen hatte, in Mahlsheim, dann in Cassel, in Zehlendorf und schließlich in Berlin.

Sie spürte den Wind immer heftiger in ihrem Rücken. Dort hinten, weit von hier, lebte Sophie, lebte Emma. Dort lag die Großmutter begraben und wenige Schritte von ihr entfernt Vater. Einen kurzen Moment lang stieg eine verzweifelte Sehnsucht so heiß in ihr auf, dass sie die Knöpfe ihres abgetragenen Mantels aufriss und den Kragen weitete. Heftig atmete sie ein und aus und drehte den Kopf ein wenig zur Seite, um sich von dem Bild zu freizumachen. Ihr Haarknoten löste sich, der Wind fing sich in den langen schwarzen Locken und wehte die metallene Kettenschnur, die sie um den Hals trug, nach oben. Sie spürte, wie das kleine silberne Posthorn, das daran hing, hart gegen ihre Wange schlug. Noch immer heftig atmend, nahm sie es in ihre Hand, führte es an ihren Mund und küsste es. Lange ließ sie ihre Lippen darauf, so als wolle sie Georgs Liebe und seine Kraft in sich aufnehmen. Langsam wurde sie ruhiger.

Es war sein großer Traum gewesen – wer sollte ihn verwirklichen, wenn nicht sie.

Sie drückte den Anhänger an ihr Herz, drehte sich um und ging die Reling entlang nach vorn. Der Wind wehte ihr Haar nach hinten wie eine schwarz glänzende Fahne und blies die Tränen aus ihrem Gesicht. Vor ihr breitete sich das Meer in großen blauen Wellen aus, endlos und weit. Sie aber sah in der Ferne das grüne Land.